www.ingramcontent.com/pod-product-compliance
Lightning Source LLC
Chambersburg PA
CBHW051209190726
48288CB00006B/1876

به نام خداوند جان و خرد

آنگاه که آینه ترک می خورد

ژان کافی

امیر همایونی

انتشارات گابه

سرشناسه:

عنوان و نام پدیدآور:

مشخصات نشر: اصفهان: نشر گابه، ۱۴۰۰.

مشخصات ظاهری:

شابک: ۱-۹-۹۹۵۵۲-۶۲۲-۹۷۸

وضعیت فهرست نویسی: فیپا

یادداشت:

موضوع:

موضوع:

شناسه افزوده:

رده بندی کنگره:

رده بندی دیویی:

شماره کتابشناسی ملی:

نویسنده: ژان کافی   مترجم: امیر همایونی   ویراستار: هنا معاوی
صفحه آرا: امیر همایونی   طراح جلد: لیتوگرافی و چاپ: کنکاش
نوبت چاپ: اول   شابک: ناشر: انتشارات گابه
آدرس: اصفهان، خیابان محتشم کاشانی، کوچه سیروس جنوبی، کوچه امید، پلاک ۲۴۳
کد پستی: ۸۱۷۵۹۶۴۸۱۴
تلفن: ۰۹۱۳۷۴۳۶۸۲۸

پست الکترونیک: contact@gabehpublications.com
فروشگاه اینترنتی: www.gabehpublications.com

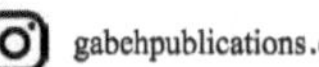

paper from well managed
forests and controlled sources
FSC PEFC
کاغذ این کتاب از جنگل‌ها و منابع کاملاً
مدیریت شده تهیه شده است.

به
خواهران و برادران
گُردم...

مقدمه برای خوانندگان فارسی زبان

سلام دوستان

از این‌که این رمان را برای مطالعه انتخاب کردید سپاسگزارم.

داستان‌ها تکه تکه به ذهن ما می‌آیند. و در جایگاه نویسنده کار ما این است که آنها را به شکلی یکپارچه درآوریم. در رابطه با رمان آنگاه که آینه ترک می‌خورد باید بگویم سرنوشت پناه‌جویان در جهان همواره برای من حائز اهمیت بوده است. به خاطر تجربهٔ شخصی خودم به عنوان یک مهاجر، می‌دانم که مسئلهٔ هویت و جا افتادن در جامعه نقش مهمی در شکل‌گیری شخصیت ما ایفا می‌کند.

آنگاه که آینه ترک می‌خورد روایت‌های گذشته و حال دو مادر و دو دختر را در داستانی به تصویر می‌کشد که آمیخته با مسائل تاریخی، سیاسی و تجربه پناه‌جویی است. این داستان که در استانبول و لوس‌آنجلس رخ می‌دهد، روایتی خیالی از رازهای سر به مهر قدیمی، انتقام، بقا و رستگاری است. داستانی است که ریشه در تجربهٔ یک مهاجر دارد که من (نیکو اهل ایران) به خوبی آن را می‌دانم، منی که در سن هفده سالگی به تنهایی کشورم را ترک کردم تا راه خود را به سرزمینی بیگانه باز کنم. اطلاعات من در مورد مردمان کُرد در این داستان به دلیل داشتن بستگانی ازاین قوم، دست اول هستند. اطلاعات من در مورد استانبول نیز دست اول هستند، زیرا پسر، عروس و نوه ما سال‌ها است که آنجا زندگی می‌کنند. بن‌مایهٔ نهفته در تجربهٔ پناه‌جویی و جلای وطن برای من شخصی و عزیز است.

من و همسرم، جیم، تحت چند نام مستعار نویسندهٔ بیش از چهل رمان تاریخی و معاصر هستیم که برخی از آنها در فهرست پرفروش‌ترین‌ها در ایالات متحده قرار گرفته‌اند و برای برخی نیز موفق به دریافت جوایزی شده‌ایم.

امیدوارم از این کتاب خوشتان بیاید و آن را به دوستانتان هم معرفی کنید.

سپاسگزارم

نیکو

پیش درآمد

فرودگاه استانبول

هیچ‌گاه نخواهی رفت. مرگ اینجا در انتظار تو است. باور کن، سرنوشت در هر قدم تو را دنبال می‌کند. سرنوشت بازتاب لرزان تو در کاشی روبه رویت است، سایهٔ افتاده بر ستونی که از کنار آن می‌گذری. اگر گوش کنی صدای نفس‌هایش را پشت سرت خواهی شنید. نگاهت از من می‌گذرد، اما دیگر مرا نمی‌شناسی. من همانم که زندگیش را به دور انداختی.

برای برگشتن به من، برای قرار گرفتن در دسترس من، چه مسیر طولانی آمده‌ای. تو زنی مرده هستی. حسی ناخوش‌آیند در نابود کردن زندگی دیگران در خود یافتی. نه بیشتر. شادی و خرسندی تو را به تلی از خاکستر بدل خواهد کرد. قلب چروکیده‌ات از سینه بیرون کشیده و در شراره‌های جهنم کباب خواهد شد.

تو باعث عذاب من شدی و من کاری خواهم کرد که عذاب بکشی. باعث شدی نزدیک‌ترین کسانم را از دست بدهم. تو هم نزدیک‌ترین کسانت را از دست خواهی داد.

تو مرا با آینده‌ای فروگذاشتی که چیزی بیش از یک شب تاریک و بی‌ستاره نبود. گمان کردی می‌میرم، اما من هنوز زنده‌ام. تمام این مدت منتظر بازگشتت بودم و اکنون زمان انتقام مشروع من است. آنگاه تو را خواهم بخشید... آنگاه که مرده باشی.

بخش نخست

نه شرقیم نه غربیم نه بریم نه بحریم
نه از کان طبیعیم، نه از افلاک گردانم
نه از خاکم، نه از آبم، نه از بادم، نه از آتش
نه از عرشم، نه از فرشم، نه از کونم، نه از کانم
نه از دنیا، نه از عُقبی، نه از جنّت، نه از دوزخ
نه از آدم، نه از حوا، نه از فردوس و رضوانم
مکانم لامکان باشد، نشانم بی‌نشان باشد
نه تن باشد نه جان باشد، که من از جان جانانم

مولانا

۱
کریستینا

خودروی پیکاپ سیاه رنگ ناگهان ظاهر می‌شود، و چراغ‌های جلو در اثر ضربه خرد می‌شوند. هم‌زمان که ماشین می‌چرخد، سرم به اطراف می‌خورد و با سینه محکم به روی فرمان می‌افتم. نه! نه! بچه! لطفاً بایست. ماشین را نگه دار. معلق در جهانی مهارناپذیر، تلاش می‌کنم از آن چه در حال رخ دادن است سر در بیاورم.

مثل یک عروسک پارچه‌ای به این سو و آن سو پرت می‌شوم و پیش از آن‌که به تندی به جلو بروم، محکم به در می‌خورم. کمربند در اطراف لگنم سفت می‌شود.

بچه‌ام. آیا این کمربند برای محافظت از بچه‌ای که در شکمم پیله بسته کفایت می‌کند؟

دست‌هایم را محکم روی فرمان می‌گذارم و می‌کوشم شکمم را از آن دور کنم، فضایی در میان به وجود آورم و از بچه‌ام محافظت کنم. تا زمانی که ماشین از چرخش می‌ایستد با تمام توان خودم را به صندلی فشار می‌دهم.

«حالمان خوب است عزیزم. حالمان خوب است.» باید ترسیده باشد. خودم هم ترسیده‌ام. قلبم در گوشم طبل می‌زند و صدای گریهٔ زنی در ماشین را خفه می‌کند. چند لحظه طول می‌کشد تا بفهمم این صدای گریهٔ خودم است. پیش از آن‌که بهمنِ فاجعهٔ بعدی از راه برسد، نور شدیدی به روی صندلی شاگرد می‌افتد. یک ماشین با سر به پهلوی ماشین من می‌خورد. شیشه‌ها می‌شکنند و خرده‌ها مثل رگبار بر رویم می‌ریزند و ماشین چپ می‌شود. خدایا، نه، نگذار بمیرد، خواهش می‌کنم، نجاتش بده، نگذار بمیرد. کیسهٔ هوا باز می‌شود و با ضربه‌ای کورکننده به صورت و سینه‌ام می‌خورد و بازوهایم را به بدنم می‌کوبد.

همه چیز به یک آن متوقف می‌شود- زمان، جیغ زشت و گوش خراش ترمزها، بوق ماشین‌ها. نجات پیدا کردیم... یا مرده‌ایم؟ فراواقعی است.

در ذهنم اصلاً درون ماشین نیستم. ناظری بیرونی هستم که از بالا به ماشینی چپ شده با زنی باردار درون آن خیره شده‌ام.

نجاتشان بده. لطفاً نجاتشان بده. باید آنها را بیرون بکشم. پاهایم تکان نمی‌خورند. بدنم فرمان‌بردار نیست. پلکی می‌زنم و دوباره به درون ماشین برمی‌گردم. آویزان، معلق به واسطهٔ کمربندی که در گلویم فرو رفته است. تنها صدای غژغژ سقف ماشین است که روی آسفالت الاکلنگ بازی می‌کند... و نیز نفس‌های بریدهٔ من. خرده شیشه‌ها همه جا هستند و کیسه هوای خالی شده خونی است.

تو خوبی. ما خوبیم. نباید اکنون دردی احساس کنم؟ داشتم از خاک‌سپاری جکس می‌آمدم. شاید من هم مثل جکس مرده‌ام. بوی تایر و بنزین دماغم را می‌سوزاند. مزهٔ مِسی دهانم به خاطر خون است. تفش می‌کنم.

قدم‌هایی نزدیک می‌شوند و کسی سؤالات گنگ و نامشخصی می‌پرسد. سرم را به سوی صدا بازمی‌گردانم، گلویم تقلا می‌کند که کلماتی را رها کند.

«من باردارم، هشت ماهه باردارم، دخترم را نجات دهید.»

دستی شانه‌هایم را لمس می‌کند. خون زیادی در اطراف ریخته و من نمی‌توانم بر صورت فردی که دارد صحبت می‌کند تمرکز کنم. نباید از تصادف جان سالم به در برده باشیم. امید قلبم را چروکیده و پژمرده می‌کند.

«یک تابوت. بچه‌ام باید در یک تابوت با من دفن شود»

«خوب می‌شوی»

آژیرها و چراغ‌های گردان از راه می‌رسند. ماشین به تلی از آهن مچاله شده و خرده شیشه تبدیل شده است. کسی درون این ماشین نمی‌تواند زنده مانده باشد.

«جنازه‌ام را نسوزانید»

صداهایی نامفهوم به صدای اول می‌پیوندند. کلمات واضح‌تر می‌شوند.

«ما مراقبت هستیم»

چشم‌هایم را می‌بندم. می‌خواهم حرفشان را باور کنم. آنها مراقب‌مان هستند. این کلمات را در سرم تکرار می‌کنم و آرزو می‌کنم بچهٔ به دنیا نیامده‌ام نیز آنها را بشنود. چهار هفته به زمان زایمان باقی‌مانده اما پزشک گفته که از حالا هر لحظه ممکن است بچه به دنیا بیاید. دخترت عالی است. همه چیز دارد خوب پیش می‌رود.

همه چیز تا امروز خوب پیش رفته بود. لحظاتی از هشت ماه گذشته به ذهنم هجوم می‌آورند. شنیدن اولین ضربان قلبش، سکسکه‌هایی که معده‌ام را از جا می‌پراند. حس انگشتان پایش که به دنده‌هایم فشار می‌آوردند. لگدها. لگدهای مداوم تا به من یادآوری کند که آنجاست، مراقبم است، همان‌گونه که من مراقب او بودم.

الان لگد بزن. لگد بزن لطفاً. به من بگو خوبی.

از ماشین بیرونم می‌کشند. پزشک یاران فوریت‌های پزشکی به محض این‌که مرا روی برانکارد می‌گذارند هم‌زمان شروع به صحبت می‌کنند. صدای خرده شیشه‌ها زیر چرخ‌های برانکارد شنیده می‌شود و لحظه‌ای بعد در آمبولانس هستم.

درد شدیدی تمام شکمم را فرا می‌گیرد. لباس زیرم خیس خورده است. می‌دانم دارد چه اتفاقی می‌افتد. «اولین بارداری، درد زایمانم شروع شده است.» حتماً باید بدانند. صدایم خش‌دار است و گویی دارد از ته چاه بالا می‌آید. «نجاتش دهید. بین من و او، او را نجات دهید، لطفاً.»

« مراقب‌تان هستیم. هر دوی‌تان.»

مثل یک نوار صوتی خراب هستم، مدام همان چیزها را تکرار می‌کنم، اما خودم احساس می‌کنم صدایم قوی و ضعیف می‌شود.

کسی از من می‌پرسد با چه کسی باید تماس بگیرند. آیا گفتند شوهر، یا من این طور تصور کردم؟

«نه... شوهر نه. کایل او را نمی‌خواهد.»

چشم‌هایم را به زور باز می‌کنم و به صورت محو زنی که در کنار برانکارد راه می‌رود نگاه می‌کنم. چراغ‌های سقفی پشت سر او کورکننده‌اند. در بیمارستان هستیم، اما من یادم نمی‌آید کی و چگونه به اینجا رسیدیم. به او می‌گویم «مادرم، به مادرم زنگ بزنید.»

***

زرداب داغی مثل اسید سینه‌ام را می‌سوزاند و به محض این‌که می‌نشینم چشمانم باز می‌شوند. در بیمارستان نیستم، ولی برای لحظاتی نیز نمی‌دانم کجا هستم.

به اطرافم نگاه می‌کنم، می‌کوشم تمرکز کنم، اما خاطرهٔ تصادف هم‌چنان درست روبه‌رویم است و نمی‌خواهد جایی برود.

آسمان، بیرون از پنجره های باز اتاقِ ناآشنا، صاف است و صفحهٔ سیاه تلویزیونِ روی دیوار به من زل زده است. چمدان بازم کف اتاق و در کنار تخت خواب متحرک بچه است.

سپس همه چیز به یادم می‌آید. در استانبول هستم. پرواز از مبدأ لوس آنجلس اواخر بعد از ظهر دیروز بر زمین نشست. چهارده ساعت در هواپیما و ده ساعت اختلاف زمانی، خسته بودم، اما مغزم نمی‌خواست خاموش شود. یک وقتی در طول شب بطری ملاتونین را درآوردم. یادم نمی‌آید بعد از آن خوابیدم یا نه. باید همین باشد.

حالت تهوع در گلویم بالا می‌آید. به سمت دستشویی می‌دوم و روی توالت خم می‌شوم. تقلا می‌کنم و بالا می‌آورم. کجا بوده‌ام، چه کرده‌ام، به کجا دارم می‌روم و چه باید بکنم، همگی مبهم هستند. دارم در یک قطار سریع‌السیر در زمان سفر می‌کنم. هیچ ایستگاهی نیست. فرصتی برای نفس گرفتن نیست. بازگشتی در کار نیست.

دختر زیبایی داری.

هم زمان که بر روی پاشنه هایم می‌نشینم، سرم در نورها و صداهای همهمه‌وار بیمارستان شناور می‌شود.

سه کیلو و ششصد گرم وزن دارد و قدش پنجاه و شش سانتیمتر است.

انگشتانم را بر روی بینیِ بی‌نقص، دستهٔ موهای خیسِ تیره و گونه های گِردش می‌کشم.

بدنم سرد و خیس عرق است. خودم را می‌کشم تا به وان حمام تکیه بدهم. نفس عمیقی می‌کشم و تلاش می‌کنم معده‌ام را آرام کنم.

بوهایی از پنجرهٔ کوچک بالای وان در هوا شناور می‌شوند و بوی خوش قهوهٔ ترک و نان تازهٔ ادویه دار به مشامم می‌رسد. یادم نمی‌آید آخرین بار کِی چیزی خورده‌ام. شاید مشکل همین است.

وقتی بلند می‌شوم پاهایم لرزان هستند و تا برطرف شدن موج سرگیجه دستم را به لبه روشور می‌گیرم.

دوش حمام را باز می‌کنم و به جاری شدن آب روی کاشی‌های مرمرین می‌نگرم. یک خاطرهٔ دیگر به مغزم خطور می‌کند. پرستاری بازویم را گرفته و کمک می‌کند چند قدم از تخت تا حمام راه بروم. صدای مادرم از روی صندلی کنار پنجره بلند می‌شود. خودت انجامش بده کریستینا، اگر به کمک احتیاج داشته باشی، او همان جا پشت در خواهد بود.

هـر میلی ثانیه از تصادف، روز و شب آزارم می‌دهد. برخورد، چرخـش و ملق زدن‌های پشت سر هـم. هـر بار که پشت فرمان می‌نشینم، هـر بار که پیکاپی سیاه رنگ در جاده می‌بینم، تمام این خاطرات در ذهنم مرور می‌شوند. در بیمارستان به سختی توانستند از من رگ پیدا کنند و هنوز هم هـر روز از مـن خـون می‌گیرند. روی بازویم کبودی‌هایی به وجود آمده و من سعی می‌کنم نادیده‌شان بگیرم تا خودشان خوب شوند. مه غلیظی ذهنم را دربرگرفتـه است و مـن قرص‌هـای خـواب را مقصر می‌دانـم. از آنها خوشم نمی‌آید، حتی آن انواعی که بدون نسخه می‌فروشند.

معده‌ام ناآرام است. زیر دوش می‌روم و قطرات آب هم چون هزاران نوک سـوزن در پوستم فرومی‌روند. می‌خواهـم آب سـرد باشد یا گـرم؟ نمی‌توانـم تصمیـم بگیرم، پس همان جا می‌ایستم تا آب بر رویم بریزد و چرخش‌ها و الگوهایش روی کاشی‌ها محـو گـردد.

تمرکز بر روی کارم همیشه مرا از توجه به دیگر جنبه‌های زندگی بازداشتـه اسـت، در نتیجـه به اکسترنوس، شرکت جکس و مـادرم، فکر می‌کنـم. به همیـن خاطـر در استانبول هستم. شرکت بـرای فـروش گذاشته شـده و مـا بایـد بـا یک خریـدار به توافـق رسیـده و معامله را تمـام کنیـم. می‌کوشـم تاریخ‌هـا و برنامه‌هـا را به یاد بیـاورم، امـا این کار بسیار خسته‌کننده اسـت. سـرم را به کاشی‌های حمـام تکیـه می‌دهـم. می‌خواهـم در تمام مشکلات زندگیـم را ببندم، اما مغزم هم چنان مـن را به سـوی آن شب وحشتناک هـل می‌دهـد. نمی‌توانـم ذهنـم را از تصویـر آن ماشین خـرد و خمیـر شـده و بیمارستان پاک کنـم.

گریۀ بچه مِه را از هم می‌درد و من را مجبور می‌کند سرم را از روی کاشی‌ها بردارم.

چشمانم تار هستند، اما بدنم به سرعت واکنش نشان می‌دهد. خودش می‌داند باید چه کارکند. شیر آب را می‌بندم و حوله‌ام را می‌پوشم. پاهایم خیـس هسـتند. روی کف حمام سرم می‌خورم و تقریباً در آستانه برخورد با زمین هستم که یک جوری خودم را جمع و جور می‌کنم.

بچـه بین سرفه‌های بریده نالـه می‌کند. مریض شده است. پـرواز از لوس‌آنجلـس تـا استانبول بسیار طولانی بـود. او بـرای سـفر خیلی کوچک اسـت. نبایـد می‌آوردمـش.

با عجله به اتاق و مستقیم سراغ تخت بچه می‌روم «خَزان، آرام باش عزیزم.»

نور صبحی که از پنجره به داخل می‌تابد، کورکننده است. پردهٔ توری با وزش نسیم به پرواز درآمده است. یک خاطرهٔ دیگر در ذهنم شکل می‌گیرد و صداها سرم را پر می‌کنند.

نمی‌شود هر بار گریه می‌کند بغلش کنی کریستینا!

دخترم است مادر. و من مثل تو نیستم.

روی تخت بچه خم می‌شوم و در جا خشکم می‌زند. خیره می‌شوم و می‌کوشم از چیزی سر دربیاورم. صدایی غرش‌مانند در گوشم می‌پیچد. تخت خالی است. ملافه‌ها خیلی محکم روی تشک کشیده شده‌اند.

«نه، نه، نه، کجایی؟»

می‌چرخم و به سمت آشوبی که دیشب روی تختم ایجاد کرده‌ام می‌پرم و پتوها و بالشت‌ها را وحشیانه کنار می‌زنم.

گریه‌ام روی دیوارها منعکس می‌شود «خزان! خزان!»

ولی من صدای گریه‌اش را شنیدم. کجاست؟ کسی او را برده است. کسی او را برداشته و برده است. چشم‌هایم به همه سو می‌دوند و اتاق را جستجو می‌کنند. زنجیر روی در سر جایش است. وحشت درونم سرازیر می‌شود. اتاقم در طبقهٔ سوم هتل است و ارتفاع زیادی از حیاط چمن‌کاری شده دارد. هیچ‌کس نمی‌تواند از آنجا وارد و خارج شده باشد.

بدنم می‌لرزد و اشک چشمانم را می‌گزد. هنگامی که تلفن را برمی‌دارم تا شمارهٔ پذیرش را بگیرم آشفته و متشنج هستم. خوشبختانه زنی به زبان انگلیسی پاسخ می‌دهد.

«به پلیس زنگ بزنید. لطفاً مدیر هتل را بفرستید بالا. کمکم کنید. من زیر دوش بودم. بچه‌ام گم شده است. کمکم کنید. نیستش. یک نفر او را برده است.»

لحن صدای زن بلافاصله تغییر می‌کند. دستوراتی را به زبان ترکی به هر سو شلیک می‌کند و صداهای نامفهومی از آن سو به گوش می‌رسد.

باز هم چراغ‌های جلو و تصادف. دوباره به بیمارستان باز می‌گردم و کایل خشمگین است. او مال من است. دختر من هم هست. من باید اولین کسی می‌بودم که با او تماس می‌گرفتید. نمی‌توانم بحث کنم، پس سرم را برمی‌گردانم.

با صدایی خفه می‌گویم «خزان... عزیزم... کجایی عشقم؟»

در با صدای ضربه‌ای محکم به صدا در می‌آید و صداهایی از آن سوی

راهرو به گوش می‌رسند. وقتی به سمت در می‌روم که آن را باز کنم زمینِ زیر پایم را احساس نمی‌کنم.

«با پلیس تماس گرفتیم خانم هال. نگهبانان تمام خروجی‌های هتل را بسته‌اند. هیچ‌کس از هتل بیرون نخواهد رفت...» من نمی‌خواهم بدانم آنها چه کرده‌اند. من فقط می‌خواهم خزانم برگردد.

بدن‌ها حین عبور به هم می‌خورند. من کمی عقب می‌روم تا سر راه آنها نباشم و درون صندلی غرق می‌شوم. روی صندلی مدام عقب و جلو می‌شوم و تلاش دارم بفهمم چه اتفاقی افتاده است، اما نمی‌توانم فکر کنم. صدایشان بلند است و دارند مرا با پرسش‌هایی به زبان ترکی و انگلیسی بمباران می‌کنند.

«بچه‌ام. گم شده است. درست همین جا بود. من زیر دوش بودم. صدای گریه‌اش را شنیدم. وقتی از حمام بیرون آمدم دیگر آنجا نبود.» این را مدام تکرار می‌کنم. «تمام شب از اتاق بیرون نرفتم... نه ... من مادر خوبی هستم.»

وارد شدنش را ندیدم، اما احساس کردم دستی آشنا من را لمس می‌کند. در حقیقت سقلمه‌ای است. سرم را بلند می‌کنم و احساس آرامش، اضطرابی که دارد از درون پاره‌ام می‌کند را عقب می‌زند.

«گم شده، مادر. خزان گم شده» صدایم می‌شکند و درحالی که تقلا می‌کنم حرف بزنم سکسکه‌ام می‌گیرد. «او را برده‌اند. کمکم کن پیدایش کنم.»

مادرم صندلی را جلو می‌کشد و صاف روبه‌روی صورتم می‌نشیند «کریستینا. نفس بکش.»

سرم را تکان می‌دهم. عقب و جلو می‌شوم، نمی‌توانم نفس بکشم. «دارم بالا می‌آورم.»

«جلوی این آدم‌ها نه. برو توی دستشویی»

سرد و گرم، ضربهٔ روحی دارد می‌لرزاندم. «نمی‌توانم تکان بخورم. او گم شده!»

«فکر کن، کریستینا» این بار لحن صدایش آن قدر تند و تیز است که می‌تواند شیشه‌ها را خرد کند.

الیزابت با چرخشی ناگهانی به سمت مدیر هتل به زبان ترکی با او صحبت می‌کند. مکثی طولانی در اتاق ایجاد می‌شود، سپس سرها تکان

داده می‌شوند و نگاه‌ها به من دوخته. زمزمه‌ها بیشتر می‌شوند و یک به یک، بیرون می‌روند.

«چه کار می‌کنند؟»

«دیشب بهت گفتم بگو غذا را به اتاقت بیاورند. اما تو هیچ چیز نخوردی، درسته؟ این یک سؤال نیست.» الیزابت در را می‌بندد و دوباره می‌نشیند.

«به آنها چه گفتی؟ چرا فرستادیشان بروند؟ خزان کجاست؟ چه اتفاقی برای بچه‌ام افتاده است؟»

دستم را می‌گیرد و دسته‌ای مو را از روی چشمم کنار می‌زند.

«باید وقتی اتاق را گرفتی در مورد تخت بچه بهشان تذکر می‌دادی. خودم باید به آنها می‌گفتم. سهل‌انگاری کردیم.»

تخت بچه؟ به تخت بچه و چمدانم نگاهی می‌اندازم. لباس‌هایم بیرون ریخته‌اند، اما هیچ پوشک، هیچ لباس بچه و هیچ کالسکه‌ای در کار نیست.

به آرامی می‌پرسد «راجع به گریه‌ای که در حمام شنیدی برایم بگو. صدای گریهٔ خزان را شنیدی کریستینا؟»

اضطراب به آرامی از وجودم رخت برمی‌بندد. اما هم‌زمان با این‌که واقعیت خودش را عیان می‌کند، دردی تند مثل خنجر به سینه‌ام فرو می‌رود.

نفس عمیقی می‌کشم «نه، صدای گریه‌ای در کار نبود. بچه‌ای در کار نبود. او را از دست دادم. خزان را از دست دادم... بعد از تصادف.»

۲
کریستینا

آن روز نخست، پزشک‌ها برآمد تصادف را معجزه نامیدند.

خـزان چنـد سـاعت پس از این‌کـه بـه بیمارستان رسـیدیم به دنیـا آمـد و هیچ‌گونـه آسـیب ناشی از ضربه در او دیده نشد. نمرهٔ آزمون آپگار[1] او هشت بـود. وقتی او را در آغـوش می‌گرفتـم درد ضربه‌هـا، بریدگی‌هـا و کبودی‌هـا و گیجـی ناشی از ضربهٔ مغزی ناپدید می‌شد. او به من خـیره می‌شد و من بـه او نـگاه می‌کـردم. دست‌های کوچکش انگشـتانم را محکـم می‌فشرد، اعتمـادش بی‌قید و شرط بـود. نشاطی کـه در من جـاری بـود به هیـچ یک از تجربه‌هایم شباهت نداشت. در ذهنـم شرایطی کـه باعث شده بـود بعد از اطلاع از بـارداری و علی‌رغـم واکنش یا احساسات کایـل بچه را نگه دارم، موجه بودند.

بالاخـره زندگیـم کامل شد. خزان قلبـم را دربرگرفتـه بـود و خـود در میان بازوانـم قرار داشت. او بخشی از مـن بـود، همهٔ مـن. من او را به این جهان آورده بـودم و او تمام آن چیزی بـود کـه آرزویش را داشـتم، تمـام رویای مـن.

روز بعد پزشک متخصص به من گفت «پیشنهاد می‌کنـم قبل از رفتن بـه خانـه یک دورهٔ هفت روزه در بیمارستان بماند.» مشکلی نداشتم؛ هر کاری کـه می‌خواستند بکنند و هر آزمایشی کـه می‌خواستند بگیرند. تا زمانی کـه اجازه می‌دادند خزان در اتـاق من بماند، خوشحال بـودم.

روز سوم شرایطم کمی نگران‌کننده شد. سردردهایم ممتد شده بودند و پزشک دستور سی تی اسکن داد.

پرستاری قبل از این‌که من را با ویلچر از اتاق ببرد به نرمی گفت «فقط یک ساعت از او دور خواهی بود.» تخت خزان را به شیرخوارگاه بردند. حین

---

[1]- Apgar Score آزمونی است کـه بر روی تمـام نـوزادان انجـام می‌شود و فراسنجه‌هایی نظیر ضربان قلب، پاسخ ماهیچه‌ای و غیره را می‌سنجد. م

انجام آزمایش، مشت محکمی قلبم را می‌فشرد، انگار به من هشدار می‌داد که چیزی درست نیست. وقتی برگشتم تخت بچه‌ام خالی بود.

همان پرستار من را تا جایی که خزان را نگهداری می‌کردند برد «پزشک متخصص کودکان دستور داده او را به آی سی یو ببرند.»

فکر کردم شاید دارند آزمایش دیگری انجام می‌دهند. سعی کردم پلی از امید بسازم، با این فرض که می‌توانم از آن عبور کنم و بچه‌ام را برگردانم. اما با گذشت هر ساعت و با انجام هر آزمایش، پایه‌های پل ضعیف‌تر می‌شد، ترک می‌خورد و سرانجام فروریخت. آنجا بود که به من گفتند خانه از پای بست ویران بوده است.

یک روز بعد خزان مرد.

اشک‌ها چشم‌هایم را می‌سوزانند. امروز یادآور دیگری بود که بعضی غم‌ها هرگز فراموش نمی‌شوند. غم از دست دادن دخترم تا ابد با من خواهد بود.

پزشک‌ها عبارتی رسمی برای آن چه خزان را کشت داشتند ـ ضربهٔ مغزی. این اتفاق حین تصادف برایش افتاده بود و هیچ راهی برای فهمیدن آن وجود نداشت.

«باید به پذیرش زنگ بزنی و توضیح بدهی.»

حرف‌های الیزابت مثل یک سیلی است که افکار گذشته را از هم می‌درد. صدایم را پایین نگه می‌دارم «مادر، لطفاً، الان نه.» اما او می‌داند چه بر من رفته است.

«تو برای این کار دلیل خوبی داشتی و تقصیر آنها بوده که تخت بچه را در اتاق تو گذاشته‌اند.»

«مهم نیست تقصیر که بوده. حالا که دیگر تمام شده است.»

سرم را در میان دست‌هایم مدفون می‌کنم. در دو ماه گذشته سعی کرده‌ام زندگیم را از نو بسازم. تکه به تکه. حقیقت این است که با مرگ دخترم چیزی در درونم مرد و من هنوز نمی‌توانم به درستی عواطفم را مهار کنم. احساس گناه ساعت‌های بیداریم را پر و شب‌های بی‌قرارم را تسخیر می‌کند.

خودروی پیکاپ خط عوض کرد. هیچ الکل یا مواد مخدری در کار نبود، اما من باید بیشتر دقت می‌کردم. باید سریع‌تر واکنش نشان می‌دادم. باید...

بایدهای زیادی در سرم مثل جغجغه صدا می‌کنند.

راهی برای حل زودهنگام این مشکل وجود ندارد. نمی‌شود خوابید و بیدار شد و همهٔ آن چه رخ داده را فراموش کرد. تخت خالی در اتاق هتل مرا به شیرخوارگاه بیمارستان برد. اولین فکرم در آن زمان این بود که کسی بچه‌ام را دزدیده است. تنها بعد از گفتگو با پرستار بود که فهمیدم پزشک متخصص کودکان از آن چه موقع معاینه خزان دریافته بود چندان خوشش نیامده است.

«ما ده روز در این هتل هستیم. نمی‌خواهم راجع به تو بد فکر کنند. حداقل بهشان زنگ بزن و توضیح بده چه اتفاقی افتاده است. به آنها بگو عزاداری.»

اعصابم با هر کلمه‌ای که می‌گوید بیشتر خرد می‌شود. «برایم مهم نیست آنها چه فکری دربارهٔ من می‌کنند.»

پافشاری می‌کند «اما برای من مهم است. تو تحت تأثیر پرواز با جت هستی[1]. نمی‌دانستی کجایی.»

اما من فقط مهمان این هتلم. یک مشتری که پول می‌دهد. نیازی به هم‌دردی یا درک کسی ندارم. ولی می‌دانم بحث کردن با الیزابت، وقتی که روی یک چیزی کلید کرد، فایده‌ای ندارد. این‌کار را به خاطر من انجام می‌دهد. برای حمایت از من. روش او برای نشان دادن عشقش این است که مسئولیت زندگی مرا بر عهده بگیرد.

دست‌هایم را روی صورتم می‌کشم و می‌ایستم، دنبال تلفن همراهم می‌گردم.

او می‌گوید «از دست دادن بچه اتفاق ناگواری است. من خودم قبل از این‌که تو را حامله بشوم سه بار سقط جنین داشتم.»

از زمان ترک بیمارستان بارها این جمله را از زبان الیزابت شنیده‌ام. انگار فکر می‌کند اگر از آن چه بر او رفته اطلاع پیدا کنم، دردم دوا می‌شود. به همان اندازه که باید تلاش کنم حواس خودم را پرت کنم، باید فکر او را نیز به چیز دیگری معطوف سازم.

گوشیم در کنار تخت در حال شارژ شدن است. پیامی برای کایل می‌فرستم و به او یادآوری می‌کنم برنامه بروزشدهٔ امروز را برایم بفرستد. او در یک گردهمایی بازی‌های رایانه‌ای در اوزاکای ژاپن است، اما فردا

1- Jet lag

شب به استانبول می‌آید. مادرم هر دوی ما را مسئول نظارت بر فروش اکسترنوس کرده است. کایل مسئول بازاریابی و فروش و من نفر تعیین راهبردهای کسب و کار هستم. ما ستون‌هایی هستیم که باید این شرکت را تا زمان انتقال به مالک بعدیش سرپا نگه داریم.

الیزابت هال و جکس یورک شش سال پیش ازدواج کردند و دو سال بعد شرکت بازی‌سازی خودشان را تأسیس کردند. از آن زمان این شرکت با پنج نیرو کار کرده است. اکسترنوس با استفاده از برنامه‌نویسان مستقل شکوفا شده است. حالا، با مرگ جکس، مادرم تنها مالک شرکت است و آماده است که آن را بفروشد.

«زمان می‌گذرد کریستینا. تو جوانی. بچه‌های دیگری در آیندهٔ شما دوتا خواهند بود.»

بحث کردن با او فایده‌ای ندارد. من و کایل همکاریم و با هم زندگی می‌کنیم. وقتی باردار شدم با هم رابطه داشتیم. وقتی به گذشته فکر می‌کنم، حرف‌های زیادی بودند که قبل از این‌که اولین پاسخ آزمون بارداری را جلوی رویش قرار دهم، باید بین ما رد و بدل می‌شدند. باید می‌فهمیدم که او برای پدر شدن آماده نیست. درست است که بلافاصله جمع و جور نکرد و نرفت، اما حدس می‌زدم برای این‌که هر کدام به راه خودمان برویم، تنها کمی زمان لازم است.

«با این حال، دفعهٔ بعدی قبل از این‌که اتفاق بیفتد، ببین می‌توانی کاری کنی که یک حلقه در انگشتت کند.»

حرف‌های الیزابت باعث می‌شود احساس بی‌ارزش بودن بکنم. حرف‌های زیادی است که دلم می‌خواهد به او بگویم. از جمله این‌که خودش هم یک مادر تنها است. اما ساکت ماندن جواب می‌دهد. من با اشتباهاتم کنار آمده‌ام. باید با کایل حرف می‌زدم. و اگرچه مادرم این‌کار را کرده بود، اما دوری گزیدن من از او هم کار نادرستی بود.

درحالی‌که منتظر پاسخ کایل هستم. روی لبهٔ تخت می‌نشینم و حساب اینستاگرامم را نگاه می‌کنم. شستم بر روی عکس‌هایی که دیشب حین بی‌خوابی ارسال کردم، می‌چرخد. عکس هوایی از استانبول از داخل هواپیما. عکسی که هنگام بیرون آمدن از فرودگاه جدید گرفتم. راننده‌ای که دنبال‌مان آمده بود تابلویی دستش گرفته بود که رویش نوشته بود هال. تصویر را بزرگ می‌کنم و به زنی که روسری قهوه‌ای به سر کرده و در

کنار راننده ایستاده است، نگاه می‌کنم. هر دو حالت یکسانی دارند، چشم انتظار هستند. هر دو منتظرمان هستند.

الیزابت ادامه می‌دهد «وقتی داشتند می‌رفتند، چند کلمه با مدیر هتل درباره‌ی بردن تخت صحبت کردم. فکر می‌کنم خانه‌داری ترتیبش را می‌دهد.»

توجه من هم چنان به زنِ در تصویر معطوف است. مانتوی تنش او را از زانو تا چانه می‌پوشاند. چهره‌اش خسته و رنگ پریده است. گونه‌های برجسته بر صورت لاغرش غالب هستند. یک ماسک جراحی دور گردنش است، از همان هایی که افراد ترسان از میکروب‌ها در مکان‌های عمومی به صورت می‌زنند.

« انگار روح دیده. امیدوارم کسانی که دنبال‌شان است را بیابد.»

«راجع به کی حرف می‌زنی؟»

بلند می‌شوم و گوشی را به مادرم می‌دهم. «او. زنی که در فرودگاه بود. وقتی داشتیم از گمرک بیرون می‌آمدیم دیدیمش. انگار مریض است. امیدوارم کسانی که دنبال‌شان است را بیابد.»

الیزابت عکس را بزرگ می‌کند و با دقت به راننده و زنی که در کنار او ایستاده است، نگاه می‌کند. « از راننده خوشم آمد. باید بازهم با این شرکت کار کنیم. فکر می‌کنم برای ملاقات‌ها سرمان حسابی شلوغ شود. اما امیدوارم فرصتی هم برای گردش بیابیم. این اولین سفر تو به استانبول است. خیلی از جاهای شهر هستند که می‌خواهم به تو نشان بدهم.»

گوشی را پیش مادرم می‌گذارم و به سمت پنجره می‌روم و پرده‌ها را باز می‌کنم. هتل صد ساله‌ای که ما در آن اقامت داریم در اصل به عنوان زندان دردوره عثمانی ساخته شده است. اما با آن همه مرمرکاری راهروها و مبلمان مجلل بعید می‌دانم هیچ یک از زندانیان پیشین آنجا را بازشناسد. دلم می‌خواهد بیرون بروم و اگر بشود نبض واقعی شهر را حس کنم.

الیزابت در حالی‌که به کنار من می‌آید، می‌پرسد «این خانم کیست؟» هم چنان دارد عکس‌های اینستاگرام را می‌بیند. «برای من کار می‌کند؟»

الیزابت در صفحه‌ی من نیست. او در صفحه‌ی کایل است. تصویر متعلق به شب قبل است و عکس جلوی غرفه‌ی اکسترنوس در گردهمایی را نشان می‌دهد.

«این طور که به هم چسبیده‌اند، به نظر می‌رسد خیلی با هم راحت هستند.»

سعی می‌کنم موج حسادتی که درونـم شکل می‌گیرد را نادیده بگیرم. موهای بلوند کایل که با انگشت شانه شان کرده در میان افراد دریایی از افراد سیاه مو خودنمایی می‌کنند. زنی که کنار او ایستاده موهای سیاه شبقی دارد که تا نزدیک کمرش پایین آمده‌اند. لبخند تمرین‌شده‌ای دارد و اعتماد به نفس از او تراوش می‌کند. زنی است که به دیده و ستایش شدن عادت دارد.

عکس او را قبلاً در حساب کایل دیده‌ام. وقتی حدود چهار ماه پیش به ژاپن رفته بود عکسی از او پست کرد. الیزابت با تحسین می‌گوید «پاهایش را ببین. هرکسی جای او بود به یک لباس سیاه کوتاه احتیاج داشت. فکر می‌کنی اندازه‌اش چند است؟ شاید دو؟»

«از کجا بدانم؟» سراغ تلفنم می‌روم ولی او دستش را می‌کشد.

«آن لباس سیاهی که پارسال در بلومینگ دِیل برایت خریدم را آوردی؟»

«نه من از پارسال همین موقع نُه کیلوگرم چاق‌تر شده‌ام. برایم کوچک شده است»

«شاید باید به فکر رژیـم گرفتـن باشی. الان دو ماه از زایمانـت گذشته است.»

وزن من حتی پیش از بارداری دغدغه‌ای برای او شده بود. این هـم یکی دیگر از آن مکالماتی است که الان نمی‌خواهـم داشته باشم. خوشبختانه صدای دریافت پیام از گوشی بلنـد می‌شود. گوشی را از دست او می‌قاپـم و به سمت دیگری می‌روم. «کایـل می‌گوید امـروز و فـردا جلسـه‌ای نداریـم. اولین جلسه بـرای چهارشنبه صبح برنامه ریزی شده است.»

«او به جلسه خواهد رسید؟»

«بلـه خواهـد رسیـد.» چمدانـم را بلنـد می‌کنـم و روی تخت می‌گـذارم و لباس‌ها را بـرای قـرار دادن در کمد و کشـوها از هـم تفکیـک می‌کنـم.

راحـت. به اشارۀ نـه چنـدان زیرکانـۀ الیزابت دربـاره وجود چیزی بین کایل و آن زن در تصویر فکر می‌کنـم. به طور حتم رابطه ما از زمانی که خبر بارداریم را اعلام کردم، دچار مشکـل شده بود. اما با در راه بودن بچه امیدوار بودم... امیدوار بودم... که چه شود؟ که ناگهان آمادگی پدر شدن را پیدا کند؟ که به خاطر آن‌قـدر بچـه می‌خواستم کـه او را از معادله بیرون گذاشتم، مرا ببخشد؟

«امروز دلت می‌خواهد چه کار کنی؟»

صدای الیزابت به افکارم پیرامون رابطه‌ای از هـم گسیخته پایان می‌دهد. باید بیرون بروم و کمی دور بزنم. شاید به خاطر تاریخچهٔ این مکان به‌عنوان زندان باشد، اما دیوارهای آن دارند خفه‌ام می‌کنند.

«شاید بد نباشد در محلهٔ اطراف کمی قدم بزنیم. من نیز باید چند تا کار انجام بدهم.»

«نه می‌رویم حمام، ماساژ می‌گیریم و کمی استراحت می‌کنیم. هیچ چیز مثل آن نیست. حتماً برایت خوب است به خصوص امروز.»

الیزابت گوشی را برمی‌دارد و به زبان ترکی با دربان صحبت می‌کند و قرارهایی می‌گذارد. باعث شگفتی من است که هنوز بعد از گذشت سال‌ها تا این حد به زبان ترکی مسلط است. مادرم چند زبان بلد است. در هر موقعیتی می‌تواند به آلمانی، فرانسه، فارسی یا اسپانیایی تغییر زبان بدهد. او خودش این امر را مرهون این می‌داند که در خانواده‌ای نظامی بـزرگ شده و به جاهای مختلف سفر کرده است. این و نیـز سال‌ها کار به‌عنوان مترجم در خارج از کشور. چهار سال از آن سال‌ها در ترکیه سپری شد و حین همان دوره بود که من به دنیا آمدم.

وقتی داشتم بزرگ می‌شدم تلاش زیادی کرد تا مـرا به آموختـن زبان ترغیب کند. کلاس‌های فوق برنامه. معلم‌هـای خصوصی بومی. اما بیشترین چیزی که بلدم، یک اسپانیایی دست و پا شکستهٔ دوران دبیرستان است.

«سراغ یک جای خوب که محلی‌ها می‌روند را گرفتـم. او دارد در یک حمـام سنتی نزدیک بازار ادویه برایمان جا می‌گیرد.»

«چند دقیقه به مـن وقت بده تا خـودم را جمع و جور کنـم.» به داخـل حمـام می‌پرم تا لبـاس بپوشم.

جلوی آینه مکثی می‌کنم و خجالت می‌کشم. تمام صورتـم پف کرده است. چشمان فندقی‌ام تبدیل به یک خط شده‌اند و به سختی دیده می‌شوند. حالم از موهایم به هـم می‌خورد، فرفری و مهارنشدنی هستند. به همهٔ آن افرادی که یک ساعت پیش در اتاقم رژه می‌رفتند می‌اندیشم. لباسم را می‌پوشم و موهایم را دم اسبی می‌بندم. وقتی بیرون می‌آیم الیزابت برایم ساکی بسته است. در حین بیرون رفتن چشم‌هایم یک بار دیگر به تخت بچه می‌افتند. دیشب وقتی رسیدیم در اتاق بـود. یک اشتباه یا کج فهمی از سوی کارکنان هتـل. تاریخ سفر، طول مدت اقامت

و هتل محـل اقامت همگی ماه‌ها پیش توسط جکس تعیین شده بودند.
او و الیزابت خودشان این سفر را برنامه‌ریزی کرده بودند. قرار بـود پس از
این‌که جزئییات انتقال مالکیت مشخص شد، کایل هـم به آنها ملحـق
شـود. به خاطر بچه قرار نبود من بخشی از این سفر باشم.

«بازار ادویه از جایی که می‌رویم زیاد دور نیست، شاید بعد بتوانیم قدمی
در آن بزنیم.»

«تو جلو برو. هرجا دلت می‌خواهد من را ببر. متخصص اینجا تویی.»

حین عبـور از سرسرا به افراد پشت میز پذیرش نگاه نمی‌کنـم. می‌توانم
نگاه‌های آنها بر روی خودم را احساس کنم. الیزابت در کنارم راه می‌رود و با
همه گفتگو می‌کند انگار نه انگار نصف کارکنان هتل امروز صبح بالا بودند
و دنبال بچهٔ خیالی مـن می‌گشتند. به توضیحی کـه الیزابت گفت برایشان
بدهـم فکـر می‌کنم. دست کم باید از آنها تشکـر می‌کردم. اما خیلی کرخت
بـودم. و طبیعت مـن همیشه این‌گونه است کـه در برابر هر آن چه الیزابت
می‌گوید جبهه می‌گیرم. این هم بخشی از ماجراهای مادر و دختری ما است.

بیرون در هتـل، دربان بـا دست به یک تاکسی اشاره می‌کنـد و راننده
بلافاصله جلـوی در می‌ایسـتد. خورشید می‌درخشد. برگ‌های دو جفت
درخـتِ آن طرف کوچهٔ سـنگ‌فرش شده شروع به چرخش می‌کنند.

درست هنگامی که تاکسی به‌راه می‌افتد او را می‌بینم. او در گوشـه‌ای
کنار در رستوران سِوِن هیلز[1] ایستاده است. عینک آفتابی چشـم‌هایش را
پوشانده و همان ماسک جراحی دور گردنش است. گروهی از گردشگران در
صف ایستاده‌اند و منتظرند وارد رستوران شوند، اما او با آنها نیست. دارد به
ما نگاه می‌کند.

به مادر می‌گویم «خودش است.»

«کی؟»

«همان زن محجبه که عکسش را نشانت دادم.»

الیزابت که دارد لیره هایش را می‌شمارد حواسش پرت می‌شود «کجا؟»

از پنجرهٔ عقب به بیرون نگاه می‌کنم. درحالی‌که تاکسـی ما آهسته
به سمت پایین کوچه می‌رود، سرش را می چرخاند.

«کنار رستوران، همان زنی که روسری قهوه‌ای به سر دارد و مانتو پوشیده
است.»

1- Seven Hills

الیزابت دارد سکه‌ها را می‌شمارد. «ما در یک شهر هجده میلیونی هستیم.»

«من دارم در مورد یک چهره و یک فرد حرف می‌زنم. چهره‌اش آشناست. مطمئنی او را نمی‌شناسی؟»

بالاخره الیزابت سرش را می‌چرخاند و جهت نگاه مرا دنبال می‌کند. «کسی که بشناسم نمی‌بینم.»

گوشیم را در می‌آورم و در میان عکس‌ها دنبال عکس فرودگاه می‌گردم. اشاره می‌کنم «این زن. زنی که در دروازه ورودی فرودگاه ایستاده بود.»

الیزابت نیم‌نگاهی به گوشیم می‌اندازد و کل موضوع را رد می‌کند. او بیشتر دوست دارد با راننده ترکی حرف بزند. از گذشته و حال صحبت می‌کنند و هر دو لبخند می‌زنند.

متوجه می‌شود دارم نگاهش می‌کنم و نقش راهنمای گردشگری را برعهده می‌گیرد.

«این شهر مرکز جهان بوده و برای هزاران سال شرق و غرب را به هم پیوند می‌داده است. ایرانی‌ها، یونانی‌ها، رومی‌ها، اعراب، صلیبیون و ترک‌های عثمانی. همگی آمده‌اند و اینجا را تسخیر کرده‌اند. تمدنی بر روی تمدن دیگر بنا شده و هتل ما در قلب همهٔ این‌ها قرار گرفته است.»

ماشین درون ترافیک حرکت می‌کند و الیزابت با انگشت به ساختمان‌ها اشاره می‌کند. ایاصوفیه. آن سوی یک میدان بزرگ، مسجد آبی. گردشگران و محلی‌ها در پیاده‌روها و فضاهای باز ازدحام کرده‌اند. اتوبوس‌ها در امتداد خیابان‌ها صف کشیده‌اند. علائمی به مردم نشان می‌دهند که کجا در صف بایستند. راهنمایان گردشگری با نشان‌هایی در دست، گروه‌شان را مثل مار حرکت می‌دهند و با دست به جاهایی که باید ببینند اشاره می‌کنند و حواس آنها را از گدایان و پناه‌جویان پرت می‌سازند. مثل دختری جوان با صورتی کثیف که شلوار و تی‌شرتی مندرس پوشیده است. او تکه‌ای مقوا در دست دارد و وقتی تاکسی پشت چراغ قرمز می‌ایستد آن را سمت من می‌گیرد. روی آن به انگلیسی بدخطی نوشته است: سوریه‌ای، گرسنه، کمک کنید.

انگشتانم به سمت کیفم می‌رود ولی الیزابت دستش را روی دستم می‌فشارد و متوقفم می‌کند.

«این کار را نکن. پول به آنها نمی‌رسد. به صاحب‌کارشان پول نده.»

ماشین وارد یک تقاطع می‌شود و داخل یک خیابان فرعی می‌پیچد. نگاه چشمان تیرهٔ کودک با من می‌ماند و شانه‌هایم سفت می‌شوند. به من گفته‌اند همهٔ بچه‌ها با چشمان آبی به دنیا می‌آیند. چشمان خزان هم آبی بود، آبی تیره، درست به رنگ آبی آسمان قبل از غروب. چشمان دخترم در نهایت چه رنگی می‌شد؟ هیچ وقت نخواهم فهمید.

سردرد بازگشته است. ماشین و خیابان‌ها دارند رویم آوار می‌شوند.

پیچ تند دیگری را می‌پیچیم و وارد خیابان شلوغ‌تری می‌شویم و من بر چرم فرسودهٔ صندلی چنگ می‌زنم. انگشتانم رویش شُرم می‌خورند.

امروز دری به سوی خاطرات خزان گشودم و نمی‌توانم ببندمش.

بچه‌ام مدام گریه می‌کرد. ولی به محض این‌که بلندش می‌کردم، روی پوست برهنه‌ام لانه می‌کرد، به صدای قلبم گوش می‌داد و سپس به خواب می‌رفت.

به یاد دارم انگشتانش را می‌شمردم. پوستش را بو می‌کردم و نرمی ابریشم‌گونهٔ پوست قهوه‌ایش را حس می‌کردم.

کایل شب اولی که در بیمارستان بودیم آمد و تا دیر وقت ماند. او برایم یک گلدان بزرگ گل آورد و خیلی تلاش کرد تا وانمود کند خوشحال است. اما خزان تمام مدتی که در بغل او بود گریه کرد، انگار می‌دانست این رابطهٔ پدر-دختری دوامی نخواهد داشت.

در مابقی دوران بستری بودنم یا دیر وقت می‌آمد یا زود می‌رفت. باید به کارها می‌رسید. در نبود جکس و منی که در بیمارستان افتاده بودم، یک نفر باید عنان شرکت را در دست می‌گرفت. غم‌انگیز است که وقتی دخترمان به دنیا آمد آنجا نبود و نیز وقتی مرد.

مادرم به ترکی می‌گوید «همین‌جا»

راننده جلوی یک اتوبوس در حال حرکت می‌ایستد و با پارک کنار لبهٔ پیاده‌رو رفت و آمد را بند می‌آورد. وقتی داریم پیاده می‌شویم الیزابت چیزی می‌گوید. مرد جوان پاسخش را می‌دهد. هر دو سراپا لبخند هستند. او حتی چیزی به راننده اتوبوس گفت و در ازایش تکان دادن دستی دوستانه نصیب‌مان شد.

داخل حمام پشتی‌ها به دیوار یک اتاق انتظار مفروش تکیه داده شده‌اند. در گوشه‌ای، روی یک میز کوتاه، سماور و لیوان‌هایی برای چای قرار دارند. کنار میز پذیرش یک کوزهٔ گل یاس هوا را با عطر شیرین و

مرموزش پر کرده است. با دیدن آن به یاد بالکن کوچک آپارتمانم می‌افتم که یاس‌ها با گل‌های ستاره‌ایشان به‌صورت وحشی در آن روئیده‌اند. زنی قد بلند و خوش‌اندام با انگلیسی دست و پا شکسته به ما خوش‌آمد می‌گوید. آن‌قدر با برنامه نویسان روسی کار کرده‌ام که خیلی زود لهجهٔ او را می‌شناسم. وقتی الیزابت پاسخش را به ترکی می‌دهد، آشکارا نفس راحتی می‌کشد.

در حالی‌که مادرم دارد تصمیم می‌گیرد کدام بسته خدماتی را انتخاب کنیم، من از درون شیشهٔ دودی در به خیابان شلوغ نگاهی می‌اندازم. او آن سوی خیابان در کنار یک باغچهٔ بالا آمده است. عینک آفتابی را بالای سرش گذاشته و همان روسری و مانتو را پوشیده و به ساختمان زل زده است.

به سمت در می‌روم و کف دستانم را روی شیشه می‌گذارم. «او برگشته است.»

الیزابت از تمرین کردن زبان ترکی لذت می‌برد و با سرعت لاکپشت با نفر پذیرش صحبت می‌کند.

بلندتر می‌گویم «او تا اینجا ما را تعقیب کرده است.»

«ماساژ هشتاد دقیقه‌ای کافی است؟»

از روی شانه‌ام نگاهی به مادرم می‌اندازم. «فکر می‌کنم می‌خواهم بروم بیرون و با او صحبت کنم.»

بالاخره می‌آید «داری راجع به که صحبت می‌کنی؟»

خیابان مملو از محلی هایی است که به این سو و آن سو می‌روند. تا جایی که من متوجه شده‌ام استانبول شهر تاپ بندی و حجاب و هر چیزی بین این دو است.

«همانی که در پیاده‌رو دیدیم. فکر می‌کنم دارد تعقیب‌مان می‌کند. مطمئنی او را نمی‌شناسی؟»

«کسی را که بشناسم نمی‌بینم. شاید یک روسری را با دیگری اشتباهی گرفته‌ای.»

زن ناپدید شده است. مادرم چیزی نمی‌گوید ولی از لحنش پیدا است که من به طور کلی توهم زده‌ام. می‌دانم که این طور نیست.

«یک دقیقه پیش آنجا بود.»

روی شانه‌ام می‌زند. «ماساژ هشتاد دقیقه‌ای؟»

«هر چه خودت فکر می‌کنی مناسب است.»

هر چه از در فاصله می‌گیرم پاهایم سنگین‌تر می‌شوند. زن روس به هر کدام از ما یک حولهٔ پارچه‌ای سفید و قرمز و دمپایی‌های حوله‌ای می‌دهد. حین دنبال کردن او، به قسمت‌های مختلف راهرو اشاره می‌کند و توضیح می‌دهد که چه چیز کجاست. کف مرمری، دیوارها مرمری، حتی سقف هم سفید است. این محل به تمیزی همان بیمارستانی است که مرا بعد از تصادف به آن بردند.

الیزابت ترجمه می‌کند «حمام‌های مردانه و زنانه جدا هستند. حوض بزرگ، سونای خشک و بخار آنجا هستند. برای ماساژ باید از این طرف برویم. حمام مرکزی آن طرف این در است.»

من به درستی به آن چه داشتیم انجام می‌دادیم فکر نکرده بودم، اما دارم به سرعت متوجه قضایا می‌شوم. این فقط یک سالن ماساژ نیست، بلکه یک حمام عمومی است.

جلوی ما دو زن میانسال گفت‌وگوکنان از حوض بیرون می‌آیند. لبخندی می‌زنند و وارد رختکن می‌شوند. برهنه هستند. آن که مسن‌تر است اندامی گلابی شکل و یک ماه‌گرفتگی به‌اندازه یک سکه بیست و پنج سنتی روی باسنش دارد. یک حوله سفید و قرمز روی بازویش انداخته است. زن جوان‌تر لاغرتر است و سینه‌های کوچکی دارد و حوله را مثل عمامه دور سرش پیچیده است.

به حوله‌ای که نفر پذیرش به من داد خیره می‌شوم و زیر لب لعنت می‌فرستم که ای کاش الیزابت یک لباس شنا در ساکم گذاشته بود.

در رختکن یک زن برهنه دیگر دارد جلوی دیواری از آینه‌ها موهایش را سشوار می‌کند. سعی می‌کنم خیره نشوم. نمی‌خواهم چشم‌مان به هم بیفتد. آنها به بهترین نحو از اندامشان راضی هستند، اما من نه. دنبال فضایی می‌گردم که تنها و به حال خودم باشم. جایی نیست به جز دستشویی‌هایی که در گوشه رختکن قرار دارند.

مشخص است که روال اینجا همین است و منم که استثنا هستم. زنان ترک رویکرد متفاوتی از زنان آمریکایی به اندام خود دارند. در این فرهنگ شرم جنسی شباهت‌های کمی با موانع بازدارندهٔ زنان غربی دارد. یا بهتر است بگویم موانع من.

کارمند پذیرش دوباره با مادرم صحبت می‌کند.

الیزابت برایم ترجمه می‌کند «امروز صبح فقط یک ماساژور دارد. باید یکی یکی داخل برویم. می‌خواهی نوبت اول باشی؟»

«نه. تو اول برو.»

از این‌که جواب درست را دادم احساس آرامش می‌کنم، چون او بدون بحث و جدل قبول می‌کند و به سمت دیوار رختکن می‌رود.

برای هماهنگ شدن با این برنامه به کمی زمان نیاز دارم. انتظار من از رفتن به حمام، حوله‌های سفید و ماساژ پشت درهای بسته بود. احتمالاً این همان چیزی بود که هتل برای گردشگرانش تدارک می‌دید. انگار هیچ‌گاه از آمریکا خارج نشده بودند.

نسبت به اندامم احساس شرم دارم. مادرم این را می‌داند و دوست دارد به رویم بیاورد. او هفتاد و چهار سالش است و شبیه به یک مربی چهل سالۀ پیلاتس، ریزنقش و خوش‌اندام است. برعکس او من استخوان‌بندی درشتی دارم. هیچ‌وقت اندازه‌ام صفر، دو، چهار یا شش نبوده است. شاید وقتی دوازده سالم بود شلوار جین سایز هشت می‌پوشیدم، اما نه بعد از آن. بارداری فقط وزنم را زیاد کرد.

وسایلم را داخل نزدیک‌ترین کمد می‌گذارم و به یکی از دستشویی‌ها پناه می‌برم. درِ دستشویی به کف می‌رسد و خلوت کوچکی برایم فراهم می‌کند.

صدای آب جاری در روشور آن طرف در، باعث می‌شود به فکر خزان بیافتم. در بیمارستان او را با اسفنج حمام کردم. در تمام مدت چشمانش کاملاً باز بود و به من می‌نگریست. روی چانه‌اش چالی داشت، گونه‌های گرد و جای بوسه فرشته بین ابروهایش.

اشک‌ها پایین می‌آیند و نمی‌توانم جلویشان را بگیرم. نه. نمی‌توانم. نباید دو بار در یک روز به هم بریزم. می‌توانم از عهده‌اش بر بیایم. باید از عهده‌اش بر بیایم. در استانبول کار دارم.

ضربه‌ای به در دستشویی می‌خورد «عزیزم، چطوری؟»

حس ششم دارد. با پیراهنم صورتم را پاک می‌کنم و سیفون را می‌کشم تا صدایم را خفه کند.

«خوبم. دارم می‌آیم بیرون.»

«اول کجا می‌روی؟»

«حمام»

«می‌توانم صبر کنم و قبل از این‌که برای ماساژ بروم راه را به تو نشان بدهم.»

«خودم پیدایش می‌کنم. راه به یادم هست»

چند لحظه ساکت می‌شود، اما بالاخره می‌شنوم که با زنی در رختکن وارد گفت‌وگو می‌شود. آنها به چیزی که او می‌گوید می‌خندند. درحالی‌که هم‌چنان لباس بر تن دارم روی توالت می‌نشینم و صبر می‌کنم.

به کار فکر کن. به کار فکر کن.

به کار فکر کردن خیلی آسان‌تر است. الیزابت قول داده که به محض نهایی شدن معاملهٔ اکسترنوس به من و کایل پاداش بدهد. بی‌شک هر دوی ما کارمان را از دست می‌دهیم، اما هیچ‌گاه راجع به بعد از آن با هم صحبت نکرده‌ایم. اصلاً نمی‌دانم او برای پولش چه نقشه‌ای در سر دارد و یا چه شغلی پیشه خواهد کرد. خودم می‌دانم می‌خواهم چه کار کنم. از مدت‌ها قبل تصمیمم را گرفته بودم، حتی قبل از مردن خزان.

سشوار خاموش می‌شود و مکالمهٔ الیزابت پایان می‌یابد. با خودم می‌گویم لابد زنان از این که من خودم را در دستشویی زندانی کرده‌ام، تعجب کرده‌اند.

مادرم دوباره پشت در ایستاده است «مطمئنی نمی‌توانم کاری برایت انجام دهم؟»

« من خوبم. جدی می‌گویم. دارم می‌آیم بیرون.» صدای دور شدن قدم‌هایش را می‌شنوم.

حالا که او رفته رختکن در سکوت فرو می‌رود. پیش از بیرون رفتن کمی صبر می‌کنم. همهٔ زن‌ها رفته‌اند، اما دختر جوانی سرش را داخل کمد من کرده است.

« چه کار داری می‌کنی؟»

به عقب می‌پرد. با چشمانی گشاد شده یک تکه کاغذ تا شده را به سمت من تکان می‌دهد. (به ترکی) «نترس. آن مرد این را به من داد.»

نمی‌فهمم چه می‌گوید. داخل کمد را نگاه می‌کنم. زیپ کیفم بسته است. کیف پارچه‌ای و دیگر وسایلم کنار آن است. به نظر نمی‌رسد دست خورده باشند. به تمام هشدارهایی که در مورد جیب برها و گداها به من داده شده فکر می‌کنم. اما او شبیه به هیچ‌کدام نیست. فرار هم نمی‌کند. به تکان دادن کاغذ مقابلم ادامه می‌دهد.

(به ترکی) «او این را به من داد. برای آمریکایی»

«من ترکی حرف نمی‌زنم.»

(به ترکی) «آمریکایی هستی؟»

«بله»

(به ترکی) « این برای تو است.» کاغذ را در دستم می‌چپاند و بیرون می‌رود، با قیافه‌ای که گویی لطفی در حق من کرده است. یادداشت را باز می‌کنم و به کلمات خیره می‌شوم. نوشته به انگلیسی است. خوش برگشتی، کریستینا.

آنگاه

او مال من است. مال من. نمی‌توانی دخترم را از من دور کنی. من اجازه نخواهم داد.

اشک صورت زری را خیس کرد. نمی‌خواستند دست از پایین آمدن بردارند. به استانبول آمده بود. به این هتل. آماده برای گفتن حرف‌هایی که داشت، همراه با آن چه در نظر داشت انجام دهد. اما بخت با او یار نبود.

سفر به اینجا شبیه به کابوس بود. ساعت‌ها روی لبهٔ تیغ اضطراب و یأس خم می‌شدند. اتوبوس در حین حرکت از آنکارا به استانبول در تونلی که از کوه‌های سبز می‌گذشت، خراب شد. صدای بوق کامیون‌ها و ماشین‌ها کر کننده بود و در لولهٔ دود زدهٔ بتونی که مثل قبر آنها را در بر گرفته بود طنین‌انداز می‌شد. زری با خود اندیشید به طور حتم در آن تاریکی خواهد مرد. سفر پنج ساعته، هشت ساعت به درازا کشیده بود و حین حرکت از شاخ طلایی به درون استانبول قدیم، باران بر سقف اتوبوس می‌کوبید.

سفر مثل شکنجه بود ولی این هم بدتر بود. خیلی دیر رسیده بود.

او روی پاگرد پلکان اضطراری هتل مکثی کرد. دیوارهای اطرافش هوا را از ریه‌های او می‌گرفتند. اما در واقع این زری نبود که برای نفس کشیدن تقلا می‌کرد، بلکه بچه‌ای بود که در میان بازوانش آرمیده بود.

«نمی‌گذارم بمیری کوچولو.»

تسلیم شدن در مرام کردها نبود. در قلات دیزه کردستان، پیش از این‌که بمب‌ها مردم را بکشند، پیش از آن‌که تانک‌ها و بولدوزرهای ارتش بعث شهرش را صاف کنند، زری با اشعار شاهنامه بزرگ شده بود. شخصیت

قوی و استقامت از کودکی در وجودش ریشه دوانده بود.

او همیشـه خـود را به باهوشـی و اسـتقلال سیندخت می دید. به ماننـد فرنگیـس کـه بـرای انتقـام مـرگ همسـرش لشـکری برانگیخـت. او رودابـهٔ شجاع، مادر رستم، پهلوان پهلوانان بـود. و وقتی مجبور شد سرزمینش و همهٔ کسانش را ترک کند به سان منیژه بود که به تبعید می رفت. خونی کـه در رگ هـای آنهـا جـاری بـود اکنون در رگ هـای او می چرخید.

خاطرات آن زنـان قهرمـان اکنون به ذهن او می آمد. آنهـا تجسم خِرَد، تعهد و شجاعت بودند. آنها باعث شکل گیری تمدن هایی شده بودند. آنها مادرانی بودند کـه به خاطر خانواده شـان، به خاطر مردمشـان جنگیدند.

امـا امـروز او شانسـی نداشـت کـه مثل آنهـا باشد. شانسـی بـرای ایسـتادن و جنگیدن نداشـت. بدنش می لرزید. با سرعت هرچـه تمام تـر به اینجا آمده بـود، خیلی دیر شـده بـود. هر ذره از امیـد کـه بدان چنگ انداخته بود از میان رفت. زندگیش از هم پاشیده بود.

کردهـا جـز کوهسـتان دوسـتی ندارنـد. درسـت بـود. اینجـا در اسـتانبول، او تنهـا بـود. هیچ کـس را نداشت کـه به او کمک کند. کسـی نبود که همراهش بجنگد و در کنارش بایستد. او چیزی نبود جز یک پناه جو. یکی از میلیون ها نفری کـه مجبور شده بودند خانـه و کاشانه شـان را ترک کنند.

امـا زری خانه اش را ترک نکرده بـود. او از آنجا فرار کرده بود. درحالی کـه اطرافـش را صـدای صـوت گـوش خـراش گلوله هـای تـوپ پر کـرده بـود، بـا تمام تـوان گریختـه بـود. او بـا دو دست بر شکمِ برآمـده، از شـهری کـه خانـه می نامیـدش گریختـه بـود.

بـا پیوسـتن از یـک گـروه خسـته و وامانـده به گـروه دیگر، خـودش را روی جاده هـای ناهموار به دوش می کشـید. در آن هنگام کـه او به سمت شمال و غرب به درون ترکیه سفر می کرد، ماه بر روی برف قله هـای بلند می تابید. هنـوز می توانسـت سـوز سـرمای شـبانه را در اسـتخوان هایش حس کنـد. و در حاشیهٔ جاده هـا بقایای هم وطنان کرد کـه بیشترشان پیر و زخمی بودند را می دیـد کـه نتوانسـته بودنـد مشـقات ایـن راه دشـوار را تاب بیاورنـد. اما وقتی از کنـار بچه هـای کوچـک قنـداق شـده کـه تعدادشـان زیاد بـود می گذشـت، رویـش را برمی گردانـد و کلماتـی تسـکین دهنده به آن کـه درون شکمش بـود می گفت.

حـالا اینجا در اسـتانبول، زری می کوشـید تا انگشـتانی کـه مانع رسیدن

خون به قلبش می شدند را باز کند. بچه، که نمی توانست حتی ذره ای هوا به درون ریه هایش بکشد، بازویش را باز کرد و کشید. سرفه ها هر لحظه بدتر می شدند.

«نفس بکش عشقم، نفس بکش.»

خلط به غلیظی گِل بود. زری از طلوع تا غروب، بیست و چهار ساعت شبانه روز، به او غذا داده بود، عوضش کرده بود، با او بازی کرده بود و به او عشق ورزیده بود. چه می شد اگر تنها می توانست به جایش کمی نفس بکشد.

پزشک نبود، اما می دانست هر یک از این لحظات می توانند لحظهٔ آخر باشند. تلاشی خسته و نهایی. و سپس تسلیم.

سرفه ای گیر می کند و بچه به نفس نفس می افتد.

«سرفه کن، تسلیم نشو، دخترم.»

کمرش از اضطراب تیر کشید. در حالی که بچه را بر روی شانهٔ لاغرش گذاشت و بر پشتش می زد از پله ها پایین آمد. ناگهان بچه سرفه سختی کرد و نفسی گوش خراش و خس خس کنان کشید و بعد جیغی خفه زد. با عجله پایین آمد، می دانست این رهایی گذرا است.

در پایین پلکان، در راهروی خدماتی باز شد. یک نیروی یونیفرم پوش حراست هتل جلو آمد و راهشان را بست. احتیاط سیمایش را تیره کرده بود.

«صبر کن.» به روسری روی سرش و کیف سنگینی که از شانه اش آویزان بود خیره شد. زری چشمانش را برگرداند. «تو مهمان نیستی. اینجا هم کار نمی کنی. پس داخل هتل چه می کنی؟»

نگهبان به زبان ترکی حرف می زد. زری نیز به اندازه کافی ترکی بلد بود ولی نمی توانست خطر کند. زبان مادری او سورانی، فارسی و عربی بود. در آن لحظه نمی توانست به هیچ یک از آن زبان ها صحبت کند، زیرا نگهبان به سرعت می فهمید که او کرد و پناه جو است. از وقتی به این کشور آمده بود زبان انگلیسی را فرا گرفته بود و اغلب به آن زبان حرف می زد. باید این کار را می کرد. تصمیم گرفت انگلیسی حرف بزند. «آمده بودم دوستی را ملاقات کنم، فکر کردم اینجا اقامت دارد.»

«یک گردشگر؟»

«یک گردشگر.»

«از کجا؟»

زری بچه را محکم تر در بازوانش گرفت.

«آمریکا. اما گویا اشتباه آمده‌ام.» قبل از این‌که نگهبان فرصت کند اسمی بپرسد به در پشت شانه‌های نگهبان اشاره کرد «دارم می‌روم.»

«بچهٔ شماست؟» با تردید به لباس‌های خیس و مندرس زری و کت و کفش نوی بچه نگاه کرد.

«بله تیام. تیام رحمان. بچه من است.»

«تو ترک نیستی. مدارکت را نشانم بده.»

پوست گردن زری از نگرانی تیر کشید.

نگهبان دستش را دراز کرد «مدارک!»

می‌توانست نقش زنی گیج و سر به زیر به بازی را بازی کند. این راه قبلاً هم وقتی پلیس در یک بزرگ‌راه تاریک بیرون کایسری او را متوقف کرد، جواب داده بود. شاید این یکی هم بگذارد او برود، اما از همهٔ این بازی‌ها خسته شده بود. از این مردمان خسته بود. همان لحظه سرفه‌ای عمیق از سوی گلوی بچه‌ای که در میان بازوانش بود فوران کرد و صدایش در پلکان پیچید. انگار ریه‌های بچه داشتند از هم می‌دریدند. مرد ناخواسته عقب رفت.

«مدارک»

بچه بازوانش را باز کرد وکشید و تلاش کرد نفس بکشد. خون زنان شاهنامه در رگ‌های زری به جوشش درآمد. خشمی تند و مادرانه در صدایش دوید «من نمی‌توانم معطل تو بشوم. باید او را به بیمارستان برسانم. از سر راهم کنار برو.»

زری از کنار نگهبان رد شد و به سمت در رفت. از کوچه راه خیابان را گرفت و دعا می‌کرد نگهبان دنبالش نیاید.

٤
زری

زری طول خیابان را دوید و دعا می‌کرد به موقع کمکی پیدا کند. بچه برای تنفس تقلا می‌کرد.

شهر برایش غریبه بود. وقتی کنار خیابان داروخانه‌ای دید، عابرین را کنار زد و داخل شد. یکی از کارکنان بلافاصله به سوی او رفت.

زری گفت «من باید یک بیمارستان پیدا کنم.»

زن با نگرانی به بچهٔ خس خس‌کنان نگاه کرد «البته، یک کلینیک در خیابان بعدی است، ولی بهتر است به بیمارستان کنار بازار بزرگ بروی.»

«کجاست؟»

«اصلاً شهر را بلدی؟»

سرش را تکان داد «تازه رسیده‌ام.»

«مسیر تراموا را دنبال کن و برو بالای تپه. بیمارستان خرج دارد، اما آنجا بهتر به بچه‌ات رسیدگی می‌کنند.»

وقتی زری به درِ ریلی فوریت‌های پزشکی رسید، احساس کرد سینه‌اش الان می‌شکافد. پرستاری که آنها را پذیرش کرد، علائم حیاتی بچه را بررسی و اطلاعات را یادداشت کرد، اما چهره‌اش آرام و اطمینان‌بخش بود.

پزشکی که آمد با زری به زبان ترکی سلام و احوال پرسی کرد. بعد از معاینهٔ بچه، صاف ایستاد و گوشی‌اش را دور گردنش انداخت و به سوی او برگشت.

«گرفتگی ریه شدید است. این چیزی بیش از یک حملهٔ آسمی است. من به سینه پهلو مشکوکم.»

پزشک دستوراتی به پرستار داد و او با عجله بیرون رفت و پزشک را با زری تنها گذاشت.

زری روی تخت بچه خم شد و تلاش کرد بچهٔ بی‌تاب را آرام کند.

«می توانید به او کمک کنید؟»

«چند وقت است این طوری است؟»

« دو روز. شاید بیشتر. در راه بوده ایم. اما این بدترین حالش است.»

لب های بچه آبی شده بود.

«می توانید کاری کنید نفس بکشد؟»

«اسهال و استفراغ هم داشته است؟»

« امروز هر دو را داشته.»

«چقدر وقت است تب دارد؟»

«از امروز صبح.»

«باید بستری اش کنم.» به در نگاه کرد. «ما دستگاه کمک تنفسی جدیدی دربخش مراقبت های ویژه داریم که می تواند هوا را وارد ریه هایش کند. تجویز داروهایش را شروع خواهم کرد.»

می دانستند زری خارجی است. اما هم چنان مدارکی از او نخواسته بودند. پولی هم از پیش نخواسته بودند. به خاطر این که کفشش پاره بود ردش نکرده بودند. با این که سرش را با روسری پوشانده بود. به این خاطر که ترکی را به خوبی صحبت نمی کرد، او را نادیده نگرفته بودند. اثری از نگاه های معنادار نبود.

حداقل از سوی پرستار و این پزشک نبود.

«قبلاً آنتی بیوتیک خورده است؟»

«بله هفتهٔ پیش. و ماه پیش. اغلب این طوری می شود. نمی تواند نفس بکشد. برونشیت و سینه پهلو. زیاد مریض می شود.»

«بستری هم شده؟»

«بله.»

«کدام بیمارستان؟ پزشکتان که بوده است؟» یک تخته شاسی برداشت و خودکارش را از جیبش درآورد. «باید درباره درمان ها و داروهای قبلی با او تماس بگیرم.»

زری احساس کرد قلبش دارد به حلقش می آید. «من... ما اینجا پزشکی نداریم. برای ملاقات دوستی به اینجا آمده ایم.»

«نام تان را بگویید تا من در فهرست بیمارستان شهرتان جستجو کنم.»

اسم آنها در هیچ فهرستی نبود. زری سرش را تکان داد و دستان بچه را گرفت. انگشتان سرد و شکننده، دور انگشتان او جمع شد.

پزشک به کیف بنددار روی شانه زری نگاه کرد. کهنه بود و در آن تمام چیزی بود که زری فرصت کرده بود جمع کند. زری نمی‌دانست اگر او اصرار کند چه پاسخی باید بدهد.

با کمی مکث و با لحنی ناامید گفت «مهم است؟ حساسیت ندارد و دفعه آخر پنج روز او را در بیمارستان نگه داشتند. وقتی برگشت خانه می‌توانست نفس بکشد.»

لرزشی در چشمان پزشک پدیدار شد. به طور حتم او تنها پناه‌جوی بیماری نبود که به بیمارستان آمده بود. بزرگ‌ترین ترس آنها دستگیر شدن بود. آنها را بازمی‌گرداندند. اما در کردستان چیزی برای او باقی نمانده بود.

«این بیمارستان دولتی نیست. درمان در اینجا هزینه دارد. به محض این‌که وضعیتش پایدار بشود، می‌توانیم او را بفرستیم به–

«نه من پول دارم.»

پزشک با چهره‌ای پر از تردید به او خیره شد.

او تلاش کرد تا کیف را از روی شانه‌اش بردارد. «اگر فقط شما به بچه‌ام کمک کنید نفس بکشد، من می‌توانم پولش را پرداخت کنم.»

«حالا نیازی نیست. فردا در میز پذیرش با شما حساب می‌کنند.»

دری دو دهنه باز شد و پرستار برگشت.

«بخش مراقبت‌های ویژه آماده است.»

پزشک تخته شاسی علائم تیام را از قلاب انتهای تخت برداشت. وقتی برگشت و به زری نگاه کرد، او در چشمانش مهربانی و شفقت را خواند.

«امشب به او کمک خواهیم کرد نفس بکشد. فردا صبح چند آزمایش رویش انجام خواهیم داد.»

«می‌توانم اینجا بمانم؟ پیش او؟»

«نه، امشب باید پیش دوستتان بمانید. جای دخترتان امن است. فردا عکس اشعهٔ ایکس می‌گیریم و آزمایشات لازم را انجام می‌دهیم. فردا صبح برگردید اینجا.»

گریهٔ ضعیفی از روی تخت توجه زری را به خود جلب کرد. تیام. زری این نام را برای او برگزیده بود. پس از این‌که بچه را در روستای کنار جاده به دنیا آورد این نام را بر روی او گذاشت. در آنجا زنانی ناآشنا به او پناه دادند و بارانی از محبت بر او باریدند. تیام یعنی «چشم‌هایم». درحالی‌که به چشم‌های معصومش نگاه می‌کرد با خودش اندیشید، چه اسم مناسبی.

«عشقم مـن فـردا صبح زود می‌آیـم اینجـا، قـول می‌دهـم.» اشـک در چشمان زری حلقه زد و دیدش را تار کرد. پلکی زد و اشک‌هایش را فروخورد. روی تخت خم شد تا پیشانی بچه را ببوسد. « تو هـم قول بده بهتر بشوی. لطفاً کوچولو. به خاطر مـن زنده بمـان.»

تخـت را بردنـد و زری درحالی‌که آن را بـه سوی درهای آی سی یو دنبـال می‌کرد حس فراق سینه‌اش را از هم می‌دریـد. از آنجا کـه پرستار کلاه و ماسک جراحی بـر سر داشت مسئولیت را برعهده گرفت. پزشک هم همراه آنها داخـل شد.

پرستار دسـتی بـر شانه زری گذاشـت «جایـی بـرای سپری کـردن شب داری؟»

او چهل ساله به نظر می‌رسید یا حتی مسن‌تر.

«بله»

«شوهر داری؟»

موج دیگری از غم او را در بر گرفت. «بله»

«اینجا در استانبول است؟»

«نه . تنها آمدیم.»

«مدارک هویتی داری؟»

چهرهٔ زری سوخت. بـه آن چشـم‌های قهوه‌ای تیـره چشـم دوخت. سکوت فضای اطراف آنها را پـر کرد. در دلش دعایـی خوانـد. خدایـا درهـای رحمـت را بـر مـن بگشـا.

پرستار خـودش پاسخ داد «نداری» نگاهی به این طرف و آن طرف راهرو انداخت. هیچ‌کس آن اطراف نبـود.

«تو مادر خوبی هستی. مطمئنم.»

کلمات مثـل خنجـر بـر قلب زری نشسـت، امـا با بغضی کـه داشت از سینه‌اش بالا می‌آمـد جنگیـد. او مـادر خوبی بـود. عاشـق دخترش بـود.

«من امینه هستم. اهل کجایی؟»

«کردستان»

«مادر من هم اهل کردستان است.»

دعایش مستجاب شده بود.

«زری . در قلات دیزه به دنیا آمده و بزرگ شده‌ام.»

امینه سری تکان داد و نگاه غمگینش به زری گفت که درکش می‌کند.

پنجـاه هـزار نفر در قلات دیزه کشته شده و یا از آنجـا رانـده شـده بودنـد. ماه هـا بعـد از حملـه هم چنـان اسمش در اخبـار بـود. اما درگیری هـای مـردم کردستان چیز جدیدی نبود. درگیری پشت درگیری، دهـه پشت دهـه، آنها بـه کوهستان ها پناه می بردنـد و شـهرها و روسـتاها صاف می شدنـد.

ورود به محل تولدش اکنون برای او ممنوع بود. چهـار هـزار شهر و روستا اکنون برای مردمی که زمانی در آنها می زیستند، ممنوع بود.

از انتهای راهرو امینه را صدا زدند. او بایـد می رفت.

«فـردا صبـح مـن را پیـدا کـن. مـن همراهـت بـه دفتـر ثبت بیمارستان می آیـم و در پـر کردن فرم هـا کمکت می کنـم.»

زری می خواست بازوانش را به دور او حلقـه کند. می خواست هـزار بار از او سپاسگزاری کند، ولی او برگشت و بـا عجله بـه آن سوی راهرو رفت.

اشک های آرامـش تهدیـد بـه باریـدن می کردنـد. دسـت کـم امـور فـردا حـل شـده بودنـد.

ساعتِ بالای درِ بخـش مراقبت هـای ویـژه تقریبـاً هشـت شـب را نشـان می دهد. با خـودش فکر کرد یعنی فـردا دفتـر ثبت چه ساعتی بـاز می شـود. هـر ساعتی کـه بـود او قطعاً آن سـاعت آنجـا بـود. نمی توانسـت خیلـی از آنجـا دور شـود، چون اصلاً جایـی نداشت.

زری پاورچین پاورچین به انتهای راهرو رفت و درِ مخصوص آتش نشانی را باز کرد. از پلکان باریک بـه زیرزمین رفت و چنـد در دیگر را امتحـان کـرد. قفل بودنـد. درحالی که در سیمان سرد گوشهٔ راهرو فرو می رفت، کیفش را روی پایش کشید و بازوهایش را دور آن انداخت.

هـوا خفـه و مرطوب بـود. بـه صداهایـی کـه از دوردسـت می آمدنـد گوش داد. از آن سـوی درهای زیرزمین، صدای زمزمـهٔ خفیـف دسـتگاه های تهویه بـه گوش می رسید. دری در بالا باز شـد. صدای کلش کلش قدم هایی کـه به پاییـن می آمدنـد باعث شد زری نفسش را تا مادامی کـه دری دیگر باز و بسته شد، در سینه حبس کند. سکوت اطرافش را فرا گرفت.

در تمـام شـب اتفـاق دیگری نیفتـاد. آنجـا امـن تـر از خیابان بـود. جایـی نداشت بـرود. هیـچ دوسـتی در استانبول نداشت. از تمام دنیا فقط بچه ای مریض داشت کـه بـه او محتاج بـود.

زری از روی خسـتگی بـه داسـتان هایی فکـر کرد کـه در گذشـته بارهـا بـه او نیـرو بخشـیده بودنـد. آن مـادران بـزرگ کـه حماسه سازانی را از دسـت داده

بودند اما به پیش رفتند. یک بار دیگر شجاعت در خونش به جریان افتاد. در این بیمارستان، دختری کوچک برای هر نفس می‌جنگید. قصد تسلیم شدن نداشت. همین‌طور زری. او آن بچه را به هیچ وجه ترک نمی‌کرد. بچه‌ای که حالا مال او بود.

هرگز.

‫۵‬

زری

دفتردار درحالیکه سیگارش را در زیرسیگاری می‌تکاند، تند و کوتاه به زری گفت «این بیمارستان دولتی نیست». پک سنگینی به سیگارش زد و به سمت او فوت کرد. کلمات با دود بیرون می‌آمدند «پزشک می‌گوید شاید باید یک هفته او را نگه دارند. لازم است آزمایشاتی رویش انجام دهند. باید پیش پرداخت بدهید.»

زری اندیشید که خود ترک‌ها لازم نبود پیش پرداخت بدهند. افراد خوش لباس لازم نبود پیش پرداخت بدهند. شاید اگر مدارک یا توصیه‌نامه داشت، لازم نبود پیش پرداخت بدهد. در آنکارا هیچ‌گاه لازم نبود پیش پرداخت بدهد. اما حالا، چارهٔ دیگری نداشت.

او فرق بین بیمارستان دولتی و خصوصی را می‌دانست. به هر دو نوع رفته بود. با سالن‌های انتظار شلوغ و بی‌حاصلِ تلاش برای جلب توجه یک نفر آشنا بود. پزشک‌ها سرشان خیلی شلوغ بود. پرستاران از کار بیش از حد خسته بودند. جز این‌که تا سر حد مرگ خونریزی داشتی کسی توجهی به تو نمی‌کرد. دیروز زری نگران بود که تیام پیش از آن‌که بتواند از کسی کمک بگیرد، بمیرد. خوشحال بود که او را به این بیمارستان آورده بود.

«پرداخت می‌کنید؟ یا کارهای اعزام را انجام دهیم؟»

زن ته سیگارش را خاموش کرد و روی در هم کشید. زری متوجه شد که دو کارمند بایگانی پشت میز پذیرش کارشان را رها کرده بودند و داشتند به مکالمه بین آنها گوش می‌دادند.

«پرداخت می‌کنم.»

دفتردار با تردید نگاهی به او انداخت و به سمت رایانه چرخید. زری در حالیکه منتظر بود احساس کرد گره‌ای دور گردنش افتاده است. نمی‌دانست آیا به اندازه کافی پول دارد یا نه. فقط امیدوار بود این طور باشد.

کلیدهای حروف و شماره‌ها توسط انگشتان هدف قرار گرفتند. چند دقیقه بعد، چاپگر صدایی کرد و کاغذی بیرون داد. زن آن را از روی پیش‌خوان به سمت زری هل داد.

«می‌توانی این‌قدر پرداخت کنی؟ کمترین قیمتی که یک بیمار باید برای یک هفته بستری شدن بپردازد برایت حساب کردم.»

زری به جمع کل نگاهی انداخت. پول زیادی بود. کیفش را از روی زمین بلند کرد و به دنبال پاکتی که تمام پس‌اندازش در آن بود گشت. در حین این‌که داشت پول‌ها را بادقت می‌شمرد متوجه شد دو کارمند دیگر به سمت او خم شده‌اند. انگار داشتند پول‌ها را همراه او می‌شمردند. پولش کافی نبود. به مبلغ نزدیک بود، اما کافی نبود.

زری دستهٔ لیره‌ها را روی میز گذاشت و در سکوت دعا می‌کرد کارمند پذیرش دلش به رحم بیاید. شمارش پول تبدیل به یک کار گروهی شد، چرا که دو کارمند جوان بالای شانه‌های زن آمده بودند و اینجا و آنجا وقتی که اسکناس‌ها به هم چسبیده بودند یا احتمال خطا بود، نظراتی می‌دادند. زری به چشم‌های نگران و مراقب عادت داشت. عادت ترک‌ها بود، البته کردها هم همین طور بودند. مسئلهٔ یک نفر به همه ربط داشت. خانه و محل کار هم نداشت. در بیشتر مواقع هم نیت بدی در کار نبود. نیت آنها ریشه در مهربانی و کمک به دیگران داشت. اما اینجا او بیگانه به حساب می‌آمد و یک پناه‌جو.

پول سه بار شمرده شد. «چهار هزار و پانصد لیره کم داری.»

«برایتان می‌آورم. امروز»

کارمندان بایگانی نظراتی داشتند و خیلی راحت به زبان آوردند.

«پول زیادی است.»

«این همه پول از کجا می‌خواهی بیاوری؟»

نفر پذیرش با تکان دادن دست آنها را سر کارشان برگرداند و از لیوان چایش که یادش رفته بود کنار زیرسیگاری است، جرعه‌ای نوشید.

«الزامات پذیرش بیمارستان مشخص هستند. نمی‌توانم بگذارم دخترتان بماند.»

«صبر کنید. می‌توانم پول را جور کنم.» آستینش را بالا زد و گرهٔ روسری را از دور دست بند مهریه‌اش باز کرد. هشت سکهٔ طلا روی یک زنجیر جرنگی کردند. هدیه‌ای از سوی شوهرش در روز عروسی.

شوهرش. یحیی. دست‌بند آخرین چیز باارزشی بود که برایش مانده بود.

از لحاظ رسوم قبایل کرد، ازدواج آنها سنتی نبود. یحیی و زری پسر عمو، دختر عمو یا فامیل نبودند. در یک محله هم بزرگ نشده بودند و دوست مشترکی هم نداشتند. پیوند آنها از کودکی بسته نشده بود.

آنها در دانشگاه قلات دیزه با هم آشنا و بلافاصله به یکدیگر علاقمند شدند. زری هرگز روزی که یحیی با مادر و خواهرانش به خانهٔ مادر او آمدند را فراموش نمی‌کرد. تا آن زمان فامیل او را ندیده بود. مادرش از قبل از این دیدار مطلع بود، بنابراین دو ریش سفید نیز پیشاپیش آنجا حضور داشتند. او با سنت‌ها آشنا بود. مهمانان باید علت آمدن خود را برای مادرش شرح می‌دادند. زری تنها دختر زنی بیوه بود. او خواهان این ازدواج بود و مادرش قول داد به خواستگاری جواب مثبت بدهد. اما نمی‌توانست بی‌درنگ این کار را انجام دهد. آداب و رسوم زیادی باید رعایت می‌شدند. دقیقه‌ها می‌گذشتند و گویی هر کدام ساعت‌ها طول می‌کشیدند تا این که سرانجام از او خواسته شد برای مهمانان آب بیاورد. هدف از پذیرایی این بود که به مهمانان فرصتی داده شود تا او را براندازد کنند. او اکنون در معرض نمایش بود. قدش، اندامش، قوس ابروهایش، لبخندش. آیا وقتی به او نگاه کردند گونه‌هایش گل انداختند؟ آیا باید پاسخ مادر شوهر آینده‌اش را می‌داد؟

آنها از همان دیدار نخست شخصیت و شایستگی او را مورد قضاوت قرار می‌دادند. بر طبق رسوم کردی، او باید تا زمانی که مهمانان مشغول نوشیدن آب بودند، همان جا می‌ایستاد. اگر از عروس خوششان می‌آمد، دیدار دیگری ترتیب می‌دادند و این دفعه داماد را نیز با خود می‌آوردند.

اما خواستگاری زری همان یک جلسه بود. آنها موافقت کردند و چای و شیرینی خوردند و زری به یحیی زنگ زد.

«مادرت قبول کرد.»

یحیی آمد. قد بلند و خوش تیپ در بهترین لباس‌هایی که داشت و همگی برای شام ماندند. قبل از این‌که مهمانان بروند، تاریخ و ترتیبات جشن عروسی مشخص شد.

او دست‌بند را به روی مچش کشید تا بقیه بتوانند آن را ببینند. مهریه‌اش بود. تنها چیز ارزشمندی که از زمان فرار از زندگی گذشته‌اش از خود دور نکرده بود.

اما طلا و یا حتی یک خاطرهٔ عزیز در برابر جان یک کودک بی‌گناه چه ارزشی داشت؟

«امروز به بازار می‌روم. این را می‌فروشم و بقیهٔ پول را برایتان می‌آورم. تیام را اینجا نگه دارید. باید تحت مراقبت باشد. لطفاً.»

کارمند ثبت سیگار دیگری بیرون آورد. چشمان او به سمت سایه‌ای که کنار زری شکل گرفت چرخید.

امینه بود. همان پرستاری که شب قبل کمکش کرده بود. آن روز صبح کوتاه همدیگر را دیده بودند و او قول داده بود برای پر کردن فرم‌ها کمکش کند.

زنِ مسئول پذیرش دو نفری را که بار دیگر به پشتش خزیده بودند با اشاره دست دور کرد و با خودکارش بر روی فرم زد «این‌ها را پر کن.» امینه کاغذها را برداشت و خودکار را به زری داد. «طلایت را بپوشان.»

آدرسی نوشت و به زری نشان داد چه باید بنویسد و چه باید بگوید. وقتی کار تمام شد، امینه خودش فرم‌ها را به زن آن سوی میز داد. تجلیِ هم‌بستگی بود.

زری درحالی‌که کیف را به روی شانه‌اش می‌کشید نگاهی قدرشناسانه به دوست جدیدش کرد. علی‌رغم اندوهی که از فراق و اضطرابی که از آینده‌ای بی‌پناه داشت، مهربانی و حمایت پرستار گرمش کرد و کورسویی از امید به او بخشید.

«من را پیش تیام می‌بری؟»
آنها در راهرویی طولانی به راه افتادند.

امینه با اشاره به آستینی که طلا را پوشانده بود گفت «همهٔ پولت را دادی و فکر می‌کنم آن دست بند آخرین چیزی است که برایت باقی مانده است. مطمئنی می‌خواهی این‌کار را انجام دهی؟»

«کاملاً. می‌توانید نجاتش دهید، درست است؟»

«الان دارد نفس می‌کشد. اما پزشک چندین آزمایش برایش نوشته است. کارشان که تمام بشود خیلی بیشتر از ارزش آن دست بند بدهکار می‌شوی.»

«در آن صورت کف مساجد را تی می‌کشم. پله‌های بیمارستان را می‌شورم. به سخاوت مردم تکیه می‌کنم. وقتی ببینند چقدر سخت کار می‌کنم، شاید چند سکه‌ای به من بدهند.»

امینه که مشخص بود از پاسخ زری خوشش نیامده با لحنی تند پرسید «شوهرت کجاست؟»

«رفته. ناپدید شده. اصلاً نمی‌دانم زنده است یا مرده.»

«باید یک چیزی بدانی. باید راهی برای پیدا کردنش داشته باشی. یک پدر باید مسئولیتش را برعهده بگیرد.»

خشم زری دیگر قابل مهار نبود. «من اهل کردستانم. کردستان عراق. می‌دانی برای هزاران هزار از ما چه اتفاقی افتاده است؟ می‌دانی چرا بسیاری شبیه به من اینجا هستند؟ بی‌خانمان؟ ناامید؟»

امینه آهی کشید و رویش را برگرداند. «می‌دانم.»

فروخوردن و نفس کشیدن دردناک بود. زری تلاش کرد لحنش ملایم باشد. نمی‌خواست تهدیدی برای کسی باشد. گذشته‌اش تنها متعلق به خود او بود. بدبختی‌های او به کس دیگری تعلق نداشت.

سرانجام امینه گفت «قبل از این‌که اینجا بیایی کار می‌کردی؟»

«بله در آنکارا.»

«آیا توصیه‌نامه‌ای به تو داده‌اند؟»

وقتی به همهٔ آن چیزی که از او گرفته بودند فکر کرد، خشم وجودش را فرا گرفت و خونش را به جوش آورد. «برای خارجی‌ها کار می‌کردم. از این کشور رفته‌اند.»

حتی اگر امینه تصور می‌کرد نداشتن توصیه‌نامه عجیب است، اما باز به روی خودش نیاورد.

«و انگلیسی هم صحبت می‌کنی؟»

زری سری تکان داد «می‌توانم انگلیسی بخوانم و بنویسم. یک سال هم در قلات دیزه به دانشگاه رفته‌ام.»

آنها کنار در بخش مراقبت‌های ویژه مکثی کردند. «بروبچه‌ات را ببین. باید با دوستی تماس بگیرم و ببینم آیا کاری برایت دارد یا نه.»

«مصاحبه شغلی؟ کاری با حقوق؟»

«خانواده‌اش داروخانه دارند. همیشه دنبال یک آدم مورد اعتماد می‌گردد که داروها را به گردشگران در هتل‌ها برساند. اما می‌گوید باید انگلیسی بلد باشد.»

قلب زری لبریز از قدردانی شد. «تو زن خوب و خیّری هستی.»

«من را نمی‌شناسی. دو تا پسر متأهل دارم و مادرم که همگی با من

زندگی می‌کنند و من تنها فرد خانواده‌ام که کار می‌کند. چیز اضافه‌ای برای دستگیری ندارم.»

«پیغمبر فرمود لبخند تو به خواهرت دستگیری است. هدایت کسی که گمشده دستگیری است. مراقبت از زنی نابینا دستگیری است. سنگی از جلوی پای مردم برداشتن دستگیری است.»

چروک‌های کنار دهان امینه برای نخستین بار از هم گشوده شدند

«حدیث بلدی؟ مادرم مدام آنها را زیر لب زمزمه می‌کند.»

6
کریستینا

مادرم در حالی‌که می‌کوشد واقعهٔ یادداشت را بی‌اهمیت جلوه دهد می‌گوید «این دختره چای ریز است. حوله بیار است. این طرف و آن طرف حمام می‌رود و هر کس کاری داشته باشد برایش انجام می‌دهد.»

«چرا باید برای من یادداشت بیاورد؟»

«فکر کرده تو مشتری دائمی اینجا هستی. همیشه از این جور کارها می‌کنند.»

«از کجا اسم من را می‌دانست؟»

«کارمند پذیرش قبل از این که به اینجا برسیم اسم ما را از دربان هتل گرفته بود.»

«تو هم یادداشتی دریافت کردی؟»

«نه. اما تو داری زیادی بزرگش می‌کنی. فقط ادا و اطوار بوده. ترک‌ها این جوری هستند. آنها گردشگرها را دوست دارند.»

ماساژور جوری به من نگاه می‌کند که انگار دو تا سر دارم.

مادرم پیشنهاد می‌کند «فراموشش کن. آرام باش و لذت ببر.»

نمی‌توانم این فکر را از سرم دور کنم که چرا همه چیز امروز باید اتفاق بیفتد. من به تصادف اعتقادی ندارم. به سرنوشت اعتقادی ندارم. هر اتفاقی برای ما می‌افتد پاسخ به چیزی در گذشته است، به آن کسی که هستیم. به اعمال‌مان. جکس اضافه وزن داشت. ساعت‌های متمادی پشت رایانه می‌نشست و برای سلامتی خود وقت زیادی نمی‌گذاشت.

خوش برگشتی کریستینا. شاید مادرم نگران نباشد، اما متن یادداشت هم چنان مرا آزار می‌دهد.

بعد از به خاک سپاری جکس، ذهنم خیلی درگیر بود. او همسر مادرم و رئیس من بود. با مرگ او دوست عزیزی را از دست دادم. شب تصادف، اگر

توجه بیشتری کرده بودم، شاید می‌توانستم به کامیونی که تغییر خط داد و به سمت من منحرف شد واکنش نشان دهم. در نهایت چهار ماشین با هم برخورد کردند. خزان تنها فوتی آن تصادف بود. حتی وقتی اکنون به آن فکر می‌کنم، حفره‌ای که در قلبم ایجاد شده بازتر می‌شود.

بعد عکس کایل و آن زن در ژاپن. از زمان مرگ خزان، رابطهٔ من با او در ناکجاآباد رو به پژمردگی می‌رفت، تا حدی به این دلیل که ما از حرف زدن در مورد آن چه رخ داده است، خودداری می‌کنیم. هنوز با هم زندگی می‌کنیم بنابراین عملاً زوج محسوب می‌شویم. اما می‌دانم از نظر عاطفی همه چیز برای او تمام شده است و برای من نیز.

در راه برگشت از حمام از الیزابت می‌خواهم نگاهش به دنبال زن روسری قهوه‌ای باشد. وانمود می‌کند که دارد نگاه می‌کند. خیابان‌ها مملو از مردم و ماشین‌ها هستند ولی اثری از او نیست.

شامی زودهنگام در هتل می‌خوریم. بعد از شام مادرم همراه من بالا می‌آیم و بلافاصله تمام چراغ‌ها را روشن می‌کند. چند قدم داخل اتاق می‌ایستم و به فضای خالی که تخت بچه امروز صبح آنجا بود خیره می‌شوم. جای چهار پایه گرد آن در فرش باقی‌مانده است. آن فرورفتگی‌ها ناپدید خواهند شد، اما قلب و ذهن من تا ابد اثر عشقم به فرزند از دست رفته‌ام را برخود خواهند داشت.

الیزابت به سمت من برمی‌گردد و متوجه می‌شود به چه زل زده‌ام. «باید از این موضوع رد شوی. قبل از این‌که اینجا بیاییم حالت خیلی بهتر شده بود.»

راستش را به او نمی‌گویم، ولی حقیقت این است که من تنها تظاهر به بهتر شدن می‌کردم. تنها راه حفظ سلامت عقلم این است که کاری کنم اطرافیانم فکر کنند من عالی هستم. امروز صبح فقط کمی انحراف از مسیر بود.

مادرم به سمت تلویزیون می‌رود و کنترل آن را برمی‌دارد. «نظرت چیست که چای سفارش بدهیم و کمی سریال ترکی آبکی ببینیم؟» «سریال ترکی آبکی؟»

«اینجا خیلی مهم هستند. در واقع در آمریکا هم همین طور است. امروز صبح با ماساژور در مورد همین سریال‌ها حرف می‌زدم.»

آمدن به ترکیه برای او قدم زدن در کوچهٔ خاطرات است. من در آنکارا

متولد شدم. به فاصلهٔ یک ساعت پرواز از اینجا، اما تا امروز هیچ‌گاه با هم به این کشور برنگشته بودیم.

خوش برگشتی کریستینا.

«باید در مورد یادداشت از پذیرش سؤال می‌کردیم.»

«چرا نمی‌توانی بی‌خیال شوی؟»

«اگر یادداشت از طرف حمام نبود چه؟ اگر کسی از بیرون آمده بود و یادداشت را به آنها داده بود چه؟»

«مثلاً چه کسی؟ این اولین سفر تو به استانبول است. چه کسی تو را می‌شناسد؟»

«منظورم درست همین است. برای همین کنجکاوم.»

«چقدر حوصله داری!» کنترل را روی میز آرایش می‌گذارد و به ژاکتی که همین الان روی پشتی صندلی انداخته‌ام سقلمه‌ای می‌زند. «حالا که حرف حوصله شد. چقدر زحمت دارد که این لباس‌ها را آویزان کنی؟»

قبل از این‌که ژاکت را برای من به چوب لباسی بزند، آن را برمی‌دارم.

«مرطوب کننده با خودت آورده‌ای؟ پوستت خیلی خشک به نظر می‌رسد.»

با نگاه به آینه مشکلی در پوستم نمی‌بینم.

«یک باشگاه بزرگ در طبقهٔ پایین دارند. شاید بد نباشه بروی آنجا و سرکی بکشی.»

یک لحظه می‌خواهد دوستم باشد و لحظه‌ای دیگر می‌خواهد مرا اصلاح کند، ارتقا دهد و نسخهٔ بهتری از خودم سازد. یا دست کم نسخه‌ای که خودش از آن خوشش می‌آید. در چهارده سالگی می‌توانستم احساسش را درک کنم، ولی در سی و دو سالگی؟

بروز عواطفش نیز همین طور است. هنوز نمی‌دانم در یک روز عادی بارانی از عشق بر من می‌بارد یا در انتظار به باد انتقادم می‌گیرد. مدت‌ها است که فهمیده‌ام رابطهٔ ما یک میدانِ مین احساسی است. اما شاید بین بیشتر مادر و دخترها وضع به همین شکل باشد.

«ممکن است بروی به اتاقت و تلویزیون تماشا کنی؟»

«داری بیرونم می‌اندازی؟»

«نه دارم خواهش می‌کنم بروی تا من به کارم برسم.» ژاکت را در کمد آویزان می‌کنم. «به من پول داده‌ای که به این سفر بیایم و اطمینان حاصل کنم که

فروش شرکت به‌درستی انجام می‌شود. پس لطفاً اجازه بده این کار را بکنم.»

بیشتر به عنوان یک نیروی کار حرفه‌ای به من احترام می‌گذارد تا دخترش. او و جکس اعتماد بالایی به توانایی‌های من داشتند. دو سال پیش در اکسترنوس استخدام شدم. با در نظر گرفتن اندازه شرکت، همیشه در کنار هم بودیم. اما کار ارجحیت داشت و این رمز کار بود. تجربه و تحصیلات من به‌عنوان مهندس نرم‌افزار و تعیین کنندهٔ راهبرد کسب و کارهای کوچک خیلی به نفع آنها تمام شد.

«خیلی خوب. من می‌روم اما یادت باشد باشگاه بیست و چهار ساعته باز است.»

هرگز گفتگویی بدون توهین با او نداشته‌ام. وقتی سرانجام می‌رود، آرامش به سراغم می‌آید.

همهٔ چراغ‌ها روشن و پنجره‌ها باز هستند. پرده با نسیم جابه‌جا می‌شود. شمعدانی‌های روی لبه پنجره به رنگ قرمز خونی هستند. رزی قرمز درون یک گلدان همراه با یک جعبه شیرینی ترکی روی میز کنار تخت قرار دارند. یادداشتی را از کنار آنها برمی‌دارم. یادداشت از طرف مدیریت هتل است و امید به این‌که اقامت لذت بخشی داشته باشم. دارند وانمود می‌کنند امروز صبح اتفاقی نیفتاده است.

ساعت را از روی گوشیم نگاه می‌کنم. در استانبول چند دقیقه از نه گذشته است. ساعت سه صبح روز فردا در اوزاکا است. باید با کایل در مورد زمان‌بندی و کارهایی که از طرف من برای انتقال شرکت باقی مانده، صحبت کنم. کارش را خوب بلد است و شاید پیشاپیش چند ایمیل برای من فرستاده است. اینستاگرام را باز می‌کنم و دو عکسی که از مسجد و محلهٔ اطراف حمام گرفته‌ام را به اشتراک می‌گذارم.

تلفنم زنگ می‌خورد. انگار مویش را آتش زدند. کایل است.

به جای سلام و احوال پرسی می‌گویم «این وقت شب چرا بیداری؟ یا شاید هم زود از خواب بلند شده‌ای؟»

«هنوز نخوابیدم.»

از خودم می‌پرسم آیا با کسی بوده است. شاید آن زن هنوز در اتاق با او باشد. از زمان مرگ خزان زمان زیادی را صرف کالبدشکافی رابطه‌مان کرده‌ام. آیا عوض شدیم؟ آیا واقعاً عاشق هم بودیم؟ آیا اولین بار که با هم ملاقات کردیم یا اولین باری که معاشقه کردیم، اتفاق خاصی افتاد؟

هـر دو در دانشگاه پلی‌تکنیک کالیفرنیا درس خوانده بودیم ولی او سـه سال از مـن بالاتر بـود و تـا زمانی کـه الیزابت و جکس اکسترنوس را راه انداختند همدیگر را ملاقات نکرده بودیم. او جزو اولین استخدامی‌ها بـود. والدیـنش اهل ساحل شرقی و از هـم طلاق گرفته بودنـد. از کلاس پنجـم در مـدارس شبانه روزی درس خوانـده بـود.

شـاید وقتی اولین بـار بـا هـم معاشقه کردیم کمـی زمین تکان خـورد. تقریباً دو سال پیش بـود، درسـت وقتی کـه در شرکت شروع بـه کار کردم. او چشـم‌های آبـی و موهـای بلونـد و صورتی شبیه بـه مدل‌هـای روی جلد مجـلات دارد. وقتی از جایـی رد می‌شـود سرها را رو بـه خـود می‌گردانـد. باهـوش است، و وقتی تصمیمش را روی چیـزی می‌گیـرد، فریبنـده اسـت. او فروشنده‌ای نمونه برای شرکت است. و مـن؟ مـن همیشـه فقط مـن بـودم. نـه خیلی بلنـد، نـه خیلی کوتاه. سینه‌ها و ران‌هایم بزرگ هسـتند. و صورتـم؟ دماغـم خیلی دراز است و دهانـم خیلی گشـاد. چشـم‌هایم بهتریـن ویژگی صورتـم هسـتند. امـا مگر تـا چـه حد بـه درد می‌خورنـد؟

اگر دچار کمبود اعتماد بـه نفس باشـم، علتش یک عمـر یادآوری از سوی مـادرم است کـه مـا در لوس‌آنجلس زندگی می‌کنیـم، مرکز بهتریـن جراحـان پلاستیک کشور.

با این حال بـه طور حتـم کایل چیـز جذابـی در مـن یافتـه است. پیشنهاد او بـود که بـا هـم زندگی کنیـم.

روی خـط تمـاس، سکوت کـر کننـده است. هیـچ یـک حرفـی نمی‌زنیـم. پرچینـی دیـوار ماننـد میان مـان رشد کرده است. تخـم آن وقتی کاشته شد کـه بـه او گفتـم باردارم. البته هرگز حرف نامهربانانه‌ای نظیر پیشنهاد ایـن کـه از شرش خلاص شوم یا او هیـچ بخـش آن را برعهده نمی‌گیـرد، نـزد.

باردار شدن کار من بـود. می‌توانستم دروغ بگویـم و عنوان کنـم که فقط یـک تصادف بـود، امـا این طـور نبـود. مـن بیـش از آن‌کـه رابطه‌ام بـا کایل برایـم اهمیت داشتـه باشد، بچه می‌خواستم. و نقش او در بزرگ کردن بچه اولویت چندانی برایـم نداشت.

الیزابت هرگز نام پدرم را بـه مـن نگفتـه است. ایـن‌که آیا یک برنامه یـک شبه بـوده یا نـه را نمی‌دانـم. حتی طرح موضـوع نیـز بـه طور حتـم باعث شروع مشاجره می‌شـود. وقتی مـن را بـه دنیـا آورد چهـل و سـه سـال داشت. آخرین فرصت او بـرای تشکیل خانواده. تصور می‌کنم مـن هم همان فکر را

کردم. به استثنای این که کایل غریبه نبود و من فقط سی و دو سالم بود.

شکاف بین ما هر روز بیشتر می شد. نمی دانم چرا هنوز از آپارتمان مان نرفته است. شاید منتظر است من بروم. یک گل برگ از گل رز روی میز می کنم و آن را بین انگشتانم می مالم.

از او می پرسم «کنفرانس چطور است؟»

«خوب. روز تو با الیزابت چطور بود؟»

«مرا به یک حمام ترکی برد.» به فکرم می رسد راجع به یادداشت غیرمنتظره در رختکن چیزی به او بگویم، ولی منصرف می شوم.

«همین؟»

لحن او به من می گوید به سؤالش پاسخ کامل نداده ام. «می خواهی بدانی ناهار چه خورده ام؟»

«می تواند با این شروع شود.»

«اول تو به من بگو چه کارها کرده ای.»

«از وقتی رسیدم همه اش کار و کار.»

پروازهای مان با چند ساعت اختلاف از فرودگاه لوس انجلس انجام شدند.

«چه کسانی را ملاقات کرده ای؟ کسی بوده که من بشناسم؟»

«الان قرار نیست درباره من صحبت کنیم. من زنگ زدم چون نگرانت هستم.»

درحالی که گرفتگی گردنم را ماساژ می دهم، به سقف تزئین شده نگاه می کنم. به عکسی که الیزابت در حساب اینستاگرام او به من نشان داد می اندیشم. آیا واقعاً می خواهم این موضوع را مطرح کنم؟ تصمیم می گیرم که نکنم.

سرانجام می پرسم «چرا نگران من هستی؟»

«کریستینا ما یک تیم هستیم.»

«می دانم تیم هستیم.»

«پس چرا جریان امروز را باید از مادرت بشنوم؟»

لازم نیست بپرسم درباره چه حرف می زنی. جریان تخت بچه را می گوید. گلویم می گیرد. نمی خواهم در حافظه ام کند و کاو کنم یا فکر کنم چه اتفاقی افتاده یا چه احساسی داشتم.

«کی به تو زنگ زد؟»

«مهم نیست. تو باید خودت امروز صبح بعد از آن داستان با من تماس

می‌گرفتی.»

واژهٔ داستان من را به یاد سریال‌های تلویزیونی می‌اندازد. الیزابت و کایل رابطه نزدیکی دارند، شاید به خاطر اکسترنوس. الیزابت خیلی روی کایل حساب می‌کند. فکر می‌کند او بهترین اتفاقی است که برای شرکت و نیز من رخ داده است. عاشق کایل است و نمی‌خواهد او را از دست بدهد. اما بعد از فروختن شرکت، نگه داشتن او مستلزم این است که در کنار من بماند.

«کِی به تو زنگ زد؟» منتظر پاسخش نمی‌شوم. «یا شاید باید بپرسم چند بار به تو زنگ زد؟»

«یک بار. برایم پیام صوتی گذاشته بود. فکر کرده بود باید در جریان باشم. نگرانت است. من هم نگرانت هستم.»

«خوب حالا دیگر می‌دانی.»

«چه اتفاقی افتاد؟»

«نمی‌دانم. قاطی کرده بودم. فکر کنم خستگی، بیدار شدن در یک جای جدید و جت زدگی. برای چند دقیقه گیج بودم. جای نگرانی نیست. از امروز صبح کاملاً خوبم.»

می‌خواهم محور گفت‌وگو را از موضوع خودم تغییر دهم.

«به من بگو این هفته باید انتظار چه چیزی را داشته باشیم. خبر جدیدی از سمت خریداران هست؟»

جکس و الیزابت قبل از این‌که اکسترنوس را راه بیندازند، در یک شرکت در درهٔ سیلیکون[1] کار می‌کردند. جکس برنامه نویس بود و الیزابت در بخش حسابداری کار می‌کرد. جکس متوجه شد که به یک شرکت توزیع برای طراحان مستقل بازی‌های رایانه‌ای نیاز است.

بازار بازی حتی از هالیوود هم بزرگ‌تر است و روی هم رفته درآمدی بالاتر از صنعت فیلم و موسیقی دارد. با تمرکز بر روی طراحان مستقل، اکسترنوس جایگاه مهمی به دست آورد. اما از سال پیش که دو بازی تیرانداز شخص اول را توزیع کرد، ارزشش سر به فلک گذاشت. پس از آن جکس و الیزابت آماده فروش شدند.

اوایل امسال پیشنهادی از سوی یک شرکت بزرگ در ژاپن ارائه شد، اما جکس قبول نکرد. هدف آنها خرید و انحلال شرکت بود. در عوض جکس

1- Sillicon Valley

مزایده‌ای بین شرکت‌های بازی‌سازی کوچک تا متوسط ترتیب داد.

این هفته استانبول نقش زمین بی‌طرف را برای یک مزایدهٔ محدود بین سه خریدار از سوئد، فرانسه و روسیه بازی می‌کند.

«به غیر از یک بازبینی برنامه، مسئلهٔ دیگری به ذهنم نمی‌رسد. من هر چه داشتم برایت ایمیل کرده‌ام. اما چرا سری به ایمیل جکس نمی‌زنی و مطمئن بشوی که امر غیرمنتظره‌ای در پیش نیست؟»

وقتی تلفن را قطع می‌کنم، ساعت روی گنجهٔ قدیمی نه و نیم را نشان می‌دهد. لپ‌تاپم را برمی‌دارم و بیرون می‌روم.

با استفاده از پله‌ها به استراحت‌گاه روی پشت بام می‌روم. این فضا دسته‌ای صندلی و نیمکت کرمی رنگ دارد که پشتی‌هایی با طرح‌های زیبا روی آنها قرار داده شده‌اند. تنها کسانی که می‌بینم دو تاجر هستند که در آن سو در حال گفت‌وگو می‌باشند.

یک پیش خدمت سفیدپوش به من می‌گوید که بار بسته است، اما می‌توانم هر جا که دلم خواست بنشینم. هم‌چنین به من پیشنهاد می‌کند که اگر بخواهم می‌تواند یک نوشیدنی از آشپزخانه برایم بیاورد. مؤدبانه او را پی کارش می‌فرستم.

شب خنکی است، اما موقع بیرون آمدن یک ژاکت با خودم آوردم. برای یک لحظه درحالی‌که دارم به ایاصوفیه که به زیبایی نورپردازی شده و چهار منار از آن پاس داری می‌کنند نگاه می‌کنم، نسیم در سینه‌ام گره می‌خورد. چهار هزار سال تاریخ این شهر شاهدی است بر بقای انسان. باید یکی دو چیز از آن بیاموزم.

روی یک صندلی رو به ایاصوفیه می‌نشینم و لپ‌تاپم را باز می‌کنم. چند دقیقه بعد در حال زیر رو کردن پرونده‌های شرکت هستم. صندوق ایمیل‌های ورودی‌ام، ایمیل‌هایی که کایل برایم فرستاده است را نشان می‌دهد. این فروش به همان اندازه که برای من اهمیت دارد برای کایل و الیزابت نیز مهم است. هر یک از ما درتلاشیم تا به اندازهٔ کافی برای شکل‌دهی مجدد به آینده خود پول به دست آوریم.

موهای روی گردنم سیخ می‌شوند و روی صندلی می‌چرخم، انگار کسی دارد نگاهم می‌کند. همان دو مرد سر جای قبلی خود هستند ولی کسی توجهی به من نمی‌کند.

به سمت رایانه برمی‌گردم و با نگاه به برخی از آخرین پیام‌های

جکس قلبم می‌گیرد. خیلی زود مرد. در سن شصت و هشت سالگی دلیلی نداشت که فکر نکند دست کم تا دو دههٔ دیگر زندگی خواهد کرد. اما او یک برنامه‌ریز تمام عیار بود و از قبل به این موضوع فکر کرده بود. در هدف‌گذاری و بررسی مهارت بالایی داشت. همیشه نقشه‌های جایگزین و احتیاطی داشت. این هفته هم چیزی خارج از عرف کاری او نبود.

کایل در یکی از ایمیل‌ها درباره وکیل شرکت پرسیده است و این‌که آیا من یادداشت‌های او پیرامون پیش قرارداد انتقال شرکت را دیده‌ام یا نه. باور دارم که همه چیز آماده است، اما از حساب خودم بیرون می‌آیم و وارد حساب جکس می‌شوم. پیدا کردن قراردادهایی که کایل در موردشان سؤال دارد کار آسانی است. دو ماه پیش، درست قبل از مرگ جکس، وکیل نقطه نظرات و پرسش‌هایی را در مورد بندهای قرارداد اضافه کرده بود. ایمیل‌های ارسالی جکس را نگاه می‌کنم تا ببینم آیا این موضوع را مورد اشاره قرار داده است یا نه. یک ایمیل نوشته شده اما ارسال نشده است که او هیچ‌گاه فرصت فرستادندش را پیدا نکرد. در میان ایمیل‌هایی که او در هفته آخر عمرش فرستاده است، یکی از آنها که دارای ضمیمه‌ای هم است خودنمایی می‌کند. عنوانش این است بغداد.

کنجکاو می‌شوم و بازش می‌کنم. به آدرسی ارسال شده که من آن را نمی‌شناسم. پیام ساده است؛ هم‌چنین همهٔ آنها.

تلفنم می‌لرزد. با دیدن نام الیزابت نادیده‌اش می‌گیرم.

سایه‌ای روی پله‌ها می‌گذرد. سیمای مردی درشت اندام از زیر نور رد می‌شود.

بر روی ضمیمه کلیک می‌کنم. یک فایل پی دی اف خبری است که دو سال پیش منتشر شده است. زیر بعضی از اسامی خاص خط کشیده‌اند. مقاله در مورد یک میلیارد متولد عراق به عنوان خواهان است در پروندهٔ شکایتی ٤ میلیارد دلاری در بغداد از سوی نجات یافته‌گان حملات شیمیایی صدام حسین در کردستان به تاریخ ۱۶ مارس ۱۹۸۸. کشتار حلبچه. حمله‌ای که طی آن هواپیماها و توپخانهٔ عراق، حلبچه و نواحی اطرافش را با گاز اعصاب و سارین هدف قرار دادند. بیش از پنج هزار غیرنظامی کرد کشته و بیش از ده هزار نفر مجروح شدند. در شکایت نام پنج نفر دیگر آمده است و آنها متهم به هم‌دستی در این حملات شده‌اند.

از دیدن این مقاله و پیغام مرموز شگفت‌زده شده‌ام. جکس هیچ‌وقت

دنبال سیاست نبود. او مهندس و تاجر بود. نه تاریخ‌دان بود و نه سیاست‌مدار. کنجکاوم که مقاله در چه موردی است. شروع به خواندن می‌کنم.

کشتار حلبچه بزرگ‌ترین حمله با تسلیحات شیمیایی علیه غیرنظامیان از زمان جنگ جهانی دوم بوده است. این حمله بخشی از یک برنامهٔ نسل‌کُشی کاملاً سازمان یافتهٔ سه ساله به نام انفال بود که در طی آن رژیم صدام حسین صد و هشتاد هزار غیرنظامی کرد را کشت، تقریباً چهار هزار روستا را نابود کرد و تمامی نواحی کردنشین شمال عراق را خالی از جمعیت ساخت.

بار دیگر مقاله را می‌خوانم. بهت‌زده، ایمیل‌های ارسالی و دریافتی از همان آدرس را جستجو می‌کنم. چیز دیگری نیست. به پشتی صندلی تکیه می‌دهم. تنها ارتباطی که من با آن چه خوانده‌ام دارم تاریخ آن است. من متولد ۱۹۸۸ میلادی هستم.

با خودم فکر می‌کنم وارد حساب ایمیل‌های شخصی جکس بشوم تا ببینم آیا راجع به این موضوع چیز بیشتری پیدا می‌کنم یا نه. رمز ورودش را نمی‌دانم، اما پیدا کردنش نباید زیاد سخت باشد.

پیش از این‌که دست به این کار بزنم، صدای اذان در هوای موج‌دار شب می‌پیچد و مرا وادار به توجه می‌کند. عاشق شنیدن صدای اذان هستم. مسلمانان پنج بار در طول شبانه روز دست از کار می‌کشند و دقایقی عبادت می‌کنند. به ساعت نگاه می‌کنم. ده دقیقه از ده گذشته است.

روی این پشت بام می‌توانم صدای اذان را از چند مسجد بشنوم. ترکیب شدن صدای مؤذن‌ها زیبا و گیرا است. عواطفم را به غلیان در می‌آورد. اذان یعنی گوش کردن. لپ‌تاپ را می‌بندم و پلک هایم را روی هم می‌گذارم. از مشکلاتم فاصله می‌گیرم و گوش می‌دهم.

اذان تمام می‌شود و حال این صدای شهر است که غلبه می‌یابد. به نظر می‌رسد از سر احترام تنها دقایقی خاموش شده بود. چشم‌هایم را باز می‌کنم. دو مرد تاجر رفته‌اند و خدمت‌کار هتل نیز دیده نمی‌شود. روی پشت بام تنها هستم، اما باز هم حس می‌کنم که کسی به من خیره شده است. خطی از عرق روی ستون مهره‌هایم شکل می‌گیرد و پوستم یخ می‌کند.

روی صندلی می‌چرخم و او را می‌بینم. زن روسری قهوه‌ای اینجا است. به فاصله شش هفت متری من ایستاده است. قلبم در سینه می‌کوبد. سایه‌های مشعل‌های روی بام نوارهای تیره‌ای روی صورتش ایجاد

می‌کنند. باید با او حرف بزنم.

بلند می‌شوم، اما صدای مادرم مرا متوقف می‌کند و برمی‌گردم.

«همه جا را دنبالت گشتم. به تو زنگ زدم اما رفت روی پیام‌گیر صوتی. آمدم درِ اتاقت اما جواب ندادی. از پذیرش پرسیدم آیا هتل را ترک کرده‌ای یا نه، ولی آنها اطلاعی نداشتند. خیلی نگران شدم.»

«ما که شب به خیر گفتیم.»

الیزابت به اطراف نگاهی می‌اندازد، انگار دنبال بهانه‌ای است «نتوانستم بخوابم. گفتم بیایم پیش تو. بگذریم، با کایل حرف زدی؟»

«کایل را ول کن، او اینجاست.»

«چه کسی اینجاست؟»

«زنی که در فرودگاه بود. همانی که بیرون هتل بود. همانی که روبه روی حمام بود.»

«کجاست؟»

وقتی به اطراف نگاه می‌کنم، می‌بینم که رفته است.

۷
کریستینا

لباس پوشیده‌ام و دارم با لپ‌تاپم کار می‌کنم تا این‌که صدای اذان صبح از پنجرهٔ باز اتاق به گوش می‌رسد.

آدم‌ها قبل از فراگیر شدن اینترنت چه کار می‌کردند؟ بدون آن چگونه برخی چیزهای ضرروی را می‌دانستیم. مثلاً از کجا می‌فهمیدیم استفاده از گوش پاک‌کن پنبه‌ای باعث عفونت و تحلیل تدریجی جمجمه می‌شود.

بعد از مرگ خزان پزشک زنان و زایمانم پیشنهاد کرد با یک روان‌شناس حرف بزنم. آن چه بر سر من آمده بود روحم را جریحه‌دار کرده بود و او به من حالی کرد که از لحاظ عاطفی نیاز به کمک دارم. این کار از بسیاری جنبه‌ها آرامم کرد؛ زندگیم داشت از هم می‌پاشید. در مورد جلسات روان‌درمانی چیزی به الیزابت و کایل نگفتم. هیچ‌کدام از آنها به درستی نمی‌دانست من با چه چیزی مواجه هستم.

آن چه از زمان شروع جلسات فراگرفتم این است که سوگواری و افسردگی علائم مشابهی دارند. در مورد من، غم دچار جزر و مد می‌شود، اما هیچ‌گاه به طور کامل به پایان نمی‌رسد. وقتی به پزشکم گفتم تنها دو ماه پس از مرگ دخترم به استانبول می‌آیم، چند داروی ضدافسردگی برایم تجویز کرد. ولی من داروها را نخریدم چون هنوز در مرحلهٔ انکار بودم.

با وجود این، آن چه دیروز اتفاق افتاد مرا به این فکر می‌برد که باید آماده باشم. نمی‌خواهم هیچ چیز به این سفر و نقشی که باید ایفا کنم، لطمه‌ای وارد سازد. یک جستجوی سریع در گوگل می‌کنم و نتایج، کمی ذهنم را آرام می‌کنند.

بیشتر داروهایی که در ایالات متحده یا اروپا نیاز به نسخه پزشک دارند در ترکیه به راحتی و بدون نیاز به نسخه قابل تهیه هستند. کافی است وارد

یک داروخانه بشوید و نام دارو را بگویید. اگر نسخه‌تان را با خود به سفر آورده‌اید، خوب است موقع خرید دارو همراهتان باشد.

الیزابت هم چیزی درباره نسخه نمی‌داند. برنامه من این است که فعلاً چیزی ندارد. کارکنان پذیرش لطف زیادی دارند. وقتی از آنها آدرس نزدیک‌ترین داروخانه را می‌گیرم چشم‌هایشان را نمی‌چرخانند. به هیچ‌عنوان چیزی در مورد دیروز نمی‌گویند.

جایی که نشانم می‌دهند نزدیک بازار بزرگ است. به من اطمینان می‌دهند که به طور حتم کسی در داروخانه هست که بتواند انگلیسی حرف بزند.

زندان عثمانی هتل شده‌ای که در آن اقامت داریم هر چه بیشتر به مذاقم خوش می‌آید. شاید به خاطر حس هم‌یاری کارکنانش است و یا جاهای فراوانی در باغ و پشت‌بام که می‌توان برای کار یا مخفی‌شدن به آنها پناه برد.

در امتداد خیابان‌های سنگ‌فرش شده در قلب محلهٔ سلطان احمد به راه می‌افتم. عجله‌ای ندارم. خورشید در حال بالا آمدن است و درخشش طلایی آن از روی ساختمان‌ها به بالا گسترده می‌شود. نواحی اطراف هتل سایه‌گیر و آرام هستند. تنها چند ماشین و ون‌های حامل بار در خیابان‌های باریک و تعداد کمتری رهگذر در پیاده‌روهای باریک‌تر تردد می‌کنند. دو کارگر درحالی‌که گاری‌هایی مملو از جعبه را هل می‌دهند، از کنارم رد می‌شوند.

قبل از یک کوچه که بین دوساختمان قدیمی سنگی قرار دارد مکثی می‌کنم. افرادی در امتداد گذرگاه تاریک کنار دیوارها جمع شده‌اند. پتوهای قهوه‌ای و خاکستری تیره رنگ تنها دارایی آنها است. من در لوس‌آنجلس زندگی می‌کنم، جایی که بی‌خانمانی امری رایج است. دردی در سینه‌ام می‌پیچد. می‌دانم هر کدام داستانی دارد. آنها قبلاً زندگی، خانه، خانواده، بچه و پدر و مادر داشته‌اند. یک زمانی به آنها عشق ورزیده می‌شد، می‌خواستندشان و خوابشان را می‌دیدند. اما همه این‌ها اکنون از دست رفته است و آنها به دنبال پناه‌گاهی ولو موقت در این شهر هستند. در هر شهری.

نزدیک من صورت رنگ پریدهٔ زنی بالا می‌آید. در کنار او دختر جوانی نیز سرش را بالا می‌آورد. می‌تواند همان دختری باشد که دیروز چند خیابان

آن طرف تر دیدم. و مقوای درب و داغان که همان چیز را می‌گوید: سوریه‌ای،
گرسنه، کمک کنید. چشمان درشت تیره بلافاصله هشیار می‌شوند. از فکر
خطرات زندگی در خیابان حالت تهوع به من دست می‌دهد.

چطور می‌توانند این‌گونه زندگی کنند؟ اما مگر چارهٔ دیگری دارند؟

پولی که به آنها می‌دهم را می‌گیرند و از خجالت روی برمی‌گردانند.
کاری که می‌کنم ابداً کافی نیست. ولی من باید به دلایل فراوان به راهم
ادامه دهم.

دو خیابان آن طرف تر از هتل دوباره ایاصوفیه به چشم می‌آید. آن سوی
یک میدان بزرگ، مسجد آبی با گنبدها و مناره هایش در زیر نور خورشید
می‌درخشد. می‌توانم بی‌پناهان بیشتری را ببینم که روی نیمکت‌ها
نشسته‌اند یا به دیوارهای کوتاه تکیه داده‌اند.

هنوز برای حملهٔ گردشگران زود است. دست فروشان، گاری‌های
خوراکی و سوغاتی خود را هل می‌دهند و بساط را برپا می‌کنند، کاری که
نسل اندر نسل انجام داده‌اند. از یک گاری قرمز بوی نان کنجدی در هوا
می‌پیچد. همه جا سگ‌های ولگرد روی سنگ‌فرش‌ها یا قسمت‌های
چمن‌کاری شده‌ای که با حصاری کوتاه و سفیدرنگ محافظت شده‌اند،
خوابیده‌اند. رد که می‌شوم آنها امیدوارانه دم تکان می‌دهند شاید چیزی
گیرشان بیاید.

در گوشهٔ میدان، تابلوی راهنمایی که با چندین پیکان به شهرهای
مختلف جهان اشاره می‌کند، پدیدار می‌شود. لندن ۲۵۰۲ کیلومتر. لیون
۲۰۱۵ کیلومتر. آتن، مسکو، مکه، تهران، باکو، پکن و چند شهر دیگر.

مرا یاد زمانی دیگر می‌اندازد. سه نسخه از کتاب پزشک سئوس به نام
«جاهایی که خواهی رفت» را به عنوان هدیه در جشن حمام خزان گرفتم.
یادم می‌آید آن موقع فکر می‌کردم کائنات دارد پیغامی به من می‌دهد.
به نظرم همین طور هم بود.

می‌ایستم، عکسی از تابلو می‌گیرم و آن را به اشتراک می‌گذارم.

الیزابت می‌گوید وقتی بچه بودم به پنج قاره سفر کرده‌ام. خودم که
هیچ‌کدام را به خاطر ندارم.

اوایل رابطه با کایل خیلی راجع به رفتن به جاهای مختلف حرف
می‌زدیم. دست کم من حرف می‌زدم و او گوش می‌داد. اما هیچ وقت
اقدامی نکردیم. برای او سوار هواپیما شدن و نُه ساعت پرواز به اینجا،

دوازده ساعت پرواز به آنجا و شانزده ساعت پرواز به جای دیگر تنها بخشی از کار عادی هفتگی‌اش بود. تصور او از تعطیلات این بود که هیچ‌کاری نکند و هیچ‌جا نرود. سفر با کوله‌پشتی به آتن، مسکو، مکه، تهران، باکو، پکن هم کار او نبود. شاید روزی خودم تنها به این سفر بروم.

او را می‌بینم و ضربان قلبم بلافاصله شدت می‌گیرد. به‌آهستگی روی شیب خیابان بالا می‌رود. مستقیم به سمت من می‌آید، به سمت هتل. ماسک جراحی دهان و بینی‌اش را پوشانده است. امروز روسری آبی کبود بر سر و مانتویی به همان رنگ بر تن کرده است. کیف بزرگی از شانه‌اش آویزان است و هنوز مرا ندیده است.

نوجوانی با سرعت از جلویش می‌گذرد و او لحظه‌ای تلوتلو می‌خورد. مکثی می‌کند و دستش را به لب گاری یک دست‌فروش می‌گیرد و تقلا می‌کند نفس بکشد. یک بچهٔ لاغر با لباس مندرس دستش را جلوی او دراز می‌کند و او از توی جیبش سکه‌ای درمی‌آورد و کف دستش می‌گذارد.

چند قدم با هم فاصله داریم که سرانجام مرا می‌بیند. چشم‌هایش گشاد می‌شوند. مکثی می‌کنم و به یکدیگر خیره می‌شویم. مردم دارند در اطراف‌مان حرکت می‌کنند.

«ما همدیگر را می‌شناسیم؟»

در زمان منجمد می‌شود و به آرامی ماسکش را پایین می‌آورد «بله»

«چطور؟»

از روی شانه‌ام نگاهی می‌اندازد و بعد دوباره به چشمانم خیره می‌شود

«من توام و تو منی.»

بخش دوم

یوسف گم گشته بازآید به کنعان غم مخور
کلبه احزان شود روزی گلستان غم مخور
ای دل غمدیده حالت به شود، دل بد مکن
وین سرشوریده بازآید به سامان غم مخور
گر بهار عمر باشد باز بر تخت چمن
چتر گل در سرکشی ای مرغ خوش خوان غم مخور

حافظ

۸

زری

آنگاه

آذرخشی دور بر روی آنکارا درخشید و زری بلوز آستین کوتاه بچه‌گانه را به سینه‌اش چسباند و از پنجرهٔ آشپزخانه به بیرون نگاه کرد. آسمانِ بالای ساختمان‌های نوساز و بلند محله خاکستری بود و رعد آرام و بدشگون درون اتاق را درنوردید.

تیام در آستانهٔ درِ ظاهر شد در حالی‌که عروسکی را به سینه می‌فشرد «مامان؟»

«چیزی نیست کوچولو. برو بازی کن. من اینجا هستم»

کودک نوپا رفت و زری دوباره از پنجره نگاهی به بیرون انداخت و به زمانی دیگر کشیده شد، به طوفان تابستانی دیگر.

آذرخش بر فراز قلات دیزه برقی زد. در آن شب ماه ژوئن دو برادر میان‌سال از روستایی در شرق افتان و خیزان وارد مسجد شدند. این مردان شب و روز پیاده راه آمده بودند. زری روز بعد از زن همسایه که می‌خواست به بازار برود و درِ منزل او ایستاده بود تا ببیند چیزی می‌خواهد یا نه، شنید چه اتفاقی افتاده است.

زن به او گفت «سه روز پیش کامیون‌های ارتش وارد شهرشان شدند. سربازها درها را شکستند و وارد خانه‌شان شدند و تمام مردان بین پانزده تا پنجاه سال را دستگیر کردند.» ماه‌ها بود داستان‌هایی از این قسم شنیده می‌شد، اما هنوز کسی به شهر آنها نیامده بود. خطر هیچ‌گاه این‌قدر ملموس نبود. از ترسی که برای شوهرش حس کرد، معده‌اش تیر کشید.

شب گذشته او و یحیی در آغوش هم بودند. سرش روی سینهٔ یحیی بود و به صدای ضربان یک نواخت قلب او که به حال به خواب رفته بود، گوش می‌داد. عطر یاسمن از گل‌های زرد و سفید ستاره‌ای شکلی که یحیی

روی بالشتش گذاشته بود، به مشامش می‌رسید. قبل از این‌که یحیی خوابش ببرد با او در مورد این‌که تخت بچه را کجا بگذارند و یا این‌که دنبال خانه‌ای دو خوابه باشند یا نه، گفت‌وگو کرده بود.

حال تمام این نقشه‌ها در نسیم تابستان بر باد رفته بود.

زن همسایه ادامه داد «دستگیرشدگان را با کامیون به بازداشت‌گاهی موقت برده‌اند. سربازان مجبورشان کرده‌اند در یک پارکینگ حصارکشی شده بایستند. مردان جوانی که می‌توانستند برای کردستان سلاح در دست بگیرند را به زور اسلحه توی یک انبار برده‌اند و به باد کتک گرفتندشان. مردان می‌گفتند می‌توانستند صدای نالهٔ آنها را از درون پنجره‌های شکسته بشنوند.»

«آنها چطور فرار کردند؟»

«نمی‌دانم. یک جوری در رفته‌اند.»

همسایه‌اش گفت یکی از ریش‌سفیدان مسجد ترتیبی داده بود که به یکی از خویشانشان پیامی ارسال شود. آن روز صبح قرار بود سوار بر ماشین از میان کوه‌ها به شهری در نزدیکی مرز ترکیه بروند.

زن قبل از این‌که به سمت پایین کوچه برود، دست زری را فشرد «فقط دعا می‌کنم سروقت مردان ما نیایند.»

چیزی که آن روز شنید در برابر آن‌چه رخ داد هیچ نبود. یک ماه بعد دو نفر دیگر، یک زن همراه با عروسش، با داستان‌های وحشت‌زای خودشان به خانهٔ مادر زری آمدند.

«سربازها همهٔ مردان شهر ما را گرفتند. شوهرم و پسرم در میان آنها بودند.» زن مسن‌تر وقتی به یاد آورد چهره‌اش متوحش شد. «ما پیاده به دنبال کامیون‌ها به راه افتادیم. زیاد دور نرفتند. چند کیلومتر دورتر از شهر از دور دیدیم گرد و خاک بلند شد. جای چرخ‌ها به سمت مزارع می‌رفت. از تپه بالا رفتیم و نگاه کردیم.»

زری کف دستش را روی شکمش گذاشت به امید این‌که فرزند نازاده‌اش این فجایع را نشنود.

«یک بولدوزر در انتهای یک خندق دراز ایستاده بود. توده‌های خاک در اطراف خندق درست شده بودند. مردان‌مان را مجبور کردند شانه به شانه بایستند. سربازها تیراندازی کردند و مردان ما، کسانی که یک عمر می‌شناختیم، پزشک من، امام محله‌مان، معلمان مدرسه، همه را درون

خندق انداختند. من شوهر و پسرم را دیدم که کنار هم افتادند.
اشک بر گونه های زری جاری شد. مدت زیادی سکوت فضای میان آنها را پر کرد. هیچ چیز نمی توانست بگوید. هیچ کاری برای تسلی آنها از دستش برنمی آمد.

«بعد که سربازها سوار کامیون ها شدند و رفتند، بولدوزر روی اجساد عزیزان ما را پوشاند.»

تا ماه سپتامبر تمام گروه های شبه نظامی کرد به کوهستان ها عقب نشینی کردند. داستان های بازداشت های دسته جمعی و اعدام ها از هر سو می رسید. سربازان عراقی در مسیر حرکت به سمت قلات دیزه دیده شدند.

در باغ به دیوار تکیه داده بودند. خورشید داشت در پشت قله های غربی آرام می گرفت و همسایه ها داشتند با شلنگ کوچه را آب پاشی می کردند. بوی بلند شده از روی خاک با عطر یاس در هم می آمیخت.

زری با التماس گفت «تو باید بروی.»

یحیی نخست چیزی نگفت و به غروب که رگه هایی طلایی در آسمان پخش می کرد، نگاه کرد.

«چطور می توانم تو و بچه را ترک کنم؟»

«اتفاقی برای زن ها نمی افتد. مردهای دیگر شهر رفته اند. به کوه ها، حتی به ترکیه. بچه که به دنیا بیاید می آیم پیشت.»

یحیی دست های زری را گرفت «چطور تو را ترک کنم؟»

«باید بروی. من نمی توانم تو را از دست بدهم.»

آن شب، چند ساعت قبل از طلوع خورشید، کامیون های ارتش عراق وارد قلات دیزه شدند.

بلافاصله سرتاسر شهر پر از صدای بلندگوهای دستی، جیغ و فریاد و تیراندازی های پراکنده شد. صدای فریاد سربازان به گوش می رسید و مدام نزدیک تر می شد. خانه به خانه جلو می آمدند.

زری یحیی را هل داد، التماس کرد و با او بحث کرد. سرانجام وقتی یک کامیون ابتدای کوچه ایستاد یحیی تسلیم شد. حتی آن موقع نیز درنگ کرد و زری را در آغوش کشید.

صدایش می لرزید و در گوشش زمزمه کرد «به تو قول می دهم. به محض این که به ترکیه رسیدم برایت پیغام بفرستم. اگر اوضاع اینجا روبه راه نشد، کاری گیر می آورم و خانه و زندگی برای خودمان درست می کنم.»

«می‌آیم پیشت، قول می‌دهم.»

شب جای خود را به خاکستری پیش از طلوع می‌داد و زری یحیی را می‌دید که سر کوچه ایستاده بود و بی‌اعتنا پاهایش را بر روی تلی از خاک می‌کوبید. مرگ به دنبال او بود و او هم‌چنان ایستاده بود. از رفتن خود منزجر بود. آنجا خانه‌اش بود، زندگیش بود. نمی‌خواست زنش و بچهٔ نازاده‌اش را ترک کند.

چند هفته بعد زری اولین نامه را دریافت کرد. یحیی توانسته بود خودش را به اردوگاه شلوغ ابراهیم خلیل در مرز ترکیه برساند. زری کلمات را بارها از سر خواند. نامه را برای مادر خودش و مادر یحیی خواند. خبرها را با زنان پیر کوچه که در درگاه‌ها می‌نشستند و قلیان می‌کشیدند، در میان گذاشتند.

سرانجام یحیی به آنکارا رسید. مدارک نداشت. قوم و خویشی نداشت. کسی نبود که سقفی بالای سرش بگیرد. کسی نبود که او را سر سفره‌اش دعوت کند. مدرک دانشگاهی او در آنجا هیچ ارزشی نداشت. او تنها یک پناه‌جو بود. یک خارجی. در نهایت توانست به‌عنوان مستخدم یک مجموعه آپارتمانی شغلی پیدا کند. درآمدش کم بود، اما اتاقی شخصی در زیرزمین مجموعه در اختیارش گذاشتند.

جای یحیی امن بود، اما وقتی زمستان از راه رسید، جسم زری سنگین‌تر و قلبش آکنده از اندوه بود.

پزشک در حالی‌که گوشی را داخل جیب روپوشش می‌گذاشت گفت «چیزی نیست، اضطراب بارداری اول است.»

تنها ده روز به نوروز مانده بود. زری پس از آن‌که درد شدید و ناگهانی در شکمش پیچید به بیمارستان جدید در حومهٔ شهر رفته بود.

«ظاهراً که همه چیز خوب است. اما برای اطمینان خاطر امشب اینجا نگهت می‌داریم.»

آن شب صدای انفجار زری را از خواب پراند. هواپیماها در آسمان جیغ می‌کشیدند. وقتی باران بمب و گلوله‌های توپ بر سر شهر باریدن گرفتند، آشوبی برپا شد. او از پنجره‌ها آتش‌هایی را در دوردست می‌دید. تا صبح بیمارستان پر از مجروحین شده بود.

زری بیمارستان را ترک کرد و مصمم بود به خانه برود و خانواده‌اش را پیدا کند. خیابان‌ها پر بود از ماشین‌ها و کامیون‌هایی که یا مجروحین را با

خود آورده بودند و یا تلاش می‌کردند از شهر فرار کنند. سر و صدا کرکننده بود و با صدای گلوله‌های توپ رقابت می‌کرد. مرگ شخصاً به قلات دیزه آمده بود.

او قدم در خیابان شلوغ گذاشت و سرانجام یک راننده آمبولانس و زنی مسن‌تر التماس‌های او را شنیدند و قبول کردند او را به شهر ببرند. زری درحالی‌که در کنار زن نشسته بود و آژیر آمبولانس مثل شیپور در گوشش صدا می‌کرد، داشت به‌آهستگی به مرز جنون می‌رسید.

زن مسن با حالتی عبوس گفت «صدام دستورات جدیدی صادر کرده است. حالا تمام کردستان منطقهٔ ممنوعه است. سربازها موظف هستند هر موجود زنده حتی حیوانات را هم بکشند.»

آنها از میان رودخانه‌ای از مردم که در پی فرار بودند راه خود را باز کردند. چهره‌های مضطرب اطراف آنها را فرا گرفته بود.

وقتی به خانهٔ مادرش رسید، هیچ‌کس آنجا نبود. خانهٔ خانواده یحیی نیز همین طور. تلفن‌ها قطع بودند.

یک گلولهٔ توپ از روی سرش جیغ کشید و چند خیابان آن طرف‌تر منفجر شد. آن‌قدر نزدیک که خانه شروع به لرزیدن کرد.

زری از خانه بیرون رفت و در کوچه‌های آکنده از دود تلوتلو می‌خورد. خیابان‌ها اکنون تقریباً خالی بودند و او سرانجام به خانهٔ خودش رسید. به اطراف نگاهی کرد و کوشید تصمیم بگیرد چه چیزی با خودش ببرد. اما تنها در چند دقیقه چه تصمیمی می‌شد گرفت؟

ده چیز؟ پنج چیز؟ آیا آن‌قدر وقت داشت که احساسی یا عمل‌گرایانه با مسئله برخورد کند؟ آیا می‌توانست مکثی کند و بیندیشد اگر نتواند بار دیگر بر روی صندلی که متعلق به پدرش بود بنشیند، زندگیش چگونه خواهد بود؟ اگر دیگر نتواند گرمای لحافی را که زنان خانوادهٔ یحیی با شوق دوخته بودند حس کند چه؟ ساعت روی دیوار. فرش زیر پاهایش. ردیف شیشه‌هایی که با ترشی و مربا پر‌شده بودند، چاشنی‌هایی که مادرش عاشقانه برای او درست کرده بود. عکس عروسیش توی کیف رفت. همین طور طلای مهریه‌اش. او ماشینی نداشت. دوستی برایش باقی نمانده بود.

درحالی‌که تقلا می‌کرد به انتهای شهر برسد، کوه‌های قندیل با ابهت و شکوه پیش رویش جلوه‌گری می‌کردند. حتی در لحظهٔ به راه افتادن نیز

به خوبی می‌دانست زندگی زیبایی که به او ارزانی داشته شده بود، به پایان
رسیده است. اما او دیگر به خودش فکر نمی‌کرد، چرا که تنها نبود. او در
شکمش یک زندگی حمل می‌کرد.

آذرخشی دیگر بر روی ساختمان‌های آنکارا درخشید و زری را به زمان
حال بازگرداندند.

حتی پس از تمام آن چه رخ داده بود، هنوز دعا می‌کرد خانواده‌اش
زنده باشند. در طول حملات پنجاه هزار نفر از شهر آنها گریختند و به سوی
اردوگاه‌های پناه‌جویان خه‌بات، بازیان، کاورگوسک، داراتو و جدیده
رفتند. در طی هفته‌های بعد، قلات دیزه به طور کامل توسط بمب‌ها،
تانک‌ها و بولدوزرها صاف شد. تمام گذشته‌اش از میان رفت. سربازان هر
موجود زندهٔ برجای مانده را کشتند. چیزی برای بازگشت نماند.

تیام در یک شب سرد در روستایی کنار جاده‌ای به دنیا آمد. برف سنگینِ
روی زمین، آمدن بهار را انکار می‌کرد. زنانی ناآشنا زری را به خانه‌ای در آن
نزدیکی بردند و از او مراقبت کردند. یک هفته‌ای که پیش آنها بود، نه کرد
بود، نه پناه‌جو، نه غریبه‌ای متجاوز به روستای آنها. زری خواهر آنها بود.
دختر آنها.

یک ماه بعد زمانی که بالاخره به آنکارا رسید، دریافت یحیی رفته
است. ناپدید شده بود. هیچ‌کس نمی‌دانست کجا رفته یا چه اتفاقی
برایش افتاده بود. او تنها مانده بود. مادری تنها که برای زنده ماندن
دست و پا می‌زد.

صدای خندهٔ بچه رشتهٔ خاطراتش را از هم درید.

سر میز آشپزخانه برگشت و لباس‌های شسته شده را از هم جدا کرد.
زیرلب گفت «تیام من. تو مرا نجات دادی و من تو را.»

خندهٔ کودکانه ناگهان تبدیل به فریادی عصبانی شد و زری را به طرف
در کشاند.

«مال منه»

«نه»

دو جفت دست در کشاکش بودند. دو بچهٔ سرسخت که هر دو یک
عروسک را می‌خواستند. یکی از آنها کمی محکم‌تر کشید و بچهٔ دیگر به
پشت افتاد و شروع به گریه کرد. زری یه آن سوی اتاق رفت.

«نه تیام. نه عزیزم. این دیگر خیلی خشن است.»

او بچهٔ دیگر را در آغوش گرفت و نشست و با گوشهٔ روسریش اشک های او را پاک کرد. بچه به خس خس افتاده بود. برونشیتش عود کرده بود و او در نظر داشت با پزشک تماس بگیرد. تیام به او نگاه کرد، چشم هایش گرد شدند.

تلاش کرد بچه را از روی زانوی زری کنار بزند و خودش جای او را بگیرد.

«مامان من، برو پایین، مامان من.»

«من مامان تو هستم، تیام. اما تو باید با او مهربان باشی. کریستینا مریض است.»

بخش سوم

نور خورشید روی این دیوار با آن دیوار
تفاوت بسیار دارد، اما هم چنان همان نور است
ما این ردا، این زمان و مکان را به عاریت گرفته ایم
از یک نور، و وقتی عبادت می کنیم
آنها را به درون خود می ریزیم[1]

مولانا

۹

الیزابت

اکنون

استانبول همیشه محل بوهای مهیج بود. چرم تازه در مغازه های بازار بزرگ. قهوهٔ ترک و سیمیت[1] تازه از گاری های قرمز و نانوایی ها. ترکیب مست‌کننده ادویه ها و گیاهان عجیب و غریب در بازار مصری ها. چای سیب تازه در کافه های کنار پیاده‌رو. بوی خنک و آکنده از نمک تنگهٔ بوسفور. ساندویچ ماهی کبابی در لنگرگاه کنار پل گالاتا.

بخشی از وجود الیزابت در پی آن بود که در خیابان ها قدم بزند و تمام این ها را از نو تجربه کند. استانبول دریچه‌ای بود به خاطرات فراوان. اولین بار از طریق فرودگاه این شهر پا به خاک ترکیه گذاشت. و سی سال پیش، از همان فرودگاه آنجا را ترک کرد و می‌اندیشید که آخرین باری است که ترکیه را می‌بیند.

در تخت غلتی به پهلو زد و کش و قوسی به خودش داد. پنجره باز بود و پرده های توری بالا و پایین می‌رفتند. نسیم با خود لحظاتی از گذشته را زنده می‌کرد...

«تبریک می‌گویم. دختردار شدید.»

پزشک بلافاصله از کنارش ناپدید شد. بعد از ده ساعت درد زایمان و دو ساعت فشار آوردن، بچه بالاخره به دنیا آمده بود. پزشک از قبل به او هشدار داده بود. به خاطر سن و سابقهٔ پزشکیش، شاید بهتر بود سزارین می‌شد. اما الیزابت می‌خواست امتحان کند. می‌خواست همه چیز را تجربه کند، چون تصور می‌کرد این آخرین بارداری او خواهد بود.

چرا ندادند بچه را بغل کند؟ روی آرنج هایش بلند شد و به پزشک و پرستارها نگریست که داشتند دیوانه وار بر روی نوزاد کوچکی که روی تخت آن سوی اتاق دراز کشیده بود کار می‌کردند. بچه ساکت و بی حرکت بود.

«مشکلش چیست؟»

هیچ‌کس پاسخ نداد.

۱- نوعی نان حلقه‌ای با پوششی از کنجد که در سرزمین‌های قلمرو امپراطوری عثمانی پخته می‌شود. م

«چرا گریه نمی‌کند؟» ضربان قلبش تند شد و اضطراب در وجودش رخنه کرد. نباید این اتفاق برایش بیفتد. در سه بارداری نخستش، بچه‌ها را در همان سه ماه اول از دست داده بود. اما این بار بچه‌اش مانده بود و او هر کاری که به او گفته شده بود تا به پایان دوران بارداری برسد را انجام داد..ه بود.

«باید نجاتش بدهید. کاری بکنید.»

صدای گریه ضعیفی از بچه درآمد. الیزابت در بالشت‌ها فرورفت و نمی‌توانست جلوی اشک هایش را بگیرد. به او گفتند تنها چند ثانیه طول کشید ولی تا زمانی که کریستینا اولین نفس را کشید برای او یک ساعت گذشت. سرانجام یک بقچهٔ پتوپیچ شده در میان بازوان او گذاشتند.

یک نفر به او گفت «دو کیلو و سیصد گرم است. کوچک است.»

الیزابت واحد را در ذهنش تبدیل کرد. بچه حدوداً پنج پوند وزن داشت. چهرهٔ درهم فشرده‌اش قرمز و کک مکی و پوستش ورقه ورقه بود. اما هیچ بچه‌ای به محض این‌که به دنیا می‌آید زیبا نیست. ده انگشت داشت، یک بینی کوچک و یک غنچهٔ گل سرخ به جای دهان.

«او فوق‌العاده است.» بوسه‌ای بر پیشانی نوزاد زد. «چرا مزهٔ شور می‌دهد؟»

الیزابت ملحفه‌ها را کنار زد و لب تخت نشست. گونه هایش را لمس کرد و سپس به خیسی انگشتانش خیره شد. لعنت به اشک‌ها. از گریه کردن متنفر بود. فکر کرده بود خیلی وقت پیش دیگر از شرش خلاص شده است. اما مشکل این بود که در ترکیه بود. سال‌ها پیش با خودش سوگند خورده بود که دیگر هرگز به آنجا برنگردد. بدتر از آن ماه سپتامبر بود، ماه نحس او.

در همین ماه سپتامبر بود که پدرش خود را در زیرزمین خانه‌شان در جنوب شرقی فیلادلفیا دار زد، درحالی‌که مادرش داشت برای او ناهار می‌پخت. الیزابت بیست و دو سالش بود و داشت سال آخر دانشگاه را شروع می‌کرد. سال‌ها بعد مادرش به او گفت قبل از خبر کردن آمبولانس ساندویچش را خورده بود. نمی‌توانست بگذارد حیف و میل شود.

سالی دیگر، سپتامبری دیگر. الیزابت بیست و نه ساله بود و در لندن کار می‌کرد که طی تماسی تلفنی مطلع شد یک تاکسی مادرش را حین عبور از خیابان زیر گرفته و کشته است.

کریستینا هم در ماه سپتامبر به دنیا آمد.

چشمانش سوختند. یک دستمال کاغذی از جعبهٔ کنار تختش برداشت و گونه هایش را پاک کرد. غیرمنطقی بود که یک ماه خاص را مقصر احساسات جریحه‌دار شده‌اش بداند. تقصیر قرص های خوابی بودند که شب قبل خورده بود. حال داشت پیامد آنها را حس می‌کرد.

اگر کسی بخواهد صحیح و سالم به سن پیری برسد باید عادت های خوب

و درازمدت مراقبت از خود را کسب کند. و او آن عادات را داشت. ورزش، غذای خوب و خواب. سال‌ها پیش وقتی به خاطر کارش شروع به سفر کرد، یاد گرفت خوردن یک قرص از جت‌زدگی جلوگیری می‌کند.

گردنش را چرخاند. همه چیز پیامدی داشت. هر عملی عکس‌العملی داشت. الیزابت دستش را دراز کرد تا گوشی تلفن همراهش را بردارد. کنار تخت نبود، اما سیم شارژرش از پریز آویزان بود.

با خود فکر کرد، عجیب است و روی زمین اطراف تخت را نگاه کرد. اثری از آن نبود.

سعی کرد آخرین باری که از آن استفاده کرده بود را به یاد بیاورد. دیشب از اینجا به کریستینا زنگ زده بود. وقتی تماس به پیام‌گیر صوتی منتقل شد، بالا رفته و او را در تراس پشت بام یافته بود و چند دقیقه بعد هرکدام به اتاق خودشان رفتند.

از تخت بیرون آمد و زیر ملحفه‌ها و تخت را با دقت نگاه کرد. نبود. الیزابت بندهٔ عادت بود. کارت اتاق آنجا بود ولی اثری از تلفن دیده نمی‌شد. توی کیفش را گشت. به اطراف سوئیت نگاهی انداخت و سوزشی در امتداد ستون فقراتش احساس کرد. درِ اتاق بسته بود، اما زنجیرش سر جایش قرار داشت. یک چیزی به طور حتم درست نبود. او زنجیر را انداخته بود، همیشه این‌کار را می‌کرد. از جایی که ایستاده بود دستشویی خالی به نظر می‌رسید، اما در قفسه باز بود. اطمینان داشت دیشب آن را بسته است. لباس‌هایش مثل سربازان وظیفه‌شناسِ به خط شده آویزان بودند. یکی از چمدان‌های خالی شده‌اش روی زمین بود. صدای بسته شدن دری او را تکان داد. صدا از سمت انتهای راهرو بود. ناگهان ترسی سرد پشت گردنش پیچید. دوباره به زنجیر در نگاهی انداخت. کسی دیشب آنجا در اتاقش بوده است. ولی چرا باید تلفنش را بدزدند؟

تلفن هتل در آن سوی تخت بود. یک تلفن دیگر هم در قسمت نشیمن قرار داشت. برای دسترسی به یکی از آنها باید جا به جا می‌شد. پاهایش سفت شده بودند. مثل یک ربات خراب با گام‌های کوتاه خودش را به تلفن کنار تخت رساند.

به اتاق دخترش کریستینا زنگ زد. کریستینا کلید یدکی اتاق او را داشت. شاید دیشب برای برداشتن چیزی به اتاقش آمده بود. اما این یعنی دیشب یادش رفته بود زنجیر را بیندازد. تلفن اتاق زنگ خورد و زنگ خورد. بدون گذاشتن پیام قطع کرد و کوشید تلفن همراه دخترش را بگیرد. وقتی جوابی نگرفت با میز پذیرش تماس گرفت.

مسئول هتل با صدایی رسا پاسخ داد «صبح به خیر خانم هال، چه کمکی از من ساخته است؟»

الیزابت تقلا کرد که واژه‌های مناسبی انتخاب کند.

نگاهـش بـه کمـد بـاز دوختـه شـد. از آن زاویـه می‌توانسـت در بـاز گاوصنـدوق را ببیند. تلفن را با خـود بـه آن سـوی اتـاق بـرد. گاوصندوق خالـی بـود.

کیـف پـول، پاسپورت و جواهراتش—تمـام آن چـه دیشب داخـل آن گذاشتـه بـود— دزدیـده شده بودند.

زن از پشت خط دوباره پرسید «مشکلی پیش آمده خانم هال؟»

صدایش لرزید «بلـه، از مـن دزدی شـده اسـت. دیشب کسـی بـه اتاقم دسـت بـرد زده است.»

١٠

کریستینا

اکنون

دختر نوجوانی به من می‌خورد و از کنار زن محجبه با سرعت رد می‌شود. یک وانت درب و داغان که پر از سبزی است با بلندگویی که در بالای آن نصب شده، متاعش را تبلیغ می‌کند. به هیچ وجه تصمیم ندارم بگذارم چیزی حواسم را پرت کند.

من تو هستم و تو منی.

بخشی از وجود من این است که در طول زندگی احساس انزوای درونی کنم، که به اطراف بنگرم و بفهمم بدان جا تعلق ندارم. بچه‌ای بودم که دماغم را به شیشهٔ پنجره فشار می‌دادم و بازی همکلاسی‌هایم در حیاط را نظاره می‌کردم. کسی که شبیه به مادرش نبود. همانی که سؤالات بی‌شماری می‌پرسید، اما به ندرت پاسخ‌هایی که می‌گرفت را باور می‌کرد. می‌شنیدم که زنان درگوشی از الیزابت می‌پرسیدند «چه چهرهٔ غریبی دارد. اهل کجاست؟»

«هیچ جا، اینجا، بچهٔ من است.»

بزرگ که می‌شدم از این‌که مردم مرا عجیب یا متفاوت یا غیرمعمولی خطاب می‌کردند متنفر بودم. یا از من می‌پرسیدند اهل کجایی؟ همهٔ این‌ها یک معنی داشتند: تو بیگانه هستی. من به آنجا تعلق نداشتم. تمام آن لحظات سرنخ‌هایی بودند که داستان زندگی که با آن بزرگ شده بودم، دروغ بوده است. من، من نبودم.

من تو هستم و تو منی.

می‌توانی تصور کنی که با شنیدن این کلمات زمین زیر پایم می‌لرزد و محور زندگیم را کج می‌کند.

باید با او حرف بزنم. سؤالاتی دارم. اما این کار را نمی‌کنم. حالا نه. به من نگاه نمی‌کند. چیزی بیشتر نمی‌گوید. بر کسی یا چیزی پشت سر من متمرکز شده است.

برمی‌گردم و الیزابت را می‌بینم که دارد برای رسیدن به ما جمعیت را کنار می‌زند. نگاهی به عقب می‌اندازم تا مطمئن شوم زن دیگر هنوز آنجا است. تکان نخورده است. چشمانش به مادرم دوخته شده‌اند. احساس می‌کنم جزو تماشاگران هستم و دارم پایان یک تراژدی یونانی را می‌بینم.

هر آن چه انتظار دارم بین این دو رخ دهد، اتفاق نمی‌افتد. الیزابت مشکلی دارد. رنگ از رخش پریده است. موهای سبک باب[1]اش درهم برهم است، گویی فراموش کرده قبل از بیرون آمدن از اتاق در آینه نگاهی بیندازد. عینکی تیره چشمانش را پوشانده است. رژ لب ندارد، گوشواره ندارد و لباس ورزش پوشیده است. بند یک لنگه از کفش‌های ورزشیش باز است. هیچ وقت این‌گونه به مکان‌های عمومی نمی‌رود. حتی با این ریخت و قیافه کلاس پیلاتس هم نمی‌رود، دیگر چه رسد به اینجا در قلب استانبول. نه هرگز.

«چه شده؟ خوبی؟»

روزی که جکس سکته کرد من و کایل پس از تماس الیزابت به بیمارستان رفتیم. در اتاق انتظار همدیگر را دیدیم. آن روز حالش بهتر از امروز بود.

عینک را روی سرش هل می‌دهد «من خوبم، خوبم. بگذار نفسم جا بیاید.»

«عجله نکن.»

به بازویم چنگ می‌زند و آن را سفت می‌گیرد.

«عجله نکن.»

در تمام زندگیم عادت کرده‌ام او را خونسرد و مسلط ببینم. اما الان به طور حتم اتفاقی افتاده است.

«می‌خواهی چیزی برایت بگیرم؟ می‌خواهی بنشینی؟»

سرش را تکان می‌دهد. «با کی داشتی حرف می‌زدی؟»

حدس می‌زنم زن پشت سرم رفته است. اطراف را نگاه می‌کنم ولی او ناپدید شده است. اما قبل از این‌که بتوانم توضیحی بدهم، الیزابت توضیح داد

۱- نوعی مدل موی کوتاه زنانه. م

می‌زند و من را به سمت خودش می‌کشد و یک مرد موتورسوار با سرعت در پیاده رو از کنارمان رد می‌شود. بعد دوباره می‌اندازد توی خیابان و در میان ماشین‌ها و ون‌ها گم می‌شود. ترافیک آغاز شده است. او حتی سرعتش را کم نکرد.

رفت و آمد در پیاده‌رو هم زیاد می‌شود. مردم در حین عبور به ما می‌خورند. الیزابت بازویم را می‌کشد و مرا به کنار دیواری که یک حصار آهنی بالایش است می‌برد.

می‌پرسد «تنها اینجا چه کار می‌کنی؟»

«باید از فروشگاه چیزی می‌گرفتم.» چهره‌اش به آرامی فروغی خاکستری گرفت. «چی شده مادر؟»

«آن زنی که داشتی با او صحبت می‌کردی. چه می‌خواست.»

ماشین یا کامیونی در جایی نزدیک ما گاز می‌دهد. و او پشتش را به دیوار تکیه می‌دهد. این اصلاً شبیه به خود واقعی او نیست.

«با من حرف بزن. داری نگرانم می‌کنی. هیچ‌وقت تو را به این شکل ندیده بودم.»

«اسمش را پرسیدی؟»

«نه»

دوباره می‌پرسد «چه می‌گفت؟» هم چنان بازویم را گرفته است.

من توام و تو منی. نباید این را به او بگویم. حالا نه. نه وقتی که مادرم تا این حد درمانده است. پس دروغ می‌گویم «ترکی حرف زد، نفهمیدم.»

«تو این اطراف را درست نمی‌شناسی. نباید...»

«نگران من نباش. بگو چه پیش آمده است؟ چه شده؟ چه اتفاقی برایت افتاده است؟»

در چهره‌های اطراف‌مان جستجویی می‌کند «به من دست‌برد زدند. پاسپورتم، جواهراتم، کیف پولم، همه را برده‌اند.»

قلبم می‌گیرد. این‌که بدانی کسی در فضای تو بوده، به وسایل تو دست زده و آن چه متعلق به تو بوده را برداشته، حس ترسناکی است. «چه وقت؟ کجا؟»

«دیشب. فکر کنم. همه چیز را در گاوصندوق اتاقم گذاشته بودم. شاید زمانی که آمده بودم دنبال تو روی پشت بام وارد اتاق شده‌اند.»

در قدیمی و آشنای خشم بین ما دو نفر دوباره باز می‌شود. کلماتش بیش از آن چه بداند باعث رنجش می‌شوند. نیامده بود که سراغ من را بگیرد. آمده بود چون حوصله‌اش سر رفته بود. اکنون از خودم می‌پرسم آیا من را مقصر دزدی شدن از خودش می‌داند. هرچند چنین هم باشد بار اولش نیست.

«چطور آن ماشین را ندیدی؟»

«اگر آن‌گونه که به تو گفتم در سالن تشییع جنازه مانده بودی و در نمی‌رفتی...»

«باید به محض به دنیا آمدن خزان خودت و بچه را به بیمارستان یو سی اِل اِی[1] منتقل می‌کردی.»

الیزابت همیشه در ایفای نقش مقصرسازی مهارت بالایی از خود نشان داده است، فرقی نمی‌کند من چند سالم باشد یا در چه شرایطی باشیم.

افکار ناخوشایند را پس می‌زنم و بر اتفاقی که دیشب افتاده متمرکز می‌شوم «کِی فهمیدی وسایلت گم شده‌اند؟»

«امروز صبح. بیدار شدم و دیدم گاوصندوق خالی است. کارت ملی، گواهینامه، کارت‌های اعتباری و پولی که آنجا گذاشته بودم. حتی تلفن همراهم را هم برده‌اند.»

«با پذیرش تماس گرفتی؟» باید عاشق‌مان باشند. دیروز یک بچۀ گمشده و امروز دزدی.

«بله. خیلی کمک کردند. با حراست هتل هم صحبت کردم و آنها یک گزارش نوشتند. قرار است آن را به اداره پلیس بفرستند.»

«باید زنگ بزنی و کارت‌های اعتباریت را باطل کنی.»

«این کار را کرده‌ام.»

دنبال جملۀ درست می‌گردم. به عنوان یک برنامه‌نویس می‌دانم که هویت افراد در عرض یک دقیقه دزدیده می‌شود و هکرها نیازی به کارت اعتباری فیزیکی ندارند. او بیمۀ مسافرتی دارد. از دست دادن پول و جواهرات هم او را ورشکسته نخواهد کرد.

«همه چیز قابل جایگزینی است. خودت سالم هستی و این تنها چیز مهم است.»

«مشکل من گذرنامه است»

1- UCLA

«چطور یک گذرنامهٔ نو می‌گیری؟»

«باید به اداره پلیس بروم و گزارش چاپ شده بگیرم بعد به کنسول‌گری آمریکا می‌روم. اگر کمی شانس بیاورم، آنها بلافاصله یک کارت هویت موقت برایم صادر می‌کنند. همان تا زمانی که به کالیفرنیا برگردم کفایت می‌کند.»

«می‌خواهی با تو به اداره پلیس بیایم؟»

دوباره به اطراف نگاهی می‌اندازد «الان چه کار داری؟»

«می‌خواهم به فروشگاه بروم و چیزی بخرم. برنامه‌ام این بود که به هتل برگردم و کار کنم. کایل چند سند برایم فرستاده که قبل از ملاقات اول باید نگاهی به آنها بیندازم. اما می‌توانم با تو بیایم.»

چند ثانیه فکر می‌کند و بعد سرش را تکان می‌دهد «تو که ترکی بلد نیستی، پس در اداره پلیس نمی‌توانی کمکی به من بکنی. خودم حلش می‌کنم.»

حرف‌هایش و لحنش آشکارا این پیام را منتقل می‌کنند که ترکی بلد نبودن من مایه ناامیدی است. با وجود این، برایش ناراحتم و اجازه نمی‌دهم حالت تدافعی‌ام اوج بگیرد.

دستم را توی کیفم می‌کنم و یک پاکت نامه که حاوی دسته‌ای لیره است را به او می‌دهم. «گفتی پول‌هایت را هم برده‌اند. من از دستگاه خودپرداز پول می‌گیرم.»

پاکت را درون جیبش هل می‌دهد «بعد از این‌که کارت را انجام دادی مستقیم برگرد به هتل. نمی‌خواهم نگران تو باشم.»

الیزابت به راه می‌افتد و از خیابان گذر می‌کند. در حالی‌که دارم رفتن او را تماشا می‌کنم، زن محجبه را می‌بینم. نمی‌دانم آیا می‌شود مکالمه‌ای که قطع شد را ادامه دهیم یا نه. اما او فعلاً حواسش به من نیست. او نیز از خیابان رد شده و به همان جهتی می‌رود که مادرم رفت.

۱۱
الیزابت

اکنون

الیزابت ایستاد تا به دخترش نگاه کند. کریستینا در ازدحام عابرین گم
شده بود. از خودش پرسید آیا با او بدخلقی کرده بود. از وقتی بچه‌اش را
از دست داده بود، او آگاهانه کوشیده بود نسبت به کریستینا حساس‌تر و
صبورتر باشد. کریستینا حتی قبل از تصادف شکننده شده بود و گرایش
به پرخاشگری و ناسازگاری داشت. از بسیاری جهات به همان کودک و
نوجوان سرسختی که بود، تبدیل شده بود.

الیزابت می‌دانست در آن سال‌های پر از مشکل هر از مقصر بودند.
ایراد تک والد بودن این است که خالی کردن ناکامی‌ها بر سر فرزندت
بسیار آسان است. او نیز اغلب چنین کاری می‌کرد. نزدیک‌ترین فرد به تو،
کسی که بیش از همه دوستش داری، همیشه هدف قرار می‌گیرد. به خانه
برو و همه چیز را بر سر او خالی کن.

در زمان‌های مختلف به شیوه‌های متفاوتی با کریستینا برخورد کرده
بود، اما در بیشتر مواقع به این دلیل که الیزابت می‌خواست مادر خوبی
باشد، او را آماج انتقادات قرار می‌داد. ولی چاره چه بود؟ مگر الیزابت قبل
از این‌که خانهٔ والدینش را ترک کند چه انتخابی داشت؟

الیزابت قبل از فارغ‌التحصیلی از دبیرستان، هشت بار مدرسه عوض
کرده بود. هر یک یا دو سال، پدرش به پایگاه نظامی دیگری منتقل
می‌شد و خانواده را ریشه‌کن می‌کرد. ترک کردن همسایه‌ها و مکان‌های
آشنا بخشی از روزمره آنها بود. مادرش علاقه‌ای به دوست یابی نداشت
و در دورهمی‌ها شرکت نمی‌کرد. درنتیجه کسی آنها را دعوت نمی‌کرد.
بچه‌های همسایه هم برای بازی به خانهٔ آنها نمی‌آمدند.

الیزابت از همان کودکی یاد گرفت که ایجاد ارتباطات نزدیک فایده‌ای ندارد. دوست داشتن کسی فقط درد و رنج به همراه داشت. دست کم این چیزی بود که مادرش می‌گفت.

وقتی بزرگ‌تر شد به این نتیجه رسید که پسرها فقط به درد تفریح و هم‌خوابگی می‌خورند و این برای او کافی بود. او علاقه‌ای به وابستگی‌های عاطفی نداشت. از همه مهم‌تر این‌که او هرگز اجازه نمی‌داد مردی دست یاری به سویش دراز کند.

پدرش مردی سرسخت با اخلاقی خشن بود. جریانی پرفشار که زیر سطح در غلیان بود و همیشه آنجا حضور داشت. مثل آذرخش می‌توانست تغییر کند و ناگهان بار الکتریکی خود را خالی کند. می‌توانست در لحظه از حالت شوخی محبت‌آمیز به گرفتن گلوی مادرش تبدیل شود.

هرچه سن الیزابت بالاتر می‌رفت، بهانه‌گیری‌ها و آزار و اذیت‌های پدرش بیشتر او را هدف قرار می‌داد.

«تا حالا کدام گوری بود؟ کجا بودی؟ آن پسرها که بودند؟»

مهم نبود او چه پاسخی می‌داد. پدرش به دنبال حقیقت یا هرگونه پاسخ واقعی نبود. او پیش از آن‌که سیل سؤالات را به راه بیندازد می‌دانست می‌خواهد چه‌کار کند.

«تو یک روسپی هستی مثل مادرت.» و بعد کمربند درمی‌آمد.

یک بچه مسئول اتفاقاتی است که برای یک همسر آزاردیده می‌افتد. مادرش هر بار بعد از این‌که او را توی اتاق یا بیرون از خانه می‌کرد، به جای او کتک‌ها را می‌خورد.

تعجبی نداشت که او بعد از این‌که بالاخره شوهرش در زیرزمین خود را دار زد، دست از خوردن ساندویچش برنداشت. اگر الیزابت آن موقع خانه بود، بی‌شک یک لیوان شراب اسپانیایی برایش می‌ریخت تا با ساندویچ نوش جان کند.

به خاطر این شیوهٔ تربیت، الیزابت هیچ‌گاه به مردی تکیه نکرد. او می‌توانست از عهدهٔ امورات خودش بربیاید. او زندگی خودش را مدیریت می‌کرد.

بعد از کشف دزدی امروز صبح، هنوز کمی نگرانی در وجودش بود که آن چه رخ داد شاید به سال‌هایی که در ترکیه زندگی می‌کرده مرتبط باشد. سال‌هایی که آسیب‌پذیرترین سال‌های عمرش بودند.

سعی کرد این احتمال را رد کند. به خودش گفت دزدی اتاقش تنها یک تصادف آزاردهنده است، همین و بس.

اما فکر و خیال راحتش نمی‌گذاشت.

صبح وقتی به پذیرش زنگ زده بود، مدیر هتل و رئیس حراست به در اتاقش آمده بودند. پاسخ‌هایش به سؤالات آنها کوتاه و سرراست بود.

رئیس حراست اطمینان داد که گزارشی برای پلیس آماده خواهد کرد و مدیر صمیمانه عذرخواه بود.

«ما شما را بدون معطلی به اتاق دیگری منتقل خواهیم کرد خانم.»

دستش را روی پولی که کریستینا به او داده بود گذاشت و یک تاکسی صدا کرد. بلافاصله یک تاکسی کنار زد.

(به ترکی) «کجا می‌روید؟» کجا می‌خواست برود؟

الیزابت تکه‌ای کاغذ که رئیس حراست روی آن آدرس اداره پلیس را نوشته بود را از جیبش درآورد. به او گفته بودند ممکن است پلیس برای تهیه گزارش رسمی دزدی چند ساعت زمان نیاز داشته باشد. اما او می‌دانست آن مدارک برای ارائه به سفارت لازم هستند.

(به ترکی) «کنسولگری آمریکا» خواست آدرس کنسولگری را به راننده بدهد اما او حرفش را قطع کرد.

(به ترکی) «بسته است. کنسولگری جدیدی ساخته‌اند.»

کنسولگری جدید؟ الیزابت نمی‌دانست ساختمان قدیمی بسته شده است.

از روی عادت دست برد تا تلفن همراهش را بردارد، اما یادش افتاد آن نیز دزدیده شده است. مرد خیلی سریع محل جدید را گفت که در حومهٔ شمالی شهر قرار داشت.

ماشین به راه افتاد و وارد ترافیک خزندهٔ صبح شد. الیزابت با خودش فکر کرد این طوری که هیچ وقت نمی‌رسند. آنها در مسیر خروج از آن محله باید بازار بزرگ را رد می‌کردند و او در میان جمعیت کریستینا را می‌جست. اثری از او نبود، ولی در چهرهٔ تمام کسانی که به آنها نگاه می‌کرد خصومتی دیده می‌شد. آنها مردمی نبودند که برای رسیدن به محل کار خود عجله داشتند یا گردشگرانی که سعی داشته باشند بنای کهنه‌ای را برای عکاسی بیابند. از هر سو، نگاه‌هایی نامطبوع به پنجرهٔ ماشین دوخته شده بود.

آن مردان چهرهٔ پدرش را داشتند. همان چشم‌ها، پیش از دریدن بند. این چیزی بود که وقتی به دوران بزرگ شدنش فکر می‌کرد، برایش پیش می‌آمد. بعضی خاطرات هیچ‌گاه پاک نمی‌شوند. سرمایی در امتداد ستون فقراتش بالا رفت و بین شانه‌هایش تیر کشید. گذشته را کنار زد و تلاش کرد بر روی امروز تمرکز کند. اکنون فکرش آزاد شده بود. فارغ از آن چه به کریستینا گفته بود، وسایلش می‌بایست وقتی خواب بوده ربوده شده باشند. به طور اخص یادش می‌آمد که قبل از خزیدن به تخت خواب در گاوصندوق را بسته و چراغ‌ها را خاموش کرده بود.

مدیر حراست معتقد بود که کسی از پنجره دستشویی وارد شده و از در ورودی بیرون رفته است. تلفن همراهش بی‌تردید کنار تخت بوده است. این یعنی دزد کنار تخت او ایستاده است. می‌توانست به او آسیب برساند.

یک بار دیگر گذشته به یادش آمد. این‌بار پدرش نبود که او را می‌ترساند. کسی بود که او در حقش بدی کرده بود. یک مرد. با خودش زمزمه کرد «چرا این کار را با من می‌کنی؟»

الیزابت می‌دانست. او در استانبول بود. پیاده‌روها را در جستجوی او نگاه می‌کرد. برای به یاد آوردن چهره‌اش مشکلی نداشت. اما او اکنون چه شکلی شده است؟ گذر سال‌ها مردم را عوض می‌کند. خودش هم پیر شده بود. آیا خودش است که وانمود می‌کند دارد با دست فروش حرف می‌زند؟ یا آن مردی است که در گوشه‌ای ایستاده و دستش را در جیب کتش کرده است؟ آیا ممکن بود که او وارد اتاقش شده و وسایلش را دزدیده باشد؟

نوک دماغش را با دو انگشت فشار داد و کوشید افکار احمقانه را متوقف کند. تا آنجا که می‌دانست او مدت‌ها پیش مرده بود. اما اگر نمرده بود چه؟ چیزی بدتر از امری ناشناخته نیست. آرزو می‌کرد ترافیک سبک شود و تاکسی تندتر برود.

برای گرفتن گذرنامهٔ جایگزین شما نیازمند گزارش پلیس و مدرکی هستید که ثابت کند شما آن کسی هستید که ادعا می‌کنید. حدس می‌زد آن محدودیت‌ها اکنون با توجه به وضعیت امور دنیا شدیدتر شده باشند. و او هیچ‌کدام از آن مدارک را نداشت.

اما متوجه شد که فرم‌ها و کارت شناسایی موقت دلایل اصلی رفتن او به کنسولگری نبودند، بلکه ترس بود. او به کمک نیاز داشت. شاید کسی در کنسولگری می‌توانست به او کمک کند تا جواب‌هایی که پی‌شان است را بیابد.

ماشین‌ها دوباره از حرکت ایستادند و مردم از خیابان و لابه‌لای ماشین‌ها گذشتند. وقتی یک نفر با کف دست روی صندوق عقب تاکسی کوبید از جا پرید. راننده لعنتی فرستاد و سرش را از پنجره بیرون کرد.

تراموایی رد شد و با خود چهره‌های مبهمی را برد. آرزو کرد کاش در آن تراموا بود. هر چیزی که تندتر برود و از آنجا دور شود.

مردی قد بلند از داخل پیاده‌رو عکس می‌گرفت. الیزابت به صورت خودکار از پنجره فاصله گرفت و خودش را به صندلی فشار داد.

راننده پرسید «آمریکایی؟»

یکسره او را فراموش کرده بود.

باز به ترکی تکرار کرد «آمریکایی هستید؟»

(به ترکی) «بله.»

«ناچارم بپرسم. چطور ترکی بلدید؟ خیلی خوب حرف می‌زنید.»

به ریش سفید کوتاه راننده و کارت شناسایی قرار گرفته روی داشبورد نگاهی انداخت. حدس زد مراکشی یا مصری باشد. «شما چطور این‌قدر خوب انگلیسی بلدید؟»

مرد خندید و دندان‌های لکه‌دارش پدیدار شدند. سیگاری بود، مثل خیلی از آدم‌های این بخش دنیا. چای و قهوه و سیگار. هنوز مثل سابق بود.

«به خاطر کارم یاد گرفتم. گردشگران وقتی بفهمند متوجه می‌شوی، پول بیشتری می‌دهند. به من اعتماد می‌کنند. من کارتم را به آنها می‌دهم. وقتی به استانبول می‌آیند به من زنگ می‌زنند. و اسم من را به دوستان‌شان می‌دهند. و شما؟»

«من چندتا زبان بلدم. ترکی یکی از آنها است.»

راننده که فقط نگاهی سرسری به خیابان داشت گردش شدیدی کرد و با سرعت وارد یک کوچه‌ای باریک شد. در پیچ بعدی وارد یک خیابان یک طرفه شد. قدیم‌ها تاکسی سوار شدن در استانبول ماجراجویی به حساب می‌آمد. راننده‌ها معمولاً طولانی‌ترین مسیر بین نقطهٔ آ و ب را انتخاب می‌کردند تا پول بیشتری بگیرند. بعضی چیزها عوض نشده بودند، اما امروز او انتخاب‌های زیادی نداشت. همین که صحیح و سالم به مقصد می‌رسید، خوشحال بود.

«چرا ترکی یاد گرفتید؟ هیچ‌کس جز در اینجا به این زبان حرف نمی‌زند.»

الیزابت در حالی‌که راننده در میان صدای فریاد مردم و بوق ماشین‌ها در یک تقاطع پیچید، دستهٔ در را محکم چسبید. چرا باید مثل دیوانه‌ها رانندگی کند؟

«زبان‌ها مثل معما می‌مانند. دوست دارم معما حل کنم.»

«به چند زبان صحبت می‌کنید؟»

(به ترکی) «نمی‌دانم، خیلی.»

الیزابت علاقه‌ای نداشت دوست صمیمی این مرد شود یا با گفت‌وگو حواس او را پرت کند. و با توجه به نحوهٔ رانندگی او نباید کارتش را می‌گرفت و به دیگران توصیه‌اش می‌کرد.

نگاه مرد به مسیر باریک نبود. به آینه عقب دوخته شده و به او زل زده بود. «سی آی اِی؟»

الیزابت به تندی گفت «نه.» در دلش به او لعنت فرستاد. همین را کم داشت، راننده‌ای که فکر کند او کسی است که نبود. می‌توانست بسته به صندلی از یک زیرزمین یا قعر بوسفور سر درآورد.

«کمی تند جواب دادید.»

با طعنه گفت «من برای این‌کار کمی پیر شده‌ام. این طور نیست؟»

برگشت و نگاهی به او انداخت. «شاید آره، شاید هم نه.»

الیزابت دستش را بیرون برد و اشاره کرد «هی!»

زنی که یک چرخ‌دستی پر از پاکت خرید را هل می‌داد، می‌خواست از خیابان رد شود. راننده دستش را روی بوق گذاشت و با سرعت از کنار او رد شد.

«حواست به مسیر باشد.»

راننده بدون هیچ‌گونه آشفتگی پرسید «همهٔ این زبان‌ها را در آمریکا یاد می‌دهند؟»

«هر کس بخواهد می‌تواند کلاس برود.»

«اما لهجه ندارید.»

یک زمانی این حرف او را به عنوان تعریف می‌پذیرفت، اما نه حالا. پس سکوت کرد.

«چند سال‌تان است؟»

دیگر داشت خیلی خودمانی می‌شد. الیزابت خوشش نیامد. گردش به راست و بعد گردش شدید به چپ، راننده به رانندگی در خیابان‌های تنگ

محله‌هایی که به مرور سطح پایین‌تر می‌شدند، ادامه داد.

«چه وقت در ترکیه زندگی کرده‌اید؟»

این داشت تبدیل به بازجویی می‌شد. «من نگفتم در ترکیه زندگی کردم.»

«زندگی کردید»

دروغ گفت «نه.»

«سی آی اِی.»

«تو دهن بزرگ و توهمات بزرگ‌تری داری.»

«گفتید که ساکن اینجا نیستید. اینجا خارجی‌های زیادی زندگی می‌کنند و سی آی اِی هم همیشه دروغ می‌گوید. دروغ می‌گویی. می‌گویی اینجا زندگی نکردی. من می‌گویم کردی.»

فک الیزابت از بهم ساییدن دندان‌هایش درد گرفت.

«من اینجا زندگی نکرده‌ام.»

«من فکر می‌کنم معنای واژهٔ حرام را می‌دانی.»

«نه نمی‌دانم.»

الیزابت خداناباور بود. تمام آن باورها که در مورد خدا و مذهب در ذهن او فروکردند، سال‌ها پیش محو شده بود. آنها ارتباط کمی با زندگی امروزش داشتند. جکس باورمند بود. خیلی کلیسا برو نبود، اما باورمند بود. وقتی مرد، الیزابت می‌توانست از یک کشیش بخواهد چند کلام در خاک سپاریش دعا بخواند، ولی این کار را نکرد.

شاید باید چیزی بیش از ریختن خاکستر جکس در اقیانوس آرام برایش انجام می‌داد.

«دروغ گفتن حرام است.»

«من هم شنیده‌ام.»

«جهنم را می‌شناسی؟»

«راجع به آن هم شنیده‌ام.»

«جایی است که بعد از مردن به آن می‌روی.»

«خیلی خوب. کافیست دیگر.» در روزی مثل امروز -به ویژه در روزی مثل امروز- دلش نمی‌خواست چیزی در مورد نقص‌هایش به عنوان یک کافر بشنود. «همین جا بایست. حالا!»

مرد شانه‌ای بالا انداخت و فرمان را با سرعت چرخاند. ماشین با صدای

جیغ لاستیک‌ها ایستاد. الیزابت به تاکسی‌متر نگاهی انداخت و قبل از پیاده شدن چند لیره روی صندلی جلو انداخت.

«کارت مرا می‌خواهی؟»

چیزی نگفت و در را محکم بست. همان طور که راننده داشت دور می‌زد تا دوباره به سمت شهر برود، الیزابت به ساختمان بلوک سیمانی دل‌گیری که بالای سرش خودنمایی می‌کرد، زل زده بود.

لباس‌ها و روتختی‌های شسته شده به بند رخت‌ها آویزان شده بودند.

با خود زمزمه کرد «اینجا دیگر کجاست؟»

راننده او را در یک خیابان فرعی در محله‌ای قدیمی پیاده کرده بود. سگ‌ها محتاطانه از روی لبه پیاده‌روهای مملو از آشغال به او نگاه می‌کردند. دیوار ساختمان‌ها پوشیده از دیوارنوشته‌هایی در حمایت از حزب کارگران کردستان ترکیه (پ. ک. ک١) بودند.

پ. ک. ک گروهک مقاومت کردستان بود و اینجا هم یک محلهٔ کردنشین. بهتر از این نمی‌شد!

افراد کمی در خیابان بودند و جوری به او خیره می‌شدند انگار از دیدن او دستپاچه می‌شدند. مطمئن بود اگر دو تا سر داشت، آن‌قدر مشخص غریبه به نظر نمی‌رسید. نصف خیابان جلوتر، ده دوازده مرد دم در یک تعمیرگاه ماشین جمع شده بودند، سیگار می‌کشیدند و می‌خندیدند. بی‌شک او را پیشاپیش دیده بودند.

به هیچ وجه نمی‌شد از کنار آنها رد شود، اما نمی‌توانست دور بزند. چطور خودش را در این مخمصه انداخته بود؟

وقتی از کنار یک زمین خالی با توده‌های آشغال و آجر گذر کرد، قدم‌هایش آهسته شدند. یک کوچه باریک در آن سوی زمین به خیابان بعدی می‌رسید و الیزابت می‌توانست آنجا مغازه‌ها و رفت و آمد ماشین‌ها را ببیند. اما برای رسیدن به آن باید از کوچه عبور می‌کرد.

چارهٔ دیگری نداشت.

الیزابت راهش را به سوی زمین کج کرد و از یک توده آشغال بالا رفت تا توانست به نحوی راه خود را به سوی کوچه پیدا کند. جلوی او یک ساختار موقت ساخته شده از تخته‌های چوب و پلاستیک سخت در کنار کوچه قرار گرفته بود. تکه‌های درب و داغان صفحات موج‌دار فلزی، سقف این

1- P.K.K

ساختار را شکل می‌داد. چند صفحه فرسوده نیز تا حدودی فضاهای باز را پوشانده بودند. پیرمردی بی‌دندان که خود را در یک پتوی کثیف پیچیده بود، بلند غرغر می‌کرد.

پناه جویان کرد.

الیزابت نگاهش را برگرداند و حس کرد معده‌اش تیر می‌کشد. دلش نمی‌خواست این دربه‌درها را ببیند. این محصولات فرعی کشمکش‌های ادامه‌دار بر سر قدرت، نفت و کنترل سرزمین‌ها.

دختر کوچکی کمی دورتر در کنار یک کلبه دولا شده بود و با یک توله‌سگ که پایش را با طنابی پلاستیکی بسته بودند، حرف می‌زد. وقتی الیزابت نزدیک شد سگ شروع به واق زدن کرد. دختربچه سرش را بالا آورد. چشم‌هایش به همان رنگ سبز-آبی شگفت‌انگیز رایج در میان کردها بود. اما رنگ پریده و لاغر بود و مریض به نظر می‌رسید.

الیزابت کوشید از کنار دیوار مقابل رد شود. سگ به واق زدن ادامه داد.

دختر به زبان کردی سر او فریاد زد «مامان کجاست؟»

الیزابت سرش را تکان داد و وانمود کرد زبان دختر را نمی‌فهمد.

«تقصیر تو است.»

راهی برای عبور نبود.

«تو شیطانی» یک بچه او را شیطان خطاب می‌کرد. «کار تو بود. تو او را بردی.»

الیزابت خودش را به دیوار چسباند و تلاش می‌کرد راهی برای عبور از کنار دختر پیدا کند.

به ترکی جواب داد «من نمی‌دانم مادرت کجا رفته است.»

«غذا نیست. همه رفته‌اند.»

سگ بی‌وقفه واق می‌زد و با دختر که حالا جیغ می‌زد، رقابت می‌کرد.

«من را ول کردی. می‌خواهی من بمیرم. همهٔ ما خواهیم مرد و بعد تو خوشحال خواهی شد.»

کلمات مثل خنجر بر جان او می‌نشستند. الیزابت تلاش کرد رد شود، اما دختر کرد جلو آمد و آستینش را گرفت.

«من را ترک نکن. نرو.» اشک‌ها بر روی گونه‌های کثیفش جاری شدند. از این فاصله الیزابت می‌توانست بفهمد که دختر تب‌دار و متوهم است. «گرسنه‌ام. مامان را می‌خواهم.»

الیزابت آستینش را کشید و چند لیره از پاکتی که کریستینا به او داده بود درآورد. دختر عقب کشید، لیره‌ها را روی زمین انداخت، دچار وحشت شد و کورکورانه به سمت انتهای کوچه دوید.

وقتی به خیابان شلوغ رسید تقریباً با زنی مسن که روسری بر سر داشت برخورد کرد. به خیابان پا گذاشت و خودش را درون یک تاکسی در حال عبور انداخت.

به محض این‌که نشست در را قفل کرد و سعی کرد خودش را آرام کند تا بتواند به راننده آدرس بدهد.

به انگلیسی گفت «کنسولگری آمریکا.»

تاکسی از لبهٔ پیاده‌رو فاصله گرفت و الیزابت برگشت و به عقب نگریست. بچه در ورودی کوچه‌ای ایستاده بود، هق هق می‌کرد و به دنبال او می‌گشت. توله سگ نیز پایین پای او ایستاده بود.

الیزابت گونه‌های خیسش را لمس کرد. حتی نمی‌دانست در حال گریه بوده است.

وقتی چهل دقیقه بعد به کنسولگری رسید هم چنان بدنش می‌لرزید. پلیس ترکی که در دروازه بیرونی نگهبانی می‌داد موقع ورود به او خیره شد. آنجا با شنیدن مشکلش او را به پنجره‌ای کنار ساختمان ورودی ارجاع دادند. روی تپهٔ آن طرف، ساختمان سفید کنسولگری زیر نور خورشید می‌درخشید. مرد جوانی که در اواسط دههٔ دوم زندگی خود بود با متانت لبخندی زد و پیش از فراهم آوردن فرم‌ها به حرف‌های الیزابت گوش داد. کاغذها را داخل کشوی زیر پنجره گذاشت و آنها را به سمت الیزابت هل داد.

«باید یک نفر را توی کنسولگری ببینم.»

«می‌توانید وقت بگیرید و برگردید.»

«نه من باید امروز با آنها صحبت کنم.»

«بله خانم. آیا مسئلهٔ مرگ و زندگی است؟»

الیزابت مکثی کرد و کوشید خونسردی خود را حفظ کند «نه دقیقاً. اما هم چنان مایلم با یکی از افسران صحبت کنم.»

مرد جوان دوباره پرسید «اما مسئلهٔ مرگ و زندگی نیست؟»

الیزابت به سمت شیشهٔ ضخیمی که آنها را از هم جدا می‌کرد خم شد «بله هست.»

مرد جوان کاغذ دیگری بیرون فرستاد «این تلفنی است که باید با آن

تماس بگیرید و هم‌چنین راهنمایی‌هایی در این زمینه.»

«تلفن ندارم. دزدیده شده است.»

با دست به سه تلفنی که بر روی دیوار سمت راست حراست نصب شده بود اشاره کرد «می‌توانید از آنها استفاده کنید.»

الیزابت آهسته به سمت تلفن‌ها رفت و یکی از گوشی‌ها را برداشت. صدای زنی به او سلام داد.

«سلام خانم، مسئله‌ای در ارتباط با مرگ و زندگی دارید؟»

«نه! اما شاید. می‌تواند باشد. باید با افسر امنیتی کشیک صحبت کنم.»

الیزابت در حالی که صدایش را پایین آورده بود چند نام، مجموعه‌ای از شماره‌ها و چند تاریخ را بر زبان آورد.

«این موارد را در سیستم‌تان وارد کنید و سپس به ارشدتان اطلاع دهید که من منتظرم.»

کریستینا

اکنون

داروخانه در نقشهٔ روی گوشیم نیست. آدرسی که به من داده‌اند مرا به محله‌ای در اطراف بازار بزرگ آورده است. در امتداد خیابان درهای فلزی کرکره‌ای در حال بالا رفتن هستند. پذیرش هتل به من گفت مغازه داران بازار بین ساعت هشت و نیم تا ده باز می‌کنند.

من البته در حال و هوای خرید نیستم.

حالا که کمی فرصت دارم به چیزها فکر کنم، نگران مادرم هستم. او سرسختانه معتقد است که باید خود را قوی و محکم نشان دهد. همین که آمده بود دنبال من و رفتار و ظاهر مضطرب او، باعث می‌شود فکر کنم در وضعیتی بدتر از آن چیزی بود که نشان می‌داد.

باید با او به ادارهٔ پلیس می‌رفتم. درست است که من زبان ترکی بلد نیستم، اما می‌توانستم به لحاظ روحی پشتیبانش باشم. بی‌شک او هم همین کار را برای من می‌کرد. در واقع حتی بیشتر، چون امورات را برعهده می‌گرفت.

گوشیم را نگاه می‌کنم. چند تماس از شماره‌هایی که نمی‌شناسم داشته‌ام. شمارهٔ الیزابت را می‌گیرم. تلفن آن‌قدر زنگ می‌خورد که به پیام‌گیر صوتی منتقل می‌شود. یادم می‌افتد که گفت تلفنش را هم دزدیده‌اند.

دزدی کارها را به هم می‌ریزد. از همه مهم‌تر این‌که او برای جلسهٔ انتقال شرکت به مدارک هویتی نیاز دارد. دنیا به آخر نمی‌رسد، ولی سردفتر اسناد رسمی، وقتِ امضای اسناد و فروش شرکت، آن‌ها را خواهد خواست. امیدوارم صدور گذرنامهٔ جایگزین زمان زیادی نبرد.

«بانوی من اهل کجا هستید؟»

سرم را بالا می‌آورم. دم در یک فرش فروشی ایستاده‌ام. مرد یک استکان لاله مانند لبریز از چایی به سمتم دراز می‌کند. هنوز حتی معامله‌ای هم نکرده‌ایم و او این چنین مهمان نواز است.

سرم را مؤدبانه تکان می‌دهم «آیا داروخانه در این خیابان است؟»

«آمده‌اید اینجا که فرش بخرید. درست است؟» با انگشت به فرش‌های رنگارنگ چیده شده روی هم که از قد هر دوی ما بلندتر است اشاره می‌کند. طرح‌ها و اندازه‌های مختلف به دیوار آویزان هستند. از روبالشتی تا فرش‌های کف اتاق. به جز راهرویی باریک که به صندوق منتهی می‌شود هر گوشه از این مغازهٔ کوچک پر از فرش است.

سرم را تکان می‌دهم و فروشندهٔ مغازهٔ چراغ فروشی بغلی مرا صدا می‌کند. (به ترکی) «داروخانه؟»

فکر می‌کنم که او هم می‌خواهد چیزی به من بفروشد. به صدها چراغی که از سقف غرفه‌اش آویزان شده نگاه می‌کنم. رنگ‌های شاد مثل جادو می‌درخشند. هر چراغ، موزاییکی از رنگ است، لولهٔ شکل‌نمایی[1] از شیشه‌های رنگی. هرکدام شکل منحصربه‌فردی دارند. تصور می‌کنم پیامی سری منتقل می‌کنند. با همدیگر به زیبایی درمی‌آمیزند.

«داروخانه؟»

مرد جوان می‌خواهد کمک کند. متوجه شده که من چه پرسیدم. «در این خیابان؟»

چند چیز به ترکی می‌گوید و به قسمت باریک خیابان اشاره می‌کند. نشان می‌دهد که باید به چپ و بعد به راست بروم. «عثمان. کمال عثمان. داروخانه.» مطمئن نیستم، اما فکر می‌کنم دارد نام کسی که آنجا کار می‌کند را می‌دهد. یا این نام داروخانه است؟

از او تشکر می‌کنم و راه می‌افتم. اما قبل از این‌که بروم او کارت مغازه‌اش را در دستم می‌گذارد. خیلی سریع -به زبان انگلیسی تمرین شده- می‌گوید چراغ‌ها را به هر جایی که باشد می‌فرستند. و هنگامی‌که جدا می‌شویم بوسه‌ای به سمتی که می‌روم می‌فرستد. یک بوسه! آخرین باری که یک مغازه‌دار با بوسه‌ای مرا بدرقه کرد چه وقت بود؟ اگر در لوس‌آنجلس بودم فکر می‌کردم طرف دیوانه است و دیگر هرگز بدان جا برنمی‌گشتم ولی اینجا فرق دارد. تفاوت زیادی بین فرهنگ شرق و غرب وجود دارد. نمی‌دانم آیا من هم باید برای او بوسه‌ای بفرستم یا نه.

ابتدا چپ و سپس راست راست را می‌پیچم و تابلویی را می‌بینم که واژهٔ داروخانه به ترکی روی آن نوشته شده است.

خیالم راحت می‌شود، اما اولین برداشتم این است که از بیرون با آن‌چه ما در کشور خودمان داریم تفاوت زیادی دارد. بی‌شک با داروخانه‌های زنجیره‌ای که در هر گوشه از لوس‌آنجلس هستند خیلی فرق دارد. این داروخانه در گوشهٔ یک خیابانِ کمی بزرگ‌تر از یک کوچه قرار گرفته است. فقط پیاده‌ها و

1- kaleidoscope

موتورسیکلت‌ها می‌توانند از این خیابان رد شوند. عرض مغازه کم و به اندازهٔ نانوایی و قصابی است که در دو طرف آن قرار دارند. وقتی وارد می‌شوم زنگی به صدا در می‌آید. فکر می‌کنم من را به داروخانه‌ای درجه دو فرستاده‌اند، مگر این‌که انباری بزرگ در زیر زمین داشته باشد.

فضای داخلی هم نظرم را عوض نمی‌کند. شش نفر در آن کار می‌کنند. سه راهرو دارد و دو پیش‌خوان و یک صندوق. مرد سیاه موی جذابی با روپوش سفید دارد برای یک مشتری که روی پیش‌خوان خم شده توضیحاتی می‌دهد. قفسه‌های دارو پشت سر او هستند. به نظرم داروساز او باشد.

یک نوجوان به سمت من می‌آید. (به ترکی) «می‌توانم کمک‌تان کنم؟» «انگلیسی؟»

با خوش‌رویی می‌پرسد «چه کاری می‌توانم برایتان انجام دهم؟» لهجهٔ بریتانیایی دارد.

شلوار جین و تی‌شرت آبی سیر پوشیده است. ممکن است درست قبل از من وارد شده باشد. اما کسی ابرویی بالا نمی‌اندازد، پس به نظرم اینجا کار می‌کند. در هر صورت فکر می‌کنم باید با فردی مسئول در مورد نسخه‌ام صحبت کنم. با وجود همهٔ جستجوهایی که در اینترنت انجام داده‌ام، هنوز تصورم بر این است که خریدن دارو آن‌قدر هم که نشان می‌دادند ساده نیست.

«باید با ایشان صحبت کنم. این...»

مردی که روپوش سفید پوشیده به من نگاه می‌کند. بلافاصله بقیه چیزی که می‌خواستم بگویم را فراموش می‌کنم. ناگهان دوباره هجده ساله‌ام.

چشم‌های تیره‌اش فوق‌العاده زیبا هستند. مژه‌هایش آن‌قدر بلند هستند که از خودم می‌پرسم آیا مردان ترک مژه‌های‌شان را به طور مصنوعی بلند می‌کنند؟ ریش پری دارد. فکر می‌کنم شاید این ریش سنش را بیشتر نشان می‌دهد. قبلاً هیچ‌گاه راجع به آن فکر نکرده‌ام، اما متوجه می‌شوم که موی صورت، مردانه و جذاب است. و باز دوباره، شاید تنها این مرد این‌گونه به نظر برسد.

فقط می‌توانم پشت زنی که روی پیش‌خوان خم شده را ببینم. او به صحبت ادامه می‌دهد. اما من او را به خاطر این‌که می‌خواهد توضیحات کافی بگیرد سرزنش نمی‌کنم.

پسر نوجوان ادامه می‌دهد «نسخه‌ای دارید؟ من به ایشان می‌دهم.»

داروساز سری برای من تکان می‌دهد و من مطلبش را می‌گیرم. مرا تشویق می‌کند که به کارمندش اعتماد کنم.

نسخه را از کیفم در می‌آورم «خب. نسخه توسط پزشک من در لوس‌آنجلس نوشته شده است. باید قبل از این‌که می‌آمدم می‌پیچیدمش...»

پیش از آن‌که حرفم را تمام کنم پسر کاغذ را از دستم می‌کشد و پیش رئیسش

می‌برد. برای هیچ‌کس مهم نیست چرا من باید نسخه‌ای بپیچم. من خریدارم و آنها فروشنده.

امیدوارم آن چه می‌خواهم را برای فروش داشته باشند.

در امتداد راهرو نگاه می‌کنم و وانمود می‌کنم در حالی‌که منتظرم دنبال چیزی می‌گردم. محصولات بهداشتی زنانه. تیغ‌ها. جعبه‌های کرم و پماد. قرص‌های مسکن و شربت‌های سینه. محصولاتِ دارای اسامی غربی با محصولات ترکی در کنار هم هستند و تفاوت قیمت آنها خیلی زیاد است. زن جوان پشت صندوق هر قدم مرا زیر نظر دارد. نمی‌دانم، شاید فکر می‌کند می‌خواهم چیزی بدزدم.

دزدانه نگاهی به داروساز می‌کنم. دارد نسخه را می‌خواند. نمی‌خواهم حدس بزنم که دارد چه فکری می‌کند. او بی شک می‌داند این قرص‌ها برای چه هستند. الان نمی‌توانم با پیش‌داوری یک غریبه مواجه شوم. یا از آن بدتر، هم دردی.

دلیل اصلی این‌که به کسی نگفتم پیش روان‌درمان‌گر می‌روم حس سرافکندگی و ننگی است که هم چنان با شنیدن نام آن القا می‌شود، به ویژه از نظر الیزابت. رویکرد او به روان‌درمانی را به خوبی می‌دانم.

همه‌شان قلابی هستند.

مددکاران اجتماعی مدرسه به‌درد نخورند

روان‌شناس منطقه نمی‌داند راجع به چه دارد حرف می‌زند.

جوان تر که بودم در مدرسه اذیتم می‌کردند. پاسخ او این بود که خودت یک کاریش بکن یا من به جای تو کاری انجام می‌دهم. چرا هر چیزی برای تو باید تبدیل به یک بحران بشود؟

الیزابت هیچ وقت حوصلهٔ داستان و ماجرا نداشت. خودم برایت درستش خواهم کرد. در ذهن او چیزی به نام پردازش وجود نداشت، فقط راه حل‌های سریع. آدم نمی‌توانست برای کاری دو سال، چهار سال، ده سال یا هر چقدر برنامه‌ریزی کند. اگر مریضی قرص بخور. من همین الان می‌خواهم نتیجه را ببینم.

شاید جکس به همین خاطر و علی‌رغم این‌که عاشق کارش و شرکت بود و نمودارهای رشد بسیار بالا بودند، برای فروش اکسترنوس تحت فشار قرار داشت. الیزابت به دنبال نتیجه می‌گشت.

نقشهٔ مادرم برای مواجهه با غم من در از دست دادن خزان متشکل از دو قدم ساده بود: اول با کایل ازدواج کن؛ دوم یک بچهٔ دیگر بیاور.

امروز قبل از این‌که از هتل خارج شوم، ترتیبی دادم که کایل اتاقی جداگانه داشته باشد. نمی‌توانم در یک تخت با او بخوابم. از این‌که وانمود کنم همه چیز عالی است خسته شده‌ام.

همین طور در امتداد راهرو جلو می‌آییم تا این‌که به در باریکی می‌رسم که

بین دو قفسه قرار گرفته است. در را با پوسترهای تبلیغات و رخ دادها پوشانده‌اند. چشمم از یکی به دیگری می‌رود. ترک‌ها برای نوشتن از الفبای لاتین به اضافهٔ چند نقطه و شکل بر روی برخی حروف استفاده می‌کنند. تظاهر به این‌که می‌توانم بخوانم‌شان آسان است. ای کاش می‌توانستم، اما نمی‌توانم.

«نسخه‌تان آماده است. لطفاً از صندوق بگیریدش.»

به طرز خوشایندی شگفت‌زده شدم که داروساز خودش پیام را آورد. در کنار من ایستاده است. از این فاصله حتی خوش‌تیپ‌تر از آن چیزی که از پشت پیش خوان دیده می‌شد. و صدایی دارد که گرم و دل پسند است. کمی هم لهجه دارد. زنی که او برایش کار می‌کند هم چنان پشت صندوق است و دارد با تلفن همراهش حرف می‌زند. بی‌شک دارد با چشم بد به من نگاه می‌کند.

«قرص‌ها را به صورت فله‌ای نداشتم، بنابراین یک قوطی برایتان گذاشتم. مصرف یک ماه. کافی است؟»

« بله بله. ممنونم. عالی است.»

دلم می‌خواهد برای او توضیح بدهم که من به راستی نمی‌خواهم قرص بخورم یا این‌که اصلاً چرا می‌خواهم نسخه را بگیرم، ولی با این میل مبارزه می‌کنم. دوست دارم همهٔ توضیحاتی که مادرم می‌خواست به کارکنان هتل بدهم، را برای او بگویم.

نیازی به آن کار نیست. او عجله‌ای برای رفتن ندارد و من به او نگاه می‌کنم. قد بلند است و بوی خوبی می‌دهد. بالای جیب سینهٔ روپوشش با نخ قرمز واژه عثمان نوشته شده است.

«شما کمال عثمان هستید؟»

با تعجب لبخند می‌زند. با دندان‌های سفید دیگر عالی می‌شود.

«از کجا نام مرا می‌دانید؟»

«یک مغازه‌دار در محله مرا اینجا فرستاد. شاید دوستی چیزی باشد؟» کارت مغازهٔ چراغ فروشی را نشانش می‌دهم.

«بله پسر عمویم است.»

چیزی راجع به بوسه فرستادن نمی‌گویم.

«خیلی خوشحالم که شما را پیش من فرستاد.»

شاید تصور من باشد، اما واژهٔ من حسی در خود دارد. حسی شیرین. با خودم فکر می‌کنم او باید سر کارش برگردد.

به یکی از پوسترها اشاره می‌کند «تا حالا اجرای آنها را دیده‌اید؟»

توجه نکرده بودم ولی او به تبلیغ رقص سماع درویشان استانبول اشاره دارد. مردانی که کلاه‌های بلند، کت و دامن سفید پوشیده‌اند و در یک دایره دور خود می‌چرخند.

«نه.»

«چیزی در مورد آنها می‌دانید؟»

«در واقع بله. آنها متعلق به شاخه‌ای از تصوف هستند که به نام مولانا نام‌گذاری شده است. آنها از طریق مناجات و عبادت و موسیقی به دنبال رابطه‌ای نزدیک‌تر با خدا هستند. رقص سماع یک مراسم مذهبی است.»

چشمانش برق تأیید می‌زنند. «این‌ها را از کجا می‌دانید؟»

دانشگاه ویکی پدیا. این را به او نمی‌گویم، اما مدتی است که به صوفی‌ها علاقمند شده‌ام. به تاریخ و مراسم‌شان. متوجه شده‌ام که سبک زندگی آنها برایشان غذای روح فراهم می‌آورد. می‌چرخند تا ذهن خود را رها سازند. تا به سطح بالاتری از آگاهی برسند. بی‌شک در غرب برای این نوع رفتار دارو تجویز می‌کنند. «این پوستر را چند جای دیگر در اطراف محلهٔ سلطان احمد دیده‌ام.»

«در محلهٔ سلطان احمد چیزهای زیادی برای دیدن وجود دارند، اما آیا بخش‌های دیگر استانبول را دیده‌اید؟»

«من تازه دو روز پیش رسیدم.»

«هر جایی که بروید تاریخی طولانی دارد. اصلاً این تاریخی بودن در هوای اینجا جاری است. ما در شهری پانزده میلیون نفری هستیم. چیزهای زیادی برای تجربه خارج از این بخش شهر وجود دارد.»

هجده میلیون، ولی او را اشتباه نمی‌کنم. اطلاعات من از راه اینترنت به دست آمده‌اند. او در این شهر زندگی می‌کند. «مطمئنم همین طور است.»

به پوستر اشاره می‌کند «دوست دارید بروید و نمایش آنها را ببینید؟»

«برنامه‌اش را دارم.»

به من می‌گوید «تکیه گالاتا خانقاه محبوبی در استانبول است. جایی است که گردشگران می‌روند. یک سماع‌خانه اصیل‌تر در خانقاه قدیمی صوفیان در بخش زیتین بورنو شهر است. الان آنجا درون محوطهٔ یک دانشگاه است ولی عده‌ای از دراویش هر هفته برای مراقبه به آنجا می‌آیند و حضور برای عموم نیز آزاد است.»

به پوستر خیره می‌شوم و دزدکی نگاهی به صورت او می‌کنم. چشم‌هایش روی من است. آیا دارد نقش راهنمای گردشگری را بازی می‌کند یا دارد مرا دعوت می‌کند؟

«اگر دوست داشته باشید می‌توانیم بعد از آن برویم با هم شام بخوریم.»

دارد از من دعوت می‌کند. لبم جمع می‌شود و برای این‌که لبخند نزنم آن را می‌گزم. این‌که توجه چنین مردی را جلب کنی، حس فوق‌العاده‌ای دارد. اما تردیدهای کهنه بلافاصله رو آمدند.

آیا او هر گردشگر آمریکایی که به داروخانه‌اش می‌رفت تا داروی ضدافسردگی بخرد را دعوت می‌کند؟

انگار ذهنم را می‌خواند «خیال‌تان راحت باشد از هر جهت در امنیت کامل خواهید بود. پیشاپیش پسرعموی مرا دیده‌اید. و می‌دانید من کجا کار می‌کنم... کریستینا.»

اسمم را می‌داند.

البته که نام را می‌داند. روی نسخه دیده است.

دستش را برای گرفتن تلفنم دراز می‌کند «امکانش هست؟»

به هیچ عنوان تردید نمی‌کنم و گوشی را به او می‌دهم.

شماره‌اش را در گوشیم ذخیره می‌کند. اعتماد به نفس از تمام وجودش تراوش می‌کند.

«با من تماس بگیرید. خوشحال می‌شوم اگر همراهی‌تان کنم.»

وقتی به خیابان برمی‌گردم، احساس می‌کنم صورتم گل انداخته و قلبم به‌سرعت می‌زند.

اصلاً نمی‌دانم دیگر بار او را خواهم دید یا نه. اما یک چیزی ناگهان اتفاق افتاد. یک مرد خوش چهره با من لاس زد. از آن بالاتر مرا دعوت کرد. احساس سرزندگی می‌کنم.

کوچه شلوغ‌تر از قبل است. لازم نیست به نقشه نگاه کنم. می‌دانم چطور به هتل برگردم. اما عجله‌ای ندارم.

ورودی بازار بزرگ در انتهای خیابان اغواکننده است. به آن سمت قدم می‌زنم و متوجه می‌شوم که مغازه‌داران به من لبخند می‌زنند. من هم لبخند آنها را با لبخند پاسخ می‌دهم.

نزدیک طاقی سنگی ابتدای بازار مکثی می‌کنم. چند گردشگر که همگی تی‌شرت آبی کهربایی با اسم یک شرکت روی آن بر تن دارند، حین عبور به من تنه می‌زنند. نیمی از آنها می‌ایستند و بر کیف‌های چرمی آویزان روی یک پایهٔ فلزی بیرون یک مغازه دست می‌کشند. تصور می‌کنم آنها تلاش می‌کنند خریدهای خود را در شش یا دوازده یا هر مقدار ساعتی که در استانبول وقت دارند، انجام دهند.

فکرم دوباره به الیزابت برمی‌گردد. امیدوارم خوب باشد. باید دربارهٔ دزدی با کایل حرف بزنم. او هم برای این فروش حسابی سرش شلوغ است.

شمارهٔ کایل را می‌گیرم. ابتدا پاسخ نمی‌دهد و تماس روی پیام‌گیر صوتی منتقل می‌شود. الان وسط روز کاری او است. در همهٔ تصاویری که از ذهنم می‌گذرند، یک زن سیاه موی ژاپنی است.

این‌که این تصورات دیگر آزارم نمی‌دهند شاید به دلیل توجهی است که از

کمال عثمان گرفتم. احساس جذاب بودن، در مرکز توجهات یک نفر بودن، مورد تمجید یک نفر قرار گرفتن -حال نیت داروساز جوان هر چه که بود- خلایی را در من پر کرد و اکنون راجع به خودم احساس بهتری دارم.

دوباره شمارهٔ کایل را می‌گیرم و او این بار جواب می‌دهد.

اکنون

بی‌مصرف‌ها. واقعاً بی‌مصرف‌ها.

کارمند سفارت که با او صحبت کرد به اندازه کافی مؤدب بود، اما حرف زدن با او کاملاً هدر دادن وقت بود. بدتر از آن این‌که هیچ‌کس به حرف او گوش نمی‌داد. هیچ مقام بلندپایه‌ای در دسترس نبود. هیچ‌کس با درجهٔ امنیتی بالا حاضر نبود اطلاعاتی که او می‌داد را بررسی کند. شاید با این نوع رفتاری که با او می‌شد، واقعاً هیچ‌کس نبود.

باید می‌دانست. بدون توجه به سابقهٔ خدمتش، بدون توجه به روابط شخصی که در ترکیه با وزارت امور خارجه داشت، هیچ مورد مرگ و زندگی در مورد او مطرح نبود. الیزابت نمی‌توانست کنسولگری را مجاب کند که دزدی اتاقش یا حضور او در ترکیه وضعیتی است که نیازمند توجه مقامات بالا است.

بسیار خوب او دستورالعمل مطرح شده برای آدم‌های عادی را انجام می‌دهد. وقت می‌گیرد و در تاریخ مشخص شده همراه با فرم‌ها به کنسولگری بازمی‌گردد.

به محض این‌که درستی مدارک تأیید گردد، یک کارت شناسایی موقت برای شما صادر می‌شود تا زمانی که مدارک جایگزین ...

این جور، آن جور، این طور.

الیزابت، تحقیر شده، خسته، ناامید و عصبانی یک تاکسی گرفت و به هتل برگشت. وقتی به محلهٔ سلطان احمد رسید، کمی از دوازده ظهر گذشته بود. اگر به ادارهٔ پلیس می‌رفت معطل می‌شد. در آن لحظه به دوش، عوض کردن لباس و غذا احتیاج داشت.

وقتی وارد ساختمان شد، مدیر هتل بلافاصله به سمت او رفت. گزارش پلیس دست کم تا چند روز آماده نمی‌شد. خوشحال بود که با رفتن به ادارهٔ پلیس وقتش را تلف نکرده بود.

هم چنین به او گفتند که او را به اتاق دولوکس که مشرف بر ایاصوفیه است منتقل می‌کنند. کل اقامتش نیز به دستور مدیریت هتل رایگان شده بود. هزینه غذاها روی اتاق می‌رفت و به حساب هتل پرداخت می‌شد.

مدیر هتل با لحنی مؤدبانه گفت «اگر دنبال دخترتان می‌گردید ایشان در رستوران سیزنز[1] هتل هستند.»

الیزابت مسیر بیرون را در پیش گرفت، از پله‌های سنگی لابی پایین رفت و از راهرویی که دو سویش گل گذاشته بودند به ورودی رستوران رسید. وقتی به گل‌خانهٔ شیشه‌ای وسط حیاط رسید، انعکاس خودش را روی شیشه‌ها دید. تقریباً خود را نشناخت. زن ژولیده و بدلباسی که به او نگاه می‌کرد پیر و خسته بود. هم از نظر بدنی و هم از نظر عاطفی در یک روز ده سال پیر شده بود. به جلو خم شد تا لکه‌ای را از روی گونه‌اش پاک کند. تصویر چهره‌اش کج و معوج و سپس محو شد و جای خود را به رستوران شلوغ آن‌سوی شیشه داد. دختر جوانی با موهای تیره را دید که بین میزها می‌دوید و مادرش او را تعقیب می‌کرد. بچه از در بیرون پرید و به الیزابت خورد. با چشمان سبز-آبی به بالا خیره شد و بعد فرار کرد.

چیزی در درونش لرزید و دیدگانش تیره و تار شد. آن چه دیده بود دختر کرد گرسنه‌ای بود که در کوچه گریه می‌کرد. گرفتگی گلویش مثل این بود که پنجه‌هایی دور آن افتاده‌اند و گره‌ای درون سینه‌اش دارد متورم می‌شود.

دختر او را شیطان خواند.

الیزابت با درهم ریختگی ذهنش مبارزه کرد و با انگشت موهایش را شانه زد. جای عینک آفتابی را روی سرش درست کرد. در سن پیری کمی شکننده شده بود.

گل‌خانه هشت ضلعی و از کف تا سقف شیشه‌ای بود و به حیاط سرسبز داخلی دید داشت. درهای عریضی به سمت تراس که میزهای بیشتری داشت باز می‌شدند. کریستینا را آن بیرون دید. لپ‌تاپ جلویش باز بود و یک پوشه کنار آن قرار داشت.

1- Seasons

تنها نبود. یک زن با روسری آبی تیره با مانتویی به همان رنگ کنارش ایستاده بود. پشت زن به الیزابت بود.

از خود پرسید آیا این همان زن محجبه است که از زمان رسیدن، آنها را تعقیب می‌کرد. همان اندام لاغر، همان قد. همان کیف بزرگ روی شانه‌اش بود، درست شبیه به همان روز صبح.

باید خودش می‌بود. صبح در خیابان نزدیک هتل او را دیده که با دخترش در حال گفتگو است. حتماً چیزی می‌خواست.

الیزابت به سمت آنها رفت.

یک پیش خدمت که سینی پُری در دست داشت به سمت او برگشت، برخورد اجتناب ناپذیر بود. بشقاب‌ها روی مرمر پرجلای کف خرد شدند. صدای برخورد غذاخوری را در سکوت فروبرد و همهٔ چشم‌ها را برگرداند.

الیزابت زیر فشار نگاه‌ها خشکش زد. او عادت داشت کنار گود بایستد، و آن کسی باشد که دیگران را نقد می‌کند. خیلی در زندگی تلاش کرده بود تا این جایگاه را به دست آورد. او از این‌که هدف صحنه‌ای خجالت‌آور باشد خودداری می‌کرد.

پیش خدمت‌های دیگر از هر گوشه جمع شدند تا مطمئن شوند آسیبی به او نرسیده است. موجی از عذرخواهی به سمت او روانه شد. تنها در چند ثانیه نظم مجدداً برقرار شد و الیزابت دوباره به سمت میز کریستینا به راه افتاد.

زن محجبه دیگر آنجا نبود. وقتی الیزابت وارد تراس شد، به اطرافش نگاه کرد. همهٔ میزها پر بودند. روی زن‌ها و به خصوص آنهایی که روسری سرشان بود تمرکز کرد. آب شده بود رفته بود توی زمین.

کریستینا لپ‌تاپش را بست و آرنجش را روی آن گذاشت «ورود تأثیرگذاری بود.»

«غیر از این انتظار داشتی؟» الیزابت خودش را روی صندلی مقابل انداخت «چه روز سختی بود.»

«گذرنامه گرفتی؟»

«مطلقاً هیچ موفقیتی نداشتم. نه گزارش پلیس، نه گذرنامه.» به راهروهای باغ‌های آن سوی تراس نگاهی انداخت. «الان با چه کسی داشتی حرف می‌زدی؟»

«هیچ‌کس»

«خودم دیدم کنار میزت ایستاده بود.»

«چه کسی رو دیدی؟»

الیزابت حال و رفتار کریستینا را می‌دانست. می‌دانست دخترش چه موقع ناراحت، افسرده و یا درمانده است و نیاز به کمک دارد. در آن لحظه گونه‌های سرخ شده می‌گفتند که او عصبانی است.

«به کایل زنگ زدی و با هم دعوا کردید، درست است؟»

«مادر چرا فکر می‌کنی زندگی من حول محور کایل می‌چرخد؟»

«چون دوست پسرت است. چون پدر فرزندت است.» تصحیح کرد «بود.»

«ممکن است او را از این قضیه کنار بگذاری؟»

«باشد. به من بگو چه شده است.»

کریستینا پوشهٔ پلاستیکی را به سمت او هل داد. «این‌ها را در میان ایمیل‌های جکس پیدا کردم. امروز صبح چاپشان کردم.»

اولین فکرش این بود که جکس در مورد فروش شرکت به او کلک زده است. او مدیر مالی بود و جکس مهندس. وقتی اکسترنوس می‌خواست شروع به کار کند، جکس پشت میز نشست و این او بود که برای گرفتن هر یک دلار لازم برای سرمایه‌گذاری به این در و آن در می‌زد. قبل از این‌که فوت کند داشت عقب‌نشینی می‌کرد، ولی او آماده نقد کردن شرکت بود. او که دیگر جوان نمی‌شد.

«همهٔ آن چه در این پوشه وجود دارد در مورد گذشتهٔ تو است.»

نمی‌خواست پوشه را باز کند. جکس او را فریب داده بود، اما به شیوه‌ای دیگر.

هیچ چیز در زندگی برای الیزابت راحت به دست نیامده بود. کار، پول و بچه. بعد از این‌که با کریستینا به ایالات متحده برگشت به دانشگاه شبانه رفت و مدرک عالی مدیریت مالی گرفت. نیاز به کار داشت، کاری که هر دویشان را تأمین کند. یک دهه بعد با جکس یورک آشنا شد. آنها برای یک شرکت کار می‌کردند.

او بامزه و باهوش و بی‌آزار بود. از آن دسته آدم‌هایی که نیاز داشتند کسی افسار زندگی‌شان را به دست بگیرد. کسی که بتواند وقتی خواست کار و کاسبی خودش را راه بیندازد، کمکش کند. الیزابت در این جور کارها ماهر بود. از چالش خوشش می‌آمد و مدرک امور مالی‌اش خوبی برای طرح‌ریزی یک آیندهٔ خوب بود.

قبـل از آن حتی یک بـار هـم در زندگیـش وسوسـه نشـده بـود کـه ازدواج کنـد. امـا بـا جکس و ایده هایـش بـرای اکسترنوس، ایـن کار از لحـاظ مالـی توجیـه داشـت. به علاوه جکس و کریسـتینا خیلـی بـا هـم خـوب بودنـد.

روزی کـه ازدواج کردنـد، جکس یـورک شصـت و دو سـاله و او شصـت و هشـت سـاله بـود. بـرای هیچ کـدام مهـم نبـود کـه چـرا جکس یـک عمـر مجـرد مانـده بـود و چـرا الیزابـت تـا آن زمـان ازدواج نکـرده بـود. گذشتـهٔ آنهـا متعلـق بـه خودشـان بـود و رازهای شـان پشـت درهـای مجـزا قـرار داشـتند.

همـه چیـز طبـق برنامـه پیـش می رفت. دور و بـر اکسترنوس حـرف زیـاد بـود. آنهـا از روز اول پیش بینـی می کردنـد کـه یـک تعهـد چهـار یـا پنج سـاله باشـد. بسـاز و بفـروش. امـا بعـد، سـال گذشـته، جکس ناگهـان پیلـه کـرد کـه در مـورد گذشتـه الیزابـت بیشـتر بدانـد. قبـل از کریسـتینا چـه کار می کـرد. چـرا کارش را در خـارج از کشـور رهـا کـرد و بـه آمریکا برگشـت. او بـه برخـی از سـؤالات جکس پاسـخ داد و بقیـه را نادیـده گرفـت. امـا حـس کـرد کـه جکس دسـت بـردار نیسـت. حـالا وقتـی بـه پوشـه نـگاه می کـرد، از خـود می پرسـید چـه چیـزی ممکـن اسـت در آن باشـد.

«نمی توانـی چیـزی کـه تـوی پوشـه ایـن اسـت را نادیـده بگیـری.»

ایـن درسـت همـان کاری بـود کـه مـی خواسـت انجـام دهـد. الیزابـت بـه پیش خدمـت اشـاره کـرد کـه بیایـد و بـه زبـان ترکـی در مـورد غـذای ویـژه ناهـار آن روز سـؤالاتی از او پرسـید.

«می خواهـی بـرای تـو هـم سـفارش بدهـم؟»

«بعـد از خوانـدن ایـن هـا نمی توانـم چیـزی بخـورم.»

الیزابـت بـا خـود فکـر کـرد، همیشـه دنبـال یـک ماجرایـی اسـت و سـفارش غـذا داد.

پیش خدمـت هنـوز مشـغول جمـع کـردن منوهـا بـود کـه کریسـتینا شـروع کـرد.

«جکس داشـته بـا یـک کارآگاه کار می کـرده. داشـته دربارهٔ گذشتـه ات تحقیـق می کـرده اسـت.»

آبش را نوشـید امـا نتوانسـت گلـوی گرفتـه اش را صـاف کنـد. حـرام زاده.

«تـو فقـط یـک مترجـم کـه دور دنیـا می گشـته نبـودی.»

الیزابـت می دانسـت بختـی بـرای عـوض کـردن موضـوع نـدارد. دختـرش ول کـن نبـود. نـه زمانـی کـه ایـن چنیـن درگیـر شـده بـود.

کریستینا به سمتش خم شد و صدایش را پایین آورد «با وزارت امور خارجه کار می‌کردی. مأمور سی آی اِی بودی.»

الیزابت لیوانش را بالا برد و به پیش‌خدمت در حال عبور اشاره کرد که دوباره پرش کند.

کریستینا پوشه را برداشت و بازش کرد و کاغذها را روی میز چید.

الیزابت هشدار داد «می‌توانی به خاطر داشتن مدارک وزارت امور خارجه به زندان بروی.»

«این‌ها از طبقه‌بندی خارج شده‌اند. هرکسی می‌تواند به آنها دسترسی داشته باشد.»

به کاغذها نگاهی انداخت. بالای گزارش‌ها و یادداشت‌ها عبارت فوق سری مهر شده بود و بعد روی آن را ضرب در زده بودند و با حروف سیاه رنگ نوشته بودند از طبقه‌بندی خارج شد.

ممنون بابت رازداری. الیزابت می‌دانست تمام نوچه‌های جکس می‌توانستند بدون توجه به درجهٔ امنیتی با هک کردن به این اسناد دسترسی یابند. جکس آنها را بازیگر و برنامه‌نویس می‌نامید ولی در واقع همه‌شان دزد و هکر بودند.

«تو در طول جنگ ایران و عراق رابط بین آدم‌های صدام حسین و دولت ما بوده‌ای.»

الیزابت انگشتانش را روی رومیزی سفید کشید. مردم عادی از آن‌چه دولت‌هایشان انجام می‌دادند بی‌اطلاع بودند. این‌که ارتش‌شان چه کارهایی می‌تواند انجام دهد. سازمان بچه‌های جوان و باهوش را درست بعد از تمام شدن دانشگاه به خدمت می‌گرفت، آموزش‌شان می‌داد و به آنها حالی می‌کرد که تصمیمات روزمرهٔ مرگ و زندگی که رئیس جمهوران، نخست وزیران و دیکتاتورها می‌گرفتند بیشتر مربوط به قدرت و سودآوری بود تا انسانیت. و این در مورد رئیس هر مملکتی صادق بود. الیزابت فکر نمی‌کرد روش‌های به خدمت‌گیری یا اهداف سی آی اِی در طول این سی سال تغییری کرده باشند.

«اسمت در برخی از این اسناد هست. بعضی از آنها را هم خودت نوشته‌ای.»

«البته که هست، کار من این بود.»

الیزابت کاری را انجام داده بود که شغلش ایجاب می‌کرد. پس ممنون

بابت خدمات شما چه شد؟ نه اصلاً نمی شد به آن دل بست.

«من نمی دانم چرا این قدر بزرگش می کنی.» صدایش را پایین نگه داشت. «خوب که چه؟ من تا به حال به تو نگفته بودم برای دولت کار می کردم؟ مشکلش چیست؟»

کریستینا با طعنه گفت «مشکلش چیست؟ تو توی بغداد بودی و فروش تسلیحات شیمیایی به عراق را تسهیل کردی. می دانستی عراق چطور و کجا از این تسلیحات استفاده خواهد کرد. همه اش اینجاست. توی این کاغذها.»

«از کی به سیاست علاقمند شده ای؟ یا تاریخ؟»

«من آدمم»

«تو آمریکایی هستی.»

«فکر نکن به خاطر جایی که بزرگ شدی همه باید مثل تو فکر و رفتار کنند.»

گونه های کریستینا چند پرده تیره تر شدند. صفحات را ورق می زد و انگشتش روی بخش هایی می رفت که زیرشان خط یا دورشان دایره کشیده بود.

«تو به مقامات بلندپایهٔ ایالات متحده به طور منظم درباره ابعاد حملات شیمیایی علیه نیروها و شهروندان ایرانی گزارش می دادی. هم چنین علیه مردم کردستان عراق.»

الیزابت تا آن زمان به عمق کند وکاو جکس در گذشته اش پی نبرده بود. تصمیم گرفت ساکت بماند. نمی خواست تا زمانی که حرف دخترش تمام نشده بود حرفی بزند. او باید قبل از این که انکار کند یا از سر خود باز کند می فهمید کریستینا تا چه اندازه اطلاعات دارد.

کریستینا از وسط پوشه، کاغذی را از وسط پاره کرد و روی بقیه کاغذها کوبید.

« تو شخصاً فروش سیاه زخم، گاز اعصاب وی ایکس، باکتری های تب رودخانه نیل، سم بوتولینیوم و باکتری هایی که اثراتی شبیه به سِل و ذات الریه ایجاد می کنند را تسهیل کردی.»

افراد نزدیک نگاه های کنجکاوانه ای به سوی آنها روانه می کردند.

«صدایت را بیاور پایین.»

«همه چیز اینجا با جزئیات نوشته شده. همین جا. به رنگ سیاه و سفید.»

الیزابت به جلو خم شد و دستش را روی کاغذی که کریستینا داشت می‌خواند کوبید. تمام میز لرزید. «این تمام قصه نیست. عینک قرمز را از چشمانت بردار. من کاری را کردم که به من دستور داده شده بود بکنم. من کشورم را نجات دادم. کشورمان را.»

الیزابت مکثی کرد تا پیش خدمت سالادش را روی میز بگذارد و برود «برای تو داوری آسان است. تو خامی، تحت حفاظتی. از سیاستِ خارجی و تصمیمات سختی که باید در راستای منافع کشورت بگیری چیزی نمی‌دانی. از آن زمان چه می‌دانی؟ دربارهٔ اتفاقی که آنجا افتاده چیزی می‌دانی؟»

کریستینا گفت «تو به من بگو. برایم توضیح بده.»

«توافقات به هم خورده بود. بعد از این‌که شاه سقوط کرد و ما ایران را از دست دادیم، به صدام حسین نیاز داشتیم. به نفت او نیاز داشتیم. او دوست مهمی برای ما بود.»

«او را خریدید؟ به چه قیمتی؟ او آن تسلیحات را علیه مردم خودش به‌کار برد.»

«ما به او چیزی نفروختیم.»

«عجب دروغی. شما از قاچاقچیان اسلحهٔ هلندی و آلمانی استفاده کردید. همه‌اش اینجاست. تو این‌کار را کردی.»

«تصمیمات در واشینگتن گرفته می‌شوند. کار سازمان جمع کردن داده‌ها و تحلیل آنها و ارائهٔ توصیه‌هایی درباره عواقب بالقوه است. مهندسی راهبردها بر عهدهٔ نیروهای نظامی است. بله ما به او کمک کردیم تسلیحات را بسازد. اما این‌که چه کار کنند تصمیم خود عراقی‌ها بود.»

«در نتیجه مردم بی‌گناه مردند. مرد، زن، کودک. و صدها هزار نفر از خانه و کاشانهٔ خودشان رانده شدند. مسئولش تو بودی. این موج آواره‌ها...»

«احمق نباش. هیچ چیز به این سادگی نیست. هیچ‌کس به تنهایی مسئول یک واقعه نیست. من از دستورات پیروی کردم. کارم را انجام دادم. من فقط یک چرخ دنده در ماشینی وسیع و پیچیده بودم.»

«واقعاً؟ کارت؟ می‌گویی هر کاری انجام دادی فقط به خاطر دولت‌مان بود؟» کریستینا کاغذها را به هم ریخت یک برگه بیرون کشید. «تو فرصتی

پیدا کردی که کاسبی کنی و از این فرصت استفاده کردی. تو از این کار اهریمنی سود بردی. نه وجدان داشتی نه قلب.»

الیزابت به برگه‌ها خیره شد. فکر نمی‌کرد از آن رویداد مدرکی برجای مانده باشد. دوباره به فکر جکس و مشاجراتی که برای فروش اکسترنوس داشتند افتاد. وانمود کرده بود که کوتاه آمده است، اما همهٔ این‌ها ثابت می‌کرد که جکس در نهایت می‌خواسته او را فریب دهد.

«تو به تنهایی معامله‌ای را برای فروش تجهیزات از ایتالیا جوش دادی که تولید گلوله‌های توپخانه و بمب‌هایی که قرار بود با مواد شیمیایی پر شوند را سرعت می‌بخشید. و گیر افتادی، توسط دولت خودمان.»

«واقعیت ندارد. من فقط مظنون بودم. اما واقعیت ندارد.»

نتوانستند ثابت کنند. هیچ‌کس نمی‌خواست پروندهٔ او را برملا کند یا به رده‌های بالاتر بفرستد. او تنها نبود. بقیه هم چنین کارهایی می‌کردند. آن روزها همه مزدور بودند. این کاری است که جنگ‌ها می‌کنند. آنها جنگلی به وجود می‌آورند که در آن هیچ نظم و قانونی نیست. هر کس هر وقت بتواند برای خودش نفعی برمی‌دارد.

تا آنجا که به دولت ایالات متحده مربوط می‌شد - تا آنجا که به سازمان مربوط می‌شد- گنده‌کاریِ زیادی بالا آمده بود و با حملهٔ صدام به کویت بوی آن داشت بلند می‌شد. واشینگتن می‌خواست همه چیز پاک شود.

او را بیرون انداختند. حالا او عنصری نامطلوب شده بود. دیگر او را نمی‌خواستند. سوابقش را پاک کردند. به همین خاطر در سیستم کنسولگری اسمی از او نبود. به همین خاطر کسی به او کمک نکرد. ولی جایی درکمدهای بستهٔ اسناد وزارت امور خارجه، او هنوز وجود داشت. به همین خاطر جکس و حالا کریستینا به آن یادداشت‌ها دست پیدا کرده بودند.

«چطور توانستی این‌کار را بکنی؟» خشم از صدا و از خطوط چهرهٔ دخترش زبانه می‌کشید.

ممنون بابت خدمات‌تان. این کلمات در ذهن او می‌پیچیدند. چند بار شنیده بود که این کلمات به دیگران گفته شدند؟ این حرف‌ها به بچهٔ هجده سالهٔ بی‌عقلی که که هیچ‌گاه خارج از کشور خدمت نکرده بود گفته شد. به کسی که هیچ چیز درباره سیاست خارجی و یا صنایع نظامی نمی‌دانست. آدم‌هایی مثل الیزابت و کسانی که با آنها کار کرده بود تنها

عروسک‌گردانان این خیمه شب بازی بودند. آنها پادشاهان را بر تخت می‌نشاندند. خودکامگان را به زیر می‌کشیدند. دولت‌ها را از بین می‌بردند. دلش می‌خواست دخترش این حرف‌ها را به او بزند.

«چطور می‌توانی با خودت کنار بیایی؟ چطور می‌توانی روبه‌روی من بنشینی و وانمود کنی هیچ‌یک از این‌ها مهم نیستند؟ خیلی بی‌رحمی.» الیزابت به سمت او خم شد «به من می‌گویی بی‌رحم؟ تا به حال در زندگیت یک روز گرسنه بوده‌ای؟ هرگز نگران این بوده‌ای که مدرسه را ول کنی و بروی دنبال کار؟ یا این‌که چطور اجاره‌ات را بپردازی؟ تنها چیزی که می‌شناسی یک زندگی راحت است. خب من می‌توانم با خودم کنار بیایم. خیلی هم خوب خوابم می‌برد. چون من همهٔ این کارها را به خاطر تو انجام دادم. هرچه درآوردم، خرج تو کردم.»

کریستینا حرفش را قطع کرد «نمی‌توانی من را مقصر کنی.»

الیزابت صندلیش را به عقب هل داد و گفت «چرا می‌توانم. من تو را مقصر همه چیز در زندگی لعنتیم می‌دانم.»

۱۴
کریستینا

اکنون

وقتی از لابی پا به خیابان می‌گذارم، ساعت یک و بیست دقیقهٔ صبح است. کنار در دو گلدان گل در اطراف یک نیمکت سبدی بالشت‌دار قرار دارند. از بی‌قراری نمی‌توانم بنشینم. نور چراغ‌های خیابان سوسو می‌زند و بر روی دیوارهای زرد هتل قدیمی می‌رقصد. هوای شب را تنفس می‌کنم. آسمان سیاه است و ستاره‌ای بالای شهر دیده نمی‌شود.

دربان هتل نگاهش را از بالا و پایین خیابان خلوت و من برنمی‌دارد.

به ترکی با من احوال پرسی می‌کند «تاکسی برای شما، خانم؟»

اسم شرکت خدمات خودرویی را روی گوشیم به او نشان می‌دهم. «تماس گرفته‌ام، منتظرم که بیاید.»

این محله و هتل بنا است که حس امنیت و آرامش به گردشگران بدهند. همهٔ کارکنان تا حدی انگلیسی حرف می‌زنند. دربان کت ورزشی آبی و کراوات پوشیده است. مطابق با ذائقهٔ آمریکایی به میزان نسبتاً کمی ادویه به غذا می‌زنند. راحتی و خدمات آن در حد پنج ستاره است. اما ما در استانبول هستیم - درست همان طور که دوست داروسازم امروز صبح گفت- در این شهر جاهای بسیاری غیر از این محله برای دیدن وجود دارند.

درحالی‌که منتظرم، به دیوارهای بلند هتل نگاه می‌کنم. می‌کوشم این ساختمان را در دوران گذشته تصور کنم. یک زندانی باید چه کار می‌کرد تا بتواند از زندان دوره عثمانی فرار کند؟ زنجیرها را پاره کند؟ از دیوارها بالا برود؟ تونل بکند؟ حقه‌ای بزند و حواس نگهبانان را پرت کند و از کنار آنها بیرون برود؟ از خودم می‌پرسم آیا کسی تا به حال موفق شده از اینجا فرار کند.

ای کاش می توانستم از این هتل و زندگیم فرار کنم و با شهری که تا چشم کار می کند بر روی تپه ها گسترده شده است یکی شوم. فرهنگ و تاریخ چهار هزارساله آن زنده هستند. وقتی در محله ها راه می روی ناخودآگاه صدای ضربان قلبش را می شنوی.

روی پلهٔ جلویی یک گالری هنری در آن سوی خیابان سنگ فرش شده، دو گربه دارند برای هم خرناس می کشند. یکی از آنها روی پیاده رو می پرد و دیگری دنبالش می دود.

پرواز کایل ساعت سه بامداد می نشیند. قرار است مستقیم به هتل بیاید، اما من تصمیم گرفته ام بروم به دنبالش. خیلی حرف برای زدن داریم. تماس تلفنی امروز صبح با او کوتاه بود «دزد به اتاق الیزابت زده است. گذرنامه و گواهینامه اش را هم برده اند. آیا برای امضای قرارداد فروش مشکلی پیش خواهد آمد؟»

«ترتیب کارها را به هم می ریزیم. پیشنهادهای اولیه ای در دست داریم ولی با همهٔ خریداران چهره به چهره ملاقات می کنیم. بهتر است اول سر شرایط معامله توافق کنیم و بعد نگران امضای قرارداد باشیم.»

شاید من بیشتر از بقیه احتیاج دارم که این معامله کامل شود. چک پاداش بلیط یک طرفه من است که پول آن این امکان را برایم فراهم می کند که از این خیابان سنگ فرش شده به سوی زندگی جدیدی بروم.

با نزدیک شدن یک ماشین نور چراغ ها بر صورتم می تابند. یک لکسوس شاسی بلند مشکی است. متعلق به همان شرکتی که سه شب پیش وقتی من و مادرم رسیدیم از خدماتش استفاده کردیم. ماشین جلوی هتل می ایستد و دربان خارج می شود و با راننده به ترکی صحبت می کند. وقتی پا پاسخ های راننده قانع می شود در را باز می کند و من روی صندلی عقب می نشینم.

خوبی رزرو آنلاین این است که دیگر لازم نیست نگران زبان باشم. راننده می داند که باید من را به فرودگاه ببرد، منتظر بماند و بعد ما را به هتل بازگرداند.

به محض سوارشدن، ماشین به راه می افتد. موسیقی کلاسیک با صدای کم در حال پخش است. دمای ماشین عالی است. مرد پشت فرمان پیرتر است و از آنجایی که من نشسته ام می توان یک جای زخم باریک و سفید روی فکش ببینم. به جز گفتن مرحبا موقع سوار شدن من، بقیه راه را در سکوت رانندگی می کند.

در چرم خنک صندلی فرو می‌روم و به پیش‌خوان تاریک مغازه‌ها خیره می‌شوم. از دو سگ مردنی که جعبه‌های ریخته شده در پیاده‌رو را بو می‌کشند، رد می‌شویم. هنگام رد شدن از کنارشان به ما زل می‌زنند. یک گربه هم بالای دیوار نشسته و آنها را تماشا می‌کند.

خیابان‌ها آرام و عاری از گرفتگی روز هستند. دو مرد جوان که بیشتر شبیه پسربچه‌ها هستند دارند یک گاری زباله را در انتهای خیابان هل می‌دهند. پشت سر آنها سه بچهٔ ژنده‌پوش با حفظ فاصلهٔ امن آنها را تعقیب می‌کنند. صورت‌هایشان کثیف است. فلاکت آنها تفاوتی با دو سگ ولگرد ندارد. آسیب‌پذیری آنها قلبم را به درد می‌آورد. به سختی سن‌شان از حد کودکی فراتر رفته است.

در حباب مشکی درخشانم از کنار آنها می‌گذرم، جدا و محافظت شده.

هنوز عزادار خزانم. فکر کنم هر روز زندگیم برای او عزاداری خواهم کرد. و حال این شهر دارای ... چند بچهٔ بی سرپرست است؟ صدها یا هزاران بچه که سقفی بالای سر خود ندارند. پدر و مادری ندارند. هیچ‌کس مراقب آنها نیست. نمی‌دانند چه وقت و چطور لقمه‌ای غذا به دست خواهند آورد. یا نفر بعدی که به آنها پیشنهاد کمک می‌دهد فرشته است یا شیطان.

پیشانی‌ام را به پنجره فشار می‌دهم تا صورت گُر گرفته‌ام را خنک کنم و به مشاجره‌ای که امروز با مادرم داشتم فکر کنم.

اگر ابلیس را توانمند سازی آیا خودت نیز ابلیسی؟

من که الهیات‌دان نیستم ولی حدس می‌زنم در تمام مذاهب پاسخ آری باشد.

او فروش و تولید تسلیحات غیرقانونی را سازمان‌دهی کرده است، حال آن‌که می‌دانسته با آنها چه خواهند کرد. با آن‌که می‌دانست مردم را با کمک آنها می‌کشند یا آواره می‌سازند. با آن‌که می‌دانست بچه‌هایی که آن قدر خوشبخت بودند که زنده بمانند سرنوشت‌شان مشابه این بچه‌های بی‌صاحب خانه بدوش به گرسنگی و گدایی در خیابان‌ها ختم می‌شود. و بعد، از زیر هرگونه مسئولیتی شانه خالی می‌کند. ادعا دارد فقط بخشی از کارش بوده است. اما برای سود مالی نیز بوده است.

و چطور من شریک جرم او هستم؟

ماشین وارد بزرگراه می‌شود و چراغ‌های استانبول در چشمانِ تَرِ من به نورهای مبهم سریعی بدل می‌گردند. حرف‌های الیزابت بر وجدانم

سنگینی می‌کنند. من مثل یک بچه پولدار بزرگ نشدم. قشر متوسط مرفه بودیم. الیزابت مالک خانه بود و کار می‌کرد و من منافع آن را برداشت می‌کردم.

هیچ‌وقت برای زنده ماندن در تقلا نبوده‌ام. همان‌طور که الیزابت خاطر نشان کرد، هیچ وقت به خاطر بی‌پولی دچار عسرت نبوده‌ام. هیچ وقت گرسنه نبوده‌ام. هیچ‌گاه سر در سطل‌های زباله نکرده‌ام.

آیا دستان من نیز از خون کسانی که تحت تأثیر این جنگ‌ها قرار گرفته‌اند، سرخ است؟

بله هستند. ناخواسته. تمام عمرم از انتخاب‌های الیزابت بهره برده‌ام. من قربانی نیستم و از بسیاری لحاظ همدستم و احساس گناه زیادی می‌کنم. اشک‌ها را از روی گونه‌ام پاک می‌کنم.

امشب در رستوران روی پشت بام با الیزابت شام خوردم. اما او به وضوح گفت دیگر تمایلی به ادامهٔ گفت‌وگوی ظهر ندارد. گفت بگذار گذشته در گذشته بماند.

چیز زیادی برای گفتن نداشتم. اما به جکس فکر کردم و این‌که چگونه همهٔ این چیزها را کشف کرد و هرگز کلامی بر زبان نیاورد.

از دید من جکس یکی از انسان‌های به راستی خوبی بود که در زندگیم شناختم. قبل از اکسترنوس به وسیلهٔ الیزابت با او آشنا شدم و خیلی با هم صمیمی شدیم. عقاید سیاسی، دیدگاه‌ها و علایق مشترکی داشتیم. بعدها زمانی که مشغول به کار برای او شدم دریافتم که او در تصمیم‌گیری‌هایش نفع شخصی را با آگاهی اجتماعی و زیست محیطی در تعادل قرار می‌دهد.

امشب با کند و کاو بیشتر در ایمیل‌هایش متوجه شدم که او نگران ارتباط الیزابت با متهمین نامبرده در پروندهٔ اخیر بغداد بوده است. الیزابت صاحب بخشی از اکسترنوس بود. سؤالات مربوط به دیون شرکت به طور مبهم و در شرایط فرضی در یکی از ایمیل‌های او به وکیل شرکت مطرح شده بود. اشاراتی به مصادرهٔ اموال چند بار تکرار شده بود.

او نگران بود که مبادا خودش نیز شریک جرم شود. اما آیا او بیشتر نگران امنیت دارایی‌اش بود یا آن‌چه دربارهٔ شغل پیشین همسرش کشف کرده بود نگرانش می‌کرد؟

همهٔ جواب‌ها را نمی‌دانم. هیچ چیز کاملاً مشخص نیست. شاید آن طور که فکر می‌کردم او را نمی‌شناختم.

زندگی فقط متشکل از خطوط مستقیم و رنگ‌های اصلی نیست. رفتار یک فرد معمولاً حساب شده و از پیش برنامه ریزی شده نیست. ما ترکیبی از خوب و بد، راست و دروغ هستیم.

این مسئله در مورد الیزابت صادق است، همین طور در مورد جکس. می‌توانم بالا بنشینم و همه را از زیر دماغم به دین شکل بنگرم، اما واقعیت این است که در مورد خود من نیز صادق است.

به کایل فکر می‌کنم و پیشانیم را از روی پنجره برمی‌دارم. چقدر از این ماجرا را برایش تعریف کنم؟ اصلاً چیزی به او بگویم؟

ما انسان‌ها جوری برنامه ریزی شده‌ایم که اگر کسی در حال تماشای ما باشد آن را حس می‌کنیم. بدنمان با حس ناراحتی به این امر واکنش نشان می‌دهد. آن حس مورمور شدن پشت گردن به سراغ‌مان می‌آید. مغز ما خیلی خوب خطرات بالقوه را پیش بینی می‌کند. وجود یک شکارچی دیگر. این غریزهٔ بقا است.

در حال حاضر می‌دانم یک نفر به من خیره شده است. به آینه وسط ماشین نگاه می‌کنم. راننده دارد مرا نگاه می‌کند.

روی داشبور ماشین اعداد و نشان‌گرها و ابزارها روشن هستند ولی نور چهرهٔ او را به خوبی روشن نمی‌کند. قدش بلند است. بالای سرش تقریباً به سقف می‌رسد. کت سیاه بر روی پیراهن سفید پوشیده و کراوات سیاه بسته است. موهای جو گندمی‌اش کوتاه و خشک هستند. و چشمان سیاهش در آینه به من دوخته شده‌اند.

به الیزابت نگفتم به فرودگاه می‌روم. کایل نیز نمی‌داند که دنبالش می‌روم. تصور می‌کنم اگر این مرد مرا بدزد بعد از چند روز شاید بتوانند ردپایی از من بیابند.

نباید اجازه دهم افکارم به بیراهه بروند. وقت آن نیست که بگذارم تفکرات باطل فلجم کنند.

قرار نیست اتفاقی بیفتد. تلفن همراهم در دستم است. بعد از اتفاقی که برای مادرم افتاد به این فکر افتادم که قبل از خروج از هتل شمارهٔ معادل ۹۱۱ را از پذیرش بگیرم. ۱۵۵. اعداد را وارد می‌کنم، اما دکمه تماس را نمی‌زنم. دلیلی ندارد. کاری که او می‌کند نگاه کردن به زنی است که تا چند دقیقهٔ پیش در افکار خود غرق بود.

از ابتدا ساکت بوده است که ناخوشایند نیست. رانندهٔ خوبی است.

موسیقی ملایم هم‌چنان در پس‌زمینه دارد پخش می‌شود. ای کاش می‌توانستم به خاطر خودم هم که شده چند کلامی با او حرف بزنم. نمی‌دانم انگلیسی حرف می‌زند یا نه.

هنوز دارد نگاهم می‌کند.

«چند بار در روز این مسیر را تا فرودگاه می‌روید؟»

«از کجا او را می‌شناسی؟»

قلبم فرو می‌ریزد. شستم روی دکمهٔ سبز می‌چرخد. فشارش بده و با پلیس تماس بگیر. «می‌شناسمش؟ چه کسی را؟»

«تیام. تیام رحمان.»

سرم را تکان می‌دهم به این امید که چهرهٔ سردرگم من را ببیند. «آیا باید این اسم را بشناسم؟»

ماشین کنار می‌کشد و با ترمزی ناگهانی در کنار شانهٔ بزرگراه می‌ایستد. تلفن از دستم لیز می‌خورد و کف ماشین می‌افتد. برمی‌گردد و به من نگاه می‌کند. نگاهش سخت و ترسناک است.

دوباره می‌گوید «از کجا تیام رحمان را می‌شناسی؟»

بخش چهارم

ناآمده سیل ترشدستیم
نارفته به دام، پای بستیم
شطرنج ندیده‌ایم و ماتیم
یک جرعه نخورده‌ایم و مستیم
هم چون شکن دو زلف خوبان
نادیده مصاف ما شکستیم
ما سایه آن بتیم گویی
کزاصل وجود بت پرستیم
سایه بنماید و نباشد
ما نیز چو سایه نیست هستیم

مولانا

۱۵

زری

آنگاه

گرفتن جشن تولد در میان ترک‌ها و کردهای استانبول رایج نبود. بسیاری از پناه جویانی که او در طی سال‌ها با آنها دوست شده بود، نمی‌دانستند کِی به دنیا آمده‌اند. بسیاری از آنها برای راحتی کار، اول ژانویه را به‌عنوان تاریخ رسمی تولدشان برگزیده بودند. برخی از آنها حتی سال تولدشان نیز به اشتباه در مدارک درج شده بود. البته اگر مدارکی داشتند.

فرآیند ثبت نام خیال زری را تا حد زیادی راحت کرد. استفاده از تاریخ اول ژانویه خیلی از مشکلات او را حل کرد. در مدارک اقامتی تیام نیز همان تاریخ خورده بود.

با وجود این در سومین یکشنبه ماه سپتامبر او بعضی از دوستان و هم‌چنین دوستان تیام را برای شام به آپارتمان‌شان دعوت می‌کرد. به هیچ‌کس نگفت تولد واقعی دختر در واقع دو روز پیش بوده است. به هرحال فرقی هم برای آنها نمی‌کرد. اما به حال او تفاوت داشت. نور چشمانش اکنون هجده ساله شده بود.

زری به امینه زنگ زد و از او خواست اگر می‌تواند کمی زودتر بیاید. دوستش با جعبه‌های حلوا و باقلوا مستقیماً از سر کار آمد.

وقتی پرستار به مادری بی‌خانمان و فرزند مریضش در سالن‌های بیمارستان یاری رساند، دوستی عمیقی بین آنها شکل گرفت. در طول سالیان، دوستی آنها به یک خواهری نزدیک و جدانشدنی تبدیل گردید.

وقتی مادر امینه سکته کرد و پیش از مرگش مدت یک سال روی تخت افتاد، زری کمک فراوانی به او کرد. او هنگامی‌که خانوادهٔ امینه نیاز داشت از نوه‌ها مراقبت می‌کرد.

امینه هم به نوبهٔ خود کمک زیادی به بزرگ شدن تیام کرد. به زری کمک کرد کاری گیر بیاورد و به عنوان هم خانه قرارداد اجارهٔ آپارتمان زری را امضا کرد و سپس با هم یاری او زری توانست مدارک اقامتی بگیرد. در موارد بی شماری از یکدیگر پشتیبانی کرده بودند و هر کدام از آنها در تار وجود دیگری در هم تنیده بود. امینه برایش مثل یک مادر، یک دوست و یک خواهر بود. فرشته‌اش بود.

وقتی زنگ در به صدا درآمد، زری دست هایش را با حوله خشک کرد و دکمهٔ دربازکن را زد. در آپارتمان را باز کرد و در پاگرد طبقهٔ چهارم منتظر ماند تا دوستش از پله ها بالا بیاید.

امینه وقتی به در آپارتمان رسید نفس برایش نمانده بود. خیلی کار می‌کرد. در سن او شش روز در هفته کار سرپا در بیمارستان زیاد بود. رگه های موی خاکستری اینک به سفید تغییر رنگ داده بودند. آنها را با افتخار مدل می‌داد و می‌گفت به آسانی به دستشان نیاورده است.

زن ها گونه های یکدیگر را بوسیدند و همدیگر را در آغوش گرفتند. کفش ها بیرونِ در کنده شدند. زری جعبه های شیرینی را از امینه گرفت و روی پیش خوان آشپزخانه گذاشت. امینه قبل از این‌که وارد آشپزخانه شود در اتاق نشیمن و دو اتاق خواب سرکی کشید.

«کوچولویت کجاست؟»

«شنبه‌ها در کادیکوی کلاس هنر دارد. ساعت شش با دوستانش برمی‌گردد.»

«چه دختر باهوشی است این تیام ما. هیچ چیز جلودارش نیست. هیچ چیز سرعتش را کم نمی‌کند. خدا حفظش کند.»

خدا حفظش کند. زری هر روز این دعا را می‌کرد.

«خب بگو من چه کار کنم؟»

«هیچی، همه چیز آماده است.»

زری به دلمه هایی که پیچیده بود اشاره کرد. از قبل آنها را همراه با تکه های مثلثی کوکو سبزی داخل دیس ها چیده بود. او زیر بریانی و سوپ که روی گاز غل می‌زد را خاموش کرد. سالاد گُردی و دوغ نیز در یخچال بود. همهٔ غذاهای مورد علاقه تیام را درست کرده بود.

چای شیرین را در استکان لاله مانند ریخت و یک ظرف گردو و کشمش در سینی گذاشت. درحالی‌که دوستش را به اتاق نشیمن هدایت می‌کرد،

هر دو روی فرش ضخیم کف اتاق نشستند و به پشتی‌های درست شده از فرش‌های ترکمن تکیه دادند. زری پارسال با پس‌انداز توانسته بود آن‌ها را بخرد.

این اتاق، این آپارتمان دنج، ترکیبی بود از شخصی که او دو دههٔ پیش بود و شخصی که اکنون بدان بدل شده بود. چراغ‌های موزاییکی ترکی از سقف آویزان بودند. جانمازها تا خورده و گوشه‌ای نهاده شده بودند تا وقتی صدای مؤذن محل به‌گوش رسید، پهن شوند. روی دیوار قابی از اشعار خوشنویسی شده آویزان بود. نزدیک یک گوشه میز مربعی شکل مکان دلخواه دخترش برای نقاشی و انجام تکالیف مدرسه‌اش به حساب می‌آمد. در کنار آن یک قفسه کوچک از چوب تیره محل قرار گرفتن کتاب‌های شعر زری بود. کتاب‌های مدرسهٔ تیام روی قفسه بالایی قرار داشتند.

«خانه‌ات تمیز و شامت آماده است. مثل همیشه به اندازهٔ صد تا آدم گرسنه غذا پخته‌ای...» امینه مکثی کرد «چند نفر قرار است بیایند؟»

«فکر کنم ده نفر. اما از تیام بعید نیست دوستان بیشتری را با خود بیاورد.»

زری به ساعت روی دیوار نگاهی انداخت. باید قبل از این‌که دیگران بیایند آن چه در سر داشت را بیان می‌کرد.

«امروز رفتم بانک و با مدیر بانک صحبت کردم. از او تقاضای وام کردم.»

«وام؟ چه می‌خواهی بخری؟»

«یک ماشین. دلم می‌خواهد برای تیام یک ماشین بخرم.»

امینه پرسید «چرا؟» روش عامیانه ترکی برای گفتن نه این‌گونه بود. «راه‌بندان استانبول، پارکینگ، راننده‌های بی‌اعصاب، چرا می‌خواهی برای این بچه چنین کاری بکنی؟»

منظور زری این نبود که تیام هر روز رانندگی کند. اما با عود کردن گه‌گاه بیماری و مشکلات تنفسی وی، می‌خواست گزینهٔ رفت و آمد دیگری نیز داشته باشد. دانشگاهی که در آن پذیرفته شده بود، چندین ساختمان داشت. یکی از آن‌ها در منتهی‌الیه شمال شرقی شهر بود و از خانهٔ آن‌ها فاصله زیادی داشت. اگر می‌خواست از وسایل حمل و نقل عمومی استفاده کند زمان زیادی را از دست می‌داد.

همهٔ اینها را برای امینه توضیح داد. امینه خودش نیز ماشین داشت. بیشتر مواقع جلوی در آپارتمانش پارک بود، اما هم چنان آن را برای موارد خاص نگه داشته بود.

«اما وقتی در بانک بودم مدیر از من پرسید چرا با وجود این همه پول در حساب پس‌اندازتان می خواهید وام بگیرید.»

«چقدر پس‌انداز کرده‌ای؟»

زری به جلو خم شد و به حالت صورت دوستش نگریست. «خودت می‌دانی چون خودت پول را به حسابم واریز کرده‌ای.»

«من؟ من چنین کاری نکرده‌ام.»

این بار زری بود که سؤال کرد «هرچیزی اینجاست مُهر تو را بر خود دارد. فرش هایی که رویش نشسته‌ایم. کت های نویی که تیام هر زمستان هدیه می‌گیرد. می‌توانم تا صبح مثال بزنم. ما هر دو می‌دانیم تو چه کار کرده‌ای. بیش از اندازه به خاطر این همه سخاوتمندی در طول این سال‌ها از تو قدردانیم. اما این بار، نمی‌توانم قبول کنم. این خیلی زیاد است.»

امینه سرش را تکان داد «کار من نبوده دوست من.»

زری با دست روی زانوی امینه زد «انکار کردن فایده‌ای ندارد. من اجازه نمی‌دهم. نمی‌توانی پول به حساب من بریزی. تو خودت هنوز داری کار می‌کنی. نوه‌هایت سر سفره‌ات هستند.»

امینه استکان خالی را در سینی گذاشت. «گفتم که کار من نبود. یک نفر دیگر باید پول به حساب ریخته باشد.»

«اگر تو نبودی پس که بوده؟»

امینه بلند شد «باز هم چایی می‌ریزم.»

زری دست خود را دراز کرد و دوستش را متوقف ساخت «تو یک چیزی می‌دانی، درست است؟»

«فکر کن زکات است. کاری که باید برای تو انجام می‌شده است. قبولش کن. پول را خرج دخترت کن. ماشینی را که لازم دارد برایش بخر. هر کاری که دوست داری با آن بکن. تو استحقاقش را داری. مال تو است.»

زری، امینه را خیلی خوب می‌شناخت. زنِ نشسته در کنار او تمام عمرش برای به دست آوردن هرچیزی سخت کار کرده بود. هیچ میان بری نبود. هیچ راه آسانی نبود. حرف هایی که الان زد متعلق به لب های او نبودند.

«اگر به من می‌گویی خواهر پس مثل یک خواهر با من حرف بزن. این زکاتِ کیست؟ چرا این زکات را به من داده‌اند؟»

امینه شقیقه‌هایش را مالید انگار که درد می‌کنند «ولش کن.»

«نمی‌توانم و نمی‌خواهم کرد. اگر نگویی به بانک می‌روم و به مدیر می‌گویم اشتباهی رخ داده و پول مال من نیست و آنها هر کاری که بخواهند می‌توانند با آن انجام دهند.»

«زری، لطفاً.»

«من از تو یاد گرفتم. سخت کار می‌کنم و نیازی به دست‌گیری غریبه‌ها ندارم.»

سینی را برداشت و بلند شد تا برود باز هم چایی بیاورد.

«پول از طرف غریبه نیست. شوهرت آن را به حسابت ریخته است.»

زری خشکش زد، لبهٔ میز را گرفت. نمی‌توانست نفس بکشد. قلبش در گوشش نعره می‌کشید. اتاق دور سرش چرخید و روی نزدیک‌ترین صندلی نشست.

«شوهرم؟»

«شوهرت. یحیی.»

«یحیی؟» نامش را نفس کشید انگار می‌تواند او را به حیات بازگرداند.

«چطور؟ یحیی را از کجا می‌شناسی؟»

زنده بود و دانستنش اشک به چشم‌های زری آورد. بیش از هجده سال انتظار کشیده بود. دعا کرده بود. و دنبالش گشته بود. چند بار به آنکارا رفت، همه جا را گشت، هم آنجا و هم اینجا در استانبول. در خیابان‌ها، در ایستگاه‌های اتوبوس. در محله‌های کردنشین. صف نمازگزاران را به امید آن‌که روزی شوهرش را در میان آنها ببیند، بارها گشته بود.

اشک‌ها را با دست از صورتش پاک کرد «کجاست؟ امینه، لطفاً. کجا بوده؟ چرا تو می‌دانی و من نه؟ الان کجاست؟»

سؤال پشت سؤال بیرون می‌ریخت. اما فرصت نمی‌داد که جواب‌ها را بشنود. امینه از جا برخاست و زری را در آغوش گرفت.

«نمی‌تواند حقیقت داشته باشد. هرگز فکر نمی‌کردم دوباره او را ببینم. او زنده است. حالش خوب است؟»

«من اجازه ندارم به تو بگویم. به من گفته شده هرگز اسم او را نبرم. اما

او مدتی طولانی در استانبول بوده و حواسش به تو و دخترش بوده است. مراقب تو و تیام است.»

«چرا نیامد پیش ما؟»

امینه سرش را تکان داد. صندلی دیگری از کنار میز کشید و روی آن نشست. زانوهایشان بهم چسبیده بود و زری دستان او را گرفته بود. «او فکر می‌کند این کار عاقلانه نیست. تمایلی به این کار ندارد.»

« من را نمی‌خواهد؟» صدایش با خروج هر کلمه می‌لرزید. «همسرش را نمی‌خواهد.»

«یحیی آن مردی نیست که با او ازدواج کردی. او حالا زندگی دیگری دارد.»

«منظورت از زندگی دیگر چیست؟ کجا بوده است؟» فکری تلخ سینه‌اش را شکافت. «زن دیگری دارد؟»

خانواده‌های کرد فراوانی حین فرار از هم جدا شده و یکدیگر را گم کردند. آنها باید از نو شروع می‌کردند و زندگی جدیدی می‌ساختند. «او مدت ده سال در زندان بوده است.»

درک این موضوع بیش از توان زری بود. با مشت بر سینه زد. چرا به زندان افتاده؟ یحیی؟

«آنجا به دارودسته‌ای پیوسته است. دارودسته‌ای جنایت‌کار. و حالا با آدم‌های خطرناکی کار می‌کند. خودش هم مرد خطرناکی است. شخصی که او بدان تبدیل شده با فردی که با تو عروسی کرد خیلی فرق دارد. به تو می‌گویم این‌ها آدم‌های خیلی بدی هستند.»

نمی‌توانست هیچ‌یک از این حرف‌ها را باور کند. یحیی مرد خوبی بود. باهوش و خوب. هنوز نامه‌هایش را داشت.

«این‌ها را از کجا می‌دانی؟»

«یادت است تیام سال اول دبیرستان که بود یک ماه در بیمارستان بستری شد؟» زری آن هفته‌های شکنجه‌بار را هرگز فراموش نمی‌کرد. فکر می‌کرد دخترش دوام نمی‌آورد. هیچ‌کدام از پزشک‌ها امیدی نمی‌دادند. اما تیام با نیروی اراده زنده ماند.

«آن زمان شوهرت با من تماس گرفت. او همهٔ هزینه‌ها را پرداخت کرد. بیمارستان، آزمایشگاه، پزشک‌ها، پزشک‌های بیشتر. او با رئیست هم ملاقات کرد و مطمئن شد وقتی برمی‌گردی کارت منتظر تو است، حتی با

این‌که کسی نمی‌دانست چه وقت به کار بازخواهی گشت. و از من قول گرفت رازش را حفظ کنم.»

امینه روی دست زری زد «پول توی حساب متعلق به او است.»

زری دست هایش را کشید و دور سینه‌اش حلقه کرد. دردی که در قلبش بود آرام نمی‌شد. «از کجا من را پیدا کرد؟»

« تو الان مدارک داری. اسم تو و تیام مدت‌ها است که در سیستم دولت وجود دارد. تو از اسم و محل تولد واقعیت استفاده می‌کنی. هرکسی می‌تواند تو را پیدا کند.»

پل باریکی شکل گرفت و از میان مه به سمت مردی می‌رفت که عاشقش بود. به سمت زندگی که زمانی داشت. به سمت شادمانی که زمانی می‌شناخت. برای عبور از آن به کمک امینه نیاز داشت.

«چرا به زندان افتاده؟»

«نمی‌دانم.»

«چه موقع به استانبول آمده؟»

«نمی‌دانم.»

«می‌توانم ببینمش؟»

«نه.»

«نمی‌خواهد مرا ببیند؟»

«نه.»

حرف‌های امینه مثل چاقو سینه‌اش را می‌درید.

«قبلاً هم گفتم او و حالا مردی متفاوت از آن کسی است که با تو عروسی کرد. نمی‌خواهد هیچ ارتباطی با گذشته‌اش داشته باشد. نمی‌خواهد کسی بداند که قبلاً زن داشته است.»

«اما هم چنان خود را موظف می‌داند که ما را تأمین کند؟» اگر یحیی می‌خواست پل بین شان را خراب کند، چرا نرفت و آنها را فراموش کند؟

«فکر می‌کند نتوانسته شوهر خوبی برای تو باشد. با وضعیت فعلی بهتر است شما دو تا از هم جدا باشید. با وجود این او در برابر شما احساس مسئولیت می‌کند. از لحاظ مالی تیام دختر او است. از گوشت و خون او است. تکه‌ای از او. عشق والد به فرزند هرگز از بین نمی‌رود. او از آن بیرون مراقبش است، او را در پناه خود دارد و تأمینش می‌کند... تا ابد.»

زری به کتاب‌های تیام نگاه کرد. به کفش‌های تیام دم در. به دستهٔ

رنگارنگ روسری‌های تیام که کنار در آویزان بودند. دست خط دخترش در همه جای زندگی او بود. اما تیام دختر او بود، نه یحیی.

غم و آرامش مثل دو روح همزاد در درونش پیچیدند. خوشحال بود که یحیی نمی‌خواست او را ببیند. برای اولین بار فهمید خود او هم نمی‌تواند این‌کار را بکند. نه امروز و نه هشت سال پیش یا از هر زمان که به زندان افتاده بود. و نه فردا. چطور می‌توانست؟

چطور می‌توانست با او روبه‌رو شود و به او بگوید دخترش را گم کرده است؟ دخترشان را.

بخش پنجم

در گلستان ارم دوش چو از لطف هوا
زلف سنبل به نسیم سحری می‌آشفت
گفتم ای مسند جم جام جهان بینت کو
گفت افسوس که آن دولت بیدار بخفت
سخن عشق نه آن است که آید به زبان
ساقیا می ده و کوتاه کن این گفت و شنفت

حافظ

کریستینا

اکنون

بعد از پایان تماس و چپاندن گوشی درون کیف، از میان درهای خودکار وارد پایانه می‌شوم و از کنار ستون‌های عظیم خاکستری که در تمام طول ساختمان برافراشته شده‌اند، می‌گذرم.

من اینجا منتظر خواهم ماند، خانم. این کل حرفی بود که راننده پس از پیاده کردن من کنار پیاده‌رو می‌گوید. من را دست انداخته‌ای؟ داری وانمود می‌کنی هیچ اتفاقی نیفتاده است؟ که جان من را از ترس به لبم نیاورده‌ای؟

قلبم تند تند می‌زند و تمام بدنم می‌لرزد. خوشحالم که سالم به فرودگاه رسیدم. از ترس این‌که گاز بدهد و من را بدزد، قفل در را مدام باز و بسته می‌کردم. به خاطر دیروقت بودن نسبت به زمانی که من و مادرم رسیدیم جمعیت کمتری در راهروی طولانی پایانه حضور دارند. کافی شاپ بزرگی در مرکز این فضای عظیم باز است. به فکرم می‌رسد آنجا توقفی کنم، اما فکر نمی‌کنم بتوانم فنجان قهوه را بدون ریختن آن در دستان لرزانم نگه دارم.

فرودگاه جدید است. استانبول مرکز فعالیت خطوط هوایی بسیاری شده است. پلی بین کشورها و فرهنگ‌ها- نقطهٔ تلاقی همهٔ ما. مردم به اینجا پرواز می‌کنند، هواپیمای‌شان را عوض می‌کنند و به جای دیگر می‌روند. اما تغییر همراه است با انتقال از یک مرحلهٔ زندگی به مرحله دیگر. در فرودگاه مردم فرصت می‌کنند که گذشته‌شان را ببینند و به آینده‌شان فکر کنند، البته تا زمانی که چیزی حواس‌شان را پرت نکند. اما این حال اکنون من نیست.

همه چیـز باید امـروز اتفـاق می‌افتـاد. بـه اسنـاد موجود در ایمیل‌های جکس و توجیهات عقلانی الیزابت فکر می‌کنم. و بعد کایل و گفت‌وگوی عقب‌افتادهٔ بین‌مان. راننده هـم که دیگـر گل سرسبد همهٔ اتفاقات بـود. تلویزیونی روی یک ستون نشان می‌دهد که پرواز کایل از اوزاکا برزمین نشسته است. ساعت را نگاه می‌کنم. شاید هنوز در کمرگ است. قطره‌های مسافران ابتدا یک نهر و سپس رودخانه‌ای خروشان می‌شود. بیشتر آنها تاجران و گردشگران ژاپنی هستند. کایل را در حال وارد شدن به صف قیف مانند آنها می‌بینم.

موهای درهـم برهـم و چهرهٔ خسته‌اش اثرات ساعت‌ها نشستن در هواپیما را نشان می‌دهد. وقتی بیرون می‌آید یک سر و گردن از بقیه بلندتر است. بی‌شک هیچ‌گاه از دیدن او این‌قدر خوشحال نبوده‌ام. از دیدن من از آن سوی مانع شگفت‌زده می‌شود. «اینجا چه کار می‌کنی؟ گفتم که در هتل می‌بینمت.»

وقتی به انتهای مسیر خروجی می‌رسد، منتظرش هستم. نمی‌دانم می‌خواهم او را بغل کنم یا نه. ولی این کار را می‌کنم و بعد ناگهان خودم را عقب می‌کشم و به ماشین‌های صف کشیده کنار پیاده‌رو، آن سوی دیوار شیشه‌ای پایانه نگاهی می‌اندازم. لبخند خسته‌اش به سرعت به چهره‌ای پرسش‌گرانه بدل می‌شود.

«چه شده؟»

فکر اتفاقی که افتاد مرا دوباره می‌لرزاند. کلمات از دهانم بریده بریده بیرون می‌آیند. «آمدم دنبال تو. یک ماشین گرفتـم. اما در میان راه، راننده... خـوب، خیلی ترسناک بود.»

«دقیقاً چه چیز ترسناک بود؟ چه اتفاقی افتاد؟»

درحالی‌که چمدانش را به دنبال خود می‌کشد، راه را برای من از میان کسانی که منتظر مسافران دیگر هستند باز می‌کند. به درهای شیشه‌ای می‌نگرد.

«چه غلطی کرد؟»

این کایل است. یک بازیکن لاکروس[۱] و گنده لات دانشگاه. از وقتی با هـم هستیم، ازدوستان قدیمی‌اش داستان‌های زیادی دربارهٔ او شنیده‌ام.

۱– Lacrosse نوعی بازی تیمی که با چوبی پاروماننـد و توپ انجام می‌شود و از قدیمی‌ترین بازی‌های تیمی آمریکای شمالی است. م

می‌دانم آن‌قدر حس برتری‌جویی در او هست که به‌راحتی دعوا راه بیندازد. به خاطر من هیچ‌گاه مجبور به این کار نشده ولی می‌دانم اگر لازم باشد تردیدی به دل راه نمی‌دهد.

«در مسیر که می‌آمدیم همه چیز عالی بود، اما راننده یکهو از من پرسید آیا فلان اسم ترکی را می‌شناسم. خیلی ناگهانی اتفاق افتاد.»

کایل روی در هم می‌کشد «خیلی خوب. ولی این که می‌گویی خیلی هم ترسناک نیست. آیا فقط می‌خواست حرف بزند؟ شاید تو را با کس دیگری اشتباه گرفته است.»

«برای این‌که این سؤال را از من بپرسد توی بزرگراه لعنتی زد کنار.»

حالا به طور کامل حواسش به من است. وقتی به در نگاه می‌کند چشم‌هایش شعله می‌کشند.

«به تو دست زد؟ چه کار کرد؟»

«هیچی. هیچ‌کاری نکرد. اما مدام همان سؤال را از من می‌پرسید. گفت‌وگو نبود. نمی‌دانستم ممکن بود چه اتفاقی برایم بیفتد.»

انگشتانش را توی موهایش می‌کشد «تو چه گفتی؟»

نفس عمیقی می‌کشم «گفتم من کسی را با این نام نمی‌شناسم. و باید این حرف را چند بار می‌زدم.»

دو پلیس عبوس با جلیقهٔ ضدگلوله و مسلسل از کنارمان رد می‌شوند. دم یکی از خروجی‌ها می‌ایستند. کایل به آنها نگاه می‌کند. می‌توانم بفهمم که در نظر دارد با آنها صحبت کند.

«بعد چه شد؟»

«انگار تا ابد به من زل زد. مطمئن بودم کارم تمام است. بعد ماشین را روشن کرد و آمد اینجا. انگار نه انگار اتفاقی افتاده است.»

«الان آن بیرون است؟»

«بله. منتظرمان است.»

کششی به شانه‌هایش می‌دهد و با سر به سمت در اشاره می‌کند «ما با یک تاکسی برمی‌گردیم هتل. اما اول من باید چند کلمه با این آقا حرف بزنم.»

با هم از پایانه خارج می‌شویم. قصد ندارم اجازه دهم تنهایی برود. لکسوس مشکی درست در دم و همان جایی است که من را پیاده کرد. اما در جلوی ماشین باز می‌شود و یک خانم جوان با کت و شلوار

مشکی، پیراهن سفید و کراوات مشکی پیاده می‌شود. با دقت به صندلی عقب و بالا و پایین پیاده‌رو نگاه می‌کنم.

«تو دیگر که هستی؟ راننده‌ای که مرا اینجا آورد کجاست؟»

تقریباً بدون لهجه می‌گوید «شب به خیر خانم. تماسی اضطراری با ایشان گرفته شد. دفتر مرا جایگزین ایشان کرده است.»

«شما از کجا آمدید؟»

«من هر شب در مسیر فرودگاه کار می‌کنم.» به کایل لبخندی می‌زند، مشخصاً فکر می‌کند می‌تواند او را قانع کند.

حرفش را باور نمی‌کنم. «این همان ماشین است. چطور آمدی اینجا؟ او چطوری رفت؟ من شاید ده دقیقه رفتم داخل.»

چمدان کایل را می‌گیرد. «شرکت به ما دستور داد ماشین‌هایمان را عوض کنیم. هر دو نفر به هتل سلطان احمد می‌روید؟ آنجا را بلدم.»

«من اسم او را می‌خواهم.»

«البته خانم. من از دفتر شرکت می‌خواهم برای دادن اطلاعات با شما تماس بگیرند.»

«او را می‌شناسی؟»

«متأسفم نمی‌توانم بگویم. سیاست شرکت این‌گونه ایجاب می‌کند. خیلی در این زمینه سخت‌گیر هستند.»

کایل با نگاهش به من می‌فهماند که فعلاً بی‌خیال شو.

توی ماشین موسیقی هم چنان در حال پخش است. زن مثل کسی که کارش این باشد، از میان راه‌بندان جلوی پایانه عبور می‌کند. هنوز ناآرامم. ماشین‌های اطرافمان را برانداز می‌کنم.

«او چه ماشینی می‌راند؟»

سرش را تکان می‌دهد «من را ببخشید خانم. شرکت فردا به مسئلهٔ شما رسیدگی خواهد کرد.»

کایل نگاه دیگری به من می‌کند و از راننده می‌پرسد آیا مدت زیادی است که برای آن شرکت کار می‌کند.

همین برای روشن کردن او کافی است تا تمام مسیر را وراجی کند.

همه چیز را دربارهٔ او می‌دانم. بلاگر سفر است. در استانبول بزرگ شده و چند سال در نیویورک درس خوانده است. دربارهٔ هرجایی که سفر می‌کند مطلب می‌نویسد. دوست پسرش مراکشی است. فهرست بلندبالایی از افراد

سرشناسی که در استانبول راننده‌شان بوده را ردیف می‌کند. نظرات زیادی در مورد رهبران ترکیه، روسیه، اسرائیل و آمریکا دارد. اطلاعات شخصی دقیقی از سلامت و شغل والدینش و وضعیت ازدواج خواهر و برادرانش دارم. و اخیراً بچه‌گربه‌هایی در کوچهٔ کنار آپارتمانش به دنیا آمده‌اند.

علی‌رغم همهٔ گفت‌وگوها، هنوز بی‌قرارم. رفتار تهدیدآمیز راننده، آن دیدگاه گرم و گیرایی که از استانبول انتظار داشتم نبود. پرسش‌های او و پاسخ‌های من مدام در سرم تکرار می‌شوند. در نهایت فکر نمی‌کنم حرف مرا باور کرده باشد. وقتی به مسیر بزرگراه برگشت، هیچ باور نداشتم که از آن ماشین زنده بیرون بیایم.

وقتی به هتل می‌رسیم، چیز دیگری دلیل اضطرابم می‌شود. گفت‌وگویی که می‌خواستم در مسیر با کایل داشته باشم، هرگز انجام نشد. به اتاق‌های مجاوری که برای او و خودم ترتیب دادم فکر می‌کنم. تصمیم داشتم قبل از این‌که به هتل برسیم او را آماده کنم، ولی برای این کار دیگر خیلی دیر است. وقتی آسانسور به طبقه‌مان می‌رسد، احساس می‌کنم دارم پای در زنجیر وارد دادگاهی می‌شوم که باید قبلاً مختومه می‌شد.

از کارت اتاق او استفاده می‌کنم و وارد می‌شویم. در متصل کنندهٔ اتاق‌مان باز است. هیچ نظری دربارهٔ این‌که چرا کمد خالی است یا چرا هیچ یک از وسایل من روی میز و صندلی‌ها نیست، نمی‌دهد. بین ما دو تا، شلخته همیشه من بوده‌ام.

«بدجور به یک دوش نیاز دارم.»

جیب‌هایش را در کشو خالی می‌کند. چمدانش را روی تخت می‌اندازد و آن چه لازم دارد بیرون می‌آورد. وقتی در حمام ناپدید می‌شود به پشت او نگاه می‌کنم.

کلیدش را روی میز کشودار می‌گذارم و به اتاق خودم می‌روم. کمی زمان لازم است تا خودش همه چیز را بفهمد.

روی میز می‌نشینم و سری به گوشیم می‌زنم، اما پیامی برایم نیامده است. لپ‌تاپ را باز می‌کنم و به ایمیل‌های جدیدم نگاهی می‌اندازم. امروز دو بار با وکیل شرکت ایمیل رد و بدل کردم و تا آنجا که به کار من مربوط است، همه چیز روبه‌راه است. وسوسه می‌شوم باز وارد ایمیل جکس بشوم و از چیزهایی که در مورد الیزابت کشف کرده، بیشتر سر در بیاورم. اما پیشاپیش تصویر روشنی از آن‌کسی که به بوده و برای این‌که به هدفش برسد

حاضر است چه کار کند، دارم. نفت بیشتر روی آتش ریختن فایده‌ای ندارد.

تلاش می‌کنم خودم را مشغول نگه دارم ولی در همان حال تمرکزم بر اتفاقاتی است که در اتاق بغلی در حال رخ دادن است. کایل از زیر دوش بیرون می‌آید. صدای جابه‌جا کردن وسایلش را می‌شنوم. لپ‌تاپ را می‌بندم و به سمت پنجره می‌روم پرده را کنار می‌زنم و به پشت‌بام‌های شهر می‌نگرم. پنجره نیمه باز است. هوا بوی تازگی می‌دهد. آسمان در شرق روشن و روشن‌تر می‌شود.

از مسجدی در دوردست، صدایی به گوشم می‌رسد که دارد مثل ناقوس کلیسا برایم آشنا می‌شود. اذان صبح است. از خودم می‌پرسم آیا آن زن محجبه الان بیدار است و دارد نماز می‌خواند.

شهر پتوی شب را کنار می‌زند، کش و قوس می‌آید، از خدا قدردانی می‌کند و به روز جدید خوش‌آمد می‌گوید. هوا، آسمان، پرتوهای نور، همهمهٔ مردم، پیچک‌های وجود که مکانی را زنده می‌کنند... برخی از آنها برایم آشنا هستند. و برخی دیگر ناشناخته بوده و باید کشف و کاوش شوند. فهمیدن، تلخ و شیرین است. آن چه الان دارم در حال خوردن من است. زندگیم کسالت‌بار است. آن چه آنجاست -ورای گنبدها و پشت‌بام‌های این مکان باستانی- شروعی جدید است. و من آمادهٔ کاویدن آن هستم.

«من نمی‌توانم درست فکر کنم، درست ببینم. باید یک مقدار بخوابم.»

صدای کایل باعث می‌شود از جلوی پنجره برگردم. او در چهارچوب در ایستاده است.

«چرا ما دو تا اتاق داریم؟ روی این تخت می‌خوابیم یا آن یکی؟»

لباس زیرِ کشی خاکستری برتن دارد و دیگر هیچ. موهایش خیس است. پاهایش بلند و قوی هستند. شکم صاف و ماهیچه‌های بازو و سینه‌اش ثابت می‌کنند که حسابی ورزش می‌کند، حتی با وجود این‌که همیشه در راه است. یک زمانی وقتی او را این طوری می‌دیدم نفس در سینه‌ام حبس می‌شد. وقتی تنها یک نگاه او باعث می‌شد با او به تختخواب بروم. و هیچ‌کدام از ما تا صبح نمی‌خوابیدیم.

حالا اما فرق می‌کند. یک دیوار شیشه‌ای بین ما است و کسی که در آن سوی دیوار می‌بینم دیگر مال من نیست.

به اتاقش اشاره می‌کنم «تو آنجا می‌خوابی و من اینجا.»

«نمی‌فهمم.»

«وقتش است کایل.»

بازدمی خسته بیرون می‌دهد «باز موضوع خزان است؟» اجازه نمی‌دهد پاسخ بدهم «ببین من چیزهایی گفتم و تو هم هم چنین، ولی همهٔ آنها الان پشت سر ما هستند.»

قبل و بعد از تولد دخترمان تعداد کمی مکالمهٔ خشمگینانه داشتیم.

«من به تو بد کردم کایل. من بیشتر از آن‌که تو را بخواهم او را می‌خواستم. بیشتر از آن‌که عاشق تو باشم عاشق او بودم.»

«ما قبلاً دربارهٔ این‌ها حرف زده‌ایم. تو به من بد کردی، باشد. چند بار به تو گفتم که تو را بخشیده‌ام.» دستی در موهای خیسش می‌کشد. «کریستینا او مرده و ما مجبور نیستیم الان این کار را بکنیم.»

می‌پرسم «کِی باید این کار را بکنیم؟ هفته دیگر؟ ماه دیگر؟ وقتی به لوس آنجلس برگشتیم؟ و فایده صبر کردن چیست؟ تو که به هرحال از این موضوع گذشتی.»

با ناراحتی می‌گوید «منظورت از این حرف چیست؟»

نمی‌خواستم این حرف را پیش بکشم ولی زبانم از مغزم پیشی گرفت «با آیمی.»

چشمانش باریک می‌شوند «او را از کجا می‌شناسی؟»

«الیزابت عکسی که در اینستاگرام گذاشته بودی را دید و به من نشانش داد. رفتم صفحه‌اش را دیدم.»

عکس‌های بیشتری از آن دو در صفحات آیمی بود. احساس کردم دارم وسط آنها راه می‌روم. اما این حس باعث توقف من نشد.

«آیمی مشاور است. مشاور کاریابی. رابطهٔ ما حرفه‌ای است.»

«مطمئنم همین طور است.»

«مسخره است. دیگر درباره‌اش چه می‌خواهی بدانی؟»

شانه بالا می‌اندازم «هیچ چیز. آن اتاق تو است و این اتاق من. آیمی هم هیچ ربطی به من ندارد.»

کایل دست بردار نیست. می‌آید و روی تخت روبه روی من می‌نشیند. «به تو گفتم. او مشاور کاریابی است. همیشه در کنفرانس‌ها حضور دارد. این بار با او ملاقات کردم چون برایم پیشنهادی از یکی از شرکت‌های بزرگ بازی‌سازی ژاپن دارد.»

برای من اصلاً عجیب نیست که کایل هنوز چیزی پیشنهاد نشده کار دارد. او در کار خودش وارد است. برای آنها فرد ارزشمندی خواهد بود.

«اما به او گفتم فعلاً نمی‌توانم تصمیمی بگیرم. نه تا قبل از این‌که با تو صحبت کنم.»

«من؟ من این وسط چه کاره‌ام؟»

«ظاهراً فراموش کردی ولی من و تو با هم هستیم. ما یک تیم هستیم. من بدون تو هیچ جا نمی‌روم.»

این ربطی به رابطهٔ عاشقانه ما ندارد و مغزم در یک چشم به هم زدن از حالت شخصی به حالت تجاری می‌رود. من به جنبه‌های مالی این فروش فکر می‌کنم. به هر دوی ما قول پاداش یکسان داده شده است. پول زیادی نیست، اما آن قدری هست که بتوانیم یک شروع سالم داشته باشیم. و بعد به الیزابت فکر می‌کنم. او با سهم شیر نر از صحنه بیرون می‌رود. اما من مادرم را می‌شناسم. می‌دانم بعد از این‌که کار تمام بشود هیچ انتظاری نمی‌توانم از او داشته باشم. او آن چه متعلق به خودش است را و دو دستی می‌چسبد. من حرفی ندارم، حقی هم ندارم. اما دربارهٔ کایل و انگیزه‌اش از با هم ماندن نمی‌دانم. مادرم مدام پیشنهاد ازدواج و بچه‌دار شدن می‌دهد. نمی‌خواهد او را از دست بدهد.

دارم یک بدبین واقعی می‌شوم و به این خاطر از خودم متنفرم. افکارم، اعمالم، نگاه بدبینانه‌ام به همهٔ اطرافیانم، همگی نگاه الیزابت به زندگی هستند. به خودم راجع به بازی مقصریابی الیزابت هم یادآوری می‌کنم. چقدر خسته‌ام.

«خب. به نظرم باید پیشنهاد را قبول کنی. برو ژاپن. ماجراجویی کن. و من هم وقتی برگشتم لوس‌آنجلس اجارهٔ خانه را خودم پرداخت می‌کنم. مگر این‌که بخواهی آپارتمان را نگه داری. در آن صورت، من یک جای دیگر پیدا می‌کنم.»

«تو خسته‌ای، من هم خسته‌ام. حالا راجع به آن صحبت نمی‌کنیم.»

هر چقدر بخواهد می‌تواند انکارش کند، ولی من آن چه در ذهنم بود را گفتم. نمی‌دانم چه چیزی برای گفتن باقی مانده است. باری از روی شانه‌هایم برداشته شد. گذاشتن و رفتن خیلی آسان‌تر از ماندن و بازسازی یک رابطه از میان خرابه‌ها است. کیفم را برمی‌دارم و شروع می‌کنم به گذاشتن لپ‌تاپ، یادداشت‌ها و تلفنم داخل آن.

«کجا می‌روی؟»

«پایین. باید به کارهایم برسم.»

«می‌توانی همین جا کار کنی.»

نیمه برهنه روی تختم نشسته است «وای فای پایین قوی‌تر است.»

«آخرین بار که خوابیدی کِی بوده؟ خسته به نظر می‌آیی. بیا توی تخت.»

مشکل قطع رابطه کردن با او به شیوهٔ متمدنانه همین است. به هیچ‌کدام از حرف‌های من گوش نکرده است.

بالشت تزئینی را روی صندلی پرت می‌کند و ملحفه را کنار می‌زند. «چرا نمی‌آیی اینجا کنار من. مطمئنم بعد از کمی خواب حس بهتری خواهیم داشت.»

می‌توانم علائم را بخوانم. اگر با او به تخت بروم، هم‌آغوشی خواهیم کرد. از وقتی هشت ماهه باردار بودم این کار را نکرده‌ایم. بدنم آماده است هرچه او می‌گوید انجام دهد، اما مغزم می‌گوید به هیچ وجه.

کیفم را بررسی می‌کنم که همه را برداشته باشم. «من باید بروم.» کتم را برمی‌دارم. به این زودی‌ها برنخواهم گشت، البته اگر بتوانم. دست کم نه وقتی که به این شکل روی تختم نشسته باشد. به سمت در می‌روم.

«چه کسی است؟»

چرندی و شوک سؤالش مرا متوقف می‌کند و برمی‌گردم.

«چه کسی است کریستینا؟ داری می‌روی بیرون چه کسی را ببینی؟» به پاهایش فشار می‌آورد و به سمتم می‌آید. «به من بگو کی است. با من این طور رفتار نکن. می‌دانم پای یک نفر دیگر در میان است.»

اولین حس من این است که از خودم دفاع کنم و به یادش بیاورم تا مادامی که با هم بودیم، کسی غیر از او نبوده است. جدای از سبک زندگی مادرم، من هرگز آدمی نبوده‌ام که با هر کسی روی هم بریزم.

«چرا فکر می‌کنی پای یک مرد در میان است؟ و این‌که اصلاً کسی هست؟»

«برای این‌که تو را زیر نظر داشتم.»

«منظورت چیست که من را زیر نظر داشتی؟»

«به من گفتی این اولین سفرت به استانبول است.»

به فرودگاه و پروازهایی که سال گذشته به آن داشتم فکر می‌کنم.

به کیفی که از شانه‌ام آویزان است اشاره می‌کند. «می‌خواهی گذرنامه‌ات

را در بیاوری تا با هم تعداد مهرهای ورودی به ترکیه را بشماریم.»

کیف را روی شانه‌ام بالاتر می‌برم. قصد ندارم چیزی به او نشان دهم.

«سال گذشته دو بار به ترکیه آمدی... قبل از این سفر. اما هر بار دربارهٔ این‌که کجا می‌روی و با چه کسی می‌روی به من دروغ گفتی. چرا؟»

به او گفته بودم با دوستان قدیمی به سفر می‌رویم. نمی‌دانم از کجا فهمیده است.

«خیلی تقلا نمی‌خواهد که بفهمی پای یک نفر دیگر در میان است.»

به سمت در می‌روم. «مرد دیگری نیست کایل، و بین من و تو هم دیگر چیزی نیست.»

بخش ششم

بازآ بازآ هرآن چه هستی بازآ
گر کافر و گبر و بت پرستی بازآ
این درگه ما درگه نومیدی نیست
صد بار اگر توبه شکستی بازآ

ابوسعید ابوالخیر

۱۷
زری

آنگاه

برف دیروز لایه‌ای خاکستری و تیره‌رنگ در امتداد لبهٔ پیاده‌رو برجای گذاشت. تمام روز نم باران سردی به صورت پراکنده می‌بارید. در حیاط بزرگ مقابل ساختمان پزشکی، شاخه‌های لخت یک درخت با پوششی از یخ می‌درخشیدند.

زری کم کم از پزشک‌ها خوشش نمی‌آمد. از بیمارستان‌ها متنفر بود. سال‌ها بود که هر معاینه و هر بستری‌شدن ذره‌ای از درون او را از ترس این‌که دیگر نتواند تیام را با خود به خانه ببرد، می‌کشت.

همهٔ آن مراکز درمانی دختر او را معجزهٔ پزشکی می‌خواندند. کودکان مبتلا به سیستیک فیبروزیس به ندرت بیش از چند سال زنده می‌ماندند. اما حالا، این فرشته داشت با احتمالی غیرقابل تفوق می‌جنگید. هم‌چنان با روحیه، هم‌چنان فعال و هم‌چنان امیدوار به زندگی در سن بیست سالگی.

تیام دم در ایستاد و او را در آغوش گرفت. بی‌شک اضطراب او را حس کرده بود.

«او به صدای ریه‌های من گوش نخواهد کرد. من را برای ام آر آی یا عکس‌برداری پرتوی ایکس نمی‌فرستد. چیزی که باعث ناراحتی تو بشود نمی‌گوید. این آزمایشگاه دانشگاه است. آنها با بیمارستان‌های معمولی فرق دارند. ملاقات امروز دربارهٔ آینده است.»

زری در حالی‌که می‌کوشید با حس معمول و فلج‌کننده بی‌پناهی بجنگد خودش را با حرف‌های تیام دل خوش ساخت. وارد ساختمان شد و نزدیک دخترش ایستاد. شاید آنها چیزی دیگری به این ساختمان می‌گفتند ولی

از دید او دارای همان شیشه و سنگ و کاشی موجود در دیگر بیمارستان‌ها و به همان اندازه نیز تمیز و پاکیزه بود. در مقابل میز پذیرش شیشه‌ای در طبقهٔ دوم، زنی جوان با لباس روزمره منتظر آنها بود.

معرفی‌ها انجام شدند. به عنوان آزمایشگاه فناوری ژنتیک نوشته شده بر روی نشانی که با بند آبی از گردن زن آویزان بود، نگاه کرد. و زیر اسمش نوشته بود مشاور آزمایش.

اضطراب قدیمی دوباره بازگشت.

میزبان پیشنهاد کرد «لطفاً من را هاتیس صدا بزنید.»

هاتیس یعنی مورد اعتماد. اسم خوبی بود و زری باور داشت که این چیزها مهم هستند. معنای یک اسم اغلب دورنمایی از مسیری که خدا سر راه یک فرد قرار می‌داد، در خود داشت. صدایش دل‌پذیر بود و نگاهش مستقیم و مهربان.

او آنها را به یک اتاق کنفرانس نزدیک پله‌ها هدایت کرد. دو دختر جوان از قبل تلفنی با یکدیگر صحبت کرده بودند. تیام حالا دیگر برای خودش زنی شده بود. به عنوان دانشجوی زیست‌شناسی، مسئولیت مبارزه با بیماریش را خود برعهده گرفته بود. حالا دیگر خودش تصمیم می‌گرفت کدام پزشک را ببیند و کدام را نه. چه آزمایشی را بدهد و چه آزمایشی را نه. این‌که چه دورهٔ درمانی را می‌خواهد طی کند، و زری از دخترش حمایت می‌کرد. در هر قدم از مسیر با او بود، به هرشکلی که لازمش داشت.

داخل اتاق سمینار میزی بزرگ از جنس چوب تیره رنگ بود که گنجایش بیش از دوازده نفر را داشت. زری و تیام در یک سو نشستند و هاتیس در سوی دیگر.

پوشهٔ ضخیمی که نام دختر او را بر خود داشت بر روی میز گذاشته شد. برگه‌هایی از آن بیرون آورده شدند. مشاور به شکلی غیررسمی با تیام گفت‌وگو می‌کرد.

هاتیس سرانجام هر دوی آنها را خطاب قرار داد. وقت آن رسیده بود که بروند سر اصل مطلب. «می‌دانید که ما قبل از نمونه‌برداری از خون باید تا جایی که می‌توانیم در مورد تاریخچهٔ خانوادگی شما اطلاعات کسب کنیم.»

توده‌ای از یخ در معدهٔ زری شکل گرفت. دلش می‌خواست هاتیس بیشتر در مورد علت حضور آنها سؤال بپرسد. در مورد این‌که این ملاقات

چـه نتیجـه‌ای در بر خواهـد داشـت و نقش او چـه خواهـد بـود.

از میان دستهٔ کاغذها یک برگه بیرون آمد. ردیفی از مربع‌های انتخابی صفحه را پر کرده بودند. خودکار زن در حالی که داشت آمادهٔ شروع می‌شد، به آرامی بر سطح میز می‌خورد.

زری بالای پرسش‌نامه را خوانـد. «وقتی می‌دانیـد دخترم سیسـتیک فیبروزیـس دارد چـرا دیگر آزمایش ژنتیک انجـام می‌دهیـد؟»

«پرسش خوبی است خانم رحمان. تشخیص، تنها نتیجهٔ این آزمایش نیست. نتایج به پزشک‌تان کمک می‌کند کـه درمـان مناسب را در نظر بگیـرد. از زمانی کـه بیمـاری تیام تشخیص داده شـد تا الان علـم پیشرفت زیادی کرده است.»

زری در داروخانـه کار می‌کـرد. کارمنـد دفتـری بـود ولی در طـول سال‌هـا چیزهـای زیـادی خوانـده و آموختـه بـود. به‌خصوص در مـورد سیسـتیک فیبروزیس. می‌دانست داروهـا در حـال عـوض شدن و علـم در حال پیشرفت است.

هاتیـس ادامـه داد «بـه همیـن ترتیب اگر تیـام روزی تصمیـم بگیـرد خانواده‌ای تشکیل دهـد، شـناخت ژنـوم بیماری او بـرای مـا بسیار حیاتی اسـت. شناسایی ژن جهـش یافته کلیـد کار خواهـد بـود.»

برق غیرمنتظره‌ای از امید در زری درخشید. فکر کن... دختر می‌توانست بـرای پنـج سـال آینـده یا ده سال آینده برنامه ریـزی کنـد و حتی می‌توانـد تشکیل خانواده خود را مد نظر قرار دهد.

زیرلب گفت «خانواده.»

« بلـه. معمـولاً زنـان مبتـلا به سیسـتیک فیبروزیـس بارداری‌هـای بـدون مشکلی دارنـد و بچه‌هـای آنها سـالم به‌دنیـا می‌آینـد. البتـه پدر آنهـا بایـد غربال‌گـری شـود تا معلـوم گـردد آیا ناقـل ژن جهـش یافتـه اسـت یا خیـر.»

زری یک دقیقه زمان می‌خواست تا نفسش را دوبـاره بازیابد. مضطرب یا آرام، پرتنـش یا امیـدوار، احساسـاتش بـه هـر سـویی می‌رفتنـد. هـر سـال از زندگی تیـام موهبتی بـرای هر دوی آنهـا بـود. و حـالا ایـن... راهی کـه هیچ‌گاه تصـور نمی‌کردنـد بدان قدم بگذارنـد.

«آیا سؤال دیگری دارید؟»

تیام لبخندی به مادرش زد «سؤال دیگری داری؟»

زری سرش را تکان داد «نه من کاملاً متوجه شدم.»

«بسیار عالی. این سؤالات از هر دوی شما پرسیده می‌شود، اما» به زری اشاره کرد «انتظار داریم شما اطلاعات بیشتری در مورد سوابق خانوادگی‌تان داشته باشید، همین طور در مورد سوابق خانوادگی تیام.»

«بله، خب. به خاطر... رخدادهایی...شاید پاسخ دادن به همهٔ سؤالات کمی دشوار باشد.»

«بله. هر کدام را که می‌توانید پاسخ دهید. هرچه یادتان بیاید به ما کمک می‌کند پروندهٔ کامل‌تری تشکیل دهیم.»

او از بالای فهرست شروع کرد. نام، تاریخ تولد و نام پزشک. تیام پاسخ داد. زری در این‌که تیام تاریخی که در مدارک دولتی ثبت شده بود را تکرار کند ضرری نمی‌دید.

«قومیت بیمار.» هاتیس چند گزینه مطرح کرد.

زری با صدایی آرام گفت «سفید/قفقازی»

تیام تصحیح کرد «ما کُرد هستیم.»

زری به او گفت «این‌که جزو گزینه‌ها نبود.»

«لطفاً گزینه دیگر را تیک بزنید و بنویسید کُرد.»

تیام به دست او بزرگ شده بود، اما زادهٔ کس دیگری بود. بدون آن‌که بداند، فرشتهٔ دوست‌داشتنیش به قومیتی که متعلق به او نبود به شدت افتخار می‌کرد. به تاریخی که هیچ سهمی از آن نداشت. اما زری هیچ‌گاه حقیقت را برای دخترش افشا نکرده بود. هیچ‌وقت در مورد سال‌های نخستین چیزی به او نگفته بود. این‌که چطور تیام او کریستینا شد و کریستینا تیام. اشک در چشمانش جمع شد، اما درحالی‌که گوش می‌داد، آنها را فروخورد.

سؤالات هاتیس به بارداری رسیدند

«باردار نیستم.»

«کس دیگری در خانوادهٔ شما سیستیک فیبروزیس داشته است؟»

هر دو جفت چشم به سمت زری چرخیدند. کف دست‌های عرق کرده‌اش را روی زانوهایش کشید و سعی کرد ضربه زدن پایش به کف زمین را متوقف کند. «نه تا آنجایی که من می‌دانم.»

«از خانوادهٔ پدر بیمار کسی سیستیک فیبروزیس داشته است؟»

ابتدا با بالا و پایین کردن سر تأیید و بعد با تکان دادن سر رد کرد. او نمی‌دانست. وقتی فکر کرد که پاسخ اشتباه می‌تواند آن چه دخترش

امیدوار بود از این آزمایش به دست بیاورد را به خطر بیندازد، قلبش گرفت. «او در بیمارستان به دنیا نیامده.»

ولی این‌گونه بود. زری این بچه را وقتی هنوز چند ساعتش بود در آغوش گرفته بود.

هاتیس ورق زد و سراغ فرم دیگری رفت «اجازه دهید اطلاعات دقیق‌تری در مورد خانواده بگیریم. مایلم فهرستی از بستگان از هر دو طرف داشته باشم، زنده یا مرده، تا یک یا دو نسل پیش. و سابقه بیماری هایشان و علت مرگ. می‌توانیم شروع کنیم؟»

زری به فرم خیره شد، اما نمی‌توانست چیزی ببیند. خاطراتی از گذشته داشتند راه خود را به زور باز می‌کردند. بیست سال پیش وقتی با بچهٔ تازه به دنیا آمده‌اش به آنکارا رسید، بدبختی معنایی تازه پیدا کرد. هیچ اثری از شوهرش نبود. آدرسی که داشت-مجتمع آپارتمانی که او آنجا کار می‌کرد- انتهای بن بست بود. مدیر ساختمان او را می‌شناخت، اما گفت یحیی یک باره ناپدید شد. او هیچ ایده‌ای نداشت که کجا ممکن است رفته باشد. مهاجر کرد دیگری جای او را گرفته و خانواده‌اش را به آنجا منتقل کرده بود.

آنها در محل سکونت شلوغ خود برای چند روز به زری و بچه‌اش پناه دادند. در همین حین بود که توانست کاری نزد الیزابت هال پیدا کند.

کارفرمای جدیدش باردار بود، اما در آن روزهای نخستین بروز نمی‌داد. در مجتمع آپارتمانی زندگی و در سفارت آمریکا کار می‌کرد. او به زری پیشنهاد کرد در ازای محل اقامت و دست مزد همهٔ کارهای خانه را انجام دهد و بعد از به دنیا آمدن بچه‌اش از او مراقبت کند. زری در آن شرایط احساس خوشبختی می‌کرد. دست خدا در کار بود.

او هیچ‌وقت با الیزابت به مطب پزشک نرفت. نمی‌دانست الیزابت یا خانواده‌اش چه مسائل پزشکی داشتند. اصلاً نمی‌دانست پدر بچه چه کسی بود. هیچ‌گاه الیزابت را با مردی ندیده بود. حتی هیچ وقت اسمی هم به گوشش نخورده بود.

«اجازه دهید سمت پدر را اول انجام دهیم. نام پدر؟»

پرسش هاتیس افکار زری در گذشته را درید و او را مجبور کرد به آن چه در آن اتاق داشت رخ می‌داد، توجه کند.

مشاور دوباره پرسید «اسم ایشان؟»

تیام به جای او پاسخ داد «یحیی رحمان.»

«زنده هستند یا مرده؟»

زری نمی توانست این کار را انجام دهد. قلبش خیلی سنگین شده بود. نمی توانست دروغ بگوید. یحیی. تیام. هیچ یک از آنها نمی دانستند او چه چیزی را در قلبش مخفی کرده است.

دو سالی می شد که امینه به او گفته بود که یحیی زنده است. اما زری طوری ادامه داده بود که انگار چیزی تغییر نکرده است. هنوز هر جا می رفت دنبال او می گشت. البته نگاه هایی گذرا بودند. راننده‌ی ماشینی که زمانی طولانی در انتهای خیابان پارک کرده بود. سایه ای که پشت پنجرهٔ داروخانه ای که در آن کار می کرد، لحظه ای می ایستاد. هر بار، مهار احساسات خود را از کف می داد. اما زری نمی توانست به او نزدیک شود و شکرگزار بود که او هم چنین نمی کند.

انگشتان سرد تیام از زیر میز انگشتان زری را لمس کردند. «مفقودالاثر. از ابتدای عمرم مفقودالاثر بوده است. ما پناه جو بودیم. پدر و مادرم جداگانه به ترکیه آمدند. در تمام این مدت یکدیگر را ندیده اند.»

زری پایین را نگاه کرد و اشک از چشمانش روی دست های به هم پیوسته شان چکید.

«سن ایشان؟»

چهل و سه. و او آنجا در خیابان های استانبول بود. مراقب آنها بود، پول به حساب شان می ریخت، برای دخترش ماشین می خرید. برای این دختر که فکر می کرد دخترش است.

تیام به آرامی پرسید «الان باید چند سالش می بود؟»

گرفتگی توی گلویش داشت بزرگ و بزرگ تر می شد. نمی توانست حرف بزند. نمی توانست نفس بکشد.

«نظرتان چیست که من بروم و چایی بیاورم. برنامهٔ بعد از ظهر من کاملاً خالی است.»

صندلی هاتیس روی زمین کشیده شد. قدم هایش سبک بودند. پوشه را روی میز گذاشت. در پشت سرش بسته شد.

تیام گونه های زری را لمس کرد «متأسفم مامان. نباید تو را اینجا می آوردم. این سؤالات خاطرات دردناکی را زنده کردند.»

دستمال کاغذی برداشت و اشک ها را از چهرهٔ مادرش پاک کرد.

«من می‌دانم تو برای من چه کارهایی کرده‌ای. چقدر سخت کار کرده‌ای. این‌که چطور برایم مادر، پدر، خواهر و دوست بوده‌ای. تو تمام خانوادهٔ من هستی. می‌دانم تمام عمرت وفادارانه از من حمایت کرده‌ای. در تمام این سال‌ها با مریضی من کنار آمده‌ای، چراغ روشنی بوده‌ای. امید و عشقی که مرا جلو می‌برد بوده‌ای.»

زری به صورت دختر نگاه کرد. فرشته‌اش. موهبت الهی‌اش. به خاطر تندرستی او، به خاطر لطف خدا، این بچه مستحق دانستن حقیقت بود.

«دوستت دارم مامان. نیازی نیست اینجا بمانیم. بیا برویم. می‌توانم برای هاتیس توضیح بدهم.»

زری سرش را تکان داد و دست‌های تیام را در دستانش گرفت «نه عشق من، می‌مانیم.»

«نمی‌خواهم تو را در این وضعیت قرار دهم. دیدم چطور خرد شدی، و او هنوز شروع هم نکرده است.»

زری صندلیش را چرخاند و مقابل تیام قرار گرفت «می‌خواهم تو این آزمایش ژنتیک را بدهی. برای همین اینجا هستیم. چیزی من را بیشتر از این که به آیندهٔ تو فکر کنم، خوشحال نمی‌کند. اما تا آنجایی که به پاسخ‌ها مربوط است...» سرش را تکان داد «اگر لازم باشد به او می‌گویم که مادرم فشار خون بالا داشت و پدرم در سن سی سالگی در اثر سکته فوت شد. اما این‌ها هیچ معنایی ندارد. هیچ‌کدام از این چیزهایی که من می‌گویم به آنها کمکی در شناخت بهتر تو نمی‌کنند.»

«اما مامان روش علمی آنها این جوری کار می‌کند که ...»

«جوری که روش علمی کار می‌کند این است که حقیقتی در مورد من وجود دارد... در مورد ما... که تو نمی‌دانی.»

زری گونه‌های دخترش را بوسید. باید مطمئن می‌شد در احساسش تردیدی وجود ندارد. عشق مادری نیازی به بند ناف نداشت. عشقی که به این بچه داشت ورای ژنتیک و هر چیزی دیگری بود که در این ساختمان می‌توانستند آزمایش کنند.

او نمی‌توانست کمتر از آن به تیام عشق بورزد و او را گرامی بدارد. نمی‌توانست بیشتر از آن به او افتخار کند.

زری نگاهش را به او دوخت «تو تیام نیستی. من تو را به این دنیا نیاوردم. تو از مادر دیگری متولد شدی. اسمت کریستینا است.»

۱۸
—
تیام

آنگاه

در تمام زندگیم حتی یک لحظه تصور نکرده بودم که زری رحمان مادر من نیست. او از من مراقبت کرد. به من عشق ورزید. از من پشتیبانی کرد. تشویقم کرد. هنوز هم همهٔ این‌کارها را می‌کند. شانه‌ای برای گریه‌ام بود، دستی که به سمتم دراز شد، الگویی که از او پیروی می‌کردم.

به‌عنوان یک مادر مجرد، یک پناه‌جو، یک زن کرد، او برای ساختن زندگی در کشوری که سال‌ها حتی علیه زبان مادری او تبعیض قائل می‌شد، تلاش کرده است. در مقابل خصومتِ جهانی که پایدارانه در برابرش ایستاده بود، مرا در آغوش حمایت‌گرش گرفت. و من خانهٔ حقیقیم را در آغوش او یافتم.

اما در سالن کنفرانس زری حقیقت را به من گفت و دنیایم را زیر و رو کرد. بیست و یک سال یک نفر بوده‌ام، حال آن‌که در واقع کس دیگری هستم. وقتی شرایط هولناک جابه‌جا شدن دو کودک را برایم توضیح داد، امواج شوک و ناباوری وجودم را درنوردیدند.

اولین واکنشی که در من ایجاد شد ترس از دست دادن زری بود. از فکر این‌که او از آن روز بخشی از زندگی من نباشد، قلبم به درد آمد. او همه چیز من است، همان طور که من همه چیز او هستم. اما نگرانی مثل مه صبحگاهی روی بوسفور خیلی زود از میان رفت. من بیست و یک سالم است. کسی نمی‌تواند به من بگوید کجا بروم، چه بکنم و چه کسی را دوست بدارم. زری مادر من است.

بعد از آن روز اول، خشم به سراغم آمد. اما این خشم معطوف به زری نیست. چطور می‌توانم مادری را درک کنم که فرزندش را رها می‌کند؟

نمی‌توانم به چیزهایی که الیزابت هال از من دریغ داشت فکر نکنم. ترک‌ها دربارهٔ آمریکا جوری صحبت می‌کنند که انگار جای آرزوهای طلایی است. سرزمین فرصت‌های بی‌پایان. جایی که افراد باهوش و سخت‌کوش در لحظه ثروت‌های هنگفتی به‌دست می‌آورند. آمریکا، سرزمین ثروت‌های فراوان.

اگر آنجا بزرگ می‌شدم، آیا زمان کمتری را در بیمارستان سپری می‌کردم؟ من هر روز زندگیم مریض بوده‌ام. وقتی الیزابت بچهٔ سالم زری را دزدید و مرا به جا گذاشت مریض بودم. ایالات متحده پیش‌گام همهٔ نوآوری‌های پزشکی است. آیا تا حالا ریه‌های جدیدی جایگزین ریه‌های ناسالم من شده بودند؟

زندگی در آنجا از من گرفته شد. یک زندگی متفاوت از آن چه می‌شناسم. با این حال، اگر این جهانی موازی بود که در آن می‌توانستم با الیزابت بروم یا با زری بمانم، انتخاب اصلاً کار سختی نبود.

با مادر واقعی و دوست‌داشتنیم می‌ماندم. هرگز الیزابت را انتخاب نمی‌کردم.

هفته‌ها گذشت تا احساسات متلاطم من فروکش کردند. حالا کنجکاوی نیروی پیش برندهٔ وجود من شده بود. مدام در اینترنت هستم. شبکه را در جستجوی الیزابت هال شخم می‌زنم. پیدا کردنش سخت نیست. وقتی جای او را پیدا می‌کنم، برنامه‌ای برای ردیابی او روی کامپیوترم می‌گذارم. حالا هر زمان نام او در هر بستری مطرح بشود، من می‌فهمم. او در کالیفرنیا زندگی می‌کند، جایی که خورشید همواره می‌درخشد، جایی که آسمان و دریا آبی هستند.

یک روز به یکی از عکس‌های او در افتتاحیه یک گالری هنری در لوس‌آنجلس با دقت نگاه می‌کنم. در کنار چند زن ایستاده است. آنها چکی را در دست گرفته‌اند که به یک خیریه اهدا شده است. در عکسی دیگر او و سه زن دیگر که لباس تنیس پوشیده‌اند کاپی طلایی در دست دارند. همه خوش‌بدن و تندرست هستند. همه لباس‌های زیبایی پوشیده اند.

زندگیش برای من غریبه است. من به دانشگاه می‌روم و کار می‌کنم، درحالی‌که زری شش روز هفته در داروخانه است. ما از دست‌مزد به دست‌مزد زندگی می‌کنیم. الیزابت مدیر یک شرکت بزرگ الکترونیکی

است. روی صفحهٔ نمایش، زندگی مجلل او پر از لبخند و مهمانی است. هیچ تصوری از زنی که مرا زاییده است به دست نمی‌آورم.

عکس‌ها را بررسی می‌کنم و به دنبال شباهت‌های دیگری با او می‌گردم. رنگ چشمان‌مان، شکل صورت‌مان، زاویه استخوان گونه‌ای‌مان، حالت خاص لبخندمان که طی آن سمت راست کمی بیشتر از سمت چپ بالا می‌رود. آیا مشترکات دیگری نیز داریم؟ آیا من اصلاً شباهتی به او دارم؟ نباید اهمیت بدهم، اما می‌دهم.

من از او چیزی نمی‌خواهم. نمی‌توانم مستقیم با او تماس برقرار کنم، ولی هم چنان امیدوارم بتواند بفهمد که من اینجا هستم. که علی‌رغم پس‌زده شدن، زنده ماندم. علی‌رغم او.

درحین این ساعات بی‌پایان جستجو است که امری بسیار غیرمنتظره پیش می‌آید. کریستینا بالاخره درخواست دوستی که برایش فرستاده بودم را قبول می‌کند.

هر لحظه و هر تصویری که از زندگیش با دوستان خود به اشتراک می‌گذارد را دنبال می‌کنم. او اصلاً نمی‌داند من که هستم.

کریستینا

اکنون

رابطهٔ یک دختر با مادرش می‌تواند حیاتی باشد. یک بویه (شناور راهنما) که او را در برابر طوفان‌های زندگی شناور نگه می‌دارد. یا می‌تواند او را مثل یک سنگ غرق کند. در تمام این سال‌ها تلاش من بر این بوده که بفهمم رابطهٔ من با الیزابت از کدام نوع است.

داستان‌های زیادی دربارهٔ کودکیم شنیده‌ام. در مورد این‌که تا چه حد بد با مادرم رفتار می‌کردم. البته این داستان‌ها را از خود الیزابت شنیده‌ام. او را محک زدم، به او فشار آوردم. بدرفتاری کردم. تندخویی کردم. او می‌گوید از همان ابتدا بچهٔ سختی بودم.

وقتی می‌خواست مرا در آغوش بگیرد، دست به سینه می‌شدم تا او را از خودم دور نگه دارم. اما روز بعد، اگر سرش شلوغ بود و یا برای ابراز محبت حوصله نداشت، مثل چسب به او می‌چسبیدم. همیشه آویزان او بودم و از جدا شدن از او هراس داشتم و اگر تنها می‌ماندم تسلی ناپذیر بودم. باور داشتم که اگر مرا رها کند، دیگر هرگز باز نمی‌گردد.

وقتی کمی سنم بالا رفت، بدگمان‌تر شدم. اگر کیک فنجانی درست می‌کرد، من کلوچه می‌خواستم. اگر پنکیک درست می‌کرد، من غلات می‌خواستم. اگر برای خوردن استیک بیرون می‌رفتیم، من ناگهان گیاه خوار می‌شدم. وقتی برای کریسمس یا تولدم هدیه می‌خرید، می‌خواستم آنها را پس بدهد.

هیچ‌کس دور و بر ما وجود ندارد که قصه را از سمت من تعریف کند، اگر سمت منی وجود داشته باشد. الیزابت روایت آن سال‌ها را کنترل می‌کند و می‌گوید من سرسخت بودم.

واقعه‌ای است که به روشنی به یاد می‌آورم. وقتی یازده ساله بودم اتفاق افتاد. یواشکی صحبت مادرم با یکی از دوستانش را شنیدم.

«مطمئنم اگـر چنیـن اتفـاق غم‌انگیـزی بـرای کریسـتینا می‌افتـاد نابـود می‌شـدم، ولـی حـالم بـه مـرور زمـان خـوب می‌شـد.»

شوکه شدم. حرف‌هایش خـردم کردنـد. تـا بـه امـروز ادامـهٔ آن گفتگـو را نمی‌دانم. اگـر چنیـن اتفـاق غم‌انگیـزی... ولـی حـالم بـه مـرور زمـان خـوب می‌شـد. در زندگی او فرد خیلی مهمی نبودم.

مصرفی بودم.

من را نمی‌خواست.

ممکـن اسـت کسـی فکـر کنـد تعریـف دقیـق رابطـهٔ مـادر دختـری، عشـق بی‌قیـد و شـرط اسـت. امـا ظاهـراً مـن و الیزابـت ایـن ژن را نداریـم. همیشـه بیـن مـا فاصلـه‌ای وجـود داشـته اسـت. هنگامـی کـه داشـتم پـا بـه بزرگسـالی می‌گذاشـتم، داسـتان‌های کـودکی و یـادآوری‌هـای پـی‌درپـی الیزابـت مـرا لبریـز از حـس ملامـت خـود و حتـی شرمسـاری کردنـد. بچـهٔ سـخت تبدیـل بـه بزرگسـال سـخت شـد. هـر مشـاجره هـم چـون خنجـری اسـت کـه هدفـش ریختـن خـون اسـت.

بـا وجـود ایـن، حقیقـت رابطـهٔ سـمی مـا سـرانجام بـا بـاردار شـدن مـن برملا شـد. حتـی پیـش از آن‌کـه بـه کایـل بگویـم، می‌دانسـتم چـه واکنشـی خواهـد داشـت. او بچـه نمی‌خواسـت، امـا مـن بـه محـض این‌کـه وارد سـی سـالگی شـدم، تمـام فکـر و ذکـرم بچه‌دار شـدن بـود. برخـوردش مؤدبانـه بـود و بـه تصمیـم مـن بـرای نگـه داشـتن بچـه احتـرام گذاشـت، امـا مـن دیگـر نمی‌توانسـتم روی دوام رابطـه حسـاب کنـم.

هنگامـی کـه داشـتم بـرای بـزرگ کـردن بچـه بـدون پـدر برنامه‌ریـزی می‌کـردم، دنبـال ایـن رفتـم کـه ببینـم از پـدرم چـه اطلاعاتـی می‌توانـم بـه دسـت آورم. پـدر واقعـی خـودم، نـه آن مردانـی کـه الیزابـت حیـن بـزرگ شـدن مـن بـا آنهـا رابطـه داشـت.

هرچـه خوانـدم بـه مـن گفـت اعتمـاد بـه نفـس مـن، احسـاسـاتم دربـارهٔ ارزش خـودم و رابطـهٔ مـن بـا دیگـران بـا شـناخت او گـره خـورده اسـت.

دفعـات بی‌شـماری از الیزابـت راجـع بـه او پرسـیدم. برایـم مهـم بـود کـه بدانـم او کـه بـوده اسـت. از کجـا آمـد و بـه کجـا رفـت. چـرا مـرا پـس زد، البتـه اگـر چنیـن کـرد، یـا این‌کـه اصلاً مطلـع هسـت کـه مـن وجـود دارم یـا نـه.

وقتـی بچـه بـودم الیزابـت بـه مـن گفـت پـدر نـدارم... پایـان مکالمـه. وقتـی بیسـت و چنـد سـاله بـودم سـرانجام گفـت کـه وقتـی در آنکـارا بـوده چنـد رابطـهٔ غیررسـمی داشـته اسـت. بـاردار شـده و تصمیـم گرفتـه مـرا نگـه دارد. آن

گفتگو هم بدون ذکر نام به پایان رسید. مدت‌ها با خودم فکر می‌کردم و می‌پرسیدم آیا اصلاً می‌داند پدرم چه کسی است یا نه.

مشکلات زیادی داشتم و همهٔ آنها به همان شیب لغرندهٔ هویتی برمی‌گشت. من یک خارجی بودم که در پوست خودم راحت نبودم. ترس‌های من به روابط من با مادرم، با دوست پسرم و چند نفری که دوستانم به حساب می‌آیند، کشیده شدند. بدون در نظر گرفتن همهٔ نقص‌هایم، باور داشتم فرزندم یک لوح سفید خواهد بود. می‌توانستم اعتماد به نفسی که خود نداشتم را به او بدهم. می‌توانستم عشقی را که مادرم پیش خود نگه داشته و شرطی ساخت را، به او نشان دهم. به خودم گفتم من مادر بهتری نسبت به الیزابت خواهم شد.

از آنجایی که دختر به مادرش می‌رود، آن‌قدر در چیزی که دنبالش می‌گشتم غرق شدم که کایل از فرآیند تصمیم‌گیری بیرون گذاشته شد. وقتی ده هفته باردار بودم، پزشک زنان و زایمان توصیه کرد آزمایش ژنتیک بدهم.

«برخی از آزمایشات می‌توانند سلامت بچه در شکم مادر را بسنجند و برخی دیگر دی اِن اِی آنها را از نظر بیماری‌های ژنتیکی بررسی می‌کنند.»

آزمایشات را با پزشک خودم شروع کردم، اما آنجا متوقف نشدم. یک آزمایش خون پس از دیگری. چهل دلار برای فهمیدن یک نکتهٔ کوچک. صد دلار برای این‌که یک لوله کوچک با سر پنبه‌ای را در حلقت بکنند و کمی دیگر بفهمی، جستجو برای یافتن مشکلات پزشکی احتمالی تبدیل شد به تکاپویی گسترده برای دانستن این‌که که بودم و از کجا آمدم.

هرگز یک روز گرم در اواخر ماه مارس امسال را فراموش نخواهم کرد. پشت میز آشپزخانه نشسته بودم و لپ‌تاپم جلویم بود. ایمیل جدیدی حاوی نتیجهٔ جستجوی تبارشناسی خانوادگی به دستم رسید. هیچ چیز قبل از آن، حتی پوشه پوشهٔ سوابق پزشکی، نتوانسته بود مرا تا این حد به پاسخی که دنبالش می‌گشتم، نزدیک کند. آن یک صفحه، همان آزمایشی که میلیون‌ها نفر می‌دهند، همه چیز را عوض کرد.

به کاغذ خیره شدم. تمام شجره خانوادگی من در یک بیضی روی نقشه متمرکز شده بود. این ناحیه شامل بخش‌هایی از ترکیه، عراق ایران و سوریه - جایی که چهار کشور به یکدیگر می‌رسیدند یعنی کردستان بود.

هیچ اشاره ای به ریشه های شمال اروپایی الیزابت نشده بود. مطلقاً هیچ.

دنیایی که می شناختم درصورتم منفجر شد. هرچه که فکر می کردم، هرچه که باور داشتم، همه بر باد رفت.

در تمام سال هایی که نمی دانستم پدرم کیست، دست کم پیوندی بود که مرا به الیزابت گره می زد. اما همان ارتباط هم اکنون از میان رفته بود. رابطهٔ من با مادرم، همان رابطهٔ درهم پیچیده و فرسوده، چنان ناگهان از هم گسست که مرا در جای خودم خشک کرد.

آینه شکست و ریخت و من داشتم به حفره ای خالی نگاه می کردم. رفتم که یکی از والدینم را بیابم، دیگری را هم از دست دادم. حالا دست خوش طوفان بودم و در خطر غرق شدن. در آن بیضی که کردستان را در میان گرفته بود گیر افتادم، اما باز آزمایش را تکرار کردم. شب ها و روزهای دردناکی طی شد تا نتیجه تأیید گردید. و آنگاه فهمیدم این کشف من شاهدی است ساده بر آن چه به طور غریزی در تمام عمر حس می کردم. من بچهٔ الیزابت نبودم.

بررسی من نشان داد تمام بچه هایی که از مادران شان جدا می شوند، آسیبی می بینند که در پیوند آنها با والدین جدیدشان تأثیر می گذارد. این به راستی توصیف کنندهٔ رابطه ما بود: من برای رسیدن به سطح انتظارات الیزابت مشکل داشتم و او در پذیرفتن آن که من بودم مشکل داشت.

اما اگر من بچهٔ او نبودم، پس مرا از کجا آورده بود؟

به سرپرستی قبول نشده بودم. گواهی تولد داشتم. گذرنامه. فرمی که می گفت من در بیمارستانی در آنکار به دنیا آمده ام. نام مادر الیزابت هال ثبت شده بود. جای نام پدر خالی بود.

گرچه کشف من بر رابطهٔ ما نوری افکنده بود، اما هم چنان بخش عمده ای از آن در تاریکی مانده بود. پرسیدن از الیزابت فایده ای نداشت. هیچ وقت علاقه ای به دادن اطلاعات نداشت. گذشته برای او اهمیتی نداشت.

حقیقت، حقیقت من، جورچینی بود که باید تکه های گم شده اش را می یافتم.

کایل برای کار به ژاپن رفته بود و من سراغ جکس رفتم.

«چند هفته مرخصی نیاز دارم.»

بحثی نکرد. نپرسید چه کار می‌خواهم بکنم یا کجا می‌خواهم بروم. «هر چقدر که می‌خواهی. اما داستانی سرهم کن که که الیزابت از کولت پایین بیاید.»

همه سخت کار کرده بودیم تا شرکت را آمادهٔ فروش کنیم. قصه‌ای در مورد گردهمایی با دوستان دانشگاه در یونان جور کردم و رفتم.

آنکارا شهری بزرگ و نامنظم با پشت بام‌هایی از جنس سفال قرمز و ساختمان‌های بلند است که در لبهٔ فلات مرکزی ترکیه بالا و پایین می‌رود. در حالی‌که هواپیما روی شهر پرواز می‌کرد، دژ خاکستری عظیمی را بر روی قله‌ای در مرکز شهر دیدم که مدافعانه بر شهر درهم آمیختهٔ زیر پایش سایه می‌افکند. این یک نشانه بود. آن نگاه نخستین به دژ آنکارا، نمادی از قدرت و دوام، توانی مضاعف در من ایجاد کرد.

وقتی به شهر پا گذاشتم، نشانه‌های دیگری با من حرف زدند. تازگی هوا، کجی نور روی آسفالت، صداها، بوها.

چیزی در من شکل گرفت. حسی در رگ‌هایم موج زد و جریان یافت. قدرتمندتر از هر چیزی که در جنوب کالیفرنیا تجربه کرده بودم. و در یک لحظه فهمیدم که هستم. برای اولین بار در زندگی، احساس کردم در جایی هستم که بدان تعلق دارم. به خانه آمده بودم.

آن احساس چندان دوام نیاورد. بیمارستانی که در آن به دنیا آمده بودم، مدت‌ها پیش با ساختمانی بلند با شیشه‌های آبی و سفید و صفحات کروم جایگزین شده بود. حقیقت با تظاهر جایگزین شد. در یک دفتر زیرزمینی، در بایگانی دخمه مانندی، که سوابق را نگه می‌داشتند، مرا دفن کرده بودند.

گذرنامه و گواهی تولد داشتم. می‌توانستم هویتم را اثبات کنم. کمی بعد، شروع کردم به بررسی سوابق پزشکی متعلق به خودم.

همه چیز آنجا بود. گواهی تولد به نام خودم. پیگیری‌های بیمارستان. معاینات متعدد و بستری شدن‌های پی در پی. من بچهٔ مریضی بودم. در سال اول زندگی، بیشتر روزها را در بیمارستان سپری کرده بودم. سوابق آزمایشات در پوشه روی هم انباشته شده بودند.

در میان گزارشات، به خلاصه‌ای از وضعیت بیماریم به زبان انگلیسی دست یافتم. سیستیک فیبروزیس.

کلمات به من شبیخون زدند. سیستیک فیبروزیس. پیش‌بینی نهایی

بود. از کار افتادگی قریب‌الوقوع سیستم تنفسی و گوارشی. احتمال زنده‌ماندن بیمار تقریباً بعید...

سیستیک فیبروزیس. ناتوان‌کننده و مرگ‌بار. و من بدان مبتلا بودم. درحالی‌که بدان مبتلا نبودم. هیچ‌وقت. آزمایشاتی که متخصص زنان انجام داد هیچ اشاره‌ای به این بیماری نداشت.

اما بچهٔ الیزابت این بیماری را داشت.

آنها اولین اشک‌هایی بودند که از زمان آمدن به آنکارا فروریختند. نه برای خودم. برای بچه‌ای گریستم که هیچ‌گاه زندگی نکرد. بچه‌ای که از سیستیک فیبروزیس مرد. حتی برای مادرم نیز اشک ریختم. به این فکر کردم که شنیدن این خبر تا چه حد باید برای او غم‌انگیز بوده باشد. اما هم‌چنان نمی‌دانستم خودم که هستم. یا این‌که الیزابت چطور سر و کارش با من افتاد. اما بچهٔ بی‌گناهی بود که هیچ‌گاه زندگی نکرد. زندگی که به من ارزانی داشته شد.

یک روز بعد، شاید هم دو روز بعد، من هم‌چنان در مه بودم. جوری عزاداری کردم که پیش از آن نکرده بودم. پارک کوچکی روبه‌روی هتل بود. نسیم سرد بود، اما من کوچک‌ترین توجهی به آن نداشتم. چراغ‌های شهر روشن شده بودند و من روی یک نیمکت سنگی نشستم. احساس می‌کردم لبهٔ دندانه‌دار غم ذهنم را می‌ساید.

آمده بودم خودم را بیابم. اما درعوض بخش دیگری از خودم را گم کردم. کسی را که به نوعی با او مرتبط بودم اما نمی‌دانستم را، از دست دادم.

باید همان موقع به الیزابت زنگ می‌زدم. او بچه‌ای را از دست داده و مرا یافته بود. بزرگم کرد. اما ذهنم به حرف‌هایی برگشت که چند سال پیش یواشکی شنیدم. نابود می‌شدم، ولی حالم به مرور زمان خوب می‌شد. البته که الیزابت حالش خوب می‌شد. وقتی بچه‌اش را از دست داد علی‌رغم همه چیز خوب شد.

یک بار دیگر من بیگانه بودم. یک مطرود. و حتی بیش از پیش نمی‌دانستم که هستم. تنها می‌دانستم چه کسی نیستم.

در پارک نشسته بودم و شب بهار در اطرافم می‌چرخید. احساس کردم کرختی در من می‌خزد. بی‌حسی مثل باد زمستان در استخوان‌هایم گسترش می‌یافت. اما بچه‌ای داشت در درونم رشد می‌کرد. به خاطر او

باید حـال و هـوای تیـره را از سر بیرون می‌کردم. بـرای فـرار، تلفنـم را روشن کردم و بـه سـراغ شبکه‌های اجتماعـی رفتـم. نگـاه کـردم ببینـم در آنکارا دوستی دارم.

هیچ‌کس

در ترکیه چطور؟

یک نفر که ظاهراً مدت یازده سال بود با هم دوست بودیم. صفحه‌اش هیچ مطلبی نداشت و هیچ چیز راجع به او نمی‌دانستم. به او پیغام دادم.

از کجا تو را می‌شناسم؟

سریع پاسخ داد. من توام و تو منی.

سوار اولین پرواز به استانبول شدم.

***

اولیـن بـار کـه همدیگـر را دیدیـم بعد از آن بـود کـه آنکارا را تـرک کـردم. در کافه‌ای کوچک در محلهٔ ایوب استانبول، تیـام را دیدم. نـور خورشید به گرمی از پنجره‌هـای بـزرگ داخل می‌آمـد و چایی‌مـان دست نخورده مانده بـود. بی‌تاب شنیدن حرف‌هایش بودم و او می‌خواست دربارهٔ مـن بدانـد. هرکدام می‌خواستیم بدانیـم دیگری در مورد کودکی‌مان چه می‌دانـد.

مـدت سـی سـال در تخـت کریسـتینای واقعی خوابیـدم. کفش‌هایش را پوشیدم. جای او زندگی کردم. مادر او را مادر صدا زدم. در تمام طول پرواز از آنکارا بـه اسـتانبول می‌ترسـیدم وقتـی بـه هـم برسـیم بـا هـم حرف‌مـان بشـود. به سـرعت فهمیدم که اشـتباه می‌کـردم. کوچک‌تریـن نشـانه‌ای از تنـش بیـن ما نبود. ملاقـات مـا بیشـتر شـبیه بـه تجدیـد دیدار بـود. دو تـا آدم غریبـه نبودیـم. انگار بـا هـم خواهر بودیـم. انگار تمام عمر یکدیگر را می‌شناختیم.

بعـد از شـنیدن داسـتان تیـام دلـم می‌خواست به الیزابت زنـگ بزنـم و با گفتـن صدهـا ناسـزا که البتـه حقش بـود، خردش کنـم و بسـوزانمش. بی‌تابانه دلم می‌خواست به او بگویم بچهٔ مریضی که سال‌ها پیش در ترکیه رهایش کردی، اینجا درسـت روبه‌روی مـن نشسـته است. می‌خواسـتم او را بـه خاطر این‌که مرا بدون رضایت مادر واقعیم از او گرفت، لعنت کنم.

تیـام اجازه نداد.

از همان لحظات نخسـت مرا شگفت‌زده کرد. باهوش و زیبا و خودآگـاه. از مـن یـا از مادر حقیقیش هیچ نمی‌خواست. تنهـا آرزویـش ایـن بـود کـه شـاید روزی فرصتی دست دهد و با الیزابت روبه رو شود.

البته من قصد نداشتم بدون دیدن مادر حقیقیم استانبول را ترک کنم. من و تیام با تراموا به آپارتمان آنها به محلهٔ کردها در آن سوی آب‌های درخشان شاخ طلایی رفتیم.

او به زری زنگ زد اما چیزی دربارهٔ من نگفت، جز این‌که دوست جدیدی را برای شام به خانه خواهد برد.

۲۰

زری

آنگاه

در کردستان آدم می‌تواند در هر خانه‌ای را بزند و با مهمان‌نوازی گرم صاحب‌خانه مواجه گردد. این بخشی از باور و فرهنگ زری بود که مهمان را گرامی بدارد. باور به رحمانیت خداوند در تار و پود هستی او بافته شده و او دخترش را نیز به همین شکل تربیت کرده بود. روزهای زیادی می‌شد که تیام زنگ می‌زد و اطلاع می‌داد که دوستانش را برای شام یا شب‌مانی به آپارتمان‌شان می‌برد.

تیام بخشنده و خالص بود. مردم این ویژگی او را دوست داشتند و در آن غرق می‌شدند. و زری بدین خاطر به او عشق می‌ورزید.

غذا پختن برای دو نفر یا بیست نفر فرقی به حال زری نداشت. خوار و بار فروشی انتهای خیابان بود و قصاب محله تا دیروقت کار می‌کرد. آن‌قدر در طول سالیان دراز در سیر کردن شکم نفرات زیاد تجربه کسب کرده بود که امینه او را تشویق می‌کرد یک رستوران باز کند.

تماس امروز بعد از ظهر تیام مختصر بود «مامان یک دوست جدید را برای شام همراهم خواهم آورد.»

اسمی بر زبان نیاورد و چیزی هم در مورد دوست جدید نگفت. معمولاً توضیحی می‌داد مثلاً با هم همکلاس هستیم، یا دخترعموی فلانی است یا در مطب پزشک با هم آشنا شدیم. دست کم یک اسم می‌گفت.

وقتی دست به کار پختن برنج شد، آهی کشید. در به یاد آوردن نام دوستان تیام افتضاح بود. دائم آنها را با هم اشتباه می‌گرفت. عذرا را زهرا می‌خواند و زهرا نیسا می‌شد. خوب حداقل غذایشان را درست و به اندازه می‌داد.

آن شب قلب زری بدون دلیل تندتر می‌زد. احساس گُرگرفتگی می‌کرد. اضطرابی در دلش بود که نمی‌توانست توجیهی برای آن بیابد. تیام به تغییر اخیر در شیوهٔ درمانش خوب جواب داده بود. چهار ماه از آخرین باری که بستری شده بود می‌گذشت. احساسی که آن لحظه داشت با اضطرابی که وقتی حال تیام رو به وخامت می‌رفت، فرق داشت.

در تلاش برای نادیده گرفتن آن، به اندازهٔ ده دوازده نفر غذا درست کرد. برخی از دوستان تیام گیاه خوار بودند، بنابراین جهت احتیاط غذای بدون گوشت هم پخت. در آخرین لحظه به نانوایی رفت و نان و باقلوای تازه خرید.

وقتی خریدها را روی پیش خوان گذاشت، متوجه شد بی‌قراری هنوز رفع نشده است. نمی‌توانست بفهد چه اتفاقی دارد برایش می‌افتد. شاید یائسگی بود. پنجاه و دو سال داشت. پزشکش گفته بود به زودی علائم را نشان خواهد داد. به دستشویی رفت و در آینه به صورت گل انداختهٔ خودش زل زد.

داشت مسن‌تر می‌شد. گذر سال‌ها اثر خود را بر اطراف لب‌ها و پیشانیش گذاشته بودند. اما چشمانش همان‌ها بودند و حال از به یاد آوردن خاطرات سال‌های گذشته مه‌آلود شدند.

در قلات دیزه، یحیی بسیاری از شب‌ها قبل از بازگشت به خانه زنگ می‌زد. هیچ‌گاه از خود بی خود شدن قلبش در کنار در و آمدن او از انتهای کوچه را فراموش نمی‌کرد. کف دستش را روی شکمش گذاشت.

بدون هیچ اطلاعی در روز فارغ‌التحصیلی تیام از دانشکده داروسازی ناگهان او را در جمعیت دید. همهٔ کلاس با کلاه و لباس مشکی و حمایل سفید کنار هم ایستاده بودند. وقتی بچه‌ای که بزرگ کرده بود به سمت جایگاه گام برمی‌داشت تا مدرکش را بگیرد، از شدت غرور در آغوش امینه گریه می‌کرد. نمی‌دانست چه شد که هنگام بالا رفتن تیام سرش را برگرداند و او را دید. برای یک لحظه نگاهشان با یکدیگر تلاقی یافت. یحیی. چقدر باید از دیدن آنها اذیت می‌شد. همیشه از دور. همیشه در حاشیهٔ زندگی آنها.

و سپس رفت.

حالا با نگاه به آینه اشک‌ها را پاک کرد. عاشقش بود. بدون توجه به این‌که او که بود و چه شده بود یا چه زندگی در پیش گرفته بود. هیچ‌گاه

مردی به جز او وجود نداشت. او برای همیشه شوهرش بود. عشقش. قلبش را به او داده و دیگر هرگز آن را پس نگرفته بود.

چرا این‌گونه بود که حتی با این‌که سنش بالا رفته بود، جزر عواطفش جوری مد می‌شد که انگار او ماهش، خورشیدش، کائناتش بود؟

نباید دخترش به خانه می‌آمد و او را آن شکلی می‌دید. نفس عمیقی کشید، آب سردی به صورتش زد و چشم‌هایش را خشک کرد.

به آشپزخانه بازگشت و به تیام پیامک داد.

کجایی فرشته؟

تقریباً رسیدیم.

تیام کلید داشت. زری لب پنجره رفت و به خیابان نگاه کرد. قلبش ناآرام و بدنش بی‌قرار بود. بهار آن سال دیر کرده بود. نمی‌شد پنجره را باز کرد. همان طور که داشت از طبقهٔ چهارم نگاه می‌کرد، دخترش را دید که زنی را همراه با خود به خانه می‌آورد. تنها می‌توانست بالای سر آن‌ها را ببیند. دوست دخترش حجاب نداشت و دسته گل بزرگی در بازوانش بود. یحیی همیشه بعد از نماز جمعه برای او گل می‌آورد.

زری به سمت آشپزخانه دوید و لیوان بزرگی آب سرد نوشید تا خودش را آرام کند. به سمت در آپارتمان رفت و آن را باز کرد. صدای قدم‌ها روی پله‌ها شنیده می‌شد. آن دو حین بالا آمدن به انگلیسی چیزهایی را زمزمه می‌کردند. هرچه نزدیک‌تر می‌آمدند قلبش تندتر و محکم‌تر می‌کوبید. لحن موزون و خندهٔ نرم دوست تیام چیزی را در خاطرات او زنده می‌کرد. طنین و نوای صدای خودش را در میان کلمات شنید. صدای خندهٔ خوشحال کودکی که روی زانوهایش نشسته بود. پوست نرم نوزادی که صورت گردش را به شانه و گردن او فشار می‌داد. انگشتان کوچکی که موهایش را می‌گرفتند.

مامان من

یعنی می‌شد؟ گلویش از فشار اشک‌هایی که می‌خواستند بیرون بریزند سوخت. می‌ترسید قبل از این‌که آن‌ها به در برسند، از حال برود. آرزوها به ذهن او تعلق داشتند. داشت چیزهایی را تصور می‌کرد.

زری به اتاق نشیمن رفت و روی اولین صندلی نشست.

تیام به زبان انگلیسی گفت «ما کفش‌هایمان را بیرون در می‌آوریم.»

در پاگرد بودند.

«بیا. کتت را به من بده.»

(به ترکی) «تشکر»

«می‌توانی با او به انگلیسی صحبت کنی. زبانش خیلی خوب است.»

دوباره گفت «تشکر.» یک گرفتگی عاطفی در صدایش بود.

تیام اول وارد شد و زری را دید. لبخندش گشاده و چشم‌هایش تابناک بودند. «مامان می‌خواهم با... چـرا گریه می‌کنی مامان؟»

نگاه زری به زن جوانی که پشت دخترش ایستاده بود خیره شد.

«سلام خانم رحمان. ممنونم که مرا برای شام به خانه‌تان پذیرفتید.»

زری از کنار دسته گلی که به سمتش گرفته شده بود نگاه کرد. به چال روی چانه و گونه‌های برجسته، موهای مواج و چشم‌های فندقی که او را بلافاصله به یاد یحیی انداختند.

«مامان لطفاً با دوستم کریستینا آشنا شو.»

ممکن بود. داشت اتفاق می‌افتاد. او آنجا بود.

سر زری داغ شد. دعاهایش مستجاب شدند «نه. نه. بیا اینجا، دخترم. بالاخره برگشتی پیشم.»

بخش هفتم

این چرخ فلک که ما در او حیرانیم
فانوس خیال از او مثالی دانیم
خورشید چراغ دان و عالم فانوس
ما چون صوریم کاندر او حیرانیم

عمر خیام

۲۱
کریستینا

درحالی‌که در کافی‌نت هتل نشسته‌ام، نمی‌دانم کایل خواب است یا نه. موهبتی دارد که من بدان رشک می‌برم و آن این است که می‌تواند زندگی‌ش را بخش‌بندی کند. رابطه، کار و امور روزمره او با یکدیگر تداخل ندارند. و وقتی باید بخوابد، می‌خوابد.

اشتباه هم نمی‌کند. درست می‌گوید، من امسال دو بار در ماه‌های آوریل و ژوئن به استانبول آمدم. اما سفرهایم برای دیدار یک مرد نبودند. هر بار آمده بودم تا خانواده‌ام را ببینم. خانوادۀ واقعیم.

بعد از اولین سفر به آنکارا و استانبول، برای صحبت سراغ جکس رفتم. او برای من بیش از یک رئیس بود. با الیزابت ازدواج کرده بود، اما در واقع برای من دوستی صمیمی و یک مرشد بود. من بدون پدر بزرگ شدم و او نزدیک‌ترین شخصیت به پدر برای من بود. به یک گوش شنوا نیاز داشتم. او تنها کسی بود که واقعاً می‌توانستم به او اطمینان کنم.

پذیرفتن فقدان او هنوز دشوار است. می‌توانم تصویر او را هم‌اکنون به خاطر بیاورم: نشسته در دفتر به هم ریخته‌اش شبیه به جابا[1]، با عینکی روی نوک دماغش و در محاصرۀ جنگلی از رایانه‌ها، صفحات نمایش و ابزارهای بازی. در چند ماه گذشته متوجه شده‌ام که چرا در تمام عمر احساس غربت می‌کردم. سال‌ها تحت نام یک نفر زندگی کردم، اما در واقع فرد دیگری بودم. جکس می‌دانست این اواخر خود همیشگیم نبودم، اما آن را با بارداری مرتبط می‌دانست. با آن چشم‌های آبی رنگ پریده که مشتاقانه به من خیره شده بودند، به آرامی به تمام قصۀ من گوش داد.

۱- Jabba the Hutt اشاره به شخصیت معروف فیلم جنگ ستارگان که قدرتمندترین گانگستر کهکشان بود. م

بعد از سفر آوریل و پیدا کردن مادر حقیقی‌ام، در آن آشوب درهم پیچیدهٔ عشق و عذاب وجدان و شگفتی، غرق شدم. آن لحظه در استانبول فراموش نشدنی بود. من و زری و تیام هم در آغوش هم قرار گرفته بودیم. آغوشی که مدت زمانی طولانی گشوده نشد. آن آغوش از آن زمان هنوز گشوده نشده است.

بعد از فهمیدن حقیقت گذشته‌ام، روزها طول کشید تا بتوانم خشم ناشی از آن چه این دو زن مجبور به تحمل شده بودند را فرونشانم. اما هرچند تیام نسبت به آن چه الیزابت در حق آنها انجام داده بود، بردباری نشان می‌داد، زری نمی‌خواست با او حرف بزند و تنها به من علاقه داشت. مادر واقعیم بارها مرا در آغوش کشید. سرشار از شوق و عشق بود. عشق نیرویی قدرتمند در او بوده و هست و وقتی در میان بازوهای حلقه شدهٔ او می‌ایستم، احساس می‌کنم جوانه‌های محبت در وجودم پخش می‌شوند و به قلبم می‌رسند.

هنگامی که می‌خواستم استانبول را ترک کنم به خواست تیام تن دادم. او می‌خواست وقتی زمانش رسید خودش حقیقت را به الیزابت بگوید.

جکس می‌توانست جلسات فروش اکسترنوس را هر جایی برقرار کند، اما استانبول را انتخاب کرد. من قرار نبود همراه آنها باشم، اما فکر می‌کنم او می‌خواست به تیام برای دیدار با الیزابت کمک کند. من هنوز منتظرم تیام ارتباط با الیزابت را شروع کند. او را در فرودگاه، در هتل و در ایستگاه تراموا دیده‌ام. هر بار فکر می‌کنم این بار جلو می‌آید و با الیزابت صحبت می‌کند. اما هر بار ناپدید می‌شود.

دیشب وقتی به فرودگاه رسیدم به تیام زنگ زدم. پیغام صوتی که برای او گذاشتم کمی نگران کننده بود. حالا که خورشید به آرامی روی ساختمان‌های شرقی می‌خزد، منتظر پاسخ او هستم. هنوز نام راننده را ندارم ولی می‌خواهم بدانم او ایده‌ای در مورد این که چه کسی بوده است و چرا در مورد او سؤال می‌کرد دارد یا نه.

به کایل فکر می‌کنم. با حال خوبی او را ترک نکردم. او را به خاطر این‌که فکر کرده من سر و سری دارم سرزنش نمی‌کنم، هرچند هیچ وقت کسی نبود که او را مشکوک کند. حال که جکس مرده، هیچ دوست مردی ندارم. با این حال می‌توانستم دربارهٔ این سفرها توضیح بیشتری به او بدهم. عدم اطمینان من به او ریشه در نوع رفتار الیزابت با او و نحوهٔ حرف

زدن دربارهٔ او دارد. بیش از آن چه دوست داشته باشم به یاد آورم، بی‌پرده به من گفته چقدر دلش می‌خواست جای من باشد و در این مورد منظورش فقط سن و کار من نیست. دربارهٔ رابطهٔ من و کایل حرف می‌زند.

بالاخره پیامک تیام می‌رسد. یک ساعت دیگر در کنار نیمکت‌های سنگی پیاده‌روی شرقی مسجد سلیمانیه یکدیگر را ملاقات خواهیم کرد. وسایلم را جمع می‌کنم و به سمت سرسرا می‌روم. هوا نویددهندهٔ روزی خنک و تمیز است، اما مسیر برای پیاده‌روی زیادی طولانی است. رفت و آمد روزانهٔ شهر آغاز شده، اما نمی‌خواهم تاکسی بگیرم. آخرین چیزی که می‌خواهم راننده‌ای مثل دیشب است.

یکی از دربانان هتل راه حل دیگری پیشنهاد می‌کند.

«می‌توانید در کنار ایاصوفیه سوار تراموا بشوید و در ایستگاه اِمینونو پیاده شوید. از آنجا سربالایی است ولی زیاد سخت نیست. در نهایت ده دقیقه است. مسجد سلیمانیه خیلی بزرگ است. وقتی از تراموا پیاده شوید حتماً آن را می‌بینید.»

بدون تردید پیدایش می‌کنم. به او نمی‌گویم، اما قبلاً آنجا رفته‌ام. بار دومی که به استانبول آمدم، تیام یک هفته مرخصی گرفت و شهر را حسابی گشتیم. مسجد زیبای دوره عثمانی یکی از اولین جاهایی بود که بازدید کردیم.

تراموا هر ده تا پانزده دقیقه می‌آید، اما زیاد منتظر آمدنش نمی‌مانم. در میان فشار مردم و گردشگران یک میلهٔ فلزی را می‌گیرم و می‌اندیشم چطور تیام را راضی کنم که دیدار با الیزابت را بیشتر به عقب نیاندازد. نمی‌خواهم این بخت را از دست بدهد. اما هم‌زمان او را درک می‌کنم. می‌توانم تردیدش را بفهمم. آرزو داشت بیماری او را آن‌قدر شکننده و ضعیف نکرده بود. وقتی قبل از این‌که به استانبول بیاییم تلفنی با او حرف می‌زدم، بحثش این بود که می‌خواهد به صورت زنی قوی با مادر خونی‌اش دیدار کند. می‌خواهد جلوی او بایستد و بگوید اشتباه کردی که از من دست کشیدی. به من نگاه کن. من علی‌رغم تو در حال شکوفایی هستم.

بهار گذشته، زری بی‌درنگ فهمید من دخترش هستم. در سه روز گذشته در هر فرصتی که یافتم تیام را به الیزابت نشان دادم. عکس‌های او را نیز نشانش دادم به این امید که شناختی مشابه در روی ایجاد شود.

شباهت‌های زیادی میان آنها بود. با توجه به آن چه می‌دانستم، هر بار به آنها نگاه می‌کنم، شباهت را می‌بینم. آیا یک مادر نباید دخترش را بشناسد؟

وقتی به ایستگاه مورد نظرم نزدیک می‌شو، به جمعیت می‌پیوندم و با باز شدن در پیاده می‌شوم. از تپه بالا می‌روم و خیابان‌های پیچ‌درپیچ را دنبال می‌کنم و ظرف کمتر از ده دقیقه می‌رسم. می‌دانم کجا دارم می‌روم و برای رفتن به آنجا بی‌قرارم.

ملاقات در اینجا به جای یک کافی‌شاپ نزدیک هتل پیشنهاد من بود. عاشق اینجا هستم. اولین بار که با تیام به اینجا آمدیم، نزدیک فواره‌ای که در کنار مقبرهٔ مزین سلیمان شگفت‌انگیز است منتظر ماندم و تیام برای نماز جمعه داخل مسجد شد. مگنولیاها شکوفه کرده بودند و عطر شیرین آنها هوا را پر کرده بود. با حس آرامش پر شدم، حسی که مدت‌ها بود تجربه نکرده بودم. بعد از تمام شدن نماز، تیام نزدم آمد و از یک پلکان سنگی باریک بالا رفتیم تا به سرسرایی مشرف بر فضای روشن و فراخ نماز رسیدیم. بالای سر ما گنبد طلایی سلیمانیه سر به فلک کشیده بود. روی فرشی ضخیم نشستیم، در میان درخشندگی و عظمت محض، و ساعت‌ها گفت‌وگو کردیم.

درحالی‌که با عجله به پیش می‌روم، گرم از بالا رفتن، صورتم را به سمت نسیم خنک می‌چرخانم. پیاده‌روهایی باریک چمن‌های اطراف مسجد را در بر گرفته‌اند. از کنار ساختمان‌هایی که محل مدارس، یک بیمارستان، یک کتابخانه و یک نوانخانه است می‌گذرم. همگی آنها بخشی از مجموعهٔ مسجد هستند. سلیمانیه از همان روزهای نخست فقط محل عبادت نبود. بلکه یک مؤسسه خیریه نیز به شمار می‌رفت. جایی برای توزیع خوراک بین هزاران نفر فقیر شهر−مسلمان، مسیحی و یهودی. تاریخچهٔ این مکان به توضیح گرمی و خوشایندی آنجا کمک می‌کرد.

هنوز اول صبح است، اما فضای چمن‌کاری شده پر از گردشگران و زائران است. در کنار دیواری که روبه روی آب‌های مواج نزدیک شاخ طلایی و بوسفور قرار گرفته، تیام را می‌بینم. ماسکی که این چند روزه به صورت می‌زند دور گردنش است. سخت راه می‌رود و هر چند قدم می‌ایستد تا نفسی تازه کند.

او نیز مرا می‌بیند و جوری که صورتش روشن می‌شود احساساتم را

برمی‌انگیزد. عواطف خالصی که تاکنون رویشان سرپوش گذاشته‌ام بیرون می‌ریزند. وقتی در میان بازوان هم هستیم اشک‌هایم پایین می‌ریزند.

«دلم برایت تنگ شده بود.»

صدایش لبریز از احساس است. «بچه، خدای من، کریستینا، متأسفم.»

بعد از به دنیا آمدن خزان از بیمارستان به او زنگ زدم. ساعت‌ها روی فِیس‌تایم[1] با هم حرف زدیم و به نوع خیره شدن دخترم به صفحهٔ گوشی وقتی تیام نام او را زمزمه می‌کرد، خندیدیم. برای زری هم تعداد زیادی عکس فرستادم و همان شب وقتی تیام خانه بود با او تماس گرفتم. مادرمان وقتی با او حرف می‌زدم احساساتی شد و از شدت خوشحالی گریه کرد. به او قول دادم وقتی از بیمارستان مرخص شدیم به او زنگ بزنم.

تماس بعدی من تنها چند روز بعد، اخبار ویران‌گر را به اطلاع آنها رساند. تیام گفت وقتی زری خبر مرگ نوه‌اش را شنید هق‌هق‌کنان روی زمین زانو زد، سرش را به سمت آسمان گرفت و با مشت به سینهٔ خود می‌کوبید. آخرین باری که از آمریکا به تیام زنگ زدم گفت زری هنوز غصه‌دار است.

صورت‌های من و تیام به هم فشرده می‌شوند و حس می‌کنم اشک‌هایمان در هم می‌آمیزند. هیچ‌کدام عجله‌ای برای رها کردن دیگری نداریم.

«می‌خواستم در پایانه و هر جایی که دیدمت این‌کار را بکنم.» صدایم می‌شکند «می‌خواهم در آغوشم و در زندگیم باشی.»

«راستش می‌خواستم در فرودگاه به سمت بیایم و بغلت کنم تا الیزابت خودش موضوع را بفهمد. برای همین وقتی رسیدید در فرودگاه بودم.» عقب می‌رود، دستم را می‌گیرد و مرا به سوی نیمکت هدایت می‌کند. «اما این هفته هفتهٔ خیلی سختی بود.»

تیام نسبت به ماه ژوئن که او را دیدم لاغرتر و رنگ و رو پریده‌تر شده است. خس خس می‌کند. با هر نفسی که می‌کشد صدای گرفتگی را می‌شنوم.

«چی شده؟ مشکل بیشتری داری؟»

«تغییر فصل. آلرژی. هر چیزی می‌تواند ریه‌هایم را تحریک کند.»

وقتی می‌نشینیم یک کرجی در بندر زیر پایمان بوق می‌زند. به دیوار گنبدهای آبی-خاکستری که آبشاری به سمت پایین تپه به وجود

1- Face time

می‌آورند، به سمت آب‌هایی که دو هزار سال شریان حیاتی استانبول بوده‌اند، نگاهی می‌اندازم. آن سوی شاخ طلایی ساختمان‌ها تپه‌ها را به سمت شرق می‌پوشانند و حالا در زیر نور صبح می‌درخشند.

نگران او هستم. وقتی فکر می‌کنم از دست این بیماری مهلک چقدر عذاب می‌کشد، قلبم به درد می‌آید. به من گفته که در فهرست پیوند ریه قرار دارد، اما این فهرست طولانی است. شاید بیش از حد طولانی. اما تیام من هنوز روحیهٔ بالایی دارد. او یک جنگجوی به تمام معنا است.

می‌گوید «راجع به رانندهٔ دیشبی بگو. در پیغامی که دادی ناراحت به نظر می‌رسیدی.»

به بهترین نحو ممکن او را توصیف می‌کنم. امروز آن رویداد به ترسناکی دیشب نیست.

سرش را تکان می‌دهد «در استانبول میلیون‌ها مرد با این مشخصات هستند. اما از طریق کارم و بیمارستانی که در آن درمان می‌شوم آدم‌های زیادی را می‌شناسم. هم‌چنین دو گروه داوطلبی هستند که در آنها عضوم. ما تلاش می‌کنیم به بچه‌های مهاجر در استانبول کمک برسانیم.»

من توام و تو منی. درست است، اما تیام، منی به مراتب بهتر است. از برنامه‌های آموزشی که در آن شرکت دارد اطلاع دارم. من هم به صورت آنلاین به مؤسسات غیرانتفاعی کمک کرده‌ام. اما تنها پول کافی نیست.

«تنها چیزی که به ذهنم می‌رسد این است که برخی از مردان درگیر در این برنامه و بستگان بچه‌ها نسبت به معلمان خیلی غیرتی هستند. فکر می‌کنند چون ما زن هستیم نیاز به محافظت داریم.»

توجیهش منطقی به نظر می‌رسد. آسیبی به من نرسید و او مرا به فرودگاه رساند.

«وقتی پرسید مرا از کجا می‌شناسی چه گفتی؟»

«گفتم من و تو در شبکه‌های اجتماعی دوست هستیم و می‌خواستیم وقتی من به استانبول آمدم با هم ملاقات کنیم.» دیشب نمی‌توانستم هیچ‌کدام از این حرف‌ها را به کایل بزنم.

«باید ما دو تا را با هم دیده باشد و گرنه چنین چیزی نمی‌پرسید.»

«دیروز فقط چند کلام در رستوران با تو صحبت کردم، و بعد هم که الیزابت آن آشوب را به راه انداخت.»

تیام به اطرافش نگاه می‌کند. فکر می‌کنم می‌خواهد ببیند کسی

مراقب ما است یا نه.

خورشید صبح روی دیوارهای گرانیتی بلند مسجد منعکس می‌شود و چشم‌هایم را به‌سوی خود جلب می‌کند.

تیام می‌گوید «سلیمان دستور داد مسجد سلطنتی او باید بر بلندترین تپهٔ شهر بنا شود، می‌خواست نشان دهد که از امپراطوران روم که ایاصوفیه را ساختند بزرگ‌تر است.»

«فکر می‌کنم موفق شد.»

هر دو حواس‌مان به کسانی که اطراف‌مان راه می‌روند هست. در چشم یک ناظر ما دو دوستیم که در کنار هم نشسته‌ایم. اما تا آنجا که من می‌دانم چشمی روی ما نیست.

نقطهٔ منفی اتفاقی که دیشب افتاد ترسِ باقیمانده در من است.

«راستی یک چیزی برایت دارم.» تیام کیفش را می‌گردد و تکه‌ای کاغذ در می‌آورد. «گفت‌وگویمان در ماه ژوئن را به یاد می‌آوری؟ دربارهٔ دوستان الیزابت در آنکارا حول و حوش زمان تولد من.»

من سرانجام فهمیدم که هستم. مادر و پدر من زری و یحیی رحمان هستند. اما تیام-کریستینای واقعی- تنها نیمی از گذشته‌اش را می‌داند. به او گفته‌ام الیزابت به شناسایی پدرش کمکی نخواهد کرد، اما فکر کردیم شاید راه دیگری برای پیدا کردن حقیقت وجود داشته باشد.

«زری کسی را به یاد آورد؟»

«بله او یادش می‌آید که زنی بوده به نام پاتریشیا نیکولز. حوالی زمانی که من به‌دنیا آمدم دوست نزدیک الیزابت بوده است. آنها در زندگی هم بوده‌اند. همیشه با هم. او در همان مجتمع آپارتمانی زندگی و در سفارت آمریکا کار می‌کرده است.»

پاتریشیا نیکولز. این اسم در هیچ‌یک از اطلاعاتی که از ایمیل‌های جکس به‌دست آوردم نبود. اما همهٔ آن چیزی که در پوشه‌ها بود را نیز نخوانده‌ام. اگر به الیزابت نزدیک بوده شاید او هم در فعالیت‌های مجرمانه‌ای مشابه شرکت داشته است. همهٔ چیزهایی که کشف کردم را به تیام نگفته‌ام. فکر کردم بهتر است فعلاً نزد خودم بماند. می‌ترسم اگر بفهمد الیزابت تا چه حد درگیر حملات انجام شده علیه کردها بود، نخواهد مادر خونیش را ببیند.

«این زن اکنون بازنشسته شده و در استانبول زندگی می‌کند. یک ویلا

هـم در بودروم در ساحل دریای اژه دارد.»

به پشت‌بام‌های شهر در پایین تپـه نگاه می‌کنم. «عجیب است که اینجـا در استانبول هستیم و الیزابت اسمی از او نبـرده است. فکر می‌کنی دلش می‌خواهد دوست قدیمیش را ببیند؟»

«شاید در این سـال‌ها که در کالیفرنیـا زندگی کرده بـا هـم در تماس نبـودنـد.»

به اسم، شماره تلفن و نشانی که روی کاغذ است نگاه می‌کنم. «هیچ‌وقت اسمش را نشنیده‌ام.»

«شاید او بداند وقتی الیزابت باردار شد، با چه کسی بوده است.»

نیاز تیام به پاسخ را درک می‌کنم. جای او بوده‌ام. من نصف دنیا را سفر کردم تا بفهمم که هستم.

ایـن کاری است که می‌توانـم بـرای او انجـام دهـم. او نمی‌توانـد بـه پاتریشیا نیکولز زنگ بزند، اما مـن می‌توانـم. یا دست کـم می‌توانـم در را باز کنم.

اطلاعات را بـه فهرست مخاطبینم اضافـه می‌کنم «اگر در ایـن زمینه چیزی فهمیدم خبرت می‌کنم. کِی می‌خواهی با الیزابت حرف بزنی؟ لطفاً نگذار این بخـت از دستت بـرود.»

«حرف می‌زنم. زود.»

«او فقط یک هفتهٔ دیگر اینجا است.»

تیـام یک اسپری از کیفش در می‌آورد و محتویاتش آن را استنشاق می‌کند. گونه‌هایش گل می‌اندازند.

پیشـنهاد می‌کنـم «چرا امشب بـرای شـام پیـش مـا نمی‌آیـی؟ به عنوان مهمان مـن، دوست مـن، بیا. لازم نیست چیزی را توضیح بدهیم. من کاری می‌کنـم الیزابت آنجـا باشد. باید زودتـر به فکرم می‌رسید. اگر نخواستی مجبور نیستی چیزی به او بگویی. اتفاق خاصی نمی‌افتد، اما دست کـم با او حرف می‌زنی. نظرت چی است؟»

«امروز باید بروم سر کار و بعد از ظهر هـم باید برای درمان به کلینیک بـروم. می‌توانـم ببینـم بعد از آن چه حالی هستـم.»

خوشحالم که اقلاً به پیشـنهادم فکر می‌کند. تماشای این موش و گربه بازی دردآور است. می‌خواهم الیزابت بداند، بفهمد که دختر واقعیش زنده است. فکر می‌کنم تیام نیـز لازم دارد بار سـنگینی را که بـه دوش می‌کشد

زمین بگذارد و بگوید چه در ذهنش است.

«می‌شود برای درمان همراهت بیایم؟»

با تعجب نگاه می‌کند «به کلینیک؟»

«دوست دارم. مگر این‌که زری بخواهد آنجا باشد.»

«به او اجازه نمی‌دهم بـرای جلسات درمـان بیاید. خیلی مضطرب می‌شود. دیدن غصهٔ او ناراحتم می‌کند.» تیـام برمی‌خیزد «به هرحـال چـون پرسیدی، هنوز به او نگفته‌ام در استانبول هستی.»

«ممنون.» برنامه‌ام این است که بعد از نهایی شدن فروش اکسترنوس به دیدن او بروم. وقتی الیزابت رفت. هفتهٔ دیگر تیام مرا به خانه می‌برد تا شگفت‌زده‌اش بکنیم.

تیام آدرس کلینیک را برایم پیامک می‌کند «بهت هشدار می‌دهم. یک اشک بی‌جا، یک نگاه غمگین، یک بـار بگویی متأسفم، اخراجی. تنها در صورتی‌که لبخند بزنی اجازه داری با من بیایی.»

«لبخند می‌زنم.» گونه‌هایش را می‌بوسم و او را در آغوش می‌گیرم.

با تکان دادن دست به راه می‌افتد. گذر او کنار دستهٔ مگنولیاها را تماشا می‌کنم. وقتی می‌آمدم توجهی به آنها نکردم. اما الان برگ‌های زردی روی آنها است. در عرض یک ماه آن شاخه‌ها با جوانه‌های کرکی گل‌های سال آینده پوشیده خواهند شد.

تیام در کوچهٔ طاقـی کنار مسجد ناپدید می‌شود و من اشک‌هایم را پاک می‌کنم. امروز رنگ پریده‌تر و ضعیف‌تر بود و تقلای بیشتری می‌کرد، حتی نسبت به دیروز. اما مـن اینجـا هستـم، هـر اتفاقـی کـه بیفتد، هرچه لازم داشته باشد، هر هزینه‌ای که داشته باشد، من اینجا هستم تا مطمئن شـوم آن را به دست خواهد آورد. اجازه نخواهـم داد دست از مبارزه بکشد. نمی‌خواهم او را از دست بدهم.

الیزابت به جمعیتی که برای ناهار زودهنگام در رستوران بودند، نگاهی انداخت. بیش از نیمی از میزهای موجود در پاسیوی رستوران حیاط هتل عمدتاً توسط زنان اشغال شده بود. سی سال پیش، جامعهٔ خارجی‌های مقیم بیشتر متشکل از بریتانیایی‌ها، فرانسوی‌ها، ایتالیایی‌ها و ایرانی‌هایی بود که ترکیه را به عنوان خانهٔ خود برگزیده بودند. چون کشوری بود ارزان، راحت و متمدن. از زبان‌هایی که درحال تکلم بودند حدس زد که این ترکیب هم چنان تغییری نکرده است.

به پیش‌خدمت اشاره کرد چای بیشتری برایش بیاورد. قرار بود کایل نیمه شب گذشته از راه برسد. از این‌که ساعت یازده و نیم صبح بود ولی آنها هنوز پایین نیامده بودند، دلخور بود. کریستینا باید او را در جریان برنامهٔ ملاقات‌ها قرار می‌داد، اما هنوز هیچ چیز به او نگفته بود. حواس او بیش از حد پرت کند وکاو در گذشته بود.

الیزابت می‌خواست فروش اکسترنوس به سرعت انجام شود. آنها قرار بود امروز بعدازظهر با یکی از شرکت‌های علاقمند به خرید در هتل ملاقات کنند. هرچند این‌که در کدام سالن، چه ساعتی جلسه برگزار می‌شد و او چه باید همراه خود می‌آورد یا چه می‌گفت به او اطلاع داده نشده بود.

او در امور مالی و پول توانایی بالایی داشت. اگر یک ترازنامه یا دفتر کل حسابداری جلوی او می‌گذاشتند، کاری می‌کرد که علائم دلار روشن شوند. اما اکسترنوس یک شرکت بازی‌سازی بود و او به همان اندازه که چیزی در مورد جراحی مغز نمی‌دانست در مورد پیچیدگی‌های بازی‌سازی نیز اطلاعی نداشت. او امور مالی شرکت را برعهده داشت و جکس کارشناس بخش رایانه‌ای بود. جکس همه چیز دربارهٔ محصولات و صنعت می‌دانست و در بسیاری از آنها خبره بود. او جلسات را برگزار می‌کرد و تصمیمات را

می‌گرفت. الیزابت او را به سمت فروش هل داد و وقتی پذیرفت، پیش برد آنها بستگی به او داشت. او فقط قرار بود نماینده مالی شرکت و زینتی در بازوان جکس باشد. اما جکس مُرد.

از این‌که همه چیز را در مورد کسب و کارش نداند نفرت داشت. علم قدرت بود و او از این‌که کنترل در اختیارش نباشد، بدش می‌آمد. اما حالا دیگر خیلی دیر شده بود. وقتی کریستینا به اکسترنوس پیوست، الیزابت امیدی واهی داشت که می‌تواند روی دخترش به عنوان یک مدافع حساب کند. اما جکس و کریستینا با هم یک تیم شدند. خیلی زود فهمید که آن دو با هم و معمولاً علیه او توطئه می‌کنند. تحقیقاتی که جکس دربارهٔ سابقه او انجام داده بود، آخرین دورویی خائنانهٔ او بود. این کار خیلی رذیلانه بود حتی برای جکس.

نمی‌دانست آیا دخترش پرونده‌ها را به کایل نشان داده است یا نه.

الیزابت می‌خواست گذشته را پشت سر بگذارد. تمامش را. کارش در سی آی اِی. ازدواجش با جکس. شرکت مسخرهٔ بازی‌سازی. او می‌خواست ترکیه را نیز پشت سر بگذارد. این حس نامطبوع عذاب وجدان که از زمان آمدن به ترکیه او را می‌خورد، برایش اهمیتی نداشت. می‌خواست پولش را بگیرد و فرار کند، سریع و به جایی دور. او از پیش دو قدم بعدی خود پس از ترک استانبول را می‌دانست. دو هفته در مهمان خانهٔ پست رنچ[1] در بیگ سور[2] برای جوان‌سازی خودش و سپس سفری به دشت سفید در قطب جنوب.

جکس علی‌رغم کمال‌گرایی احمقانه‌اش، ثابت کرده بود که شریک خوبی است. دست کم شرکتش که این‌گونه بود. الیزابت تمام عمرش سخت کار کرده بود. وقتی این کار تمام می‌شد، سرانجام می‌توانست دست از کار بکشد و خیلی شیک تا هر وقت که می‌خواست مسافرت کند.

صدای گفت‌وگوی زنان در پاسیو ناگهان ساکت شد و الیزابت بدون نگاه کردن علت آن را می‌دانست. کایل داشت از در شیشه‌ای وارد می‌شد و چشم‌های چندین زن به او دوخته شده بود.

نمی‌توانست آنها را مقصر بداند. نبض خودش هم وقتی او سمت میزش آمد کمی تند شد.

1-Post ranch

2- Big Sur

«صبح به خیر الیزابت. یا بعدازظهر شده است؟»

«هنوز نشده.»

کایل خم شد تا گونه‌اش را ببوسد. صورتش را کمی چرخاند و لب‌های کایل به لب هایش کشیدند. خط بویی از عطر مردانه و تند به او به مشامش رسید و کوشید برای استشمام بیشتر آن بو خم نشود.

«پروازت چطور بود؟»

«طولانی» به پیش خدمت اشاره کرد.

به اندازهٔ کافی نخوابیده بود و خطوطی عمیق در کنار چشمانش شکل گرفته بود.

کایل سفارش داد «قهوه آمریکانو و لطفاً بگذارید منو باشد. چایی داری؟ می‌خواهی چیزی بخوری؟»

الیزابت پیشنهاد او را رد کرد و متوجه شد که او نگاهی به پشت سرش و در انداخت. با خودش فکر کرد حتماً منتظر کریستینا است.

«امروز چه وقت و کجا جلسه خواهیم داشت؟»

«تا جمعه جلسه‌ای نداریم.»

امروز چهارشنبه بود «جمعه؟ پس روس‌ها چه شدند؟»

«قرار بود امروز با نمایندگان آنها ملاقات کنیم و جمعه با هر سه شرکت. اما روس‌ها جلسه را عقب انداختند.»

«مشکلی پیش آمده؟»

«نه این طوری بهتر است. اگر جکس زنده بود، داستان جور دیگری پیش می‌رفت. او با هر یک از خریداران جداگانه ملاقات و سعی می‌کرد معامله را شیرین‌تر کند. اما حالا که نیست، این کار فایده‌ای ندارد و آنها نیز این را می‌دانند.»

قهوه‌اش از راه رسید و او به پیش خدمت گفت که برای گرفتن سفارش سر میز برگردد.

درحالی‌که کایل جرعه‌ای می‌نوشید، نگاهی تشکرآمیز به او انداخت. او چهرهٔ زیبای شمالی داشت که با گذر سن بهتر می‌شد.

کایل ادامه داد «سالن جلسات دیوان در روز جمعه به طور کامل در اختیار ماست. ساعت ده جلسه معارفه داریم. ساعت یازده من و کریستینا مطالبی را ارائه خواهیم داد و بعد از ناهار جلسه پرسش و پاسخ خواهیم داشت. باید برای پاسخ به سؤالات مربوط به امور مالی آماده باشی، البته

بعید می‌دانم چنین چیزی پیش بیاید. داده‌های مربوط به محصولات و درآمد برای خریداران ارسال شده و من هم با تصمیم‌گیران آنها در تماس بوده‌ام. هر سه شرکت در نظر دارند پیشنهادی ارائه بدهند. ساعت چهار بعد از ظهر پذیرفتن پاکت‌های سر بستهٔ پیشنهادات را تمام می‌کنیم. تو تصمیمت را روز دوشنبه اعلام می‌کنی. و تمام.»

«ممنونم حالا که برنامه را می‌دانم احساس بهتری دارم.» از این‌که دوباره نگاهی به در ورودی لابی انداخت زیاد خوشش نیامد. «جمعه تولد کریستینا است.»

«فکر نکنم به نفع‌مان باشد که جلسات را عقب بیاندازیم.»

«نه البته که نه. ولی می‌توانیم فردا شب برایش کاری بکنیم.»

«هر چه تو بخواهی.»

هرچه تو بخواهی. الیزابت به کایل که بر روی منو تمرکز کرده بود خیره شد. ابروهایش بلند و طلایی بودند. او بدن شک نمونهٔ زیبایی از یک انسان مذکر بود، حتی در این حالت خستگی. نگاه‌های دائم زنان میز بغلی از دید الیزابت مخفی نماند. از این که آنها احتمالاً فکر می‌کردند او و کایل با هم هستند، لذت برد.

یک سال پیش از این‌که با جکس ازدواج کند و پنج سال قبل از این‌که کریستینا و کایل با هم وارد رابطه شوند و به یک خانه نقل مکان کنند، الیزابت در بار فرودگاه سان فرانسیسکو با او برخورد کرد. پیش‌تر دوبار او را دیده بود. او در بخش فروش کار می‌کرد، ستاره‌ای رو به اوج در همان شرکتی که جکس و الیزابت در آن مشغول به کار بودند.

از بالای عینکش از او پرسید «کجا می‌روی؟»

«برمی‌گردم به لوس آنجلس. تو چطور؟»

«مزرعه کالیستوگا[1]، در درهٔ ناپا[2]. آنجا زمان مشخصی از سال به یکی از دوستانم تعلق دارد. مرا دعوت کرد بروم ولی خودش در لحظهٔ آخر نتوانست بیاید.»

«چقدر بد.»

هر بار کایل را می‌دید داشت با یک نفر لاس می‌زد. با خودش گفت چرا که نه.. «کل آخر هفته آنجا در اختیار من است. می‌خواهی به من ملحق شوی؟»

1- Calistoga ranch

2- Napa Valley

به همین سادگی. و آن سه روز بهترین هماغوشی‌ها را در طول دهه‌ها داشت.

فنجان قهوه را روی لبانش گذاشت تا گرمای تجدید خاطرات را مخفی کند. الیزابت نمی‌دانست چرا امروز بعد از مدت‌ها به یاد آن خاطره افتاد. از آن زمـان چیزهای زیادی عوض شده بودند و هـر دوی آنها با موفقیت وانمود کرده بودنـد که اتفاقی نیفتاده است.

«تو که یادت نرفته بود جمعه تولد کریستینا است؟»

«البته که نه.»

«الان کجاست؟ هنوز توی تختخواب است، به یاد شب پرشوری که با دوست پسر ولخرجش داشته؟»

چشم‌های کایل باریک شدند و الیزابت فهمید حرفش نامناسب بوده است. با توجه به گذشته، بی‌شک بهتر بود دربارهٔ این موضوع با داماد آینده‌اش حرفی نمی‌زد.

«یک جایی همین اطراف است و دارد کار می‌کند.»

«کِی آمد پایین؟ من ندیدمش.»

«سر صبح. فکر کنم.»

الیزابت پرسید «کِی؟ مـن سـاعت هشت بـرای صبحانـه آمـدم پایین. هیچ‌کس در کافی‌نت نبود. مـن ندیدمش و باید در مورد چنـد چیـز با هم حـرف بزنیم.»

«او این پایین بـوده و داشته کار می‌کرده. بـرای تو، بـرای اکسترنوس. داریـم سعی می‌کنیم شرکت تـو را بفروشیم.»

«همیشه از او دفاع می‌کنی.»

کایل کوتاه پاسخ داد «یکی باید این‌کار را بکند.»

الیزابت در حالی‌که دستش را روی بـازوی او می‌گذاشت پرسید «چرا امروز صبح اعصاب نـداری؟ چی شده؟ مـن طرف تو هستم.»

دستش را کشید «الیزابت مـن نمی‌خواهم طرف مـن باشی. من اینجا هستم تا کاری را بـرای تو انجـام دهم. بگذار همین طوری بماند. باشد؟» اعصابـش داشت به هـم می‌ریخـت. نمی‌خواسـت ایـن گفت‌وگو بدیـن شکل تمـام شـود. اما ناگهـان چشـم‌هایش به مـردی بـا کـت و شلوار تیره و کـراوات افتاد که در راهـروی منتهی بـه سرسرا ایستاده بـود. او قد بلند، با شانـه‌های پهن و موهـای جو گندمی بـود. چیزی در ارتباط بـا او شعله‌ای از

نگرانی در دلش ایجاد کرد. مرد عینک تیره‌اش را برداشت و با شناخت او ستون فقراتش تیر کشید. الیزابت دقیقاً می‌دانست او چه کسی است. کایل ناگهان گفت «این هم کریستینا.» و روی پاهایش بلند شد. الیزابت نگاه او را دنبال کرد و دید کریستینا دارد به آن سوی حیاط و مستقیماً به سمت مرد می‌رود.

«شما همان رانندهای هستید که دیشب مرا به فرودگاه بردید.»

فقط یک قدم با هم فاصله داریم و شک ندارم که خودش است. صدایش، موهایش، حتی همان جای زخمی که در طول فکش است. به سمت من برمیگردد و عینکش را به چشم میگذارد. اینجا وسط جمع در روز روشن چیز ترسناکی در او نمیبینم. به راحتی میشد او را با یکی از کارکنان یا اعضای مدیریت هتل اشتباه گرفت. تنها فرقش این است که برچسب اسم ندارد.

«فکر میکنم اشتباه گرفتهاید. من را ببخشید.»

راه فرار او را به سمت سرسرا سد میکنم و میگویم «یک دقیقه صبر کنید.»

مرد میانسال است، هیکلی ستبر دارد و چهرهای بیتفاوت به خود گرفته تا بگوید مرا نمیشناسد. من فریب نمیخورم. وقتی فهمید به سمتش میروم چشمهایش را دیدم. خیلی خوب من را به یاد میآورد.

«چهرهها خوب به خاطرم میمانند. دیشب در خیابان مقابل هتل با لکسوس شاسی بلند دنبالم آمدید. من را به فرودگاه بردید و یک رانندهٔ دیگر مرا برگرداند. مطمئنم شما بودید. اگر نیاز به تأیید باشد میتوانیم به شرکت اجاره خودرو زنگ بزنیم.»

چیزی نمیگوید و در یک لحظه نظرش عوض میشود «البته خانم. ببخشید که بلافاصله شما را نشناختم. افراد زیادی را این طرف و آن طرف میبرم. و لطفاً من را به خاطر آن رویداد ببخشید. سؤال کردن به آن شکل کار درستی نبود.»

عذرخواهیاش صادقانه به نظر میرسد و به نوعی باعث عقبنشینی من میشود. شاید آن چه اتفاق افتاده بود خیلی هم مسئلهٔ مهمی نبود.

به گفت‌وگویی که امروز صبح با تیام در مورد مردان شرکت‌کننده در کار داوطلبی داشتم فکر می‌کنم.

«امیدوارم پاسخ‌های من به پرسش‌های شما فکرتان را راحت کرده باشد. من و خانم رحمان با هم دوست هستیم. این برای شما کافی است؟»

«بله. از شما سپاسگزارم و امیدوارم روز خوبی داشته باشید خانم.»

«اما چرا می‌خواستید دربارهٔ –؟»

«لطفاً من را ببخشید. باید بروم.»

از کنار من رد می‌شود و به سمت پله‌های سرسرا می‌رود. خروجش چنان ناگهانی است که چند ثانیه طول می‌کشد تا دلیلش را بفهمم. کایل با گام‌های بلند سمت من می‌آید. به پشت سرش نگاه می‌کنم و می‌فهمم از سمت میز الیزابت دارد می‌آید. به سمتش می‌روم.

«خوبی؟ مادرت می‌گوید از صبح تا حالا تو را ندیده است.»

«البته که خوبم.» به سمت الیزابت اشاره می‌کنم «منتظرمان است.»

در کنارم به راه می‌افتد. «پیام من را در مورد جلسات امروز گرفتی؟»

«بله. همه چیز به روز جمعه موکول شده است.»

به میز می‌رسیم و قبل از این‌که بنشینم الیزابت شروع می‌کند «آن مردی که داشتی با او صحبت می‌کردی که بود؟»

«مهم نیست.»

«به خاطر خدا یک بار به سؤال جواب بده.»

کایل نگاهی به سمتم روانه می‌کند. طاقت دعوا ندارد به ویژه که بین من و الیزابت باشد. نمی‌دانم اخبار را به‌گوش الیزابت رسانده است یا نه. فکر می‌کنم نگفته است و گرنه به جای این‌که در مورد حرف زدن با یک غریبه بپرسد، بیشتر درگیر زیر سؤال بردن مهارت تصمیم‌گیری من می‌شد.

«راننده‌ای بود که دیشب من را به فرودگاه برد.»

کایل نگاهی به در سرسرا می‌اندازد و شروع به بلند شدن می‌کند «چرا به من نگفتی؟ می‌خواهم چند کلمه با او حرف بزنم.»

دستم را روی بازویش می‌گذارم و متوقفش می‌کنم «نه لازم نیست. عذرخواهی کرد. تمامش یک سؤتفاهم بود. حل شد.»

یک ثانیه به من خیره می‌شود و بعد آرام می‌گیرد «باشد. اگر این چیزی است که تو می‌خواهی.»

حالا نوبت الیزابت است «دیشب رفتی فرودگاه؟ گفتی که کایل از شرکت خدماتی ماشین می‌گیرد. چرا به من نگفتی کجا می‌روی؟ چه کار خطرناکی وسط شب.»

پیش‌خدمتی سر میز می‌آید و از من می‌پرسد آیا منو لازم دارم. خوش بختانه این‌کار بمباران را لحظه‌ای قطع می‌کند.

«نه ممنونم.»

برای رفتن به ملاقات تیام به چرت کوتاهی نیاز دارم، ضمن این‌که غذا را داخل اتاق بخورم بهتر از ماندن در اینجا است.

قبل از این‌که الیزابت بتواند چیزی بگوید به کایل می‌گویم «من مطالبی که باید برای مشتری‌ها ارائه بدهم را تمام کردم و برایت فرستادم. می‌شود نگاهی به آنها بیاندازی؟»

«بله امروز بعدازظهر انجامش می‌دهم.»

بعد به سمت الیزابت می‌چرخم «پاتریشیا نیکولز»

جرعهٔ چایی که همان لحظه نوشیده بود توی گلویش می‌پرد. منتظر می‌شوم تا گلویش را صاف کند. وقتی سرش را بالا می‌آورد چهره‌ای دفاعی دارد.

«وقتی در آنکارا زندگی می‌کردی دوستت بود. حوالی زمانی که من به دنیا آمدم.» فرصتی برای انکار به او نمی‌دهم و نمی‌خواهم بگذارم بازیِ این زن را به خاطر نمی‌آورم، را سرم در بیاورد. «او بازنشسته شده و در استانبول زندگی می‌کند. حالا که دو روز فرصت داریم و کاری هم نداریم، چرا به او زنگ نمی‌زنی؟ می‌توانیم به ملاقاتش برویم. یا می‌توانیم او را برای ناهار به هتل دعوت کنیم.»

«که چه بشود؟»

«به یاد روزهای گذشته.»

«سال‌ها است که با او حرف نزده‌ام. هیچ احساس نیازی ندارم که دیدارها را تازه کنم.»

«باشد، پس اگر مشکلی نداری من این‌کار را می‌کنم.»

«معلوم است که دارم. او دوست من بود.» صدای الیزابت سردتر می‌شود «تو حتی او را نمی‌شناسی.»

کایل دوباره نگاه معناداری به من می‌کند. اخمی که می‌گوید بی‌خیال. ولی او هیچ ایده‌ای از انگیزهٔ من برای این‌کار ندارد.

با لحنی منطقی می‌گویم «ولی من دوست دارم با او آشنا شوم. همهٔ ما در استانبول هستیم و پاتریشیا رابط من با دو سال اول زندگیم است. دوست دارم بشنوم آن روزها چگونه بودند.»

کایل می‌پرسد «پاتریشیا نیکولز را از کجا پیدا کردی؟»

«اسمش در ایمیل‌های شخصی جکس بود.»

مستقیم به الیزابت نگاه می‌کنم. او نمی‌داند که اسم پاتریشیا در پرونده‌هایی که دیروز نشانش دادم بوده یا نه، اما امیدوارم این تهدید باعث فعال شدن واکنشی در او شود. حتی اگر تیام هم می‌خواست، نمی‌توانستم یک باره به او زنگ بزنم و بپرسم چه کسی سی سال پیش دوستت را باردار کرد. حتی تصور نمی‌کنم با من حرف بزند. اما با انجام این کار دست کم می‌دانم دارم دیواری که الیزابت پشتش مخفی شده را می‌تراشم.

کایل می‌خواهد بداند «کدام ایمیل‌ها؟»

الیزابت بلافاصله حرفش را قطع می‌کند «به او زنگ می‌زنم. ببینم برنامه‌اش چیست. شماره تلفنش را داری؟»

«تلفن خریدی؟»

« امروز صبح خریدم. خط ترکی است.»

تلفنش را از توی کیف درمی‌آورد و به روی میز به سمت من سرش می‌دهد. اطلاعات تماس پاتریشیا را در مخاطبینش وارد می‌کنم. اولین مخاطبش است. گوشی را به او برمی‌گردانم و بلند می‌شوم.

کایل می‌پرسد «ناهار نمی‌خوری؟»

«نه ممنون. واقعاً خسته‌ام. می‌روم بالا چرتی بزنم.» وسایلم را جمع می‌کنم. اما پیش از آن‌که بروم خبر دیگرم را نیز به الیزابت می‌گویم. «امشب برای چهار نفر رأس ساعت هشت شب در رستوران حمدی کنار بندرگاه کرجی‌ها جا رزرو کرده‌ام. مشکلی نداری؟»

کایل و الیزابت هم‌زمان می‌پرسند «نفر چهارم کی است؟»

«سورپرایز است.» این را می‌گویم و می‌چرخم.

بخش هشتم

صحن بستان ذوق بخش و صحبت یاران خوش است
وقت گل خوش باد کزوی وقت میخواران خوش است
از صبا هردم مشام جان ما خوش می‌شود
آری آری طیب انفاس هواداران خوش است
از زبان سوسن آزاده‌ام آمد به گوش
کاندر این دیر کهن کار سبکباران خوش است
حافظا ترک جهان گفتن طریق خوشدلیست
تا نپنداری که احوال جهان داران خوش است

حافظ

وقتی می‌رسم، کریستینا دارد در پیاده‌روی مقابل کلینیک قدم می‌زند. درحالی‌که منتظرم از خیابان بگذرم، نگرانی‌اش مثل آسمان زمستان روشن است. پیشانی چین‌خورده. لب‌های فشرده شده در یک خط باریک. مکثی می‌کند و دست‌هایش را روی ران‌هایش می‌مالد. همهٔ این‌ها را قبلاً در مادرم دیده‌ام. به خوبی می‌دانم چطور سلامتی من بر افرادی که خاطرم را می‌خواهند، دوستم دارند، اثر می‌گذارد.

گرچه دوازده سال است او را روی شبکه‌های اجتماعی دنبال می‌کنم، این شش ماه گذشته است که در حقیقت به حساب می‌آیند. کریستینا یکی از ما شد. عضوی از خانواده.

وقتی مرا در حال عبور از خیابان می‌بیند، لبخند می‌زند. با بغلی گرم با هم سلام و احوال پرسی می‌کنیم. و او به این زودی‌ها ول کن نیست. به او می‌گویم «آن چه که من امروز متحمل می‌شوم امری عادی است. بنابراین جای هیچ نگرانی نیست.»

به ساختمان چهار طبقهٔ نما شده با گرانیت سفید نگاه می‌کند «عالی است. از من می‌خواهی چه کار کنم. منظورم این است وقتی رفتیم تو.»

«کنارم باش. با من حرف بزن.»

هنگامی‌که با آسانسور بالا می‌رویم، به او می‌گویم چه اتفاقی قرار است بیفتد.

«اول پرستارها یک سری کارهای عادی برای پذیرش را انجام می‌دهند- فشار خون، دما و چیزهایی از این دست. سپس پزشک می‌آید و مرا معاینه می‌کند. بعد یک جلیقهٔ بادشوتن من می‌کنند. این دستگاه خلط را در سینه‌ام آزاد می‌کند. بعد دوباره به صدای تنفسم گوش می‌کنند.»

منتظرم هستند، پس بدون معطلی من را به اتاقی که تجهیزات لازم در آن است می‌فرستند. پرستارها و متخصصین امور فنی مدام می‌روند

و می‌آیند و کارشان را انجام می‌دهند. آن‌قدر اینجا آمده‌ام که همه را می‌شناسم. همهٔ کارکنان ترکی حرف می‌زنند و تا آنجایی که می‌توانم برای کریستینا ترجمه می‌کنم. او با دقت به همه چیز گوش می‌کند.

این‌که می‌خواهد اینجا باشد را دوست دارم. مجبور نیست این کار را بکند. هرچند او مرا پیدا کرد -یا بهتر بگویم ما یکدیگر را پیدا کردیم- زندگی ما می‌توانست مسیر جداگانهٔ خود را طی کند. اما او به آن چه برای من اتفاق می‌افتد علاقمند است. از اولین ملاقات‌مان در بهار گذشته، محکم به چیزهایی که ما را به هم پیوند می‌دهد چسبیده است و رها هم نمی‌کند. هر هفته با هم حرف می‌زنیم و بسیار بیشتر از آن پیامک رد و بدل می‌کنیم.

بعد از تصادف ماشین از بیمارستان به من زنگ زد. ساعت‌هایی که روی فیس تایم سپری کردیم، درحالی‌که می‌دانستم آرزو داشت من آنجا کنار او و خزان باشم، برایم ارزشمند بودند. بعد از مرگ بچه، باز هم ساعت‌ها پشت تلفن با هم حرف می‌زدیم و هر دو غصه‌دار بودیم. من در زندگی دوستان زیادی داشتم، اما ارتباط من با کریستینا متفاوت است- عمق بیشتری دارد.

و حالا اینجا کنارم نشسته است.

پرستاری با یک فهرست چاپ شده از داروهایم داخل می‌آید و از من می‌خواهد، آن را دوباره بررسی کنم.

نگاهی به فهرست می‌اندازد و می‌پرسد «همهٔ این‌ها را می‌خوری؟ این رژیم روزانه‌ات است؟»

«تقریباً. به طور متوسط هر روز پنجاه قرص می‌خورم. دارو، مکمل، آنزیم. مسهل. هر روز صبح و شب هم بُخور می‌دهم. از همه مهم‌تر تمرینات پاک‌کنندهٔ ریه و تمیز کردن سینوس‌ها است. و خیلی چیزهای دیگر.»

شنیدن وضعیت من پشت تلفن برای او یک چیز است و اینجا بودن در طول جلسه درمان چیز دیگر. زری یکی از قوی‌ترین زنان روی زمین است، با این حال وقتی به کلینیک می‌آید روحیهٔ او هم زیر بار نگرانی خراب می‌شود. به همین خاطر است که در مورد وقت‌ها و آزمایشات چیزی به او نمی‌گویم مگر این‌که قرار باشد بستری شوم. هرچه کمتر بداند بهتر است. از دیدن عذاب او متنفرم.

کریستینا می‌پرسد «اولین بار چه وقت فهمیدی مریضی؟»

«هیچ‌وقت یادم نمی‌آید مثل بقیه بچه‌ها بوده باشم. هیچ‌وقت سالم نبودم.»

از زمانی که دختر کوچکی بودم برایش تعریف می‌کنم. کنار حیاط یا زمین بازی مدرسه می‌ایستادم و دویدن بچه‌های دیگر را تماشا می‌کردم. اعتراف می‌کنم خیلی حسودیم می‌شد، اما زندگی من آن شکلی بود، و روزهای زیادی غیبت داشتم.

صادق بودن در مورد یک بیماری فرساینده خیلی به درد یک گفت‌وگوی شاد نمی‌خورد. این را می‌دانم و وقتی او دارد به دستگاه‌های اطراف اتاق نگاهی می‌اندازد، موضوع را عوض می‌کنم.

«وقتی پنج سالم بود آن‌قدر از پزشک‌ها عبارت سیستیک فیبروز را شنیدم که اولین کلماتی بودند که یاد گرفتم هجی کنم. همه شگفت‌زده بودند.»

با یک نیم لبخند مصنوعی می‌گوید «خب، اولین تلاش من برای هجی چندان مورد استقبال قرار نگرفت.»

«به من بگو چی بود؟»

«لعنت به تو.»

از خنده می‌ترکم. «نه بابا.»

«باور کن.»

دوباره از خنده می‌ترکم «چند سالت بود؟»

«پنج.»

«چطوری؟»

«دو تا از پسرهای همسایه‌مان در خیابان بحث می‌کردند. یکی از آنها این را گفت و بعد برای تأکید آن را هجی کرد. فکر کردم خیلی باحال است.»

« و بعد آمدی در خانه گفتی؟»

«بعد از ظهر به محض این‌که الیزابت به خانه آمد این را به او گفتم. تنها هم نبود. یکی از دوستانش همراهش بود.»

«نه!»

«خیلی واضح و با افتخار گفتم مامان لعنت به تو. ل.ع.ن.ت. ب.ه. ت.و. یادم است خیلی هم از خودم راضی بودم.

خنده باعث چند سرفه می‌شود و او مضطرب نگاه می‌کند.

«باید بگویم یکی بیاید.»

دستش را می‌گیرم و نگهش می‌دارم تا نفسم جا بیاید. حمله در یکی دو دقیقه رد می‌کند.

سرانجام می‌پرسم «او چه کار کرد؟»

«اوه. خیلی عصبانی شد. مرا روی زانویش خواباند و روی باسنم زد. خانه‌نشینم کرد و شب بدون شام به تختخواب رفتم. مهم نبود که من معصومانه یک عبارت یاد گرفتم. کلی داد و فریاد و داستان شد و پرستار بدبختم اخراج شد.» سرش را تکان می‌دهد. «الیزابت همیشه روی تربیت حساس بود. در بخشیدن یک اهانت، خیلی کند و ضعیف است، و آن یکی از اولین و فراوان بحران‌های خانهٔ ما بود.»

در سال‌هایی که فهمیدم الیزابت مادرم است چیزهای زیادی در مورد او فهمیده‌ام. چهرهٔ عمومیش نشان می‌دهد که زندگی بی‌نقصی دارد. یک زندگی زیبا. این چهره‌ای است که به جهان نشان می‌داد. شنیدن در مورد بچگی کریستینا فرصت دیگری به من می‌دهد که درون زندگیش را ببینم. برایم جالب است. هر بار با هم حرف می‌زنیم سؤال پشت سؤال روی زبانم می‌سوزد. اما به دو دلیل آنها را نمی‌پرسم. نمی‌خواهم به زندگی که از آن محروم شدم حسادت کنم. و دوم این‌که نمی‌خواهم کریستینا احساس عذاب وجدان کند.

«حالا چی؟ هنوز از دستت عصبانی می‌شود؟»

«همیشه. فکر کنم در طول بارداری و بعدِ از دست دادن خزان، آگاهانه کمش کرد. او کلّاً از من ناامید است.»

اعتراض می‌کنم «غیرممکن است. تو مهربانی. تحصیل‌کرده‌ای. مستقلی. کار خوبی داری. باهوشی.»

«ممنونم. ولی من آن چیزی که او می‌خواست نشدم. هر انتظاری که داشت من نتوانستم برآورده کنم.»

و من هم چون بچهٔ مریضی بودم، نتوانستم.

این هفته چند بار بخت این را داشتم که سراغ الیزابت بروم و با او صحبت کنم. سخنرانیم را بارها تمرین کرده‌ام. کریستینا گفته برای حمایت از من آنجا خواهد بود و می‌دانم برای گذر از آن به من کمک خواهد کرد. از بهانهٔ قوی و سالم نبودن برای توجیه انجام ندادن این کار

استفاده کردم. واقعیت این است که ترسیدم. می‌دانم به اندازهٔ کافی برای او خوب نیستم. این‌که سراغش بروم و بگویم زنده هستم کافی نیست.

«آیا زری در مورد این چیزها با تو صحبت کرد؟ در مورد سیستیک فیبروزیس؟ منظورم وقتی است که جوان‌تر بودی؟ بدون شک ترسیده بود.»

صحبت کردن دربارهٔ زری بسیار خوشایندتر از فکر کردن در مورد الیزابت است.

«همیشه.» بحث‌های مهم زیادی در مورد مریض بودن داشتیم. «فکر کنم ده یا یازده سالم بود که از او پرسیدم از این بیماری خواهم مرد یا نه.»

«وای. او چه گفت؟»

«گفت مردم می‌توانند از سیستیک فیبروزیس بمیرند، اما بچه‌ها در وان حمام نیز خفه می‌شوند و در تصادف با ماشین هم می‌میرند. چیز مهمی که باید به یاد داشته باشم این است که من یک مبارز هستم و هنوز زنده‌ام و این‌که او در هر قدم از این راه همراه من است.»

«مطمئنم من اگر جای تو بودم تنها چیزی که می‌شنیدم این بود که از این بیماری می‌میرم.»

به او می‌گویم «دقیقاً ما اغلب بدترین چیزها را می‌شنویم. اما هم‌زمان شروع کردم به فهمیدن دلیل این‌که چرا همیشه غذای شور می‌خوریم و معده دردهای همیشگی‌ام. فکر کنم بعد از آن بود که دست از شکایت از داروها، پزشک‌ها و بستری شدن‌ها برداشتم.»

پرستار وارد می‌شود و می‌گوید پزشک کمی تأخیر دارد، اما تا ده دقیقهٔ دیگر ریه‌های مرا معاینه می‌کند. بعد جلیقه را وصل می‌کنند.

وقتی می‌رود کریستینا روی میز درمان خم می‌شود «اگر می‌توانستی یک روز از شر همهٔ این‌ها خلاص شوی، چه می‌کردی؟»

به تمام فعالیت‌هایی که از دست داده‌ام فکر می‌کنم. میلیون‌ها چیز هستند. البته می‌دانم کریستینا چه کار دارد می‌کند. دوست دارد یک کاری برای من انجام دهد. آخرین چیزی که می‌خواهم این است که در قبال من احساس وظیفه کند.

به او می‌گویم «هیچ کاری نمی‌کنم. در تخت دراز می‌کشم و هیچ کار نمی‌کنم به جز خواندن و خواندن و خواندن.»

می‌خندند «دوست داری چه چیزی بخوانی؟»

«عاشق خواندن رمان های عاشقانه هستم. مجبورم آن قدر مقالات فنی در مورد داروسازی بخوانم که خواندن دربارهٔ عشق و شروع های جدید تغییر خوشایندی خواهد بود. بنابراین در آن روز مرخصی، آن گونه که تو اسمش را می گذاری، راجع به زنی شبیه به خودم می خوانم که عاشق می شود. باید داستانی باشد که به من بقبولاند که پس از آن تا آخر عمر با خوشبختی در کنار هم زندگی کردند، برای آدم های مریض مثل من نیز وجود دارد.»

کریستینا به نوری که از پنجرهٔ بزرگ به داخل می آید نگاه می کند. می دانم می خواهد عواطفش را مهار کند. از درون خودم را سرزنش می کنم «نمی خواستم این قدر بیمارگونه به نظر برسد.»

«این طور نبود.»

«تو خیلی با من مهربانی.»

لبخند می زند «بله. هیچ وقت کسی بوده؟»

«البته. هزاران نفر. زری همه شان را با جارو بیرون کرد.» هر دو می خندیم.

«جدی می گویم. حتی در بهترین دنیاها هم روابط می توانند سخت باشند.»

«برای من پیچیده هستند. من دوستان مذکر زیادی دارم که همکارانم هستند یا از طریق دوستان دخترم آنها را می شناسم. ما اغلب به صورت گروهی با هم به سینما یا شام یا سخنرانی ها و برنامه های دانشگاه می رویم. رابطهٔ من با آنها فقط دوستی صرف است.»

به او نمی گویم بیشتر دوستانم الان ازدواج کرده اند و بچه دارند. از میان دوستان مجردم، شش نفر از آنها امسال عروسی می کنند.

«دوستی صرف به خاطر مذهب؟»

«تا حدی. فکر کنم. البته مردهای ترک می توانند خیلی... اِم... شرور باشند. اما آنهایی که من می شناسم خیلی محترم هستند. ما معمولاً در گروه های کوچک وقت می گذرانیم. و بعد آنها عاشق هم می شوند و ازدواج می کنند. البته من نه.»

«تو زیبا و مهربان و باهوشی. مردها این روزها چه شان است؟»

«حرف های من را به خودم می زنی. فکر کنم ما طرفداران همدیگر هستیم.»

«بگو یک نفر بوده.»

«خب. یکی از همکلاسی های دانشگاهم بود که من نسبت به او

احساس داشتم. و یک پزشک جوان در بیمارستان. و برادر یکی از دوستان خوبم که در استرالیا زندگی می‌کند و سالی دو بار اینجا می‌آید.»

کریستینا اولین کسی است که برای صحبت دربارۀ مردان و رابطه، با او احساس راحتی می‌کنم. سی ودو سالم است و واقعاً نمی‌توانم در این مورد با دوستانم در استانبول حرف بزنم. فوری می‌فهمند راجع به چه کسی دارم حرف می‌زنم. و با این‌که عاشق زری هستم، اما گفت‌وگو دربارۀ مردان با او غیرممکن است.

«چهار یا پنج آدم دیگر هم بودند که می‌توانم نام ببرم که در خفا دوست داشتم به من پیشنهاد بدهند. اما هیچ‌کدام نشد.»

«چرا؟»

به دستگاه‌های اطرافمان اشاره می‌کنم «به خاطر این.»

«صبر کن. انتخاب تو بوده یا آنها؟»

لبخندی می‌زنم و سرم را در حالت درهم رفتۀ صورتش تکان می‌دهم. الان خیلی شبیه به زری شده است. «فرقی هم دارد؟»

«فکر می‌کنم بله.»

«عادلانه نیست یک نفر را با خودم به این راه بکشم. اما صادقانه بگویم به ندرت آن قدر نزدیک می‌شوند که بشود دربارۀ این موضوع با آنها حرف زد.»

«عوضی‌ها.»

می‌خندم و سینه‌ام درد می‌گیرد. کریستینا صبر می‌کند تا خلط را پاک کنم، اما این بار مضطرب نمی‌شود.

با نفس‌های بریده می‌گویم «می‌توانی این را برایم هجی کنی؟»

«خوشحال می‌شوم... و توی صورت‌شان هم می‌گویم.»

به آب توی یخچال اشاره می‌کنم و او آن را برایم می‌آورد.

«فکر می‌کنم مردان خوب تنها در رمان‌های عاشقانه هستند.»

«من قبول ندارم. باید هنوز مردهای خوبی آن بیرون باشند. من که امیدم را برای تو از دست نمی‌دهم.»

رابطۀ ما ممکن است جدید باشد، اما خاص است. ما به خاطر تربیت، فرهنگ، مذهب و حتی تحصیلات‌مان، آدم‌های متفاوتی هستیم. اما فکر می‌کنم زندگی ما در سطوح مختلفی به هم مرتبط است.

«حالا که حرف از مردها شد. دوست پسرت دیشب رسید؟»

«بله رسید. اما دیگر دوست پسر من نیست. دیشب با او تمام کردم.»

چین‌های روی پیشانیش دوباره هویدا می‌شوند، اما به نظر می‌رسد کریستینا بیشتر راحت شده تا غمگین. می‌دانست این اتفاق خواهد افتاد. در ماه ژوئن به من گفت تردید دارد بعد از به دنیا آمدن بچه رابطه‌شان دوام بیاورد.

«بعد از این‌که به الیزابت کمک کردیم شرکت را بفروشد، هر کدام دنبال راه خودمان می‌رویم.»

درست نمی‌دانم چه باید بگویم. «متأسفم.»

«جای نگرانی نیست.» سعی می‌کند خوشحال به نظر بیاید اما می‌توانم ناامیدی عمیق‌تری که به درون هل می‌دهد را احساس کنم.

«وقتی کارت اینجا تمام شود، در لوس‌آنجلس زندگی خواهی کرد؟»

«نه.» صبر می‌کند تا پرستار دستگاهی را به داخل هل بدهد و برود. «دست کم نه به صورت ثابت.»

پیشاپیش می‌دانم می‌خواهد بعد از رفتن الیزابت مدتی اینجا بماند. به من گفته می‌خواهد کمی زمان با زری بگذراند.

می‌پرسد «نظرت چیست که بیایم و در استانبول زندگی کنم؟»

«به نظرم عالی است، اما قدم بزرگی است.»

بلافاصله به مامان فکر می‌کنم و این‌که در چند ماه گذشته چند بار فکر کردم که اگر من بمیرم چه بر سر او می‌آید. انگار که لازم است در مورد شرایطم به من یادآوری شود، نفس در سینه‌ام می‌گیرد و برای چند دقیقه به تقلا می‌افتم.

چشمان کریستینا گشاد می‌شود و قبل از آن‌که بتوانم جلویش را بگیرم بیرون می‌رود. چند ثانیه بعد با یک پرستار برمی‌گردد. دستم را بالا می‌برم تا نشان دهم حالم خوب است. می‌آید کنارم می‌ایستد، دستش را روی صورتم می‌کشد. می‌خواهد خودش مطمئن شود.

خیلی از این ایده که بیاید اینجا زندگی کند خوشم می‌آید. نمی‌توانم بلند بگویم ولی من خیلی بیشتر از امید به زندگی مورد انتظار زندگی کرده‌ام و حضور او در استانبول برای زری خیلی فرق خواهد داشت.

برای او ابرو کج می‌کنم «فکر کنم می‌خواهی زری را با من سهیم شوی.»

«من اصرار دارم.»

«من را که پیش الیزابت نمی‌فرستی؟»

«باشد. ولی من اسم خودم را می‌خواهم.»

«حرفش را هم نزن. من اسمم را نگه می‌دارم.»

در حین صحبت ما یک پزشک جوان وارد می‌شود. بلافاصله به من، کریستینا و دوباره من نگاه می‌کند. فکر می‌کند داریم جر و بحث می‌کنیم.

(به ترکی) «سلام.»

یک بار دیگر او را اینجا دیده‌ام. به ترکی او را به کریستینا معرفی می‌کنم. کریستینا سری تکان می‌دهد و به سمت پنجره محو می‌شود.

کارش را شروع می‌کند و حین گوش دادن به صدای ریه‌هایم سؤالاتی می‌پرسد.

(به ترکی) «سرفه کنید.»

سرفه می‌کنم.

(به ترکی) «باز هم.»

دوباره سرفه می‌کنم.

کریستینا به آرامی می‌پرسد «این یکی هم خیلی خوش تیپ است. این هم یکی از آن عوضی‌ها است؟» صدای خنده را در گفتارش می‌شنوم.

پزشک بدون این‌که سرش را بالا بیاورد و درحالی‌که به کارش ادامه می‌دهد به انگلیسی می‌پرسد «از کدام عوضی‌ها؟»

لبخندی می‌زنم و او با صورت قرمز برای تماشای برخی تجهیزات به گوشهٔ اتاق می‌رود.

به دروغ و به زبان انگلیسی می‌گویم «داشتم از آن متخصصین آزمایشگاه رادیولوژی شکایت می‌کردم. شما که بدون شک جزو آن‌ها نیستید.»

«خوشتیپ یا عوضی؟»

«هر دو.»

می‌گوید «باشد. متأسفم که پرسیدم.» چشمکی به من می‌زند.

دوباره سراغ گوش کردن به صدای ریه‌هایم می‌رود. روی تخته‌ای که کنارم است داده‌های آزمایشات این هفته ثبت شده‌اند. زیر نتیجهٔ اندازه‌گیری اشباعیت خون خط قرمز کشیده‌اند و آزمایشات دیگر هم همگی بد هستند.

«من نمی‌خواهم-»

(به ترکی) «ترکی لطفاً.» بلافاصله از او می‌خواهم به ترکی حرف بزند.

اخبار را به من می‌دهد. زندگی من همیشه نبردی برای زنده ماندن بوده است، اما دارم کم کم نبرد را می‌بازم. می‌گوید جلیقه را امروز امتحان می‌کنند، اما فردا باید برای آزمایشات بیشتر برگردم.

او بیرون می‌رود و پرستار داخل می‌شود. کریستینا کنار تخت به من ملحق می‌شود.

به او می‌گویم «او استعداد بالایی دارد که یکی از عوضی‌های من شود.»

می‌خندد و به پرستار که دارد جلیقهٔ بادشو را تن من می‌کند، نگاه می‌کند.

وقتی او را می‌بینم که این چنین با دقت کنار من ایستاده است، وقتی خوش‌بینی او را حس می‌کنم و وقتی می‌دانم در نظر دارد اینجا بماند، ترس‌هایم را از یاد می‌برم. برای اولین بار نگران فردا نیستم. می‌دانم یک نفر هست که مراقب زری باشد.

تـا پیـش از امـروز هیـچ تجربـهٔ شـخصی از هزینه هـای روحـی و عاطفـی ناشـی از مشـاهده رنـج عزیزانـم نداشـتم. در آن اتـاق کلینیـک، کاری از دسـتم بـر نمی آمـد و مسـئولیتی بـرای تصمیم گیـری نداشـتم. کاری نداشـتم جـز این کـه در کنـار تیـام باشـم. امـا هم چنـان نگـران بـودم. متوجـه شـدم به طـور ناخـودآگاه تنفسـم را بـا دسـتگاهی کـه بـه تیـام وصـل شـده بـود هماهنـگ کـردم. وقتـی از او می خواسـتند بـرای صـاف شـدن سـینه اش سـرفه کنـد، مـن هـم بی اختیـار سـرفه می کـردم. هـر بـار کـه پزشـک بـرای بررسـی رونـد درمـان بـه اتـاق می آمـد کـف دسـتانم خیـش عـرق می شـدند. از شـنیدن یافته هـای او مضطـرب می شـدم. بـا وجـود همـهٔ این هـا، در تمـام مـدت اشـک هایم را نـگـه داشـتم، روی عواطفـم سـرپوش گذاشـتم و وانمـود کـردم می توانـم آنها را کنـترل کنـم.

حالت چهرهٔ افرادی کـه می آمدنـد و می رفتنـد سرنخ هایـی بـه مـن می داد. بـرای این کـه بدانـم چـه در سـر آنها می گـذرد نیـازی بـه مترجـم نداشـتم. هیچ کـس از وضـع تیـام راضـی نبـود.

بـودن در اسـتانبول و دیـدن وضعیـت تیـام تنهـا مهـر تأییـدی اسـت بر آن چـه در سـر دارم. لحظـه ای کـه الیـزابت بعـد از فـروش اکسـترنوس پاداشـم را بدهـد، می دانـم بـا سـهمم چـه خواهـم کـرد. هنـوز چیـزی در ایـن مـورد بـه کسـی نگفتـه ام. پـول خـرج درمـان تیـام خواهـد شـد. امـا بعـد از آن چـه امـروز بـه چشـم دیـدم، فهمیـدم کـه کمـک مالـی تنهـا چیـزی نیسـت کـه او نیـاز دارد. ظاهـراً بیمـاری او پیشـرفته تر از آن چیـزی اسـت کـه مـن فکـر می کـردم.

سـؤالاتی پیرامـون آینـدهٔ بیمـاری تیـام ذهنـم را در هـم می ریـزد. اطلاعـات مـن در مـورد سیسـتیک فیبـروزیس و درمـان آن حاصـل جسـتجوهای اینترنتـی اسـت کـه بـدون تردیـد قابـل اطمینان تریـن منبـع نیسـت. نمی دانـم آن چـه کـه تحـت عنـوان درمـان دریافـت می کنـد کافـی اسـت یـا نـه. می خواهـم بدانـم آیـا

در فهرست انتظار برای پیوند ریه هست یا نه. و اگر هست زمان انتظار در ترکیه چقدر است. فکر دیگری به ذهنم خطور می‌کند، اگر بتوانم به نحوی او را به آمریکا ببرم، آیا زمان انتظار کوتاه‌تر خواهد شد؟ آیا عمل موفقیت‌آمیزتر خواهد بود؟

در حال حاضر و حین تماشای او که تحت درمان است، نمی‌توانم این سؤالات را بپرسم. حتی نمی‌دانم به من اعتماد خواهد کرد یا نه. او در تلاش است تا از زری محافظت کند. می‌ترسم برای این‌که همین کار را در مورد من نیز انجام دهد، حقیقت را پنهان کند.

چهار ساعت بعد، وقتی جلسهٔ درمانی تمام می‌شود، سردردی ناشی از تنش به بالای شقیقه‌هایم می‌کوبد، برای مخفی کردن آن لبخندی روی صورتم می‌کشم.

تیام درحالی‌که داریم از کلینیک بیرون می‌رویم می‌گوید «نمی‌توانم شام را با تو و الیزابت صرف کنم. متأسفم، باید بروم خانه و بخوابم. می‌توانیم عقبش بیاندازیم؟»

رنگ‌پریده و خسته است. چشم‌هایش سایهٔ تیره‌ای در زیر خود دارند.

«حتماً. فردا شب؟»

«ببینم چه می‌شود.»

از این‌که قرار شام به هم خورد خوشحالم. وقتی این تجدید دیدار رخ دهد من باید هم نقش ناظر و هم نقش میانجی را ایفا کنم. اما نگران تیام هستم. امروز نگاهی کوتاه به کاری که زری در سی سال گذشته انجام داده است، داشتم. او شاهد آن بوده که کودکی که دوستش دارد ماه‌ها پسِ ماه‌ها برای زنده ماندن مبارزه کرده است. او زمانی که الیزابت رفت می‌دانست که بیماری تیام کشنده است.

زمانی که من با دخترم سپری کردم بسیار کوتاه بود، اما خوب خاطرم هست که هر بار که دردی می‌کشید، نگرانی می‌خواست مرا از درون بدرد. کارکنان بیمارستان به من گفتند حالش خوب خواهد شد. اما من غرق تماشای او و راه رفتن در اطراف اتاق با بدن کوچکش در میان بازوانم بودم. و وقتی او را به بخش مراقبت‌های ویژه بردند، مدام به من می‌گفتند که شانس خوبی برای بهبودی دارد. می‌خواستم حرف آنها را باور کنم... تا آن‌که دیگر نمی‌توانستم. و بعد او مرد.

زری دهه‌ها با سایهٔ مرگی آنی بالای سر تیام زندگی کرده است. حتی

فکر کردن به آن هم جانم را می‌گیرد.

به تیـام می‌گویم او را به خانه می‌رسانم ولی قبـول نمی‌کند و می‌گوید خـوب است. سر این موضوع بحث می‌کنیم ولی او یک دندگی می‌کند. بنابراین دو تاکسی می‌گیریم. قبل از جدا شدن قول می‌دهد فردا صبح به من پیامک بدهد و بگوید حالش چطور است.

وقتی به هتل می‌رسم به فکرم می‌رسد پیام‌هایم را نگاه کنم. چند پیام دارم. کایل می‌خواهد در مورد ارائهٔ اطلاعات همدیگر را ببینیم. چهار پیام از خط ترکی الیزابت آمده است. احضار شده‌ام.

وقتی وارد سرسرا می‌شوم کارمند پذیرش می‌گوید «خانـم هـال مادرتان می‌خواهنـد شما را ببیننـد. ایشان در حیاط هستند.»

برنامـهٔ مـن بـرای ارسال پیـام به کایل و مادرم در مورد لغو برنامه شام بی‌فایده است. مطمئنـم اگر پیشش نـروم، مأموران حراست هتل را می‌فرستد سروقتم. قبل از این‌که بیرون بروم، در سرسرا کمی آب برمی‌دارم و کیفـم را می‌گردم بلکه چیزی بـرای این سردرد بیابم. قوطی دارویی که دیـروز گرفتم تـه کیفم است.

بـرای یک لحظه ذهنم بدین سمت می‌رود که اگـر در استانبول بـودم زندگیم چطور بـود. شاید به کمـال عثمان زنگ می‌زدم کـه پسر عمویش یا تعدادی دیگر از دوستانش را بـرای همراهـی مـن و تیام در نمایش سماع درویشـان بـا خـود بیـاورد. کمـال و تیام هـر دو داروساز هستند؛ شاید قبلاً یکدیگر را ملاقات کرده باشـند. باید مشترکات زیـادی داشته باشند.

طرح زوج یابی من با آمدن پیام دیگری از سوی الیزابت بر هم می‌خورد. به من می‌گوید از حیاط به رستوران پشت بام رفته است.

دو قرص استامینوفن در جیب کناری کیفـم پیدا می‌کنم و با جرعه‌ای آب می‌خورم. چهرهٔ بسیاری از کارکنـان هتل برایم آشنا شده است و آنها نیز مرا می‌شناسند. وقتی از کنار آنها می‌گذرم، لبخندی می‌زنند و به نام با من احـوال پرسی می‌کنند. دو مرد ترک زبان بـا کت و شلوار تیره نزدیک یک پنجـره ایستاده‌اند. توجهـم بلافاصله به مرد بلندقدتر جلب می‌شود، امـا او راننـدهٔ دیشبی نیست. از وقتی چند کلمه بـا او صحبت کردم، دیگـر از مواجهه‌مان نمی‌ترسـم. هرچند هنـوز کنجکاوم بدانـم چطور تیام را می‌شناسد و چرا دربارهٔ او سـؤال کـرد.

به تراس می‌روم و تا می‌رسم الیزابت از روی یک مبل برایم دست تکان

می‌دهد. خورشید ماه سپتامبر دارد در آسمان طلایی غروب می‌کند. هوا هنوز به طرز مطبوعی گرم است، اما الیزابت خواسته یک بخاری کنارش روشن کنند.

«کجا بودی؟ تمام بعد از ظهر دنبالت می‌گشتم. کارکنان پذیرش گفتند از هتل بیرون رفته‌ای.»

«رفتم قدم بزنم.»

با دست روی مبل می‌زند. وقتی می‌نشینیم یک پیش‌خدمت سفیدپوش می‌آید و یک کوکتل دیگر جای لیوان خالی الیزابت می‌گذارد. من به پیشنهاد دیدن منوی نوشیدنی سر تکان می‌دهم.

«می‌توانستم با تو بیایم.»

«نه می‌خواستم تنها باشم.»

«خوشحالم کایل صحیح و سالم رسید. نه؟»

«بله» در مورد این‌که کایل چیزی به الیزابت گفته باشد مطمئن می‌شوم. «خوب کار فوری چیست؟ چرا این‌قدر برایم پیامک فرستادی؟»

«این شام امشب. می‌دانی تا چه حد از سورپرایز بدم می‌آید. به من بگو چه کسی می‌آید یا من نمی‌آیم.»

آن قدر سرم درد می‌کند که نمی‌توانم بحث کنم. به پیش‌خدمت اشاره می‌کنم. «نظرم عوض شد. می‌توانم یک فنجان جای سفارش بدهم؟»

«بله خانم.»

به محض رفتن او الیزابت ادامه می‌دهد «پاتریشیا نیکولز است، نه؟»

«با او تماس گرفتی؟»

«سعی کردم ولی جواب نداد.»

«پیغام گذاشتی؟»

«البته. گفتم در استانبول هستم و گفتم در کدام هتل اقامت داریم. همین.»

نیمی از لیوان را می‌نوشد. از طرز حرف زدنش می‌فهمم چند لیوانی خورده است.

«من هنوز درک نمی‌کنم اصلاً چرا می‌خواهی این زن را ببینی. این نوستالژی مسخره‌ای که دربارهٔ دوران بچگیت داری خسته‌کننده است. پاتریشیا سی سال پیش هم پیر بود. الان باید دیگر پیرزن خرفتی شده باشد. چیزی نیست که او بگوید و خودم از قبل به تو نگفته باشم... هزار بار.»

بدون توجه به این‌که با او تماس برقرار کنیم یا نه، من از قبل برنامه دارم وقتی توانستم به استانبول نقل مکان کنم با پاتریشیا نیکولز آشنا شوم. شاید بعد از یکی دو ناهار، دلش بخواهد جزئیاتی چند از زندگی قدیمی الیزابت بگوید، به ویژه در ارتباط با مردها. شاید چیزی که انتظار دارم زیادی دور از دسترس است اما ارزش تلاش کردن دارد. برای تیام هر کار خواهم کرد.

تلفنم با آمدن پیامکی از سوی کایل می‌لرزد. می‌گوید دو نکته در مورد قرارداد باید برای وکیل ارسال شود و تا جمعه تصحیح شده بازگردد. او در کافی‌نت است و می‌خواهد آنجا بروم.

به او پیامک می‌دهم و می‌گویم تا پنج دقیقهٔ دیگر آنجا هستم.

بلند می‌شوم و به الیزابت می‌گویم «راحت باش. شام امشب افتاد به فردا شب. همان رستوران. همان ساعت.»

«من نمی‌توانم. تو هم نمی‌توانی. کایل قبلاً برای هر سه نفرمان میز رزرو کرده است. فردا شب یک روز زودتر تولدت را جشن می‌گیریم.»

با خودم فکر می‌کنم چقدر خوب. این هفته در واقع تولد تیام است. زری به من گفت که من در واقع در ماه مارس در روستایی کوهستانی در شرق ترکیه به دنیا آمدم.

«با کایل هماهنگ می‌شوم.»

الیزابت تند و کوتاه می‌گوید «به تو هشدار می‌دهم من نمی‌خواهم پاتریشیا نیکولز برای شام به ما ملحق شود. اگر خواست با من تماس بگیرد و بخواهد بیاید چای بخوریم و چرت و پرت بگوییم، شاید. اما نه برای شام. فهمیدی؟»

از این‌که پیشاپیش مطمئن شده مهمان من چه کسی است سرگرم می‌شوم.

دست بردار نیست «به من قول بده.»

«فهمیدم. پاتریشیا برای شام به ما ملحق نمی‌شود.»

پیش‌خدمت چای را می‌آورد، اما باید آن را روی میز بگذارم و بروم. از خودم می‌پرسم الیزابت چه ماجرایی راه می‌اندازد اگر تیام به عنوان مهمان من در این شام تولد حضور یابد. در حین رفتن به کافی‌نت، یک بار دیگر در مورد ایدهٔ ملاقات این دو در رستوران فکر می‌کنم. الیزابت تصاویر تیام را دیده و به صورت گذرا با او مواجه شده است. اگر تصمیم بگیرد گستاخ

یا متخاصم برخورد کند چه؟ بد رفتار کردن او امری دور از انتظار نیست.

حالا دیگر ایدهٔ یک شام دوستانه چندان خوب هم به نظر نمی‌رسد. درحال حاضر آن‌قدر سرم درد می‌کند که نمی‌توانم به گزینهٔ دیگری فکر کنم. شاید فردا با تیام صحبت کنم و راه حل دیگری پیدا کنیم.

کایل تنها فرد حاضر در کافی‌نت است. وقتی آمدن من را می‌بیند چهره‌اش در هم می‌رود. هنوز هم به خاطر نحوهٔ تمام کردنم با او ناراحت است. در حالی که صندلی را عقب می‌کشم و در غرفهٔ کناری می‌نشینم می‌گویم «چه داریم؟ چه کاری باید انجام بدهیم؟» یادداشت‌هایش را جلوی من می‌گذارد و من نگاهی به آنها می‌اندازم. تغییراتی که می‌خواهد در قرار داد بدهد دربارهٔ حذف بند عدم صلاحیت است، تا برنامه نویسان فعلی اکسترنوس از کار بیکار نشوند. با پیشنهادش موافقم. لپ‌تاپم را باز می‌کنم و ایمیلی برای وکیل شرکت می‌نویسم و تغییرات را مشخص می‌کنم.

بعد از این‌که ایمیل را می‌فرستم می‌پرسد «الیزابت می‌داند؟ جریان ما را؟»

«من چیزی نگفتم. هیچ ربطی به او ندارد.»

«قبول دارم. این طوری بهتر است.» کاغذها را کنار لپ‌تاپش روی هم می‌ریزد «همه چیز پیچیده‌تر از آن چیزی است که من تصور می‌کردم. ما فقط باید کاری کنیم همه چیز ساده و راحت به پیش برود.»

«منظورت از پیچیده چیست؟»

«تو و الیزابت دارید یک چیزی را از من مخفی می‌کنید.»

«راجع به چی حرف می‌زنی؟»

نگاهی به من می‌کند که یعنی باید اعتبار بیشتری به من بدهی «کل کاری که باید می‌کردی این بود که به چند ایمیل اشاره کنی و او پذیرفت با دوستی قدیمی ملاقات کند. تو از او باج گرفتی.»

به او یادآوری می‌کنم «مادرم و من مسئله زیاد داریم. اما زندگی خصوصی من متعلق به خودم است. به خصوص حالا.»

«من می‌خواهم این فروش بدون دست‌انداز تمام شود کریستینا.»

نگاهم به نگاهش دوخته می‌شود و خوشحالم که این گفت‌وگو دربارهٔ کار است. «من هم همین طور. چیزی که بین من و الیزابت است ربطی به اکسترنوس ندارد.»

«واقعاً؟ ندارد؟» روی صندلی می‌چرخد تا مقابل من قرار می‌گیرد. «پس چرا استانبول؟ از خودت نپرسیدی چرا جکس برنامه‌ریزی کرد تا با خریداران اینجا ملاقات کند؟»

«نمی‌دانم. چون به مسکو نزدیک‌تر است؟ چون محیطی خنثی برای هر سه خریدار بالقوه است؟» به آن‌چه که بعد از اولین سفرم برای جکس تعریف کردم، می‌اندیشم. بعد از صحبت ما بود که استانبول را به‌عنوان محل فروش انتخاب کرد. «فرودگاه خوب؟ هتل‌های سطح بالا؟»

«می‌توانست این کار را هفتهٔ پیش در اوزاکا انجام دهد. همهٔ شرکت‌هایی که این هفته می‌آیند، آنجا بودند. حتی می‌توانست با وارد کردن دیگر شرکت‌های متوسط در مناقصه قیمت را بالاتر ببرد. هر کس در این کسب و کار است هفتهٔ پیش در ژاپن بود.»

«تو به او پیشنهاد دادی؟»

«بله. ولی خیلی خشک مخالفت کرد. گفت مزایده اینجا انجام می‌شود. تمام.»

ذهنم دوباره به گفت‌وگویی که با جکس داشتم کشیده می‌شود. ازدواج او با الیزابت از همان ابتدا یک نقل و انتقال تجاری بود. او می‌خواست شرکتی راه بیندازد. الیزابت می‌دانست چطور پول جمع کند و او را در چشم سرمایه‌گذاران موجه جلوه دهد. ورای امور کاری، زوجی افتضاح بودند. هر یک از آنها زندگی خودش را می‌کرد، دوستان خودش را داشت و کار خودش را انجام می‌داد.

«من نمی‌خواهم این همه کار کنم و در لحظهٔ آخر گند بخورد در همه چیز.»

کایل کمال‌گرا است. هر اندازه در رابطهٔ شخصی با او مشکل دارم، در عوض هیچ وقت در مورد توانایی‌ش در انجام کار تردید نداشته‌ام.

می‌پرسم «به جز این تغییری که برای وکیل فرستادیم چه مشکلی ممکن است پیش بیاید؟»

«الیزابت مادر تو است. پس تو باید بدانی.» آرنجش را روی زانویش می‌گذارد و صدایش را پایین می‌آورد. «بعد از آن چیزی که به او گفتی ترسیدم الیزابت کنترل خودش را از دست بدهد، به همین خاطر سرکی در گذشته‌اش کشیدم.»

«رفتی سراغ ایمیل‌های جکس؟» این را می‌پرسم چون می‌دانم کایل توانایی جستجو در آن پوشه‌ها را دارد.

«نه فقط جهت اطمینان جستجویی در شبکه تاریک[1] انجام دادم.»

در اعماق اینترنت، جایی که موتورهای جستجو بدان نمی‌روند، شبکه تاریک دنیایی است بدون حد و مرز. اگر اینترنتی که اغلب مردم می‌شناسند غرب وحشی باشد، شبکه تاریک در حلقهٔ نهم جهنم است. به‌عنوان یک برنامه نویس در این خط کاری، به اهمیت این حیاط خلوت بزرگ شاهراه اطلاعات واقفم. در آنجا قانون و مقررات جایی ندارند. کشورها نمی‌توانند آن را سانسور کنند. دانستن این‌که چطور در آن این طرف و آن طرف بروی مهارت قدرتمندی است و من و کایل هر دو این توانایی را داریم. از قبل حدس می‌زدم که اطلاعاتی که جکس در مورد گذشتهٔ الیزابت و دخالت او در فروش غیرقانونی سلاح جمع‌آوری کرده باید از همین طریق به دست آمده باشد.

به من می‌گوید «او قطعاً عضو سی آی اِی بوده است.»

شانه‌ام را بالا می‌اندازم «می‌دانم. جکس داشت خاک‌های قدیمی را زیر و رو می‌کرد. من از آنجا این مطالب را پیدا کردم. در رد و بدل کردن‌های ایمیل با یک هکر.»

ادامه می‌دهد «ظاهراً در یک سری کارهای کثیف شرکت داشته و از آنها پول درآورده است. پولی که ممکن است وارد اکسترنوس شده باشد.»

«من نمی‌دانم با پولی که از آن کار گیر آورده چه کرده است. وقتی من داشتم بزرگ می‌شدم همواره کار می‌کرد و به درآمدش احتیاج داشت.» بقیه آن چه می‌دانم را برای او تعریف می‌کنم. «جکس صفحاتی از اطلاعات خارج شده از طبقه بندی را قبل از مرگش جمع‌آوری کرده بود. اما این‌ها چطور بر کار ما تأثیر می‌گذارند؟»

«پس راجع به فهرست مرگ می‌دانی؟»

«چه فهرست مرگی؟» کایل چیزی می‌داند که من نمی‌دانم. حالا نگرانم.

شبکهٔ تاریک اسم و رسمش را بی‌دلیل به دست نیاورده است. جایی است که عناصر جنایت‌کار روی کره زمین مقدار زیادی کالاهای غیرقانونی خرید و فروش می‌کنند. هویت، سلاح، برده‌های جنسی و مواد مخدر. جایی است که آدمکش‌های قراردادی سفارش قتل و دیگر فرصت‌های شغلی پرسود خود را پیدا می‌کنند. این سفارشات از سوی دولت‌ها و کسب و

1- Dark Web

کارهایی هستند که به دنبال نتایج مرگبار، بدون برجای ماندن اثر انگشت خود هستند. جایی است که نطفهٔ جنایات مخوف بسته می‌شود.

«فهرست مرگی که اسم الیزابت در آن است.»

«چه کسی می‌خواهد الیزابت بمیرد.»

«دو سال پیش یک گروه کُرد، فهرستی از اسامی کسانی که مسئول جنایات جنگی هستند تهیه کرده و از برخی از آنها شکایت شده است.»

«از دادخواهی‌های مدنی اطلاع دارم، اما اسم مادر من در آنها نبود.»

انگشتانش را در موهایش می‌کشد «نمی‌دانم. فهرست بلند بالایی است و بیش از دوسال است که تهیه شده. فکر کنم جکس از این موضوع اطلاع داشته و انتخاب استانبول عمدی بوده است.»

«جکس هرگز چنین کاری نمی‌کرد.» این را می‌گویم اما مطمئن نیستم. تلاش می‌کنم تردیدهایم نسبت به این‌که او عمداً می‌خواسته با آوردن ماردم به استانبول جانش را در خطر بیندازد پس بزنم. «به علاوه آیا کسی نمی‌توانست در لوس‌آنجلس یا نیویورک یا جای دیگر به او آسیب بزند؟»

«شاید. اما واقعاً نمی‌دانم.»

«می‌گویی او در استانبول بیشتر در معرض خطر است؟»

«نمی‌دانم شاید بله، شاید هم نه. الان چند روز است که اینجاست؟»

«چهار روز.»

«از هتل بیرون رفته است؟»

«با هم به حمام رفتیم و او تنهایی به کنسولگری رفت. بازار ادویه هم رفتیم.»

اخم می‌کند «و هیچ اتفاقی برای او نیفتاد. شاید بهترین کار این باشد که او را در هتل نگه داریم، مراقبش باشیم، معامله را تمام کنیم و بگذاریمش در هواپیما برود خانه.»

«باید برای گذرنامه‌اش به ادارهٔ پلیس و کنسولگری برود.»

«به او گفتم همراهش می‌روم، اما شاید برنامه‌ات برای شام امشب خیلی مناسب نباشد.»

«انداختمش عقب.»

«مادرت از من خواست برای تولد فردا شب تو میز رزرو کنم. تغییرش می‌دهم به رستوران هتل.»

«فکر خوبی است.»

یک لحظه تردید می‌کند و نگاهی به من می‌اندازد. «پیشنهاد می‌کنم هیچ یک از این‌ها را به او نگوییم.»

شک ندارم اگر الیزابت چیزی دربارهٔ فهرست مرگ بفهمد بدون توجه به سنش، با اولین پرواز از استانبول می‌رود. او جانش را بیشتر از هر میزان پولی که از این فروش به دست می‌آورد دوست دارد.

الیزابت

مردمی که به سمت پایین خیابان می‌رفتند، با خوردن به الیزابت از کنار او می‌گذشتند. ماسکی که پوشیده بود صورتش را می‌گزید. جریانی تنه زننده و بالا و پایین رونده او را احاطه کرده بود. نفس کشیدن سخت بود و نمی‌توانست به چپ یا راست برود. او با این جمع مواج انسانی یکی شده بود. با هر قدم درد از کف پایش بالا می‌زد. کفش‌هایش را جایی گم کرده بود. لباس‌هایش مثل گونی از تنش آویزان بودند. جمعیت به او تنه زد و ماسک از روی صورتش لغزید. توانست یک دستش را آزاد کند و آن را سر جایش برگرداند.

همه با صدای انفجاری ناگهانی ساکت شدند و او بوی ناخوش شیرینی مثل بوی سیب گندیده و کلر استنشاق کرد. می‌دانست چه است و اضطراب وجودش را فراگرفت.

در دو سوی خیابان، آپارتمان‌ها و ساختمان حین عبور او منفجر می‌شدند و می‌افتادند. با صدایی کر کننده فرومی‌ریختند و ستون‌هایی از دود به هوا می‌فرستادند. گرد و غبار هوا را پر کرده بود و مثل ابر جمعیت پشت سرش را می‌پوشاند.

جریان پر سرعت انسانی وحشت کرد و به گله‌ای رم کرده تبدیل شد. صدای فریاد و جیغ با صدای ساختمان‌هایی که مثل دومینو خرد می‌شدند و می‌ریختند، رقابت می‌کرد.

الیزابت همراه با بقیه دوید، اما می‌دانست نمی‌تواند رازش را به آنها بگوید. او همان نیرویی بود که باعث ویرانی در اطراف آنها می‌شد. او خود مرگ بود.

انفجاری دیگر رخ داد و او پایش به چیزی گرفت و به روی جاده افتاد. بدجور زمین خورد.

یک جسد. جسد یک کودک. روی زانوهایش نشست. بقچهٔ کثیف و کهنه‌ای از پوست و استخوان بود. به صورت رنگ پریده خیره شد. الیزابت او را شناخت. او را در محلهٔ کردنشین دیده و دوان دوان در رستوران تصورش کرده بود. دخترک همه جا بود.

جمعیت از اطراف الیزابت پراکنده شد. اجساد محو شدند، اما مثل یک دژ از او حفاظت می‌کردند. آنها از دستی حفاظت می‌کردند که آمده بود آنها را نابود کند. فکر می‌کردند او یکی از آنها است، یک قربانی، یک بی‌گناه، اما زیر ماسک را ندیدند.

دود و غبار گردبادی دور او درست کردند و صداهای بالا را گنگ می‌ساختند. حالا تنها او بود و این بچه.

برخلاف اراده‌اش، گونهٔ لاغر بچه را لمس کرد. گوشتش سرد و بی‌جان بود. دختر کرد مرده بود.

چشمان بچه آرام باز شد. انگشتانش بالا آمدند و ماسک را از صورت الیزابت برداشتند. لب‌های بی‌خون تکان خوردند و دو کلمه را زمزمه کردند

شیطان، اهریمن

الیزابت نفس‌نفس‌زنان ناگهان از جا پرید و روی تخت نشست. سینه‌اش را گرفت و سعی کرد نفس بکشد، اما نمی‌توانست هوای کافی وارد ریه‌هایش کند.

همه چیز در اطرافش تیره، چرخان و زنده بود. دود اتاق را پر کرده بود و چشم‌هایش را می‌سوزاند. بوی نامطبوع کلر و میوهٔ گندیده طاقت فرسا بود. صدای فیس‌فیس از جایی در تاریکی می‌آمد.

باید هم‌چنان خواب می‌بود. در کابوسش گیر افتاده بود. بلند شو الیزابت.

بلند شو.

جیغش در اتاق منعکس شد. پتو را با شدت کنار زد، از تخت پایین افتاد و با دست‌ها و زانوهایش روی فرش کف اتاق فرود آمد. نمی‌توانست فکر کند، اما غریزه‌اش یک چیز می‌گفت. باید از آنجا بیرون می‌رفت.

«برو بیرون.»

چهار دست و پا به سمت درِ گمشده در دود رفت. انگشتانش روی چوب بالا رفتند و دستگیرهٔ در را پیدا کردند. دستگیره از دستش در رفت و با صورت به زمین خورد. دوباره خودش را بالا کشید و تکان شدیدی به دستگیره داد،

اما در باز نمی‌شد. به آن ضربه زد و با صدای بلند درخواست کمک کرد.

تا متوجه شد صدای فیس فیس درست از زیر پایش می‌آید، متوقف شد. دود از زیر در داخل می‌آمد. درک خطر وجودش را از هم درید.

گاز اعصاب

آنها او را به کردستان برده بودند. سم در اطرافش می‌چرخید. دود هوا را پر کرد. اما صدام مرده بود. او نقش خود را در آن حملات ایفا کرده بود، ولی آن جنگ تمام شده بود.

حلبچه بدترینش بود. او گفته‌های شاهدان عینی را در یادداشت خود به لانگلی[۱] گزارش داده بود. عکس‌ها را دیده و مطالعه کرده بود. خیلی زیاد بودند.

خیابان‌ها پوشیده از اجساد مردان، زنان و کودکان کرد بود. جوان‌های زیادی مردند. کفی به رنگ سبز مایل به خاکستری از دهان‌شان بیرون زده بود. بدن‌شان به هم پیچیده بود و انگشتان‌شان از شدت درد به طرز عجیبی خم شده بود.

آنها که خوش‌شانس بودند در همان دقایق اولیه مردند. وقتی گلوله‌ها منفجر شدند و گاز پراکنده شد، مرگ در همه جا بود. ابتدا پرندگان، بعد حیوانات و سپس انسان‌ها شروع به افتادن کردند. به محض این‌که به ریه‌ها و جریان خون می‌رسید، تنفس چنان ناگهانی متوقف می‌شد که آدم‌ها انگار یخ زده باشند در جا بر زمین می‌افتادند. همه‌اش آنجا و برای آیندگان در تصاویر ثبت شده بود.

در سرتاسر حلبچه وحشت آخرالزمانی با سرعت آذرخش پراکنده شد. زنی در آشپزخانه درحال خرد کردن چغندر، مرده پیدا شد، درحالی‌که چاقو هنوز در دستش بود. پدری در آستانهٔ در افتاده بود و صورتش تا ابد از ترس خشک شده بود. در آغوشش نوزادی بی‌جان خفته بود. بیش از پنج هزار نفر گاز را تنفس کردند و در عرض چند دقیقه مردند.

در دفترش در آنکارا او و همکارانش بر روی عکس‌هایی که یک روزنامه‌نگار درست بعد از حمله گرفته بود، ریختند. سازمان انگشت اتهام را به سمت ایران گرفت، اما او می‌دانست چه کسی مسئول است. الیزابت می‌دانست. او همان کسی بود که ماسک بر صورت داشت.

۱- نام محلی است در ایالت ویرجینیای آمریکا که ساختمان اصلی سی آی اِی در آن قرار دارد و مجازاً اشاره به این سازمان دارد.

او به لوله‌ای که گاز و دود را از زیر در به داخل اتاق می‌دمید خیره شد. دوباره بر دستگیره در پنجه انداخت و آن را چرخاند و علی‌رغم بسته بودن زنجیر در آن را گشود. بیرون پرید و به سختی، کمی هوا تنفس کرد. راهرو خالی بود، ساکت مثل قبر. او شروع به دویدن کرد.

ضربات سختی به در، من را از خواب عمیقی که بدان فرورفته‌ام بیرون می‌کشد. نامم را می‌شنوم. دوباره صدای در می‌آید. با حرکتی سریع می‌نشینم. قلبم به سرعت می‌تپد و می‌کوشم دنیای رویایی که مغزم را دربرگرفته کنار بزنم. ضربه‌ها بلندتر می‌شوند.

«کریستینا!»

ملحفه‌ها را کنار می‌زنم و از تخت بیرون می‌پرم. در اتاق کایل را باز می‌کنم. او در سمت دیگر روی تخت نشسته است.

صدای الیزابت است که در میان ضربه‌ها گم می‌شود. «کریستینا. بگذار بیایم تو.»

کایل نگاهی پرسش‌گرانه به من می‌اندازد. «چه خبر شده؟»

«نمی‌دانم.»

او می‌آید این طرف و من قبل از این‌که در اتاقم را به روی الیزابت باز کنم، در این طرف را پشت سر کایل می‌بندم. همهٔ ساکنین از ابتدا تا انتهای راهرو باید از این هیاهو بیدار شده باشند.

هر سه شامی دیروقت در رستوران خوردیم. قبل از این‌که بنشینیم الیزابت تلوتلو می‌خورد و قبل از تمام شدن شام کاملاً سیاه مست بود. به او کمک کردم به اتاقش برود. آن موقع ساعت ده و نیم شب بود. ساعت را نگاه می‌کنم، تقریباً چهار صبح است.

در را باز می‌کنم و الیزابت با سرعت وارد اتاق می‌شود، مرا به عقب هل می‌دهد و در را به هم می‌کوبد. کفش و لباسِ رو به تن ندارد، با لباس خوابش است و چشمانش وحشت‌زده هستند.

«اوه خدای من، خوشحالم که بیدارید. دنبالم هستند.»

«کی دنبالت است؟»

می‌کوشم بیرون بروم و به راهرو نگاهی بیندازم ولی دستش را روی زنجیر در می‌گذارد و متوقفم می‌کند.

«داشتم کابوس می‌دیدم. بعد بیدار شدم، و همه جا پر از گاز بود. یکی داشت آن را توی اتاقم پمپ می‌کرد. نمی‌دانستم دارد از کجا می‌آید.» دستش را روی سینه‌اش می‌گذارد. «فکر کنم دارم سکته می‌کنم.»

«بگذار تماس بگیرم و درخواست کمک کنم.»

بازویم را می‌گیرد و مانع می‌شود. کایل چراغی را روشن می‌کند.

«نه. من خوبم. ترسیده‌ام ... اما خوبم.»

لحظه‌ای که کایل را می‌بیند، من فراموش می‌شوم. «خدا را شکر که تو اینجایی!»

الیزابت خودش را در بغل او می‌اندازد و شروع به گریه می‌کند. مادرم دارد گریه می‌کند. کایل هم دارد حرف‌های بی‌ربطی در گوشش زمزمه می‌کند. به کایل می‌چسبد و صورتش روی سینهٔ برهنه او است و بازوان کایل دور او حلقه شده‌اند.

دیدن او کمی بیش از عجیب است. من به حاشیه فرستاده شده‌ام. اما این باعث نمی‌شود نگران او نباشم.

می‌پرسم «کسی را دیدی؟ کسی آمد تو؟»

«نه زنجیر در را انداخته بودم.»

کایل می‌پرسد «گاز بود؟ بوی آن را استشمام کردی؟»

«فکر کنم. اما مطمئن نیستم.»

«کسی را در راهرو دیدی؟»

«هیچ‌کس بیرون نبود.»

می‌پرسم «اگر از راهرو می‌آمد نباید مهمانان دیگر هم بویش را حس می‌کردند؟»

«از کجا بدانم. بیدار شدم و گاز همه جا بود.»

کایل با ابروهای بالا رفته از روی سرش به من نگاه می‌کند. او نیز باور نمی‌کند. اینجا یک هتل پنج ستاره است که نیروهای حراستش در سطح هشدار بالایی هستند، چون چند روز پیش از هتل دزدی شده است. و احتمال حمله با گاز تنها به اتاق او؟ حمله با گاز؟ غیرممکن است. نمی‌دانم بعد از این‌که او را به اتاقش رساندم چند لیوان دیگر نوشیده است. و بعد قرص‌های خوابی که می‌دانم در مسافرت شبی یک دانه می‌خورد نیز

هستند. فکر می‌کنم مطرح کردن آنها شاید کار عاقلانه‌ای نباشد.

کایل می‌خواهد خود را آزاد کند، اما او اجازه نمی‌دهد. کایل فقط یک لباس زیر پوشیده است و الیزابت هم تنها یک لباس خواب نازک بر تن دارد. هر بار او را این طور می‌بینم، شگفت‌زده می‌شوم که با توجه به سنش چقدر خوب به نظر می‌رسد.

وقتی یادم می‌افتد که خودم هم تنها یک تی‌شرت و لباس زیر پوشیده‌ام، لباس هتل را از انتهای تختم برمی‌دارم و دستم را در آستینش می‌کنم.

به کایل می‌گوید «یک لوله بود. یک نفر آن را از زیر در اتاقم داده بود تو.»

«چی. شبیه به یک بمب لوله‌ای؟»

«نه. نه. یک لولهٔ پلاستیکی. گاز از داخل آن می‌آمد تو.»

می‌پرسد «حالا چطوری؟ خوبی؟» مشخصاً می‌کوشد او را آرام کند.

«می‌توانم نفس بکشم. اما می‌ترسم. بی‌شک خوب نیستم.»

چشمان کایل دوباره از بالای سر او با چشمان من تلاقی می‌کنند. حالتش عذرخواهانه است و من شانه بالا می‌اندازم. با توجه به تمام سالیانی که دیده‌ام مردان به زندگی الیزابت وارد و خارج می‌شوند، می‌دانم هیچ‌گاه کسی را به خاطر سن، قیافه، ثروت و ملیت رد نکرده است. قبل از جکس با هرکسی که می‌شد قرار می‌گذاشت. شاید اگر هنوز با کایل بودم، از این‌که آویزان کایل شده ناراحت می‌شدم، اما دیگر حقی در این زمینه ندارم.

با صدای بلند جوری که توجه او را جلب کند می‌گویم «مطمئنی واقعاً اتفاقی افتاده است؟ گفتی داشتی کابوس می‌دیدی.»

بالاخره کایل را رها می‌کند، به من چشم غره می‌رود و هیچ نمی‌گوید.

لباس دیگری از داخل کمد در می‌آورم و به او می‌دهم. «به پذیرش زنگ زدی؟»

«نه آمدم اینجا.»

دلم می‌خواهد به تختم بخزم و وانمود کنم اتفاقی نیفتاده است. اما الیزابت رفتنی نیست.

«می‌خواهی من و تو با هم به اتاقت برویم و اوضاع را بررسی کنیم؟»

به سمت کایل برمی‌گردد. «با من می‌آیی؟»

حالا با یک مشکل کوچک مواجه هستیم. لباس‌های کایل در اتاق بغلی است و در حال حاضر به هیچ وجه نمی‌خواهیم برای الیزابت توضیحی بدهیم.

کایل نگاه ملتمسانه‌ای به من می‌اندازد.

کلید اتاقم، تلفن همراهم و کلید دوم اتاق الیزابت که پیشم است را برمی‌دارم. «من با تو می‌آیم.»

دوباره از کایل می‌پرسد «بهتر نیست تو بیایی؟»

به او اطمینان می‌دهد. «خیالت راحت باشد. کریستینا خیلی توانا است. فکر می‌کنم شما دو تا از پس هر چیزی برمی‌آیید. اما اگر بخواهی می‌توانیم به حراست زنگ بزنیم.»

می‌گویم «فکر نمی‌کنم نیازی باشد.» الیزابت را به سوی راهرو هدایت می‌کنم. قبل از این‌که بیرون بروم کایل با دهان و بدون صدا می‌گوید متشکرم.

راهروی بیرون اتاق من خالی است. تعجب می‌کنم با وجود آن همه سر و صدا چرا این‌گونه است. صدای حرکت آسانسور در گوشه راهرو تنها صدایی است که به گوش می‌رسد. الیزابت بازوی مرا می‌گیرد و من به پاهای برهنه و لباس همسانی که پوشیده‌ایم اشاره می‌کنم.

برای این‌که حواسش را پرت کنم می‌گویم «دوقلوها.»

«واقعاً فکر می‌کنی همه‌اش را خواب دیدم؟»

«دیشب چند لیوانی نوشیدی.»

با حالتی تدافعی می‌گوید «نه بیشتر از حد معمول، ضمن این‌که من می‌توانم خودم را کنترل کنم.»

به محض این‌که دکمه را می‌زنم در آسانسور باز می‌شود. به طبقهٔ او می‌رسیم و من هوای راهرو را بو می‌کنم و به دنبال نشانه‌ای در تأیید حرف الیزابت هستم.

نزدیک در اتاقش یک تکه لولهٔ پلاستیکی شفاف به طول حدوداً پنج سانتیمتر روی زمین افتاده است. نشانش می‌دهم. «این چیزی است که دیدی؟»

از دستم بیرونش می‌کشد و نگاهش می‌کند. «به تو گفتم خواب ندیدم.»

به درهای بستهٔ بالا و پایین راهرو اشاره می‌کنم. «مادر این می‌تواند از هر چیزی باشد. یادت هست وقتی داشتیم می‌رفتیم شام بخوریم.

چه شلوغ‌بازی به خاطر آن خوانندهٔ زن معروف ترک به راه افتاد؟ او و همراهانش از جمله گروه تدارکاتش در این طبقه هستند. می‌تواند از یکی از دستگاه‌های دودزا کنده شده باشد. گروه‌های موسیقی همیشه از آن‌ها در کنسرت‌ها، کلاب‌ها و مهمانی‌ها استفاده می‌کنند. این از دست یک نفر افتاده است.»

در یک اتاق جایی در طبقه بسته می‌شود و الیزابت از جا می‌پرد. بلافاصله لوله را به من می‌دهد و اشاره می‌کند که برویم تو. قفل در را باز می‌کنم.

هیچ بوی عجیبی نیز در اتاق به مشام نمی‌رسد. تنها چیزی که هست ته بوی عطر خود الیزابت است. چراغ را روشن می‌کند و دم در می‌ایستد «همه چیز را بررسی کن.»

وارد می‌شوم. کمدها را باز می‌کنم و داخل دستشویی می‌روم. هیچ چیز تکان نخورده است. کرم‌های مراقبتی پوست روی قفسه قرار دارند. در آن سوی اتاق ملحفه‌های روی تخت کنار زده شده‌اند و حولهٔ حمامش روی صندلی افتاده است. کیف او روی میز است. می‌دانم که دیروز کارت‌های اعتباری جایگزینی گرفته است. چند اسکناس لیره و پول خرد در کنار کیفش روی هم تلنبار شده‌اند. یک بطری خالی جک دانیلز و یک لیوان نیز آنجا است.

برای این‌که اوضاع را آرام کنم نشان می‌دهم که همه جا را دارم می‌گردم حتی داخل میز آرایش. «همه چیز مرتب به نظر می‌آید هیچ دلقک قاتلی زیر تخت یا در حمام مخفی نشده است.»

چندان خوشحال به نظر نمی‌رسد. «پنجره‌ها را باز کن.»

لحنش به همان اندازه که خشمگینانه است، فروتنانه نیز هست. مطمئنم اگر کایل همراه او آمده بود حال بهتری داشت، اما نمی‌خواهم این وقت صبح بحث راه بیندازم. کاری که می‌گوید را می‌کنم. وقتی پنجره را باز می‌کنم، نمای ایاصوفیه باعث مکثم می‌شود. بوی سحر را تنفس می‌کنم و به نورهای طلایی که دیوارها و مناره‌های قدیمی را روشن کرده‌اند، خیره می‌شوم.

می‌شنوم که الیزابت پشت سر من اطراف اتاق راه می‌رود. وقتی دارد داخل کمد سرک می‌کشد و گاوصندوق اتاق را بررسی می‌کند، به این حملهٔ شیمیایی تخیلی، پوشه‌های از طبقه‌بندی خارج شده‌ای که دیدم و چیزی که کایل دیروز به من گفت فکر می‌کنم.

حتی با وجود چیزهایی که می‌دانم، باور کردن این‌که نام الیزابت در یک فهرست ترور قرار گرفته، برایم دشوار است. نمی‌دانم خودش از این امر خبر دارد یا نه. ولی چطور می‌تواند اطلاع داشته باشد. از نظر فنی دانشی نسبی دارد اما خبره نیست.

هرچه بیشتر درباره‌اش فکر می‌کنم، شکم کمتر می‌شود که جکس این سفر به استانبول را به دلیلی برنامه‌ریزی کرد که ربطی به کار نداشت. او می‌خواست الیزابت را به جایی بیاورد تا با گذشته‌اش و عذاب وجدانی که سعی داشت خاکش کند، مواجه شود. داشت او را کمابیش به محل جنایتش می‌آورد. کردها شرق ترکیه را بخشی از کردستان می‌دانند.

کابوس در مورد تزریق گاز به اتاقش باید یادآوری ناخودآگاه از اشتباهاتی که در زندگیش مرتکب شده باشد. ارواح بی‌گناهانِ کشته شده، که با تسلیحات شیمیایی به قتل رسیدند، او را تسخیر کرده‌اند.

از سمت پنجره برمی‌گردم و می‌گویم. «همه چیز مرتب است؟ می‌توانم به تختم برگردم؟»

حالا روی صندلی نشسته است و پاهایش روی یک زیرپایی است. دارد به من نگاه می‌کند.

«بین تو و کایل چه خبر است؟ چرا دو تا اتاق؟ چرا تخت‌های جدا؟»

البته که متوجه شده است. الیزابت همه چیز را می‌بیند. هیچ‌یک از لباس‌های کایل اطراف اتاق من نبودند. مشخص بود که فقط در یک سمت تخت خوابیده شده است.

سعی می‌کنم صدایم عاری از خصومت باشد. «من راجع به زندگی خصوصیم با تو بحثی ندارم.»

«کریستینا من مادرتم.»

نه نیستی.

ادامه می‌دهد. «می‌توانی با من صحبت کنی.» مشخصاً ترسش ریخته است. «من چند تا پیراهن بیشتر از تو پاره کرده‌ام.»

به سمت در می‌روم «شب به خیر.»

«به تو می‌گویم فقط سبک‌سری نیست.» لحنش تند است و مرا عصبانی می‌کند. «کایل مردی نیست که همین‌طوری ترکش کنی. مهم نیست او چه می‌گوید. کاری را بکن که باید بکنی. نگهش دار.»

علی‌رغم چیزی که عقلم می‌گوید دمِ در مکثی می‌کنم و به او می‌نگرم.

«زنی این حرف را می‌زند که تمام رابطه‌های زندگیش را ترک کرده.»

«جکس مرد.»

«تنها استثنا. او زحمت تو برای طلاق گرفتن بعد از فروش اکسترنوس را کم کرد.»

«احمق نشو. او هم همین را می‌خواست. او خودش منتظر بود تا من این پیشنهاد را بدهم.» با انگشت به من اشاره می‌کند. «او را با آن چه داری اشتباه نگیر. جکس چیزی نبود. حتی به مردی مثل کایل نزدیک هم نبود. اگر آن روزنامه‌های زرد درگیر افراد معروف نبودند، می‌توانست به عنوان جذاب‌ترین مرد روی زمین انتخاب شود.»

وقتی چیزهایی از این دست می‌گویم، حالم می‌خواهد به هم بخورد. قبلاً هم این کار را کرده است، بیش از آن چیزی که بخواهم به یاد بیاورم. تصویر امشب الیزابت که خود را در بدن نیمه برهنهٔ کایل پیچیده بود، طعمی تلخ به گلویم می‌آورد.

ادامه می‌دهد «هر سه ما قرار است چند روز دیگر اینجا باشیم. با او صحبت می‌کنم. برایت درستش می‌کنم.»

«چیزی نیست که نیاز به درست کردن داشته باشد.»

«فکر می‌کنم هست. من او را می‌شناسم. می‌دانم چطور با او صحبت کنم. و می‌دانم تو چطور هستی. می‌توانم او را راضی کنم یک فرصت دیگر به تو بدهد.»

خشم من دارد از زیر سطح غل می‌زند، داغ و مذاب، و دارم منفجر می‌شوم. اما پیش از انفجار قریب‌الوقوع، وضوحی تهوع‌آور شکل می‌گیرد. به او می‌گویم «من دیگر با او کاری ندارم. رابطهٔ من با او تمام است، اما مشخصاً رابطهٔ تو تمام نیست.»

«یعنی چی تمام؟»

«یعنی کاری با او ندارم.»

به من نگاه می‌کند و سرخوردگی در چشم‌های آبیش هویدا می‌شود. می‌گویم «من همین الان چیزی فهمیدم. منتظری بپری وسط، نه؟ خوب. بفرما. مهمان من باش. هر کاری می‌خواهی بکن.»

«فکر می‌کنی اگر بخواهم، نمی‌کنم؟»

«بفرما.»

«شاید من قبلاً...»

حرفش را می‌خورد، اما پیشاپیش زیادی هم حرف زده است. سکوت در فضا شکل می‌گیرد.

«چرند نگو.» کمربند لباسش را سفت می‌کند. نمی‌تواند مستقیم به من نگاه کند. «کایل مال تو است. و برای من فقط تو مهم هستی. آینده‌ات ...»

«کافیه .»

در را باز می‌کنم و بیرون می‌روم. همیشه شک داشتم. جوری که نگاهش می‌کرد و یا دستش را روی شانه و کمرش می‌گذاشت. چیزی که الیزابت الان تأیید کرد را حدس زده بودم. فقط نمی‌دانم چه وقت اتفاق افتاده است.

تفاوت سنی برای هیچ‌کدامشان مهم نبود. کایل قبل از این‌که به یکدیگر برسیم همیشه شیطنت می‌کرد و زن‌های زیادی را دیده‌ام که در زندگی او رژه می‌رفتند. او همه نوع و همه سنی داشت. فکر می‌کنم این هم دلیل دیگری بود که هیچ‌وقت در رابطه با او احساس امنیت نمی‌کردم. و شاید در عمق وجودم، بهانه‌ام برای بارداری همین بود، چون می‌دانستم بعد از آن باید تمامش کنیم. چیزی که بین ما بود هیچ‌گاه نمی‌توانست دائمی باشد.

درحالی‌که منتظر آسانسور هستم، احساس سبکی می‌کنم. ذهنم آزادتر است. کم کم، حقیقت دنیای من در حال برملا شدن است.

وقتی برمی‌گردم، در بین اتاق من و کایل باز است. او در تخت است، اما نمی‌توانم بگویم خواب است یا بیدار. پیش از رفتن به تختخواب در را می‌بندم و زنجیرش را می‌اندازم.

درازکش در میان تاریکی به تیام فکر می‌کنم. اولین کار فردایم این است که به او زنگ بزنم. یک فکری خواهیم کرد. خودمان دو نفری کاری خواهیم کرد که او با الیزابت ملاقات کند.

الیزابت فکـر می‌کـرد در ادارۀ پلیـس معطـل شـوند، امـا ایـن دیگـر دور از انتظار بـود... حتـی با استانداردهای ترکی. در هتل به او گفتند گزارش دزدی رأس ساعت نه که به آنجا برسند آمـاده است. ولی وقتی یک کارمند تکه کاغذی به دست او داد، ظهر شده بود. دست کم مهر و امضا داشت. همین بـرای این‌که تحویـل کنسولگری بدهد کافـی بود.

الیزابت قدردان رفتار آرام و برخـورد مؤدبانـۀ کایـل بـا آن کاغذبازهـا بـود. می‌دانست به خاطر کایل بود که کمتر او را سردوانده بودند. آنها درست در آسـتانۀ ساعت ناهارشـان قرار داشـتند و به راحتی می‌توانسـتند بـه او بگویـند فـردا بیاید. کاغذبازی این جـوری است دیگر.

وقتی داشتند از ادارۀ پلیس بیرون می‌آمدند از کایل پرسید «می‌خواهی جایی بایستیم و ناهار بخوریم؟»

کایل به او یادآوری کرد «تو در کنسولگری قراری داری که فکر نمی‌کنـم بخواهی از دستش بدهی.»

او ساعت را نگاه کرد. درست می‌گفت. فقط یک ساعت وقت داشتند به آنجا برسند.

تاکسی آنها در ترافیک سنگین به آرامی جلو می‌رفت. تمامی چراغ‌های راهنمایی در طول مسـیر علیـه آنها بودنـد. مـردم پیاده‌روهـا را شلوغ کرده بودند و با شتاب از خطوط عابر پیاده عبور می‌کردند.

الیزابت به چهره‌ها نگاه کرد. از وقتی پا به استانبول گذاشته بود، دیگر خودش نبـود. دزدی او را تکان داده بـود. مواجهه با بازجویی راننـدۀ تاکسی بدتـرش کـرد. چهـرۀ دختربچـه‌ای کـه در کوچـۀ محلـه کردنشـین دیـده بـود، نمی‌خواست از جلوی چشمش دور شود. الیزابت داشت کنترلش را از دست می‌داد.

و بعد شب پیش با فکر این‌که اتاقش از گاز سمی پر شده است، از خواب پریده بود. باید خودش را جمع و جور می‌کرد. فرار جیغ‌کشان از اتاقش با لباس خواب غیرقابل قبول بود. هیچ‌کس نمی‌خواست او را در خواب به قتل برساند. همین که به میز پذیرش زنگ نزده بود و خودش را یک ابله معرفی نکرده بود، جای شکرگزاری داشت.

این شهر، این کشور و خاطرات سی سال پیش بودند که او را تسخیر کرده بودند. فکر کرده بود از شر آنها خلاص شده است، خاکشان کرده و دیگر نمی‌توانند به سطح بیایند. و مردی که دیروز دیده بود ـ رانندهٔ کریستینا به فرودگاه ـ نمی‌توانست همانی باشد که او تصور می‌کرد. او هم می‌بایست زاییدهٔ ذهن مغشوش او بوده باشد.

هنگامی‌که به تقاطع رسیدند، زنی را دید که بچه‌ای گریه‌کنان را در عرض خیابان حمل می‌کرد. تصویر یک بچهٔ دیگر در زمانی دیگر به ذهن او خطور کرد.

الیزابت کوشید بچهٔ نوپا را در صندلی هواپیمایی که داشت استانبول را ترک می‌کرد، بنشاند. دختربچه با چهرهٔ قرمز، جیغ می‌کشید و بدنش را می‌پیچاند تا با او مبارزه کند.

«مامان، مامان.»

«من اینجا هستم کریستینا. فقط می‌خواهم تا زمان بلند شدن هواپیما کمربندت را ببندم.»

دختربچه موهای فرفریش را تکان داد و به صندلی جلویی لگد زد. «مامان.»

یک زن انگلیسی که آن‌سوی راهرو نشسته بود خم شد «توی این سن پرواز می‌تواند برایشان دشوار باشد. کوچولوی قشنگی است. دختر شما است؟»

الیزابت جواب داد «بله دخترم است.»

(به ترکی) «مادرم نیست.» بچه سرش را تکان داد و هم‌چنان جیغ می‌کشید «نیییییست.»

«با این سن کم ترکی حرف می‌زند؟»

«از پرستارش یاد گرفته.»

مهمان‌دار هواپیما با یک جعبهٔ شیر آمد و آن را برایشان باز کرد. «شاید این کمک کند خانم.»

بچـه محکـم بـه جعبـۀ شـیر و دسـتی کـه آن را نگـه داشـته بـود لگـد زد. «مامـان.»

شیر روی کف هواپیما پاشید و مهمان‌دار به‌عقب پرید.

«کار بدی است کریستینا. تو دختر بدی هستی.»

اشـک‌هایی درشـت بـر گونه‌هـای گـرد چکیدنـد و چشـم‌های فندقـی رو بـه بـالا آمدنـد. «تیـام.»

زن انگلیسی پرسید «تیام کی است؟»

«دخترِ پرستار. کریستینا دلش برای دوست کوچکش تنگ شده است.»

الیزابت بـه زمـان حـال بازگشـت و بـا کمـری عـرق کـرده ناگهـان به‌سمت کایـل برگشـت. «مـن نمی‌خواهـم بعـد از روز جمعـه در اسـتانبول بمانـم.»

چشـم‌های او از هـر آن‌چـه کـه داشـت در تلفنـش می‌خوانـد برگشـت «تصمیـم در مـورد خریـدار بایـد قبـل از رفتـن تـو گرفتـه شـود.»

«چرا نمی‌توانیـم بلافاصلـه بعـد از این‌کـه پیشـنهادشان را دادنـد ایـن کار را بکنیـم؟ چـرا بایـد تا دوشـنبه صبـر کنیـم؟»

«خریـدار بالقوه چهـل و هشـت سـاعت وقـت دارد پیشـنهادش را پـس بگیـرد. بـه همیـن خاطـر اسـت کـه مـا نمی‌توانیـم قبـل از این‌کـه وقت‌شـان تمـام شـود، تصمیـم خـود را اعـلام کنیـم.»

«لازم نیسـت مـن بمانـم. تـو می‌توانـی از طـرف مـن نماینـده باشـی.»

«نـه کریسـتینا و نـه مـن وکالـت نداریـم. و اگـر تـو قبـل از اتخـاذ تصمیـم بـروی، ممکـن اسـت خریـداران بترسـند.» روی دسـتش زد «امـروز پنجشـنبه اسـت، صبـور بـاش. تقریبـاً بـه آخـر کار رسـیده‌ایم.»

الیزابت قبـل از این‌کـه کایـل بتوانـد دسـتش را بکشـد آن را گرفـت. دسـتش بـزرگ و خنـک و قـوی بـود، درسـت همـان چیـزی کـه احتیـاج داشـت. «بـه مـن بگو شـما دو تـا با هـم می‌مانیـد.»

چشـمان او وقتـی بـه چشـمان الیزابـت افتادنـد خسـته بودنـد. «مـن نمی‌خواهـم بـا تـو سـر ایـن موضـوع بحـث کنـم.»

پرسـید «چـرا؟ می‌دانـم کریسـتینا آدم آسـانی بـرای زندگـی نیسـت. و خـدا می‌دانـد تـو می‌توانـی بهتـر از او را پیـدا کنـی. امـا مـن می‌خواهـم تـو-» «کافیه.»

«هیـچ چیـز بدتـر از یـک زن حسـود نیسـت. بایـد وقتـی آمدی چیـزی به تـو گفتـه باشـد. هرچـه کـه بـوده-»

«گفتم کافیه.» دستش را کشید. «من می‌دانم داری چه کار می‌کنی الیزابت.»

«چه کار دارم می‌کنم؟»

«داری او را تحقیر می‌کنی تا من عصبانی بشوم و از او دفاع کنم. می‌خواهی من فکر کنم او در زندگی به من نیاز دارد فقط به خاطر این‌که جلوی تو بایستم. انگار این کار ما دو تا را کنار هم نگه می‌دارد.»

الیزابت نمی‌دانست چرا کلکش جواب نداد. به نظر می‌رسید کایل مصمم است از کریستینا دفاع کند.

«کریستینا به من نیازی ندارد. کمی اعتبار به او بده.»

«خیلی خوب شاید به تو احتیاج نداشته باشد.» به سمت او خم شد و صدایش را پایین آورد. «اما ما از هر لحاظ که حساب کنیم خانواده هستیم.»

«نه نیستیم.»

«به هرحال به نفعت است که باشیم. خودت به من گفتی با یک حساب خوش‌بینانه من با پنجاه میلیون دلار از این معامله بیرون می‌روم.»

چهار سال پیش با کمک سرمایه‌گذاران و وام‌ها نه میلیون دلار برای اکسترنوس پول جمع کرده بود. بعد از فروش در روز دوشنبه، باید مالیات پولش را می‌پرداخت، قول داده بود به کایل و کریستینا هم نفری نیم میلیون دلار بدهد و وام‌ها را نیز باید پس می‌داد. بعد از همهٔ این‌ها هم چنان با پول زیادی پی زندگیش می‌رفت. اما نمی‌دانست قبل از این‌که خسته شود، تا کی می‌تواند به سفر و زندگی تجملاتی ادامه دهد. بالاخره یک زمانی می‌بایست زندگی آرامی را در پیش می‌گرفت.

دوباره دست کایل را گرفت و گفت «من در زندگیم به تو احتیاج دارم. می‌خواهم به هر سرمایه‌گذاری که می‌خواهی فکر کنی. به من بگو چه کار می‌خواهی بکنی و من پولش را تأمین می‌کنم. تو رویا را بیاور و من کاری می‌کنم به حقیقت بپیوندد.»

دستش را دوباره از دست الیزابت کشید و به چشمان او نگاه کرد.

«متشکرم ولی علاقه‌ای ندارم. به محض این‌که کارم با اکسترنوس تمام شود، به ژاپن می‌روم. فروش به معنی پایان خط برای من و تو است.»

با صدای در زدن نیروی خانه‌داری هتل روی تخت می‌نشینم و تعجب می‌کنم که ساعت ده و ربع است. به سمت در می‌روم و آن را کمی باز می‌کنم.

«من یک ساعت وقت لازم دارم. باشد؟»

«بله خانم.» زن جوان مؤدبانه سرش را پایین می‌آورد و چرخ دستیش را به سمت پایین راهرو هل می‌دهد.

یادم نمی‌آید آخرین بار کِی تا این وقت روز خوابیده‌ام، اما بحران ساعت چهار صبح الیزابت ممکن است با این عدول از برنامه مربوط باشد. قبل از این‌که بپرم زیر دوش، تلفنم را نگاه می‌کنم. دو پیغام از کایل دارم.

الان با مادرت در راه ادارهٔ پلیس هستیم. پس از آن به کنسولگری. بعد هم برمی‌گردیم هتل.

پیام ساعت هشت و نیم امروز فرستاده شده است. دومی ساعت رزرو رستوران هتل را یادآوری می‌کند. برای هر سه نفرمان جا رزرو کرده است. قبل از این‌که سه نفر را بکنم چهار نفر باید به تیام پیام بدهم.

سلام خواهر جان، عاشقتم. امشب شام؟

وقتی از حمام بیرون می‌آیم، چراغ تلفن هتل چشمک می‌زند. یعنی پیامی آمده است. حوله را دور موهایم می‌پیچم، به این سوی اتاق می‌آیم و گوشی را برمی‌دارم.

«سلام الیزابت. از شنیدن صدایت شگفت‌زده شدم. امروز صبح خانه هستم به من زنگ بزن.»

صدا متعلق به زنی مسن است که فکر می‌کنم پاتریشیا نیکولز باشد. تعجب می‌کنم چرا من پیام را گرفته‌ام. ولی بعد که فکرش را می‌کنم متوجه می‌شوم که او شاید گفته با خانم هال کار دارد و کاربر هتل تماس او را به جای اتاق مادرم به اتاق من وصل کرده است.

تصمیم بر این‌که جواب بدهم یا منتظر الیزابت بشوم حدود دو ثانیه زمان می‌برد. شمارهٔ پاتریشیا را می‌گیرم. صدایی آرام به ترکی جواب می‌دهد و من بلافاصله خودم را معرفی می‌کنم.

«سلام خانم نیکولز؟ من کریستینا هال هستم. خیلی خوشحالم که به تماس مادرم پاسخ دادید.»

قبل از پاسخ دادن مکثی در آن‌سوی خط برقرار می‌شود. «دختر الیزابت؟ کریستینا؟»

«بله من در استانبول همراه او هستم.»

«واقعاً؟ چه خوب. شما دو تا اینجا چه کار می‌کنید؟»

سعی می‌کنم لحنم دوستانه باشد و چیزی در مورد کار شرکت نمی‌گویم. «گردشگری. گشت و گذار»

«الیزابت آنجاست؟ گوشی را به او بده.»

«الان دارد ماساژ می‌گیرد. اما گفت اگر شما تماس گرفتید ببینم دوست دارید حالا که ما در استانبول هستیم ملاقاتی داشته باشیم؟ شاید بتوانیم سه نفری ناهاری بخوریم.»

چه دروغگوی خوبی شده‌ام.

«امروز؟»

«ما فقط تا آخر هفته اینجا هستیم.»

«آهان.» قبل از ادامه مکثی می‌کند. «به من بگو الیزابت حالش چطور است. سال‌ها است که او را ندیده‌ام و خبری از او نداشته‌ام. حتی نمی‌دانستم شمارهٔ من را دارد.»

«این روزها پیدا کردن آدم‌ها در اینترنت آسان است.»

با صدای نرم یک دختر غصه‌دار می‌گویم «می‌دانید. شوهرش را به تازگی از دست داده است. دو ماه پیش. خیلی غیرمنتظره بود.»

«متأسفم. نمی‌دانستم ازدواج کرده است.»

تکه‌هایی از حقیقت در مورد جکس و این‌که چگونه مرد برای او تعریف می‌کنم و گفت‌وگو لحن غیررسمی‌تری به خود می‌گیرد. سؤالات زیادی در مورد الیزابت و این‌که چه کار کرده است دارد. در بیشتر موارد حقیقت را می‌گویم. و بعد دربارهٔ اتفاق غم‌انگیز خودم و خزان می‌گویم.

خیلی عجیب است که این خبر یخ گفت‌وگو را به طور کامل می‌شکند. علاقمند است که امروز ما را ببیند.

«می‌توانید بیایید خانه من؟»

«مطمئنم می‌توانیم ترتیبش را بدهیم.»

نشانیش را می‌دهد و من آن را با نشانی که دارم برابری می‌دهم. همان است. خداحافظی می‌کنم و به او می‌گویم الیزابت از دیدن او بسیار خرسند خواهد شد.

پاتریشیا در محله‌ای دیگر به نام پیوگلو زندگی می‌کند. برای رسیدن به آنجا باید تاکسی بگیرم و یا درخواست راننده کنم.

تنها لازم است به خانهٔ او برسم، بقیه برنامه در ذهنم دقیق چیده شده است. وقتی رسیدم حقیقت را به او می‌گویم. این‌که الیزابت به ادارهٔ پلیس و کنسولگری رفته تا گذرنامهٔ جایگزین دریافت کند.

این دیدار تنها یک مقدمه است. اولین فرصت برای این‌که ما یکدیگر را بهتر بشناسیم.

لباس می‌پوشم، آرایش می‌کنم و کیفم را برمی‌دارم. از میز پذیرش درخواست می‌کنم یک ماشین برایم خبر کنند که مرا ببرد، منتظرم بایستد و بعد برم گرداند. کارمند پذیرش همان شرکتی که برای آوردن کایل از فرودگاه مورد استفاده قرار داده بودم را پیشنهاد می‌کند. پیشنهادش را رد می‌کنم و می‌خواهم به شرکت دیگری زنگ بزند.

«شرکت خدمات لیموزین هم با ما کار می‌کند» اطلاعاتش را می‌گوید. کمی گران‌تر از خدمات خودرویی استاندارد است. آیا مایلم برای دریافت خدمات از آنها هزینه بیشتری بپردازم؟

البته که مایلم.

بیست دقیقهٔ بعد، یک مرسدس سفید جلوی در می‌ایستد. دربان مدارک شناسایی راننده را بررسی می‌کند. من هم همین‌طور. زنی حدوداً چهل ساله است. ساکت و مؤدب. به هیچ وجه به پرحرفی رانندهٔ دوشب پیش‌مان نیست. نشانی را به او می‌دهم و روی صندلی عقب می‌نشینم.

چرم صندلی بوی بسیار خوبی می‌دهد. شیشه‌های دودی مرا از زندگی واقعی که در خیابان‌های شهر می‌تپد جدا می‌کنند. به پاتریشیا نیکولز و مکالمه‌مان فکر می‌کنم. وقتی مسئلهٔ خزان را به میان کشیدم انگار کلیدی در او زده شد. از دست دادن یک بچه فاجعه‌بار است و این مشخصاً با او ارتباط برقرار کرد. حرف سرد و بی‌روحی نظیر این‌که تو هنوز جوانی،

بی‌شک بچه‌های دیگری خواهی داشت یا خدا کارهایش را به‌شکلی اسرارآمیز انجام می‌دهد، نگفت.

با دردی ناگهانی که در سینه‌ام می‌پیچد مبارزه می‌کنم. از روز اول که فکر کردم خزان درتخت بچه گریه می‌کند، سعی کرده‌ام خودم را مشغول نگه دارم تا زمان کمتری برای فکر کردن به دخترم داشته باشم. اما او همیشه آنجا، در لبهٔ افکار من است و به من یادآوری و کمک می‌کند که کارهایی که باید را انجام دهم. حتی امروز وقتی با پاتریشیا نیکولز حرف می‌زدم، خزان آنجا بود.

او از این دنیا رفته است، اما هنوز به من اجازه می‌دهد از نامش برای کمک به تیام استفاده کنم... یک بچهٔ گمشدهٔ دیگر.

بعد از این‌که تیام نام پاتریشیا را به من داد، فقط نیاز به یک جستجوی سریع در اینترنت بود تا بفهمم همکار سابق الیزابت هشتاد و دو سالش است. اما گفت‌وگوی کوتاه‌مان به من نشان داد که هنوز هوش و حواس به جایی دارد. فکر می‌کنم خوب است به زری زنگ بزنم و بپرسم در مورد پاتریشیا چه می‌تواند به من بگوید، اما چنین نمی‌کنم. زری هنوز نمی‌داند من در استانبول هستم.

ماشین از پلی عریض بر روی شاخ طلایی عبور می‌کند. خطوط تراموا از وسط پل می‌گذرند. بیرون از پیاده‌روهای پهن، ماهی‌گیران در امتداد نرده‌ها صف کشیده‌اند.

پیش از این با تیام اینجا آمده‌ام. این مردمان سخت‌کوش را دیده‌ام. آنها روز و شب، به هر دلیلی، اینجا می‌ایستند و می‌کوشند به اندازهٔ کافی برای وعدهٔ بعدی خود ماهی بگیرند. این ماهی‌ها برای تغذیهٔ خانواده‌شان ضروری هستند. نمی‌دانم چند نفرشان مهاجرند. روی زن‌هایی تمرکز می‌کنم که در کنار مردان مشغول ماهی‌گیری هستند. به مادرم فکر می‌کنم.

زری مهاجر است. خیلی چیزها است که می‌خواهم درباره‌اش بدانم. بی‌صبرانه دلم می‌خواهد با او زمان بگذرانم و از گذشته‌اش بدانم. از گذشتهٔ خودم.

برج گالاتا از دور پدیدار می‌شود. تیام می‌گفت این برج زمانی بلندترین ساختمان استانبول بوده است. وقتی ساخته شد، یک سر زنجیر دریایی بزرگی به آن بسته می‌شد. زمام‌داران ترک از این زنجیر برای بستن ورودی شاخ طلایی استفاده می‌کردند. حتی آن موقع هم حکومت‌ها به دنبال

کسب کنترل بودند. دیوار می‌کشیدند تا جلوی مردمی که سرزمین‌شان را نابود کرده بودند، بگیرند.

به محض این‌که از روی پل عبور می‌کنیم، راننده بلافاصله از راه اصلی خارج می‌شود و وارد محله‌های شلوغی می‌شویم. این خیابان‌های پرپیچ و خم پر از پناهندگانی از سوریه، لبنان، فلسطین، عراق و ایران است. آنها در خیابان‌ها هستند-کردها، عرب‌ها، ایرانی‌ها و حتی ترک‌های اویغور- و هر کالایی که می‌توانند بردوش یا در چرخ‌دستی هایشان حمل کنند، می‌فروشند. کوچه‌های شلوغ و کثیف من را به یاد تصاویر سفید و قهوه‌ای مهاجران نیویورک قدیم می‌اندازد. آن آدم‌ها، آدم‌های بیچاره‌ای که به دنبال یک زندگی بهتر می‌گشتند، با تنها دارایی‌های چپانده در یک چمدان به جزیرهٔ اِلیس‌١ رسیده بودند.

وقتی به خیابان‌هایی با آپارتمان‌هایی در دو سو می‌رسیم، سگ‌ها و گربه‌ها و بچه‌های فقیر با چهره‌هایی گرسنه را می‌بینم. آنها به این نماد تجمل‌گرایی که از کنارشان می‌گذرد خیره می‌شوند.

حالم بد است. از آن چه که نماینده‌اش هستم احساس شرمساری می‌کنم. از زندگی که به لطف الیزابت در آن بزرگ شدم، خجالت می‌کشم. به یاد می‌آورم وقتی به خاطر جنایاتی که مرتکب شده بود، با او روبه‌رو شدم، چه به من گفت.

آیا در تمام عمرت یک روز گرسنه بوده‌ای؟

بسیاری از این آدم‌ها قربانی جنگ‌های بی‌پایان و قیام‌ها هستند. موج پشت موج، توسط دولت‌هایی که چیزی جز حرص و اشتهای سیری ناپذیر برای قدرت و تأثیر ندارند، از خانه و کاشانه‌شان رانده شده‌اند. آنها گمشده و رها به دنبال جایی برای زندگی تلاش می‌کنند.

وقتی شهر کمی تُنُک می‌شود، تلفنم را نگاه می‌کنم تا ببینم پیامکی از تیام دارم یا نه. هنوز هیچ چیز نیامده. پیامک دیگری به او می‌دهم.

به من بگو شرلوک. دارم به دیدن پاتریشیا می‌روم.

نگرانم که نکند مشکلی به وجود آمده باشد. به طور معمول خیلی سریع پاسخ می‌دهد، به ویژه وقتی در یک ناحیهٔ زمانی هستیم. می‌خواهم با او تماس بگیرم، ولی نقشهٔ روی گوشی نشان می‌دهد که نزدیک آدرس پاتریشیا هستیم.

1- Elis Island

نگاهی به بیرون می‌اندازم. تعجبی نیست که به طور کلی تغییر کرده است. هیچ زباله‌ای در خیابان‌ها نیست. هیچ لباس شسته‌ای در کوچه آویزان نیست. تصویر دقیقی از مردمان محترم و با تربیت. البته که اینجا باید جایی باشد که خارجی‌های مقیم زندگی می‌کنند. اینجا بین مجتمع‌های مسکونی که به خوبی نگهداری می‌شوند، خانه‌های کهنه‌ای را می‌بینم که با باغ و دیوارهایی بلند و ورودی دار احاطه شده‌اند. به آرامی مسیرمان را از کنار یک بوستان بزرگ با چمن‌های مرتب و گل‌کاری بین پیاده‌روهای آجری ادامه می‌دهیم.

به یک خیابان باریک که به سمت خانهٔ پاتریشیا می‌رود می‌پیچیم.

به تلفنم نگاهی می‌اندازم تا ببینم چیزی از تیام دریافت کرده‌ام یا نه. هنوز هیچ. در معده‌ام گره‌ای از نگرانی کاشته می‌شود. چهرهٔ فرسوده‌اش را بعد از درمان دیروز به یاد می‌آورم.

یک ماشین ناگهان سر می‌رسد و راه ما را قطع می‌کند. راننده‌ام پایش را روی ترمز می‌کوبد و بوق می‌زند.

همه چیز خیلی سریع اتفاق می‌افتد. دو ضربهٔ پیاپی به بدنهٔ ماشین کوبیده می‌شوند و ابتدا شیشهٔ من و بعد راننده خرد می‌شوند. خرده‌های شیشه بر رویم می‌بارند. وقتی که درها با شدت باز می‌شوند، او جیغ می‌کشد.

سعی می‌کنم دستانی که می‌خواهند مرا بگیرند پس بزنم. اما قبل از این‌که بفهمم از ماشین بیرون کشیده می‌شوم.

بخش نهم

چو کودکان هله تا چند ما به عالم خاک
کنیم دامن خود پر ز خاک و سنگ و سفال
ز خاک دست بداریم و برسما پریم
ز کودکی بگریزیم سوی بزم رجال
مبین که قالب خاکی چه در جوالت کرد
جوال را بشکاف و برآر سر ز جوال

مولانا

یک ساعت پس از این که مادرم به سر کار رفت، از پله ها به سمت خیابان می روم. معمولاً سوار اتوبوس و تراموا می شوم. اما امروز تاکسی خبر کرده ام. وقتی سوار می شوم از راننده می خواهم مرا به بیمارستان ببرد.

تنفسم روز به روز بدتر می شود، اما وانمود کرده ام که چیز غیرعادی نیست. در هر صورت برای من عادی است. غیرمعمول نیست که چیزهای کوچک حالم را بد کند. تغییر فصل ها. حساسیت ها. بد شدن موقتی کیفیت هوای شهر. گاهی اصلاً هیچ دلیلی نیست. با وجود این، کل هفته وضعیتم را نادیده گرفته ام. دیگر نمی توانم این کار را بکنم. خلط چسبناک دارد در ریه هایم جمع می شود و درمان دیروز در پاک کردن آنها چندان مؤثر نبود. پزشکان کلینیک هم تأیید کردند. از من خواسته شد امروز هم بروم، اما کاری کردم که کریستینا نفهمد.

بعد از همهٔ این سال ها، بیماری و بدنم را می شناسم. می دانم چرا برای نفس کشیدن تقلا می کنم و چطور با درد معده ام کنار بیایم. علائم را می دانم. و می دانم اگر بلافاصله واکنش نشان ندهم چه عواقبی خواهد داشت. کلینیک نمی تواند کمکم کند. اوضاعم وخیم تر از این ها است.

خیلی خسته و فرسوده ام.

به محض این که پا داخل سالن فوریت های پزشکی می گذارم افراد آنجا دور و برم را می گیرند، چون مرا به خوبی می شناسند. این همان بیمارستانی است که زری سی سال پیش مرا بدان جا آورد. یکی از بهترین تأسیسات مراقبت ریوی شهر را دارد. آنها سوابق درمانی مرا دارند. آنها می دانند که دستگاه های متسع کنندهٔ ریه و داروها بخشی از زندگی عادی من هستند و من سروقت آنها نمی روم مگر این که شرایط حاد باشد.

سرمی در بازویم فرومی رود و آنها تزریق آمپول های آنتی بیوتیک و استروئید را شروع می کنند. بعد از آن نوبت آزمایش تنفس است و بعد جلیقه را تن می کنند. پس از آن منتظر متخصص ریه می شوم.

هرچند دستورالعمل ها و ارزش آنها را می دانم، خسته و درمانده هستم. برای هیچ چیز نمی توانم برنامه ریزی کنم. زندگی من متعلق به من نیست. بدنم

خسته است. گاهی فقط دلم می‌خواهد تسلیم شوم. چقدر پیله بستن و مردن آسان است. ای کاش انتخاب دست خودم بود و شجاعتش را داشتم که همین الان انجامش دهم و از شرش خلاص شوم.

پیامکی از سوی کریستینا روی گوشیم می‌آید.

سلام خواهر جان، عاشقتم. امشب شام؟

پیامک او بلافاصله ابرهای پایان زندگی را پس می‌زنند. به خورشید درخشان بیرون از پنجره‌های بیمارستان نگاه می‌کنم و اشک‌ها را فرومی‌خورم. نمی‌توانم خودم را راضی کنم که به او بگویم کجا هستم. شاید وضعیت آن قدرها که به نظر می‌آید بد نباشد. با خودم عهد می‌بندم که اگر پزشک‌ها به هر نحوی معجزه کردند و توانستم امروز از اینجا بروم، حتماً برای شام همراه آنها شوم.

امید بالیدن به سلامت و موفقیت‌هایم در مقابل الیزابت دارد ناامید می‌شود. حقیقت باید برملا شود، به خاطر من و کریستینا. حتی به خاطر زری. اما دیدار ما نباید پایان ماجرا باشد. باید تنها بخیه‌ای باشد بر زخمی که مدت زیادی است دارد خون‌ریزی می‌کند.

پزشک با یک نفر دیگر می‌آید. آنها به نوبت به صدای ریه‌هایم گوش می‌دهند. به آرامی با من صحبت می‌کنند و سؤالات استانداردی می‌پرسند. اما می‌بینم چطور تلاش می‌کنند از نگاه کردن به چشمان من اجتناب ورزند. مهم نیست. من نیازی به گزارش یک کمیته ندارم تا به من بگوید چقدر حالم بد است. در حال حاضر مثل یکی از آن ماهی‌های روی پیاده‌روی پل گالاتا هستم که بالا و پایین می‌پرم و نمی‌توانم نفس بکشم. نیازی ندارم کسی آن را برای من تأیید کند.

وقتی از آنها راجع به قدم بعدی می‌پرسم، طفره می‌روند و به تخته شاسی‌ها و نمایش‌گرها و جایی به جز من نگاه می‌کنند. و بعد با نظری مبهم در مورد این‌که باید بروند مشورت کنند و نتایج آزمایشات را ببینند، بیرون می‌روند. جلیقه به ضربه زدن و کوبیدن سینه‌ام ادامه می‌دهد. خیلی سعی می‌کنم که آن را از روی بدنم تکه پاره نکنم.

پیامک دیگری از سوی کریستینا می‌آید. به من بگو شرلوک. دارم به دیدن پاتریشیا می‌روم.

ای کاش آن قدر توان داشتم که گوشی را بردارم و به خاطر همهٔ کارهایی که برایم می‌کند از او تشکر کنم. تصمیم دارم چند کلمه به او پاسخ دهم. اما در حین این‌که دارم تصمیم می‌گیرم، مادرم از در وارد می‌شود و من بلافاصله تلفن را زمین می‌گذارم.

«چرا به من زنگ نزدی؟»

چشم‌هایش به دستگاه‌ها و سرم متصل به بازویم است. رنگش پریده و گریه کرده است.

«امروز صبح قبل از این که بروم توی اتاقت را نگاه کردم، فکر کردم خوابی.»
جرأت ندارم بگویم وقتی داشتی نگاهم می‌کردی عمداً بی‌حرکت ماندم. نمی‌خواهم نگران شود.
جلیقه را برای یک لحظه خاموش می‌کنم. «از کجا فهمیدی من اینجا هستم؟»
«امینه به من زنگ زد.»
باید می‌دانستم. ما شاید ارتباط خونی نداشته باشیم ولی امینه بهترین خاله‌ای است که هر کس آرزویش را دارد. و وقتی پای سلامتی من در میان باشد، همه را در این بیمارستان بسیج می‌کند.
سینه‌ام چندان پاک نشده و هر نفس تقلایی دردناک است. خلط خیلی غلیظ است. زری دستگاه را دوباره روشن می‌کند. نزدیک من می‌ایستد و من به تمام زمان‌هایی فکر می‌کنم که با دست به پشتم می‌زد و مرا به سرفه کردن تشویق می‌کرد. یا مرا برمی‌داشت و با سرعت به بیمارستان می‌برد.
یک بار از روی عجله در تاکسی را روی انگشتش بست، اما چیزی در مورد آن نگفت. آن شب وقتی بعد از بستری شدن کنار تخت من ایستاده بود، امینه متوجه دست متورم او شد، اما او تلاش کرد آن را مخفی کند. سه انگشتش شکسته بودند، اما هیچ حرف و یا ناله‌ای در کار نبود.
«بیرون با پرستار حرف زدم. گفت می‌خواهند تو را بستری کنند.»
دوباره دستگاه را خاموش می‌کنم. «پزشک‌ها دارند برمی‌گردند. هنوز دارند مشاوره می‌کنند.»
«می‌ترسند خودشان خبر را به تو بدهند.»
می‌دانستم این اتفاق خواهد افتاد، اما اشک‌هایم را فرومی‌خورم.
زری پیشانیم را می‌بوسد. صورتم را نوازش می‌کند. خیلی خوب مرا می‌شناسد.
«تو از پیش برمی‌آیی عشقم. آنها کمکت می‌کنند نفس بکشی. همیشه همین طور بوده است. قبل از این که بفهمی مرخص شده‌ای.»
اما می‌توانست خیلی دیر باشد. امروز پنجشنبه است. کریستینا هر کاری که از او خواسته بودم انجام داده است. او حقیقت را از الیزابت مخفی کرده و فرصت‌های فراوانی به من داده تا خودم را به او بشناسانم. اما من به دنبال یک لحظهٔ مهم سرشار از عواطف سوزان بودم. یک ملاقات شبیه به پایان فیلم‌های سینمایی. شاید خیلی کتاب خوانده و خیلی فیلم دیده‌ام. اما من وقتی فرصت داشتم از آن بهره نبردم. به سمت الیزابت نرفتم که بگویم من اینجا هستم. دخترت. زنده. چیزی بیش از خلط سینه‌ام را گرفته است. حرف‌هایی که باید به او بزنم دارند خفه‌ام می‌کنند.
سی سال طول کشید تا الیزابت به استانبول بازگردد. بخت این‌که دوباره در زمان زنده بودن من برگردد چقدر است؟ آیندهٔ من با واحد سال اندازه‌گیری

نمی‌شود.

پرستاری وارد می‌شود و می‌گوید می‌خواهند مرا جابه جا کنند. اما من به یک اتاق معمولی بیمارستان نمی‌روم. دارند مرا به بخش مراقبت‌های ویژه می‌برند. همان کورسوی امیدی که داشتم دارد از بین می‌رود. اشک‌ها روی جلیقه می‌ریزند. نفسم بریده بریده می‌شود و تشنهٔ هوا هستم. مادرم دوباره دستگاه را روشن می‌کند.

«تسلیم نشو کوچولو. لطفاً. الان نه.» زری اینجاست و دارد مرا می‌بوسد. او مادر همهٔ مادرهاست، ماده شیری که از تولهٔ‌اش حفاظت می‌کند.

بازویش را می‌گیرم. او نمی‌داند من و کریستینا این هفته چه برنامه‌ای برای او چیده‌ایم. او حتی نمی‌داند دختر واقعیش در استانبول است.

هیچ‌گاه اولین دیدار آنها در آوریل سال گذشته و وقتی زمان بازگشت کریستینا به آمریکا رسید را فراموش نمی‌کنم. مامان می‌ترسید برای همیشه او را از دست بدهد. می‌ترسید دیگر هیچ‌گاه او را نبیند.

یک عمر با این کورسوی امید زیسته بود که شاید روزی دختر گمشده‌اش پیش او بازگردد. به زندگیش. به زندگی‌مان. و حال که کریستینا را دیده بود، در آغوشش کشیده بود، با او گریه کرده بود، می‌ترسید دوباره او را از دست بدهد. و بعد در ماه ژوئن کریستینا دوباره به دیدار ما آمد. وقتی می‌خواست برود دوباره همان داستان بود. زری هر دو بار که کریستینا رفت خیلی غصه خورد.

عشق یک مادر. در تمام عمرم آن را حس کرده‌ام. به هیچ‌وجه نمی‌توانم به محبتی که بین این دو است حسادت کنم. هرگز برای یک لحظه هم فکر نکرده‌ام که زری او را بیش از من دوست دارد. قلب او به اندازهٔ هر دوی ما جا دارد.

دستگاه را خاموش می‌کنم و قطعه‌ای دهانی را در می‌آورم. «کریستینا در استانبول است.»

زری بلافاصله روشن می‌شود. «کجاست؟ برای دیدن ما می‌آید؟ تو او را دیده‌ای؟»

«دیروز دیدمش.»

درخشش صورت مادرم ناگهان کم فروغ می‌شود. «حالش چطور بود؟ بچه.»

«هنوز خیلی غمگین است.» نباید این حرف را می‌زدم.

زری به نشانهٔ غم بر سینه‌اش می‌کوبد. او هنوز عزادار از دست رفتن نوه‌اش است.

نفس‌هایم سنگین‌تر می‌شوند و هیچ چیز هم در حال پاک شدن نیست. چنان چه باید سرفه نمی‌کنم تا خلط بیرون بیاید. گلویم را به امید این‌که آن را پاره کنم می‌خارانم. هر کلمه‌ای که می‌گویم مقداری هوا از من می‌دزد. باید

دقت کنم.

«به کریستینا زنگ بزن. اینجا به او احتیاج دارم.»

شماره‌اش را می‌گیرم و گوشی را به او می‌دهم. قطعهٔ دهانی را سر جایش می‌گذارم. تلفن زنگ می‌خورد و بعد از مدتی روی پیغام صوتی می‌رود. الان باید پیش پاتریشیا نیکولز باشد.

زری می‌پرسد «کجا اقامت دارد؟ می‌توانم در هتلش پیغام بگذارم.»

با هر تیک تیک ساعت، بدنم دارد در اطرافم فرو می‌ریزد. قلبم تند می‌زند، ذهنم آشفته است. احساس می‌کنم دارم با سرعت به‌سمت لبهٔ یک پرتگاه می‌روم. اما قبل از این‌که بروم، کارهای زیادی باید انجام دهم.

دوباره قطعهٔ دهانی را در می‌آورم. «الیزابت هم با او است.»

نمی‌دانم انتظار چه واکنشی را داشتم، اما دست مادرم بلافاصله دور مچم حلقه می‌شود. متوجه می‌شوم که مرا در آغوش گرفته است... نه فقط به صورت جسمی. در چشمانش می‌بینم. دارد من را نزدیک خود نگه می‌دارد. این ارتباط حیاتی است. امید و عشقی است که احساس می‌کند الان احتیاج دارم.

حق با او است.

«بیارش اینجا.» پیامکی از کریستینا نشانش می‌دهم که در آن نام و آدرس هتلی که با الیزابت در آن اقامت دارند، به اضافهٔ شماره اتاق خودش و اتاق جدید الیزابت را برایم نوشته است. «لطفاً زنی که من را به دنیا آورده بیاور اینجا... زنی که مرا رها کرد.»

۳۱

کریستینا

شیشه‌ها می‌شکنند، بارانی از خرده شیشه بر من می‌بارد و در ماشین با شدت باز می‌شود. راننده جیغ می‌کشد و افرادی غریبه به فضای بستهٔ هجوم می‌آورند.

مردی مرا می‌گیرد و من تلاش می‌کنم با او بجنگم. دست‌هایش مثل بست‌های فولادی کمرم را می‌گیرد، من خودم را به عقب می‌اندازم و می‌کوشم خودم را از دستش خلاص کنم. با تمام توان به او لگد می‌زنم. کافی نیست و من را توی کوچه می‌کشد.

دو ماشین، ماشین ما را ساندویچ کرده‌اند، یکی جلو و یکی پشت. خیابان باریک کناری که به خیابان‌های بزرگ‌تری متصل می‌شود با دیوارهای بلند، دروازه‌های پشتی و درهای پارکینگ احاطه شده است. هیچ عابری نیست. کسی نیست که بشود صدایش کرد. کسی برای کمک خواهی نیست. اما این متوقفم نمی‌کند و از ته ریه‌هایم جیغ می‌کشم.

مرد دیگری برای کمک به مرد اول می‌آید و من را مثل یک گونیِ سیب زمینیِ پیچ و تاب خوران بلند می‌کنند. تمام مقاومت و پیچ و تاب من نتیجه‌ای ندارد و من را با سر توی ماشین جلویی می‌اندازند. صورتم رو به پایین است و یکی از آن‌ها دست‌هایم را به پشت می‌آورد و با یک زیپ پلاستیکی مچ‌ها و ساق‌هایم را محکم می‌بندد. دهانم را به تکه‌ای پارچه می‌بندند و یک کیسهٔ پارچه‌ای روی سرم می‌کشند.

هیچ تیری شلیک نشد، اما نگران راننده هستم. شنیدم که او هم جیغ می‌کشید. نمی‌دانم آیا او را در ماشین عقبی انداخته‌اند یا نه.

نفس کشیدن سخت است و قلبم جوری می‌تپد که فکر می‌کنم هر لحظه ممکن است سوراخی در سینه‌ام ایجاد کند. من را در کف عقب ماشین می‌چپانند و رویم را با چیز سنگینی مثل یک فرش می‌پوشانند.

در میان اضطراب، چیزی که کایل دیروز گفت به یادم می‌آید. فهرست مرگی که نام الیزابت در آن بود. برای همین دزدیده شده‌ام. لحظاتی بعد، در ماشین بسته می‌شود و با سرعت در خیابان به راه می‌افتد. نمی‌دانم مرا به کجا دارند می‌برند. تنها چیزی که می‌شنوم صدای موسیقی الکترونیکی است که آنها برای محو کردن فریادهای گنگ من از بلندش کرده‌اند. ریتم موسیقی با ضربان قلب من که دارد از ترس منفجر می‌شود، هم خوانی دارد. نمی‌دانم قرار است چه اتفاقی برایم بیفتد ولی مغزم پر از تصوراتی آشفته است که زننده و حتمی هستند.

خاطره‌ای از تصادف دو ماه پیش افکارم را می‌درد. دو چیز را از زمانی که وسط آن بودم به یاد می‌آورم-احساس آسیب پذیری شدید و حس این‌که همه چیز اجتناب ناپذیر است. نمی‌توانستم زمان و ماشین‌هایی که قرار بود به من بزنند را متوقف کنم. حالا هم همان احساس را دارم. باید همان حسی باشد که خرگوش پیش از بسته شدن فک کایوت[1] دارد. برای توقف آن کاری از دستم ساخته نیست. سرنوشتم دیگر در دست من نیست.

(به ترکی) «بزن برویم. چپ.»

(به ترکی) «عصبانی است.»

کلمهٔ آخر را متوجه می‌شوم. یعنی عصبانی. یک نفر عصبانی است.

(به ترکی) «خیابان بعدی.»

آن قدر می‌رویم که حس می‌کنم تا ابد در این ماشین بوده‌ام. نمی‌دانم هنوز در استانبول هستم یا نه. ممکن است به حومهٔ شهر رسیده باشیم. ممکن است به نیمه راه دوزخ رسیده باشیم.

۱- Coyote سگ وحشی آمریکای شمالی. م

ناگهان ماشین می‌ایستد و در باز می‌شود. چیزی که رویم را پوشانده بود کنار زده می‌شود. بیرون کشیده شده و مثل یک جنازه به درون ساختمانی برده می‌شوم. من را به درون یک راهرو که بوی نا می‌دهد می‌برند. وارد اتاقی به ظاهر بزرگ‌تر می‌شویم. دری سنگین ناله‌کنان باز می‌گردد. یکی از آنها کیسهٔ پارچه‌ای را از روی سرم برمی‌دارد، به درون اتاق هلم می‌دهد و در را محکم می‌بندد.

روی زمین دراز می‌کشم و به صدای حرف زدن و دور شدن آنها گوش می‌دهم. سپس دری دیگر در فاصلهٔ دورتر بسته می‌شود. یک صندلی آن سوی در روی زمین کشیده می‌شود. سپس همهٔ صداها می‌میرند.

قلبم تلاش می‌کند ضرباهنگ خود را پیدا کند. چشم‌هایم آرام آرام به تاریکی عادت می‌کنند. تمام بدنم می‌لرزد. نمی‌دانم در حالت شوک هستم یا نه. یک خاطرهٔ دیگر به ذهنم می‌آید. چهرهٔ آرام خزان. انگار خوابیده بود، اما می‌دانستم مرده است.

آیا من هم مرده‌ام؟ اشک‌هایی که جلوی دیدم را گرفته‌اند فرومی‌خورم و بر محیط اطرافم تمرکز می‌کنم. زنده هستم... فعلاً. اتاق کوچک است. لوله‌های زنگ‌زدهٔ قدیمی از یک دیوار بیرون می‌آیند، در امتداد سقف تاریک پیش می‌روند و در دیوار مقابل ناپدید می‌شوند. یک چراغ کم‌نور از انتهای یک سیم نازک در گوشه‌ای آویزان است. این چراغ تنها نور اتاق است. هیچ پنجره یا اثاثیه‌ای نیست. دیوارها لختند و لایه رنگ روی آنها در حال ورقه شدن است.

زیپ پلاستیکی دور مچ‌هایم آن‌قدر محکم است که انگشتانم بی‌حس شده‌اند. یکی از پاهایم گرفته است. بوی کپک تنها بخشی از بوهای گندیدگی است که در اتاق موج می‌زنند. روی فرشی کهنه افتاده‌ام که بوی ادرار و استفراغ و خدا می‌داند چه چیزهای دیگری را می‌دهد. پر از لکه‌های تیره است. نمی‌خواهم فکر کنم عامل به‌وجود آورندهٔ آنها چیست.

به اطراف پیچ و تاب می‌خورم تا سرانجام خودم را به حالت نشسته در می‌آورم. یک قطرهٔ سرد روی پیشانیم می‌افتد و توی چشمم می‌رود.

با اضطراب چند بار پلک می‌زنم و خودم را عقب می‌کشم تا به دیوار سرد می‌رسم. نفس‌هایم را می‌شمارم و می‌کوشم تپش وحشیانهٔ قلبم را آرام کنم.

به ایمیل‌های موجود در پوشه‌های جکس فکر می‌کنم و می‌کوشم محتوای آنها را به یاد آورم. باید توجه بیشتری به هشدار کایل در مورد آن چه در شبکهٔ تاریک بوده است، می‌کردم. باید هوشیارتر و مراقب‌تر می‌بودم.

مردن هیچ‌گاه من را نترسانده است، حتی در هنگام تصادف فقط نگران بچه بودم. اما شاید ایدهٔ یک مرگ هولناک است که الان مرا می‌ترساند. فکر نمی‌کنم دیگر از این اتاق پا بیرون بگذارم. و شکی ندارم که ربوده شدن من مستقیماً با فهرست مرگی که نام الیزابت در آن است مرتبط می‌باشد.

آنها من را دارند و من این احساس را دارم که کرمی در حال لولیدن روی یک قلاب خاردار هستم. آنها انتظار دارند که او طعمه را گاز بزند. و بعد نخ را بکشند و شکار خود را به دست آورند.

یک قطره آب از لوله روی فرش می‌چکد.

بخش کوچکی از یک خاطرهٔ متفاوت به ذهنم خطور می‌کند. همان چیزی که سال‌ها در مغزم پخش و بازپخش شده است. مطمئنم اگر چنین اتفاق غم‌انگیزی برای کریستینا می‌افتاد نابود می‌شدم، ولی حالم به مرور زمان خوب می‌شد.

اما حالم به مرور زمان خوب می‌شد.

آن کلمات الیزابت بیش از هر زمان دیگری مناسب این زمان است.

درحالی‌که دست‌ها و پاهایم را در بدنم جمع کرده‌ام و به دیوار تکیه داده‌ام از خودم می‌پرسم اگر با او تماس بگیرند چه خواهد کرد. و مطمئنم که این کار را خواهند کرد.

آیا سعی خواهد کرد برای آزادی من مذاکره کند؟ آیا زندگی خودش را به خطر خواهد انداخت؟ آیا برای من خواهد مرد؟

الیزابت همان کسی است که یک بچهٔ مریض را رها کرد و بچهٔ سالم مادر دیگری را جای آن برداشت. این فکر خوش بینی را در من تقویت نمی‌کند.

او همیشه زندگی‌اش را با الگوی خاصی خاصی زیسته است. وجود او همیشه امن و امان است. او با زندگی مثل محصولی برخورد می‌کند که هفتهٔ پیش از خواروبار فروشی خریده و به خانه آورده است. این هلو لکه دارد. این سیب له شده است. این موز قهوه‌ای شده است. آنها را برمی‌گردانم و با محصولات بهتری جایگزین می‌کنم. او بچه‌ای به دنیا آورد که معلوم شد مریض است، اما او به طور حتم می‌دانست چطور از پس این مشکل برآید. و حالش به مرور زمان خوب شد. بعد از من هم حالش به مرور خوب خواهد شد.

حدس من این است که به محض این‌که آدم ربا‌ها سراغش بروند مشکل را به گردن کایل خواهد انداخت.

و او چه خواهد کرد؟ او که پیشاپیش برنامه ریخته تا برای کار و زندگی جدیدش به ژاپن برود. ذهنم آن اندازه کار می‌کند که بدانم از قبل پل رابطه‌مان را سوزانده و هرگونه نقطه ضعف احساسی او را از میان برده‌ام. هیچ راه برگشتی نیست. او دلیلی ندارد که در این کار مداخله کند. او با پلیس استانبول وکنسولگری تماس می‌گیرد و همگی برایم یک یادبود زیبا و خلوت در لوس‌آنجلس برگزار می‌کنند. کاملاً مطمئنم هیچ وقت جسدم را از قعر بوسفور یا هر جایی که این آدم‌ها اجساد را در آن گم و گور می‌کنند، بیرون نخواهند کشید.

زری و تیام تنها کسانی هستند که به راستی دلتنگم می‌شوند. تنها کسانی که در غم از دست دادنم عزاداری می‌کنند. چهره‌هایشان به ذهنم می‌آید. خانوادهٔ من.

چقدر مسخره و عصبانی‌کننده است که الیزابت که سی سال پیش زندگی ما را دزدید، دوباره هم همان کار را خواهد کرد. یک قطرهٔ دیگر می‌افتد، پخش می‌شود و سپس با لکه‌های تیرهٔ فرش خاک‌آلود درمی‌آمیزد.

الیزابت با کایل به کنسولگری رسید و مطمئن بود کارشان در اینجا بسیار سریع‌تر از ادارهٔ پلیس پیش خواهد رفت. او وقت داشت و سر موقع نیز رسیده بودند.

به سمت دروازه ورودی به راه افتاد و کایل گفت می‌رود دنبال قهوه بگردد. می‌توانست ردیفی از مغازه‌ها و رستوران‌ها را در آن طرف خیابان ببیند. کایل بعد از تمام شدن کارش در سفارت همان جا او را پیدا می‌کرد.

بعد از عبور از راهروی امنیتی، به او گفتند خط آبی روی زمین را در امتداد راهرویی بلند و بی‌پنجره دنبال کند تا به اتاق انتظار برسد. اتاق شلوغ بود. آنجا پشت شیشه‌های ضخیم یک کارمند تُرش‌رو فرم‌ها، مبالغ و عکس‌ها را گرفت و به او گفت بنشیند. مثل دفعهٔ قبل هیچ برخورد ویژه‌ای با او نکردند. برخورد آنها حتی به حد صمیمی هم نرسید. مهم نبود که او بیش از دو دهه برای دولت کار کرده بود.

همهٔ صندلی‌ها اشغال شده بودند، بنابراین او به یک نشان وزارت امور خارجه که بر روی دیوار گچ بری شده بود تکیه داد. وقتی به مردمی که در آن فضای بسته در هم چپیده بودند نگاه کرد، خود را به طور کامل از دنیای آنها جدا یافت.

بسیاری از آنها وقتی به پنجره می‌رسیدند مشکل زبان داشتند. دیگران نمی‌توانستند فرم‌هایی که به آنان داده شده بود را پر کنند. تکه‌هایی از گفت‌وگوها به گوشش رسیدند.

یک زن با لهجه‌ای آلمانی از او پرسید «می‌توانم از شما یک خودکار بگیرم؟»

الیزابت کیفش را روی شانه‌اش بالا کشید و سر تکان داد.

پیرمردی که به یک عصا تکیه داده بود فرم‌هایی که به او داده بودند را سمت او گرفت و به فارسی گفت «می‌شود کمکم کنید؟»

او رویش را برگرداند و وانمود کرد نمی‌فهمد چه می‌گوید.

چیزی در مورد این شرایط او را به یاد کودکیش می‌انداخت. با رفتن از یک خانهٔ سازمانی به خانهٔ دیگر، الیزابت به بچه‌های دیگر پشت می‌کرد. او به آنها نیاز نداشت. داشتن دوستی که مجبور باشی ترکش کنی چه فایده‌ای دارد. فرآیند جدا شدن بیش از حد خسته‌کننده بود. او می‌توانست روی پاهای خودش بایستد.

امروز افرادی که مجبور شده بود در کنارشان منتظر بماند به طرز بدی نیازمند بودند. ناامیدی مثل ابری زرد در فضا بود. اما الیزابت نه نیازمند بود و نه ناامید.

وقتی دوباره به پنجره فراخوانده شد، یک گذرنامه با دسترسی محدود به دست او دادند. به او گفتند وقتی خواست از استانبول خارج شود می‌تواند از آن استفاده کند.

وقتی داشت از کنار نیروهای نظامی کنار دروازه ورودی رد می‌شد، خوشحال بود که کایل آنجا منتظرش است. می‌خواست به هتل برگردد، خستگی کنسولگری را از تن بشوید و یک نوشیدنی سفارش دهد. او گذرنامه جدید را به کایل نشان داد «این برای احراز هویت در هنگام امضای قرارداد کافی است؟»

«باید باشد.»

کایل به یکی از تاکسی‌های منتظر اشاره کرد و وقتی داشتند سوار می‌شدند اسم هتل را به او گفت.

عجیب است که یک تکه کاغذ چه قدرتی اعطا می‌کند. الیزابت احساس می‌کرد امنیت، اعتماد به نفس بیشتر و کنترل بیشتر بر زندگیش دارد. می‌توانست هر جا که می‌خواهد برود، از این شرکت ناخواسته فرار کند و گذشته را پشت سر بگذارد.

پرسید «چه ساعتی برای شام رزرو داریم؟»

«شش.»

«پس وقت زیاد داریم.»

شمارهٔ دخترش را گرفت. گوشی زنگ خورد و زنگ خورد.

«وقت زیاد برای چه کاری؟»

«برای مانیکور و پدیکور در آرایشگاه هتل.»

تماس به پیام‌گیر صوتی منتقل شد ولی الیزابت پیامی نگذاشت.

نگاهی به کایل انداخت. «می‌خواستم به کریستینا هم بگویم به من بپیوندد. من برای او هدیه تولد نخریدم. فکر کردم پاداش کافی باشد.» تلفن را داخل کیفش انداخت.

کایل گفت «او دارد برای آن پاداش کار می‌کند. هدیه تولد باید چیزدیگری باشد.»

«ببین چه کسی دارد حرف می‌زند. خودت چه برای او گرفتی، به جز یک سفر کاری به استانبول؟»

او جوابی نداد.

الیزابت شانه‌اش را به شانهٔ او مالید «دارم سر به سرت می‌گذارم. یالا. بگو ببینم.»

«چیزی که به کریستینا می‌دهم به تو مربوط نیست.»

نگاهی به صورت کایل و مژه‌های بلندش انداخت. او به طور کامل بر چیزی که داشت روی گوشیش تایپ می‌کرد متمرکز بود و وانمود می‌کرد الیزابت آنجا نیست. الیزابت سعی کرد حدس بزند چه چیزی برای کریستینا خریده است. شاید هنوز تمام نکرده باشند. می‌شد امیدوار بود. اگرچه الیزابت نمی‌توانست او را دوباره برای خود داشته باشد، اما هم چنان برای کریستینا می خواستش.

اما به نظر می‌رسید دخترش رابطه را از هر لحاظ نابود کرده است. نمی‌دانست کریستینا او را پس زده یا هر دو در این‌کار نقش دارند.

گفت «حالا که هر دو در استانبول هستید تکلیف چیست؟ اتاق های مجاور دارید. هم‌آغوشی دارید یا نه؟»

داشت تلاش می‌کرد او را به تکاپو بیندازد، اما زنگ خوردن تلفن کایل فرصت را از میان برد. کایل با کسی که در آن طرف خط بود ژاپنی صحبت کرد. او از چیزهایی که گفته می‌شد هیچ نفهمید.

الیزابت می‌دانست به زبان ماندارین مسلط است و تسلط کافی بر زبان ژاپنی و کره‌ای دارد. این بخشی از توانایی‌هایی بود که او را برای اکسترنوس ارزشمند می‌ساخت.

ظاهراً گفت وگوی او پایانی نداشت. بنابراین الیزابت به ساختمان‌های اداری و مسکونی، فروشگاه‌ها و رستوران‌ها نگاه کرد. گاری‌های غذا در هر گوشه بودند و مردم مثل یک کلونی مورچه در پیاده روها به هم برخورد می‌کردند. بی‌تاب بود به هتل برسد. او بیش از این‌که نیاز به

رسیدگی به ناخن‌هایش داشته باشد به یک نوشیدنی احتیاج داشت.

کایل تماس را تمام کرد و بلافاصله تماسی دیگر گرفت. این بار انگلیسی حرف زد.

«بله. سفارش توسط کایل فیلیپس داده شده است.»

الیزابت به سمت او برگشت و به سیمایش نگاه کرد. سایهٔ ساعت پنج عصر، چانه و فک او را تیره کرده بود. مدرن و سرکش به نظر می‌رسید.

الیزابت زمانی را به یاد آورد که کریستینا خبر را به او داد. کایل فکر می‌کند ما باید هم‌خانه شویم. می‌دانم قبلاً رابطه‌های زیادی داشته، اما هیچ‌وقت با کسی زندگی نکرده است، و مرا می‌خواهد.

در آن زمان چیزی که به ذهن الیزابت آمد این بود که حق دیگر زنان نیست که مردی مثل کایل فقط با یک زن باشد. اما از آن زمان قدردان لذت در کنار او بودن، بود.

کایل گفت «می‌خواهم تاریخ تحویل را از فردا به امشب تغییر دهم. بله همان شماره اتاق.»

علاقه‌اش بیشتر شد و به هر کلمه با دقت گوش داد.

«یاس بنفش، یاسمن و سوسن سفید.»

داشت آن چه باید در دستهٔ گل می‌بود را مرور می‌کرد.

«مطمئن هستید یاسمن‌ها خوش‌بو هستند؟ بله لطفاً اطمینان حاصل کنید. ممنونم. بله، لطفاً در اسرع وقت ارسال کنید. عالی است.»

نیش حسادت، تند و غیرمنتظره بود و الیزابت احساس کرد دارد پوست سخت بیرونی خودخواهیش را سوراخ می‌کند. هیچ مردی تا به حال این قدر به هدیه‌ای که قرار بود به او بدهد، توجه نکرده بود. حتی جکس. تازه آن لعنتی همسرش بود.

«یک نفر را می‌شناسم که یاسمن دوست دارد.»

کایل از روی تلفنش نگاه کرد. برای اولین بار از زمانی که سوار تاکسی شده بود، سیمایش ملایم‌تر دیده می‌شد. «نیاز به یک چیز حال خوب‌کن دارد.»

«او نیاز به هم‌آغوشی دارد. یک دسته گل شروع خوبی برای برگرداندن او به تختخواب است. آفرین پسرم.»

اشتباه کرد و بازوی او را لمس کرد و او مثل این‌که سوخته باشد دستش را کشید.

آن قدر بلند پرسید که نگاه راننده به آینه عقب افتاد. «مشکل تو چیست؟ گاهی شک می‌کنم او دختر تو است. منظورم این است که کدام پدر و مادر چنین حرف‌هایی می‌زنند. چطور می‌توانی با دخترت این طور رفتار کنی؟»

الیزابت رویش را برگرداند. حرف‌های کایل دردآور بودند. او با کریستینا بهتر از آن چه مستحقش بود رفتار می‌کرد. به او همه چیز داده بود.

تاکسی از روی یک پل گذشت ولی او آب‌های مواج زیر پل را ندید. به جای آن، در چشم ذهنش بچهٔ صورت قرمزی را دید که در آغوشش گذاشتند.

از همان لحظهٔ نخست وحشت داشت کریستینا را زیاد محکم در آغوش بگیرد و کار اشتباهی با او بکند. بچه ضعیف بود. مدام گریه می‌کرد و شیر او را نمی‌خورد. ده روز بعد از آمدن به خانه، مجبور شد او را به بیمارستان بازگرداند. آن زمان کریستینا یک هفته بستری شد. سه روز بعد دوباره به فوریت‌های پزشکی مراجعه کردند. زندگی الیزابت کابوسی ممتد از پزشک‌ها، یک بچهٔ گریان و شب‌های بی‌خوابی بود.

و بعد دختر زری، تیام. شش ماهه، با صورتی گرد، خوشحال و با انرژی. کنجکاو و مهربان، هر وقت الیزابت او را بغل می‌کرد در آغوشش ذوب می‌شد. تیام از همه چیز و همه‌کس در اطرافش آگاهی داشت. او نمونهٔ بچه‌های سالم و زیبا در تلویزیون بود.

زندگی اما عادلانه نبود و کائنات بازی تلخی با او کرده بود. الیزابت تا جایی که می‌توانست با آن کنار آمد و بعد تصمیم گرفت قوانین بازی را تغییر دهد. او پول و قدرت داشت تا یک دست جدید برای خودش بکشد.

کایل درست می‌گفت. او مادر واقعی کریستینا نبود. اما حق داشت کریستینا را نقد کند، ایرادش را برطرف کند و اطمینان حاصل نماید قدر زندگی که به او ارزانی شده است را می‌داند. تا زمانی که کریستینا تمام امتیازاتی که به او داده شده بود را درک می‌کرد و از کسی که همهٔ این‌ها را در اختیارش گذاشته بود قدردانی می‌کرد، مهم نبود که حقیقت را نداند. آیا اوگه‌گاه چیزهایی گفته بود که نباید می‌گفت؟ آیا او بیش از حد ایرادگیر و سخت‌گیر بود؟ شاید، اما این چیزی بود که یک زن برای موفقیت در دنیا به آن احتیاج داشت. یک زن باید محکم و باهوش و در جاهایی سنگ‌دل باشد.

الیزابت احساس کرد سرش درد دارد می‌گیرد. نمی‌خواست به گذشته فکر کند.

تکیه داد و چشم‌هایش را بست تا تاکسی جلوی هتل رسید. قبل از این‌که پیاده شود منتظر دربان ماند. کایل پیشاپیش کنار در ایستاده بود. او جلوتر از کایل وارد شد.

کایل گفت «چطور است ساعت پنج و نیم اینجا باشیم؟ می‌توانیم قبل از شام یک چیزی بنوشیم.»

الیزابت دستش را تکان داد. باشد. او می‌خواست قبل از مواجهه با آن دو حسابی خودش را بسازد. و هنگامی پایین می‌آمد که کاملاً آماده باشد. وقتی به اتاقش رسید، کفش‌هایش را درآورد و ژاکتش را کند و سراغ میز رفت. دیروز گفته بود یک بطری جک دانیلز به اتاقش بیاورند. مقداری کافی ته لیوان ریخت. قبل از این‌که آن را دور زبانش بچرخاند، عطر تلخ آن را تنفس کرد. نوشیدنی درحالی‌که پایین می‌رفت گلویش را گرم کرد.

«بهتر شد.»

کمی آب روی آن ریخت و بعد متوجه چشمک زدن چراغ پیام روی تلفن هتل شد. جرعه‌ای دیگر نوشید و دکمه بلندگو را زد.

«سلام الیزابت. کجایی؟ از صبح اینجا هستم.»

بلافاصله آن صدای پیر را شناخت. آن را دیروز روی پیام‌گیر پاتریشیا نیکولز شنیده بود.

پیام بعدی

«ببخشید نمی‌توانم تمام روز را منتظر بنشینم تا تو و دخترت پیدایتان شود. فردا به من زنگ بزن. شاید بتوانیم برای آخر هفته قراری بگذاریم.»

«دخترم؟»

الیزابت کنجکاو شد و شمارهٔ پاتریشیا را روی گوشی جستجو کرد و تماس گرفت. تلفن زنگ خورد و بعد از مدتی روی پیام‌گیر رفت.

«پاتریشیا، الیزابت هستم. منظورت از این‌که منتظر بنشینی تا ما پیدایمان شود چیست؟ انگار داریم پیام بازی می‌کنیم. در هر صورت حرفی که در پیام قبلی گفتم جدی است. او نمی‌داند. هیچ‌کس نمی‌داند. پس سربسته نگهش دار. شنیدی؟»

به تماس پایان داد و تلاش کرد تلفن کریستینا را بگیرد. جواب نداد. شمارهٔ اتاقش را گرفت. باز هم هیچ.

با میز پذیرش تماس گرفت. «امروز دختر من را دیده‌اید؟»

«بله خانم. امروز صبح خانم هال یک ماشین گرفتند و از هتل بیرون رفتند.»

«گفت که کجا می‌خواهد برود؟»

«نه خانم.»

الیزابت گوشی را گذاشت. نوشیدنیش را مزه مزه کرد. با خود اندیشید آیا کریستینا آن قدر جسارت داشته که تنهایی به دیدار پاتریشیا برود؟

خبر بد این که پاسخ مثبت بود.

بارداری کاری با او کرده بود. تغییرش داده بود. شاید به خاطر هورمون‌ها بود، اما کریستینا با آدمی که قبلاً بود تفاوت داشت. خبر خوب این‌که چیزی باعث تغییر نظر او شده بود و به دیدار آن زن نرفته بود.

زری

زری هرگـز نمی‌خواست به این هتـل بازگردد. وقتی سـی سـال پیـش آنجـا را تـرک کـرد، داشت یـک بچهٔ مریـض را به بیمارستان می‌بـرد. امروز می‌شـتافت تـا الیزابت را بیابـد و قانعـش کند که به دیدن همان بچه که اکنون برومند شده بود و روی تختِ بخش مراقبت‌های ویژه در حال تلاش برای زنده ماندن بود، بیایید.

او مـال مـن اسـت. مـال مـن. نمی‌توانـی دخـترم را از مـن دور کنـی. مـن اجـازه نمی‌دهـم.

کلماتی که می‌خواست آن سال‌ها بگوید در ذهنش مرور شدند. او در غـم از دست دادن تیامش بود و در عین حال آمادهٔ جنگیدن. دخترش دزدیده شده بود. الیزابت از نقطه ضعف زری به عنوان مهاجری غیرقانونی استفاده کرده و بچه‌ای که متعلق به او نبود را بـرده بود.

زری صدایـی نداشت، حقی نداشت، کسی را نداشت که از ادعای او حمایت کند. اما قصد داشت بجنگد–حتی به صورت فیزیکی– قصد داشت هـر کاری بکنـد. او هیولایی بـود که از بند گریخته بـود. اما زمانی که اینجا رسید، الیزابت رفته بود. او تیام را دزدیده بود. خشمی که زری درآن سال‌ها حس می‌کرد، به وجودش بازگشت. احساس ناامیدی می‌سوزاندش. حس این‌که بخشی از قلبش پاره و با بی‌رحمی بیرون آورده شده بود باعث می‌شد بخواهد حتی الان از سر درد فریاد بزند.

روی پله‌ها مکث کرد، نفس عمیقی کشید و خودش را مجبور کرد به یاد داشته باشد برای چه به آنجا آمده است. این‌که چه کار باید می‌کرد.

آنجا بـود به خاطر دختر زیستی الیزابت، روح زیبایی که از آن زمان هر روز به او عشق ورزیده بود.

زری به خودش یادآور شد که تا چه حد خوشبخت است که اکنون تیام

و کریستینا، هر دو، فرزندان او هستند. یکی از آنها را بزرگ کرده بود و دیگری را گم کرده و دوباره بازیافته بود.

وقتی مکالمه با امینه را قبل از ترک بیمارستان به یاد آورد عواطفی سرد و دردناک دوباره شعله کشیدند.

«سطح اکسیژن خون بسیار پایین است. پاها و معده‌اش ورم کرده‌اند. چیزی که الان دارد تحمل می‌کند یک حمله نیست. پزشکان فکر می‌کنند اندام‌های او در معرض خطر از کار افتادن هستند. به همین خاطر است که او را به بخش مراقبت‌های ویژه می‌برند.»

«اما قبلاً هم این طور شده است.»

«این بار فرق دارد.»

هر بار تیام بستری می‌شد، پزشکان به او هشدار می‌دادند که ممکن است بار آخر باشد. در طول سالیان روش‌های درمانی قدیمی دیگر پاسخ‌گو نبودند. روش‌های جدید آزمایشی هم به آسانی در استانبول در دسترس قرار نداشتند. به او گفتند پیوند ریه شاید بتواند کمک کند. اما فهرست انتظار طولانی بود. و حتی اگر یک ریه مهیا می‌شد، هیچ تضمینی نبود که بدن تیام آن را قبول کند.

زری به خودش اجازه نمی‌داد به روزها و هفته‌ها و ماه‌ها فکر کند. حرفهٔ پزشکی مبتنی بر آمار بود. براساس نمودارها و گزارشات آنها، این دختر خیلی بیشتر از متوسط امید به زندگی برای بیماران این چنینی زندگی کرده بود. اما مردان علم چیزی از خواست خدا نمی‌دانستند. از مذهب او. از پایمردی تیام.

زری مشعل امید را روشن نگه داشت و هیچ‌گاه اجازه نداد خاموش شود. اما این بار داشت سوسو می‌زد. زری به حرف‌های امینه باور داشت.

الیزابت زیاد در استانبول نمی‌ماند و نمی‌شد گفت دفعهٔ بعد چه وقت برمی‌گردد. اما این آرزوی تیام است که مادر خونیش را پیش از این‌که دوباره ناپدید شود، ببیند. زری بدون توجه به این‌که این کار چقدر برای خودش دردآور است، حاضر بود برای برآوردن آرزوی تیام تا آخر دنیا برود.

وقتی به پایین پله‌ها رسید، حجابش را درست کرد. جلوی مانتویش را صاف کرد. فکر مواجهه با زنی که به او و دو دخترش بد کرده بود، او را مضطرب می‌ساخت. اما یک بار دیگر به خودش یادآوری کرد برای چه آنجا است.

وقتی زری پا در راهرو گذاشت از روبه‌رو شدن با یک مأمور حراست متعجب شد. چرخهٔ زندگی تکرار شد.

مأمور به ترکی پرسید «در این هتل اتاق دارید؟»

سال‌ها زندگی در این شهر به او اعتماد به نفس بخشیده بود. او حالا به صورت قانونی در این کشور بود. مدارک داشت، کار خوبی داشت و دوستان زیادی در کنارش بودند. او یک مادر بیست و یک ساله با چشمانی وحشت‌زده از ترس اخراج نبود.

در همان حال نسبت به خصومتی که علیه مردمش اعمال می‌شد، کور نبود. می‌توانست آن را در چهرهٔ مأمور حراست بخواند. کسی با ظاهر و لباس او در این هتل اقامت نمی‌کرد.

«خیر.» زری به سرعت به مأمور گفت که آنجا اقامت ندارد. اتیکت داروخانه را به او نشان داد و به او اجازه داد اسپری تنفسی و داروها را در ته کیفش ببیند. آنها داروهای اضطراری تیام بودند که همیشه همراهش داشت. اما امروز قرار بود نقش داروهای تحویلی را بازی کنند.

(به ترکی) «من در داروخانه کار می‌کنم.»

(به ترکی) «کدام مهمان؟»

«الیزابت هال.» شمارهٔ اتاقی که دخترش به او داده بود را به مأمور گفت.

در مسیر هتل زری تلفن کریستینا را گرفته بود، اما هر بار تماس به پیام‌گیر صوتی منتقل می‌شد. حالا نگران او هم بود. یعنی کجاست؟

مأمور با دقت به اتیکت او نگاه کرد و بعد اشاره کرد که می‌تواند برود.

تضمینی نبود که الیزابت در اتاق باشد. سؤال کردن از میز پذیرش هم شک برانگیز بود. از هتل بیرونش می‌کردند یا بدتر. مطمئن بود اگر در منظر عموم به الیزابت نزدیک شود، به طور حتم از پلیس خواهد خواست او را دستگیر کند.

پشت در ایستاد. قلبش وحشیانه بر سینه‌اش می‌کوبید. عرق کف دستش را روی پایش خشک و بعد مشتش را برای کوبیدن در بالا آورد. سی سال به آرامی کنار رفت. کریستینا روی شانه‌اش برای ذره‌ای هوا نفس نفس می‌زد. زری دوباره زنی ترسیده و عصبانی شد. در آنکارا وقتی فهمید دخترش دزدیده شده است، آمدن به این هتل در استانبول تنها کاری بود که می‌توانست انجام دهد.

در آن روز وحشتناک برگهٔ تأیید رزو این هتل را در آپارتمان الیزابت دید. زری باید تیامش را برمی‌گرداند. سفر با اتوبوس کابوس بود، ولی او به اینجا رسید و آمادهٔ مقابله با دشمن بود.

کورکورانه از پله‌های ورودی خدماتی بالا رفت اما متوجه شد نمی‌داند الیزابت در کدام اتاق است. خوشبختانه یک تمیزکار پیدا کرد و او لطف کرد و فهرست مهمانان را به او نشان داد.

«نه اینجا نیست. خانم هال و دخترش هتل را ترک کرده‌اند.»

حالا، سی سال بعد، نگرانی گلوی زری را می‌فشرد. دعایی را زمزمه کرد و بر علت آنجا بودنش متمرکز شد. در را زد.

«بله؟»

صدای الیزابت همان بود، اما می‌توانست شدت لحن را در آن بشنود. دوباره در زد.

صدای نزدیک شدن قدم‌ها به در را شنید و بعد سکوت برقرار شد. تلاش کرد زیاد تکان نخورد. حدس می‌زد الیزابت دارد از چشمی در او را نگاه می‌کند. در طول سال‌ها تغییر زیادی کرده بود. صورت زری گردتر شده بود و خطوط عمیقی که در گوشهٔ چشم‌هایش شکل گرفته بودند نشان از سختی‌هایی بود که متحمل شده بود. نوع حجابش نیز تغییر کرده بود. حالا روسری ابریشم به سر می‌کرد و آن را به سبک زنان ترک می‌بست.

«کی هستی؟ چه می‌خواهی؟»

«دخترتان من را فرستاده است؟»

زنجیر در صدایی کرد، در باز شد و الیزابت با اخمی متوقع در پاشنهٔ در ایستاد.

زری به اولین باری که او را دید فکر کرد و خاطرهٔ ایستادن آنها در آستانهٔ در خانهٔ الیزابت در آنکارا به یادش آمد.

«گفتی اسمت چیست؟»

«زری رحمان.»

الیزابت دست‌هایش را دراز کرد. «ولی این بچهٔ زیبا مال کی است؟»

بدون هیچ فکری زری نوزاد دو هفته‌ایش را در بازوان او گذاشت. «بچهٔ من است.»

«چشم‌هایش را ببین. می‌شود برای پوستش مرد. چقدر بغلی است.» بچه را بالا انداخت و توجهی به زری که می‌خواست بچه‌اش را بگیرد نکرد. «چه چیزی تو را به استانبول آورده است؟»

«همسرم یحیی رحمان، اینجا کار می‌کرد. اما می‌گویند ناپدید شده است.»

الیزابت درحالی‌که تیام هنوز در بغلش بود برگشت و زری را به داخل آپارتمان برد. «چه شرایط سختی. مطمئنم. شاید بتوانم کمکت کنم.»

الیزابت نوزاد را به‌شکلی مالکانه گرفته بود و غریزهٔ زری به او می‌گفت بچه را پس بگیر و برو. اما نمی‌توانست. بیچاره بود. خانه، شوهر، پول و کار نداشت.

چه انتخاب دیگری داشت؟ خودش را قانع کرد که زن آمریکایی نیت بدی ندارد. به سؤالات پاسخ داد، پیشنهاد کار او را پذیرفت و همان روز با تیام به آپارتمان الیزابت نقل مکان کرد.

لحن تند الیزابت پردهٔ گذشته را درید و او را ناگهان به زمان حال آورد. «کریستینا کجاست؟»

زری به او نگاه کرد. الیزابت پیر شده بود اما سال‌ها با او مهربان بودند. هرچند سختی نگاه نافذش هنوز تغییری نکرده بود.

الیزابت سؤالش را به ترکی تکرار کرد.

زری با وسوسهٔ درآوردن چشم‌های الیزابت مبارزه کرد. زمان درد را التیام نبخشیده بود. زندگی از او و تیام دزدیده شده بود. با وجود این می‌دانست اگر الیزابت نشانه‌ای از خصومت احساس کند او را بیرون می‌اندازد و در را می‌بندد. در طول سالیان دراز چند بار هنگام تلاش برای برگرداندن کودک ربوده شده‌اش درها به رویش بسته شده بود؟

زری به انگلیسی پاسخ داد «من از سوی دختر واقعی‌تان آمده‌ام.»

چشم‌های آبی گشاد شدند و الیزابت یک قدم به جلو گذاشت. زری عقب نرفت و سر جای خود ایستاد.

«قضیه چیست؟ تو کی هستی؟»

«زری. زری رحمان. دو سال در آنکارا برایت کار می‌کردم.»

شناخت حاصل شد و ماسک از صورت الیزابت افتاد. زری آسیب پذیری غیرمنتظرهٔ پشت چشمان آبی را حس کرد.

«تو... تو اینجا چه کار می‌کنی؟»

«سی سال است در استانبول زندگی می‌کنم.» در هر کلمه احساس وحشت و نگرانیِ سنگینی بود. هر کلمه حامل بار عذاب‌هایی بود که الیزابت به او تحمیل کرده بود.

افرادی در امتداد راهرو داشتند به سمت آنها می‌آمدند و الیزابت اشاره کرد که زری وارد شود. زری او را دنبال کرد و صدای بسته شدن در پشت سرش را شنید.

«نمی‌توانم باور کنم. همه چیز دارد یک جا اتفاق می‌افتد. کریستینا پاتریشیا را پیدا کرد، اما شاید تو خبر داری.» منتظر پاسخ نشد و به آن سوی اتاق رفت. برای خودش یک نوشیدنی ریخت. «خانم نیکولز به تو گفت من اینجا هستم؟ نمی‌توانیم بگذاریم کریستینا درباره... دربارهٔ قرارمان بفهمد. اگر پول بیشتری می‌خواهی من ترتیبش را می‌دهم. اما کریستینای من نباید بفهمد ما چه کار کردیم.»

سد شکست و خشم راه خود را به سوی گلوی زری باز کرد. «کاری که ما کردیم؟ قرار ما؟»

«بله قرار ما.»

«عقلت را از دست دادی؟ تو بچهٔ من را دزدیدی و فرار کردی.»

«برای این‌که زندگی خوبی به او بدهم. زندگی بهتر از هر آن‌چه تو می‌توانستی به او بدهی.»

زری گفت «این دزدی است. آدم ربایی است. من تنها با لباس تنم و یک بچهٔ مریض روی دوشم مجبور شدم دنبالت بیایم.»

«درست نیست.» با چرخیدن الیزابت به سمت زری نوشیدنی در لیوان به شدت تکان خورد. «برایت پول گذاشتم. خانم نیکولز قرار بود ترتیب کارها را بدهد.»

«حتی حقوقی که به من بدهکار بودی هم به من داده نشد.»

«باید اشتباهی شده باشد. هرچند نمی‌دانم پاتریشیا چطور توانسته گند بزند. به او گفته بودم چه کار کند. اما الان می‌توانیم درستش کنیم.» به سمت میز و سراغ کیفش رفت.

«دست نگه‌دار. پولت برای من هیچ معنایی ندارد. تو یک بچهٔ مریض و ضعیف را گذاشتی و رفتی. دختر خودت را!»

«من پول کافی برای پرداخت صورتحساب‌های بیمارستان و... برای مخارج کفن و دفن گذاشتم.»

«کفن و دفن؟» خشم تبدیل به غیظی سرد شد. چطور یک مادر می‌توانست آن قدر سنگ‌دل باشد که به جنازه، بیشتر از بچه‌ای که هنوز زنده بود فکر کند؟

الیزابت خیلی خونسرد و گویی که حرفی کاملاً منطقی می‌زند گفت «به اندازه کافی برایت گذاشتم تا مدت زیادی بتوانی راحت زندگی کنی. و قرار بود خانم نیکولز توصیه‌نامهٔ خوبی به تو بدهد که هر وقت آماده بودی کار خوبی

پیدا کنی.»

زری خودش را مجبور کرد واضح حرف بزند. «تنها چیزی که من از او گرفتم خبر این بود که تو با تیام رفته‌ای و اگر به کسی چیزی بگویم کاری می‌کند که مرا دستگیر کنند.»

«تو زن بی‌فکری بودی. احساساتی و کله داغ. او وظیفه داشت کاری کند که تو کار احمقانه‌ای نکنی.»

«احمقانه؟ دوست داشتن بچه‌ام و این‌که می‌خواستم پیدایش کنم احمقانه بود؟ بازداشتن دزدی که زندگی و خون من را داشت می‌برد، احمقانه بود؟ اما این‌که تو بچهٔ مریضت را پیش یک خدمت‌کار، یک مهاجر، کسی که هیچ دوست یا ارتباطاتی ندارد ول کنی، احمقانه نبود؟ پزشک‌ها، بیمارستان‌ها، بستری شدن‌ها. چه کسی باید از او مراقبت می‌کرد؟»

«منظورت چیست... تنها چیزی که دریافت کردی؟ متوجه نمی‌شوم. من به پاتریشیا اعتماد کردم که هزینه‌های دخترم را تا پایان عمرش... و بعد از آن بپردازد.»

«و من به خدا اعتماد کردم و او خواست که زنده بماند.»

«کریستینا خیلی مریض بود. داشت می‌مرد. پزشک‌ها به من گفتند تا آخر ماه زنده نخواهد ماند.»

«خوب حالا که زنده ماند.» مکثی کرد و اجازه داد حرفش اثر کند. «من او را به یاد فرزند دزدیده شده‌ام تیام نامیدم.»

الیزابت موقع گذاشتن لیوان روی میز دستش می‌لرزید. «بدون هیچ کمکی از سوی خانم نیکولز؟»

«بدون هیچ کمکی از سوی تو و یا دوستت.»

«چه کار کردی؟»

«به استانبول آمدم تا پیدایت کنم، اما رفته بودی. تنها لطف خدا و پزشکان خوب و برخی افراد سخاوتمند بودند تا تیام چیزی که احتیاج داشت را دریافت کرد.»

«اما هزینه‌های بیمارستان؟ چطور آنها را پرداخت کردی؟»

چه‌قدر مسخره که همه چیز دربارهٔ پول بود. جنایاتی که مرتکب شده بود. زندگی‌هایی که نابود کرده بود. «تمام پس‌اندازم را مصرف کردم و بعد کاری گیر آوردم.»

الیزابت خیره شده بود و به حرف های او گوش می‌کرد.

«به تو پس خواهـم داد. هر هزینه‌ای که کرده‌ای را به تو برمی‌گردانـم. اما او چطور بود؟» بغضی در صدایش بود. «آیا آن قدر زنده ماند تا قدم اول را بردارد؟ آیا یاد گرفت جمله بگوید؟»

«او اولین قدم را به سوی من برداشت. واژهٔ محبوبش مامان بود.» زری اشک هایی که با یادآوری هـر مرحلـه از زندگی، چشـم هایش را خیس کرده بودنـد فروخورد. و برای هـر مرحله از زندگی فرزند خودش که آن را از دست داده بود غصه خورد. «من دختری که تو رهایش کردی را مثل دختر خودم بزرگ کردم. از او مراقبت کردم و به او عشق ورزیدم. دقت کردم که هیچ‌گاه از وحشت دانستن این‌که رها شده و مادرش او را نخواسته، عذاب نکشد.»

«متأسفم. من آن چه به من گفتند را باور کردم. هیچ ایده‌ای نداشتم...» الیزابت روی نزدیک ترین صندلی نشست و صورتش را در میان دست هایش دفن کرد.

زری منتظر ماند و به یاد روزی افتـاد که کریستینا به دیدار او آمد. پیدا کردن بچه‌ای که فکر می‌کرد گم کرده زمین و زمان را زیر پای او به حرکت درآورد. در آغـوش گرفتـن او مثـل پیدا کردن قطعـه‌ای از بهشـت روی زمین بود.

در عمـق قلبـش بـرای الیزابت افسـوس می‌خـورد و بـه زندگی پرپیـچ و خمـی فکر می‌کـرد که از او چنیـن موجـودی ساختـه بـود.

وقتی بالاخره الیزابت سرش را بالا آورد، صورتش پر از اشک بود «تا چه مدت او را داشتی؟ بچه‌ام چقدر عمر کرد؟»

زری تکرار کرد «چقدر؟ او هنوز زنده است و می‌خواهد تو را ببیند.»

بخش دهم

بدو گفت اگر راست گویی سَخُن

ز کژی نه سر یابم از تو نه بُن

نمایی مرا جای دیو سپید

همان جای پولاد غندی و بید

به جایی که بستست کاووس کی

کسی کاین بدی‌ها فگندست پی

نمایی و پیدا کنی راستی

نیاری به کار اندرون کاستی

من این تخت و این تاج و گرز گران

بگردانم از شاه مازندران

تو باشی برین بوم و بر شهریار

ار ایدونک کژی نیاری بکار

فردوسی

۳۴
الیزابت

آنگاه

الیزابت فقط یک ساعت وقت داشت تا قبل از این‌که زری برگردد از آپارتمانش بیرون بزند. او از کمد لباس‌ها و میز آرایش به سمت دو چمدان بازی که روی تخت گذاشته بود می‌رفت و برمی‌گشت. همهٔ لباس‌ها و هر چیزی که در این آپارتمان در آنکارا داشت دوریختنی بودند. او فقط چیزهایی که به آنها احتیاج مبرم داشت را برمی‌داشت. با این حال کت چرمی که ماه پیش داده بود برایش بدوزند را برداشت. یک پتوی بچه دور سفالینهٔ کهنه‌ای که در کاپادوکیه خریده بود، پیچیده شده بود.

پاتریشیا نیکولز دم در اتاق خواب ایستاده بود و به بچهٔ نوپایی که در اتاق نشیمن در حال تماشای تلویزیون بود، می‌نگریست.

الیزابت زیپ یکی از چمدان‌ها را بست. «اجاره تا آخر ماه پرداخت شده است. زری می‌تواند تا روز آخر اینجا بماند. بعد از این‌که رفت، اثاثیه را به کسی ببخش.»

پاتریشیا پرسید «و صورتحساب‌های بیمارستان.»

«امروز صبح آن چه توافق کرده‌ایم را به حسابت ریختم. مقدارش بیش از هزینهٔ تسویه حساب است. برای هزینه‌های کفن و دفن هم پول هم هست.»

زن مسن‌تر دست به سینه شد، به چارچوب در تکیه داد و رویش را برگرداند.

الیزابت جعبهٔ جواهرش را برداشت. «یک توصیه نامه هم برای زری بنویس. خوب بنویس. پول خوبی هم به او بده.» طلاهایش را در یک کیسه ریخت. «وقتی با او صحبت می‌کنی حالیش کن اگر شلوغ‌بازی راه بیندازد چه عواقبی خواهد داشت.»

به اطراف اتاق نگاهی انداخت و سعی کرد فکر کند چه چیزی را فراموش کرده است. وقتی در گذشته از طرف کارش انتقالی می‌گرفت، معمولاً خودش را به یک چمدان محدود می‌کرد. اما این‌بار یک بچه همراه خود داشت. و می‌خواست به خوبی و خوشی به آمریکا بازگردد. زیپ دومین چمدان را هم بست.

پاتریشیا با صدایی خسته گفت «باید راهی بهتر از این هم باشد.»

«خوب فعلاً که نیست.»

الیزابت از کنار او رد شد تا به اتاق دیگر برود و بستهٔ پوشک را بررسی کند.

سؤال تیام باعث شد الیزابت مکثی کند. «بیرون رفتن؟»

دو دختربچه روی زمین و در کنار هم داشتند یک برنامهٔ آهنگین می‌دیدند. آنها تنها شش ماه اختلاف سنی داشتند، اما تیام از یک سال پیش راه می‌رفت و می‌دوید. بچهٔ دو ساله خودش لباسش را انتخاب می‌کرد، خودش غذا می‌خورد، حرف می‌زد و دو زبان را می‌فهمید. باهوش و تندرست بود. یک بچهٔ زیبا و خوشحال. کریستینا کنار او نشسته بود و برای این‌که نیفتد کنارش بالش گذاشته بودند. او هنوز آن‌قدر ضعیف بود که نمی‌توانست بیش از یکی دو قدم راه برود. او هیچ‌گاه تکان نمی‌خورد مگر این‌که چیزی که تیام با آن بازی می‌کرد را می‌خواست.

او ماه‌ها بود که می‌دانست سرانجام چه خواهد شد و از این مسئله دل شکسته بود. هر کاری می‌توانست کرد تا این‌که دیگر کاری از دستش ساخته نبود. وقتی مشخص شد که سلامتی کریستینا رو به زوال است، خود را برای آن‌چه در پیش رو بود آماده کرد. اما نمی‌توانست مرگ بچه‌اش را ببیند.

تیام بلند شد. «من می‌روم؟»

الیزابت به او گفت «بله می‌روی عشقم. خیلی زود.»

در آپارتمان هوای کافی برای تنفس او نبود. وقتی به اتاق برگشت از پنجره نگاه کرد ببیند ماشین آمده است یا نه. راننده هنوز نیامده بود.

پاتریشیا گفت «من هنوز فکر می‌کنم باید سعی می‌کردی برای زری و تیام ویزا بگیری و آنها را با خود به آمریکا ببری. تو که از پس هزینه‌اش برمی‌آیی.»

دوستش نمی‌دانست او چقدر پول برایش مانده است. اوضاع آن جوری که به نظر می‌رسید نبود.

از این‌که پارتیشیا دوباره این موضوع را وسط کشید عصبانی بود. «فکر می‌کنی به آن فکر نکردم؟»

او برای سفارت کار می‌کرد. قانون را می‌دانست. این‌کار تشریفات دست و پا گیری داشت. «زری یک پناه‌جوی ثبت‌نام نشده است. تیام حتی گواهی تولد ندارد. آنها غیرقانونی وارد این کشور شده‌اند. می‌دانی که دولت ما چه طور کار می‌کند. برای آنها ویزا صادر نخواهند کرد.»

پیشنهاد پاتریشیا غیرممکن بود و الیزابت باید می‌رفت. دو ماه داشت برای این نقشه برنامه‌ریزی می‌کرد. وقتی درخواست گذرنامه آمریکایی برای کریستینا کرد، عکس تیام را فرستاد. در هیچ فرودگاهی به یک مادر و بچه شک نمی‌کردند. اما ضرر نداشت که مدارک ارتباط با وزرات امور خارجه را نیز همراه خود داشته باشد.

الیزابت برای این‌که برود و به زندگیش برسد باید این کار را می‌کرد. در چهل و چهار سالگی سنش برای بارداری خیلی بالا بود. حتی اگر می‌شد تضمینی نبود که بچهٔ بعدی هم با همان بیماری به دنیا نیاید. به همه چیز فکر کرده بود. می‌دانست دارد چه می‌کند. راه دیگری نبود.

پاتریشیا دست بردار نبود. «من و تو برای آدم‌های یکسانی کار کرده‌ایم. تو ارتباطات خیلی بهتری داری. یک نفر باید جایی به تو مدیون باشد.»

«هیچ‌کس دلش نمی‌خواهد در دادن مدارک به یک زن کرد و بچه‌اش دخالت کند. نه این اتفاق نخواهد افتاد.»

دوستش از مشکلات اخیر او خبر نداشت. هیچ‌کس در سازمان نمی‌خواست با او کاری داشته باشد. او به طور خصوصی توبیخ و «بازنشسته» شده بود. لانگلی حساب‌های بانکی او را مسدود و تقریباً هر چیزی که در معاملات گیرش آمده بود را مصادره کرده بود. اما خبرش را مخفی نگه داشتند. تا آنجایی که همکارانش می‌دانستند، استعفای او داوطلبانه بود. او داشت به آمریکا برمی‌گشت تا خودش را وقف بزرگ کردن دخترش کند. حقیقت این بود که داشت به آمریکا برمی‌گشت تا از اول شروع کند، کاری گیر بیاورد و راهی برای بزرگ کردن بچه‌اش پیدا کند. یک بچهٔ سالم.

او چمدان‌ها را در انتهای تخت چید.

«پس دست کم با زری حرف بزن. او در آنکارا آینده‌ای ندارد. در نهایت خدمت‌کار فرد دیگری می‌شود. مادرخوانده‌اش شو. به تیام آینده‌ای

خواهی داد که نمی‌تواند با مادرش داشته باشد. رضایت زری را بگیر و به فرزندخواندگی قبولش کن.»

«به فرزندخواندگی گرفتن بچه ماه‌ها و گاهی سال‌ها زمان می‌برد. این زن دو سال است که دارد برای من کار می‌کند. او را می‌شناسم. هرگز قبول نخواهد کرد.»

«او مادر است. دلم برایش می‌سوزد.»

«دلت باید برای من بسوزد. به تو پنجاه هزار دلار داده‌ام. پنجاه هزار،» تکرار کرد و انگشتش را به سمت پاتریشیا گرفت. «این مقدار برای هزینه‌های بچه و همین‌طور یک انعام به زری کافی است، تازه کلی هم برایت باقی می‌ماند.»

این پول تقریباً تمام چیزی بود که برایش باقی مانده بود. فقط به این خاطر دست سازمان به آن نرسیده بود که نقد بود.

زن مسن‌تر به پاهایش نگاه کرد.

«آیا در لحظهٔ آخر داری جا می‌زنی؟»

پاتریشیا از روی ضعف و ناتوان گفت «نه، به پول احتیاج دارم.»

«پس کمکم کن. ژاکتش را تنش کن.»

الیزابت چمدان‌ها را به دم در ورودی آپارتمان برد و کیفش و یک بسته پوشک را کنار آنها گذاشت. آیفون به صدا درآمد و یک اضطراب لحظه‌ای وجودش را فرا گرفت. به ساعت نگاه کرد. هنوز خیلی زود بود که زری برگردد. دکمه را فشار داد. ماشین آمده بود.

در آپارتمان را باز کرد و منتظر شد تا راننده بالا بیاید و چمدان‌ها را ببرد. نگاهش به بچه‌ها افتاد. در حالی‌که پاتریشیا می‌کوشید تا ژاکت را به تن تیام کند، بچهٔ هیجان‌زده بالا و پایین می‌پرید. در کنار آنها، کریستینا ساکت نشسته بود و به هم بازیش نگاه می‌کرد.

«می‌خواهی بدانی چه وقت... چه وقت اتفاق خواهد افتاد؟»

از همان روز نخست، که منتظر بود کریستینا اولین نفس‌هایش را بکشد، از فکر مردن کریستینا ترسیده بود. به مدت هجده ماه، آن حس وحشتناک او را رها نکرده بود. هر معاینهٔ پزشک با خبرهای ناامیدکننده همراه بود. نیمه‌شب‌هایی که به بخش فوریت‌های پزشکی می‌رفت، قدم زدن‌ها در راهرو، گفت‌وگو با متخصصان در اطراف و اکناف آمریکا، هیچ‌کدام تفاوتی ایجاد نکردند. پاسخ همیشه یکی بود.

پیامـد بیـماری نهایـی اسـت. از کار افتـادن دسـتگاه تنفسـی و گوارشـی قریب‌الوقوع است. احتـمال زنده‌ماندن بیـمار بعید اسـت...

و بعد آخرین باری که به بیمارستان رفته بودند.

وقتش است خانم هال. کار دیگری نمی‌توان انجام داد.

الیزابت به سمت دوستش که هنوز منتظر جـواب بـود برگشت. «نه بـا مـن تماس نگیر. این طوری بهتر است.»

راننده دم در ظاهر شد و الیزابت از او خواست باقی وسایل را پایین ببرد.

وقتی که صدای قدم‌های مرد محو شدند، به سمت دخترش رفت.

«این هم از این. پایان راه. می‌توانم بغلت کنم؟»

کریستینا تـوان نداشت بازویش را بلند کند. الیزابت بـرای آخریـن بار دختـرش را بلـند کـرد ولـی تـا نفـس در ریه‌هـای گرفتـه او بند آمـد، او را روی زمیـن گذاشـت. بچـه از زیر مژه‌هـای بلنـدش بـه او خیره شـد. او چشـم‌های آبـی، پوسـت نـرم و چانـه‌ای شـبیه بـه الیزابـت داشت. حتی مزاجـش نیـز شبیـه به الیزابت بـود.

برایـش خیلـی سـخت بـود. بـرای هرکسـی سـخت بـود. چیـزی درون او داشـت می‌مـرد و اگـر همـان موقـع نمی‌رفت، می‌دانسـت کـه دیگـر قـادر به انجـام آن کار نیست.

به چیزهایـی که داشت ترکشـان می‌کرد اندیشید، بچـه‌ای مریض، کاری از دسـت رفتـه و یـک حسـاب بانکـی خالـی. و بـه آینـده‌ای کـه در آمریـکا پیش رویـش بـود، یـک بچـهٔ سـالم و فرصت‌هـای بی‌پایان.

ایستاد و زمزمه کرد «خدانگهدار.»

برگشـت، تیـام را بغـل کـرد و گونـهٔ پاتریشیا را بوسـید. «می‌دانـی کـه دیگر هیچ‌وقـت نمی‌خواهـم چیـزی از تـو بشـنوم.»

الیزابت بدون نگاهی به پشت سر، از در بیرون رفت و راهی خیابان شد.

زری لحظه‌ای که وارد آپارتمان شد فهمید یک چیزی درست نیست. دوست الیزابت روی یک صندلی گهواره‌ای نشسته بود و داشت اخبار می‌دید. صدای تلویزیون برای بچه‌ای که روی پاهایش خوابیده بود، زیادی بلند بود. پاتریشیا نیکولز اغلب به آنها سر می‌زد و زنی اهل حرف و گفت‌وگو بود. اما امروز سرش را بالا نیاورد و به احوال پرسی زری جوابی نداد.

«تیام من خوابیده است؟»

دوباره پاسخی نگرفت. زری خریدها را به آشپزخانه برد و کیسه‌ها را روی پیش‌خوان گذاشت. برایش عجیب بود که آن زن هیچ توجهی به حضور او نکرد. هیچ وقت این‌گونه نبود.

کارهایی که الیزابت امروز محول کرده بود او را به محله‌ای دور در آن سوی آنکارا برده بود. او مجبور شد سه اتوبوس عوض کند تا کت‌های زمستانی کارفرمایش را به یک خشک شویی خاص ببرد. همان خشک شویی معمول خودشان نبود. بعد از آن زری فهرست بلندبالایی در دست داشت که باید از خواروبارفروشی آمریکایی در همان محله تهیه‌اش می‌کرد. او بسته‌های غذای آماده گران‌قیمت و قوطی‌های کدو حلوایی، لوبیای سیاه، ژله کِرَن بِری- اصلاً چه بود؟!- را از کیسه درآورد. بی‌شک هدر دادن پول و وقت بود. غذایی که او هر روز برای الیزابت، خودش و دخترها می‌پخت به هیچ یک از این مواد غذایی نیازی نداشت و زری می‌دانست شامی که می‌پزد به مراتب سالم‌تر است.

بعد از گذاشتن همه چیز روی پیش‌خوان، رفت سری به تیام بزند. خواب بچه‌اش سبک بود و صدای تلویزیون زیادی بلند. اتاق او و تیام به راهروریی در پشت آشپزخانه باز می‌شد.

در بسته بود. او به آرامی آن را هل داد و داخل اتاق سرک کشید. تخت

بچه‌ای در کار نبود، او و دخترش در یک تخت می‌خوابیدند. اما بچه آنجا نبود. زری به اتاق الیزابت رفت. کارفرمایش گاهی دخترها را در اتاق خودش می‌خواباند.

با نگاه به داخل اتاق فهمید تیام آنجا هم نیست. دلش فروریخت. لباس‌ها با شلختگی روی صندلی و تخت ریخته شده بودند. کفش‌ها همان جا کنده شده بودند. در واقع در امتداد دیوار و کنار پنجره رها شده بودند. زری قبل از این‌که بیرون برود تخت و اتاق را مرتب کرده بود و الیزابت آدم شلخته‌ای نبود. هر چیز جایی داشت.

در کمد باز بود و چوب لباس‌های خالی روی میلهٔ کمد و زمین رها شده بودند. جعبهٔ جواهر الیزابت وارونه کنار تخت قرار داشت. کشوها بیرون کشیده شده بودند و جعبه خالی بود.

صدا زد. «خانم هال؟» اما کسی جواب نداد.

دوباره به کمد نگاهی انداخت و سردرگم مکثی کرد. الیزابت چمدان هایش را روی قفسه‌ها می‌گذاشت، ولی حالا هیچ‌کدام شان آنجا نبودند.

«خانم هال؟» بلندتر صدا زد و با شتاب از راهرو به سمت اتاق نشیمن رفت.

کالسکهٔ تکی و کالسکهٔ دوقلو در کنار دیوار بودند. الیزابت هیچ وقت بچه‌ها را بدون آنها بیرون نمی‌برد.

«خانم نیکولز، خانم هال کجاست؟ تیام کجاست؟»

زن مسن‌تر جوابی نداد. نگاه او به صفحهٔ تلویزیون چسبیده بود. ضربان قلب زری اوج گرفت و موج سردی از ترس در امتداد ستون فقراتش پایین رفت.

پاتریشیا نیکولز مطلقه بود. او هیچ‌وقت فرزندی نداشت. زری بارها از الیزابت شنیده بود که هرگز دخترها را با او تنها نخواهد گذاشت. دوست او حتی مسائل اولیه در برخورد با بچه‌ها را نمی‌دانست.

«اتفاقی افتاده خانم؟»

بچه‌ها همیشه دچار آسیب دیدگی می‌شدند. شاید تیام زمین خورده و نیاز به پزشک داشته است. اگر چیزی در گلویش پریده بود یا سرش به جایی خورده بود چه؟ الیزابت قرص‌های خوابش را کنار تخت می‌گذاشت. اگر آنها را خورده بود چه؟ اگر مسموم شده بود چه؟

اما قضیهٔ نبود جواهرات و چمدان‌ها چه بود؟

به تندی پرسید «خانم هال کجاست؟ خانم نیکولز باید با او صحبت کنم.»

زن سرش را بالا نیاورد. زری تلویزیون را خاموش کرد، جلوی آن ایستاد و در مقابل پاتریشیا قرار گرفت.

«دخترم تیام... کجاست؟»

پاتریشیا قبل از این‌که به زری توجه کند نگاهی به ساعت انداخت. بچه در همان لحظه ناله‌کنان از خواب بلند شد.

«آرام باش. آرام باش کوچولو. بیا اینجا.»

بچه را از دستان پاتریشیا گرفت، به پشتش زد و در گوشش زمزمه کرد تا دوباره بر روی شانه‌اش به خواب رفت.

«خانم هال و تیام، کجا هستند؟»

خانم نیکولز دوباره به ساعت روی دیوار نگاه کرد. یک چیزی به جد درست نبود. دل زری دوباره ریخت.

«به خاطر خدا، دارید من را می‌کشید خانم. لطفاً با من حرف بزنید.»

زن بالاخره به حرف آمد. «فکر کنم باید بنشینی.»

«نمی‌توانم بنشینم. بچه‌ام کجاست؟»

«می‌دانی بچه‌ات چقدر خوش‌شانس است؟ چقدر خوشبخت؟»

«نمی‌دانم و نمی‌خواهم شما به من بگویید. اما می‌خواهم بگویید خانم هال کجا رفته و کِی برمی‌گردد.»

«داستان سیندرلا را می‌دانی؟»

«بله یک کارتن است. لطفاً جواب من را بدهید.»

«داستان دختری است که از فرش به عرش می‌رسد.»

«برایم مهم نیست. من بچه‌ام را می‌خواهم.» هر بار که حرف می‌زد اضطراب تن صدایش را زیرتر می‌کرد. اگر به خاطر بچهٔ در بغلش نبود، آن‌قدر عصبانی بود که زن را حسابی تکان دهد. «کجاست؟ چه اتفاقی برای او افتاده است؟»

کریستینا دوباره گریه کرد و زری او را از سمتی به سمت دیگر جابه‌جا کرد. قلبش داشت منفجر می‌شد. مدام به لباس‌ها، چمدان‌های گمشده و جعبهٔ جواهر خالی فکر می‌کرد.

فکری وحشتناک به مغزش خطور کرد و پرتگاهی جلوی چشمش باز شد.

الیزابت زمان بیشتری با تیام می‌گذراند تا با دختر خودش. چند بار گفت‌وگوی آنها به جایی رسیده بود که زری نمی‌دانست الیزابت دارد با او شوخی می‌کند یا نه؟

تیام من را بیشتر از تو دوست دارد.

می‌شود امشب در تخت من بخوابد؟

می‌شود مال من باشد؟

او را چند می‌فروشی؟

بیا بچه‌ها را با هم عوض کنیم. کریستینا در ازای تیام. نظرت چیست؟

«نه!» فریادی از خشم بر سر خودش کشید. تصوراتش داشتند وحشیانه به پیش می‌رفتند. نباید این اتفاق می‌افتاد.

«الیزابت می‌تواند به تیام زندگی بدهد که آرزوی هر بچه‌ای است. یک زندگی درخور. خانه خوب. تحصیلات خوب. پول. چیزی نیست که دخترت در زندگیش بخواهد و نداشته باشد. می‌دانی پناه‌جویان دیگر در وضعیت تو برای چنین فرصتی حاضرند چه کار کنند؟ می‌دانی تیام چقدر خوشبخت است؟»

خون از بدنش بیرون رفت و دید زری تیره و تار شد.

«او نمی‌تواند بچهٔ من را بگیرد. نمی‌تواند همین‌طوری با بچهٔ زن دیگری برود.»

«دارد او را به آمریکا می‌برد.»

دهان زری از ناباوری باز ماند.

پاتریشیا دوباره گفت «آمریکا.» انگار بهشت است.

اضطراب گلوی زری را فشرد. خودش را روی تلفن انداخت. «به پلیس زنگ می‌زنم. گزارش می‌دهم. به آنها می‌گویم دارد چه کار می‌کند. او یک دزد است. یک جانی. آنها متوقفش می‌کنند.»

زری تلفن را برداشت، اما قبل از این‌که شماره بگیرد، پاتریشیا در کنار او بود، گوشی را از دستش کشید و سر جایش گذاشت.

بی مقدمه گفت «تو به کسی زنگ نمی‌زنی. به کسی چیزی نمی‌گویی. اگر یک کلمه از دهانت بیرون بیاید او را و تو را تحویل پلیس ترکیه خواهد داد.»

«نمی‌تواند بچهٔ من را بدزد.» اشک به گونه‌های زری آمد و دوباره تلاش کرد شماره بگیرد.

پاتریشیا سیم تلفن را از دیوار کشید. «فراموش نکن که هستی. تو

هیچ‌کس نیستی. وجود خارجی نداری. هیچ حقی نداری. الیزابت نابودت خواهـد کـرد. منظورم فقط اخـراج از کشور نیست. تـو را متهـم خواهـد کـرد. می‌گوید دزد هستی. از او دزدی کرده‌ای. حرف او بر حرف تـو می‌چربد. هیچ‌کس حرفت را باور نخواهـد کرد. به زندان می‌افتی.»

زری فریاد زد «چرا؟ چرا این‌کار را می‌کند؟ مگر من به او خدمت نکردم؟ مگر با او صادق نبودم؟ آیا از این بچه مثل بچهٔ خودم مراقبت نکردم؟»

گریهٔ کریستینا تبدیل به خـس خـس شـد. زری چند بار به پشت او زد تا سرانجام سرفه‌ای کرد و توانست نفس بکشد.

پاتریشیا رفت و کیفـش را از روی صندلی برداشت. «تو الان عصبی هسـتی. فعلاً نمی‌توانم بـا تـو بحـث کنم. فـردا بعـد از این‌که آرام شـدی می‌آیم پیشت. ببینیم چـه کار باید کرد.»

زری در میـان اتـاق نشیمن دور انداختـه شـده، رهـا شـده و فرامـوش شـده ایستاد.

وقتی داشت رفتن آن زن را تماشا می‌کرد، اشک چشمانش را تیره و تار کرده بود.

کریستینا ناله‌ای کرد و زری به کودک معصومی که در بازوانش بود خیره شد.

بیا بچه‌ها را با هـم عوض کنیم. این حرف‌ها را همین طوری نزده بود، منظورش واقعاً همین بود.

«و تو عشقم؟ چه بر سر تو خواهد آمد؟»

زری سعی کرد واقعیتی که با آن مواجه بود را درک کند. بچهٔ عزیزش رفته بود. زنی که به او اعتماد کرده بود، تیام را برداشته و رفته بود. اشک بـر گونه‌های زری جاری شـد. فقط یک عفریته می‌توانست چنین کاری کنـد. تنها یک عفریتهٔ نابکار و بی‌عاطفه.

فکـری به ذهنش رسید. امـروز صبح یک کاغـذ روی پیش‌خوان دیده بـود. تأییدیه رزرو یک هتل در استانبول.

تیام او آنجا بود. باید آنجا می‌بود.

زری باید می‌رفت دنبالش.

بخش یازدهم

بدو داد و گفتش که این را بدار
اگر دختر آرد ترا روزگار
بگیرو بگیسوی او بربدوز
به نیک اختر و فال گیتی فروز

فردوسی

کریستینا

سلولم سرد و نمناک است و گذر زمان را از دست داده‌ام. شاید ساعت‌ها است که اینجاییم، ولی مطمئن نیستم. هیچ راهی وجود ندارد که بدانم کایل و الیزابت حتی متوجه نبود من شده باشند.

از اتاق دیگر صداهای بلند و عصبانی به گوشم می‌رسد. دو مرد دارند به زبان ترکی با هم مشاجره می‌کنند. فرد سومی تلاش دارد پادرمیانی کند، اما هیچ توفیقی در آرام ساختن دیگران ندارد.

تنها چیزی که می‌دانم این است که دست‌هایم از شانه به پایین بی‌حس شده‌اند. سعی می‌کنم کمی تکان‌شان دهم و ماهیچه‌هایم را کمی خم کنم، خواب رفتن و سوزن سوزن شدن بهترین پاسخی است که دریافت می‌کنم. مهم نیست چندبار وزنم را روی فرش جابه جا می‌کنم، گرفتگی تند پشت رانم برطرف نمی‌شود. از زمانی که مرا اینجا انداخته‌اند هیچ‌کس سراغم نیامده است.

در تمام فیلم‌های آدم‌ربایی که دیده‌ام، تبهکاران فیلم یا عکسی تهیه می‌کنند تا باج بگیرند. یا فرد ربوده شده را مجبور می‌کنند با خانواده‌اش روی خط تلفن صحبت کند. هیچ‌کدام تا حالا اتفاق نیفتاده است. شاید این مردان آن فیلم‌ها را ندیده‌اند.

چیزی به در می‌خورد و اعصاب درهم‌ریختهٔ من را بیشتر آشفته می‌کند. صدایش مثل یک صندلی پرت شده است. صدای یک مرد، بلند و خشن، دیگران را ساکت می‌کند. درست پشت در است. حالا کاملاً مشخص است این‌که تا حالا اتفاقی نیفتاده به خاطر این است که دیگران منتظر رسیدن رئیس بزرگ بوده‌اند. اگر این همان آدم باشد، بی‌شک خوشحال نیست.

یک زبانه عقب کشیده می‌شود و روی فلز می‌ساید. خودم را صاف می‌کنم و راست می‌نشینم. به در زل می‌زنم و آماده‌ام با کسی که وارد

می‌شود روبه‌رو شوم. به هیچ‌وجه برای زنده ماندن التماس نخواهم کرد. به پای کسی نمی‌افتم، گریه نمی‌کنم و تن به هیچ کاری نخواهم داد. اگر بخواهند مرا بکشند، خواهند کشت و هیچ اندازه داستان و ماجرا از سوی من تفاوتی ایجاد نخواهد کرد. یک بار دیگر، این میزان آگاهی من از وضعیت‌های این چنینی از هزاران فیلم پلیسی نشأت می‌گیرد.

در با صدای ناله باز می‌شود و می‌توانم نگاهی به اتاق آن‌سوی در بیندازم. دو مرد جوان کنار یک میز ایستاده‌اند و با صدای آرام جرو بحث می‌کنند. دست‌های آنها با عصبانیت به هر سو اشاره می‌کنند و یکی از آنها وقتی در اتاق من دارد بسته می‌شود انگشت شستی به سمتم می‌گیرد.

مرد قد بلند یا کت و شلوار تیره چهره‌ای دارد که می‌شناسم. ابروهایش در هم کشیده شده است و لب‌هایش باریک هستند. باید حدس می‌زدم او پشت این ماجرا است. در راه فرودگاه فکر کردم می‌خواهد مرا بدزدد، اما این کار را نکرد و در عوض درباره‌ٔ تیام پرسید. و دیروز در هتل داشت به الیزابت نگاه می‌کرد. قطعات جورچین دارند در کنار هم قرار می‌گیرند. آن دو تا که بیرون هستند و هر فرد دیگری که در این کار دخیل است، نوچه‌های او هستند.

«دوباره با هم ملاقات کردیم.» صدایم می‌گیرد و گلویم را صاف می‌کنم. به من خیره می‌شود. مشکل است حدس بزنم چه در سرش می‌گذرد. باید مثل یک ماهی که در تور او افتاده، حالتی نزار داشته باشم. گردنم درد می‌گیرد و دیگر به چهرهٔ او نگاه نمی‌کنم.

می‌دانم انگلیسی می‌فهمد. «الیزابت این کار را نخواهد کرد. او بر سر من معامله نخواهد کرد.»

دو نور شدید در اتاق برق می‌زند. از من عکس گرفت.

ادامه می‌دهم «من می‌دانم او کیست و برای که کار می‌کرده است و همان طور که دولت آمریکا می‌گوید با تروریست‌ها مذاکره نمی‌کند، او هم از همان بهانه استفاده خواهد کرد. فقط می‌گوید می‌توانید من را نگه دارید. چیزی از او گیرتان نمی‌آید.»

«او جان دخترش را نجات نخواهد داد.»

این اولین کلماتی است که می‌گوید. به بالا نگاه می‌کنم. «نه.»

«پس تو می‌میری.»

«بله. من می‌میرم.»

«شاید باید همین حالا انجامش دهم.» یک چاقو در می‌آورد. تیغه‌اش کوتاه است و در نور کم سوسو می‌زند.

«بفرما.» هرچه سریع‌تر بهتر.

مرگ مرا نمی‌ترساند. رخدادهای خوب و بد در چند ماه گذشته به خاطرم می‌آیند. باردار شدن. تجربهٔ شیرین یافتن خانواده‌ام. از دست دادن جکس. تصادفی که باید جانم را می‌گرفت، اما به جایش دخترم را درربود.

«وصیتی نداری؟ شاید پیغامی که بتوانم به مادرت برسانم؟»

مادرت.

دیشب، شاید یک پیشگویی شوم بود. ایمیلی به وکیلم نوشتم و از او خواستم وصیت نامه‌ای تنظیم کند و در جای ذینفع‌ها نام زری و تیام را درج کند.

شاید یک ایمیل از لحاظ قانونی قابل استناد باشد، شاید هم نه، اما او دست کم وصیت من را می‌داند. او نام‌ها را می‌داند و می‌تواند بعد از مرگ من آنها را بیابد.

یک قدم به جلو برمی‌دارد. «فکر کنم هیچ چیز.»

چهره‌اش بدون حالت است، اما من نمی‌ترسم. یک خاطره به ذهنم خطور می‌کند- لحظه‌ای که بعد از تصادف در بیمارستان به هوش آمدم. داشتم در کوچکی هر کار اشتباهی که کرده بودم، غرق می‌شدم. و بعد ناگهان زندگیم دیگر راجع به من نبود، بلکه راجع به خزان بود. برای بچه‌ام ترسیدم. پیوند بین مادر و کودک مرا از پا درآورده بود و می‌دانستم تا کجا خواهم رفت و چقدر حاضرم برای او فداکاری کنم. با خوشحالی حاضر بودم برای او بمیرم.

زندگی من ارزش یک تار موی سر بچه‌ام را نداشت، ارزش یک خراش بر بدن او را نداشت. در حالت بیدارشدن، عشق مادری بود که سراغ مادرم را گرفتم. اما این الیزابت نبود که می‌خواستم. زری بود.

کلمات بریده بریده بیرون می‌آیند. «دوستم تیام را می‌شناسی. دربارهٔ او از من پرسیدی. پیام من برای الیزابت هال نیست. برای زری است، مادر تیام.»

با ریختن اشک‌ها می‌جنگم، اما برخی از آنها باید گریخته باشند چون مزهٔ شوری را روی لب هایم حس می‌کنم. «لطفاً به او بگو دوستش دارم.»

با هر نفس تمام ماهیچه‌های سینه‌ام درد می‌گیرد. لوله‌هایی اکسیژن را به درون دماغم می‌فرستند و بدنم به دستگاه‌ها وصل شده است. از وقتی مرا به بخش مراقبت‌های ویژه آورده‌اند، آرامشی در ذهنم نشسته است. دیگر ترسیده یا غمگین یا عصبانی نیستم. هیچ احساس پشیمانی از نحوهٔ مراقبت از سلامتیم ندارم. با آن چه در اختیارم قرار گرفت، بهترین کار را کردم. مسیری که زندگی من طی کرده است- سخت و پر از چاله و دست‌انداز- دارد به پایان می‌رسد و من برای هرچه بعد از آن منتظرم باشد، آماده‌ام.

«چه کار باید بکنم؟» صدای زن به من نزدیک است.

زری به آرامی می‌گوید «کنار تخت بنشین. دست‌هایش را بگیر.»

دست‌هایی نرم و سرد، دست‌های مرا می‌گیرند. لب‌هایی پوستم را لمس می‌کنند، اما آن‌قدر خسته‌ام که نمی‌توانم چشم‌هایم را باز کنم.

ذهنم به سمت آن شب روی پشت‌بام مشرف به ایاصوفیه هتل کشیده می‌شود. یک پیش‌خدمت کت سفید بالای پله‌ها به من می‌رسد. می‌گوید (به ترکی) «خوش آمدید. بفرمایید هر کجا که خواستید بنشینید.» (به ترکی) «ممنونم.» و او پایین پله‌ها ناپدید می‌شود.

هوا خنک است و دستهٔ صندلی‌ها و نیمکت‌ها انسان را به نشستن دعوت می‌کند. کریستینا را می‌بینم و همان جا می‌ایستم. دارد به اذان گوش می‌کند. صدای اذان از چند مسجد در این بخش شهر به گوش می‌رسد. آنها به یکدیگر می‌پیوندند و صدا و ندایی مهیج به وجود می‌آورند. چشم‌هایش بسته هستند و صورتش رو به آسمان است. زیبا و بسیار آرام به چشم می‌آید.

اگر به خاطر قائدگی نبود، حالا داشتم در یکی از این مساجد نماز می‌خواندم. من هم در سکوت دعا می‌کنم.

کریستینا چشم‌هایش را باز می‌کند و مرا می‌بیند. هر دو لبخند می‌زنیم و او شروع به جمع کردن وسایلش می‌کند. خیلی با هم حرف داریم.

مشعل‌های روی پشت بام بین ما سوسو می‌زنند. زنی قبل از این‌که به کریستینا برسد شروع به غرولند می‌کند.

«همه جا را دنبالت گشتم. به تو زنگ زدم...»

درحالی که شروع به رفتن می‌کنم، افکاری به ذهنم می‌آیند. حالا نه. خیلی سخت است که امشب خودم را به مادرم معرفی کنم.

احساس می‌کنم انگشتانی دارند مرا در آغوش می‌گیرند. نمی‌گذارند جایی بروم. می‌خواهم درحالی‌که الیزابت دارد حرف می‌زند برگردم و از پله‌ها پایین بروم. چشم‌های کریستینا را می‌بینم که دارند به من خوش‌آمد می‌گویند. دارند مرا تشویق می‌کنند.

«یک نفر اینجا است که می‌خواهد تو را ببیند.»

صدا باید متعلق به کریستینا باشد، ولی لحن گرم زری است که گوشم را پر می‌کند. من در آن تراس پشت‌بام نیستم.

یک لهجهٔ آمریکایی «کریستینا... دخترم. چشم‌هایت را باز کن. لطفاً.»

صدای زری با صدای دیگر در می‌آمیزد. «او را تیام صدا کن. این اسمی است که دوست دارد با آن نامیده شود.»

می‌دانم این زنی که دست‌هایم را گرفته و صدایم می‌زند، کیست. ده سال منتظر این لحظه بودم. اما آیا آن قدر شجاع هستم که با او مواجه شوم؟

بدنم دارد از کار می‌افتد، اما ذهنم در آرامش است. از درون هیچ‌گاه به اندازهٔ حالا احساس قدرت نکرده‌ام. چشم‌هایم را باز می‌کنم.

«بچهٔ من. دخترم.»

چهرهٔ الیزابت در حال فروریختن است. اشک‌هایش صورت او را با خط چشم و ریمل خط خطی کرده‌اند. لب‌هایش را به انگشتان به هم پیوسته‌مان فشار می‌دهد، و با کمی تعجب متوجه می‌شوم هیچ احساسی به این زن ندارم. خشم، عصبانیت و تمام دردی که در من ایجاد کرد وقتی که فهمیدم مرا ترک کرده... همه از بین می‌روند، مثل شب در مواجه با خورشید دمان.

نگاهم به پشت سر او می‌رود و به دنبال زری می‌گردد. او نزدیک پنجره ایستاده است و چشم‌هایمان به هم می‌رسند. نمی‌خواهم او برود.

می‌خواهم وقتی آخرین نفس را می‌کشم او مادری باشد که می‌بینم. مشتش را به سینه فشار می‌دهد و کف دستش را روی قلبش می‌گذارد. برای من غصه‌دار است و مرا عاشقانه دوست دارد. او خواهد ماند.

«من نمی‌دانستم زنده مانده‌ای. فقط فکر کردم... به چیزی که پزشکان گفتند اعتماد کردم. به من گفتند با تو خداحافظی کنم. نمی‌توانستم مردن تو را ببینم.»

کلمات من کمی بیش از زمزمه است. «سی و دو سال زندگی کردم... و خوشبخت بودم... بهترین مادری که خدا می‌توانست خلق کند دوستم داشت.»

«نمی‌توانم به این‌که مرا ببخشی امیدوار باشم. زنی از همه جا رانده بودم. هیچ خانواده‌ای برایم باقی نمانده بود. تو تنها امید من بودی، آخرین شانس من برای این‌که کسی را در زندگیم داشته باشم. اما تو هم داشتی من را ترک می‌کردی... مثل بقیه. اجازه دادم یک رویای خودخواهانه واقعیت را بپوشاند.» اشک از چشمانش فرومی‌ریزد. «اما کریستینا–»

«تیام. مادرم اسم من را تیام گذاشته است.»

«تیام. اگر کاری باشد که بتوانم، الان انجام دهم. هرچیزی که بخواهی یا احتیاج داشته باشی.» لکنت پیدا می‌کند و می‌خواهد هق‌هق نکند. «پزشکان جدیدی پیدا می‌کنم. متخصصین. می‌آورمشان اینجا. می‌گردم و بهترین‌ها را می‌یابم.»

سینه‌ام با درد بالا می‌رود و می‌افتد. «هیچ چیز. من از تو هیچ چیز نمی‌خواهم. فقط می‌خواستم تو را ببینم... به تو بگویم. من علی‌رغم تو زنده ماندم.»

الیزابت با صدای بلند گریه می‌کند و چشمان من دوباره به سوی زری کشیده می‌شوند. سرش را تکان می‌دهد و من می‌فهمم دارد مرا به چه کاری تشویق می‌کند.

عقلم، فرهنگم و دینم همه از من می‌خواهند که ببخشم. یک آیه از قرآن مجید به ذهنم می‌آید. *پس هرکه درگذرد و نیکوکاری کند، پاداش او بر عهدهٔ خداست*[۱]. اما سخت است.

الیزابت سرش را روی تختم می‌گذارد. شانه‌هایش از فرط گریه

تکان می‌خورند. این آن زنی نیست که سال‌ها نگاهش می‌کردم و از او می‌ترسیدم. از هم گسیخته است. قلبش کف دست من است، به برهنگی و آسیب‌پذیری یک پرستوی زخمی.

انگشتان گره خورده‌مان را روی سینه‌ام می‌کشم. سرش از روی تخت بلند می‌شود و چشمان قرمزش به چشم‌های من می‌افتند. می‌گویم «من تو را بخشیدم مادر. تو را بخشیدم.»

الیزابت در فضای انتظار بخش مراقبت های ویژه کنار زری ایستاد و پزشک ها به آنها گفتند که انتظار چه چیزی را داشته باشند.

«تنها یک روز دیگر فرصت دارد. شاید دو روز.»

او به عنوان دوست نزدیک خانوادگی به کادر درمان معرفی شده بود. با توجه به آن چه به سر آنها آورده بود، عنوان سخاوتمندانه ای بود.

پرسید «آیا چیزی هست که بتواند تغییری ایجاد کند؟ هزینه اش ابداً اهمیتی ندارد. شاید یک بیمارستان دیگر. داروهایی که در این بیمارستان موجود نیست. چیزی هست؟»

«متأسفانه دیگر برای همهٔ آنها دیر است.»

سی سال پیش، وقتی به او گفتند کریستینا به سیستیک فیبروزیس مبتلا است، او حسابی در مورد آن تحقیق کرده بود. او با نحوهٔ پیشرفت بیماری آشنا بود و می‌دانست آخرش چه اتفاقی خواهد افتاد. اما اشتباه کرده بود که پیش‌بینی پزشک ها را پذیرفته بود. ولی امروز با نشستن کنار تخت دخترش، با دیدن ضعف او و با دیدن مبارزهٔ او و برای هر نفس، باز هم حرفشان را باور کرد. اما او حاضر نبود تسلیم شود. این بار نه.

«پیوند ریه چطور؟»

«ایشان در فهرست انتظار ملی هستند. اما حتی اگر در این لحظه معجزه‌ای رخ دهد و یک اندام سازگار پیدا شود، تضمینی نیست که بدنش آن را قبول کند.»

بلندگو پزشک را صدا زد و او با عجله رفت. غصه و عذاب وجدان با یکدیگر دست به یکی کرده بودند تا او را از هم بدرند. چشم هایش آن قدر پف کرده بود که به سختی می‌توانست ببیند. دیدن تیام در بخش مراقبت های ویژه او را مجبور کرده بود تا هر نفسش را بشمارد. تمام عمرش فعال بود و

لحظه لحظهٔ زندگیش را زیسته بود، حال آن‌که بچه‌اش برای هر ذره از هوا تقلا می‌کرد. چه می‌شد اگر تنها می‌توانست جایش را با او عوض کند.

به سمت زری که آرام در کنارش ایستاده بود چرخید. درحالی‌که داشت به جای راهروهای تمیز به کف باغچه می‌نگریست، ساکت و آرام بود. الیزابت بدون این‌که فکر کند پاسخ او چیست، در آغوشش کشید.

«متأسفم زری. متأسفم بابت کاری که با دخترمان کردم. به خاطر کاری که با تو کردم متأسفم. کارم شرم‌آور بود. هیچ چیز نمی‌تواند بهانهٔ خوبی برای انتخاب حقیرانه‌ای که کردم، باشد. بچهٔ تو را دزدیدم. بچهٔ خودم را رها کردم...» زبانش گرفت. «بچهٔ خودم را رها کردم. هر چیزی که بگویم و یا هر کاری که بکنم بی‌شک کارم را توجیه نخواهد کرد.»

بدن زری خشک بود. خودش را عقب کشید.

«اگر دنبال بخشش هستی، حرف تیام را شنیدی. من آن زن جوان را مثل دختر خودم بزرگ کردم. چطور می‌توانم حرف او را رد کنم؟ چطور می‌توانم با تو بد رفتار کنم؟ تو در حق ما بدی کردی. زندگی ما را از هم پاشیدی. اما من هم همان را می‌گویم. تو را می‌بخشم.»

الیزابت به چشمان او خیره شد و می‌دانست هرگز نمی‌تواند آسیبی که سال‌ها پیش وارد کرده را ترمیم کند. او مستحق بخشایش آنها نبود.

«من در قلبم دردی سوزاننده دارم. اگر لازم باشد سینه‌ام را پاره می‌کنم تا او نفس بکشد.»

«برای مادر بودن قلبت را به آنها می‌دهی، زندگیت را به آنها می‌دهی. عشقت را به آنها می‌دهی. باید فرزندانت را دوست بداری همان‌گونه که خدا تو را دوست دارد.»

دو مادر، دخترانی را بزرگ کرده بودند که متعلق به آنها نبودند. الیزابت کوشید کودکی که بزرگ کرده بود را دوست بدارد، اما هیچ‌گاه عشق بی‌قید و شرطی که زری به تیام داده بود را به کریستینا نداده بود. هر بار الیزابت از کاری که انجام داده بود احساس عذاب وجدان می‌کرد، بارانی از هدایا بر سر بچه می‌ریخت. کریستینا زندگی راحتی داشت. اما الیزابت هرگز به اندازهٔ کافی به او محبت نکرده بود. سخاوت او در آن حد نبود که بگوید قلبم را به تو می‌دهم. زندگیم را به تو می‌دهم. عشقم را به تو می‌دهم.

تیام در محیطی نمو یافت که هر روز این عشق گرم را لمس می‌کرد،

اما کریستینا آن را حس نکرد تنها به این دلیل که الیزابت بلد نبود آن را به او بدهد.

اما شاید هنوز خیلی دیر نبود.

زری قبل از این‌که برود گفت «من می‌روم کنار دخترم بنشینم.»

تلفن الیزابت برای هزارمین بار زنگ خورد. او آن را نادیده گرفته بود. نگاهی به آن انداخت و دید کایل دوباره تلاش دارد با او تماس بگیرد. او قرار شام را فراموش کرده بود.

فکرش به سمت کریستینا رفت. او باید خبردار می‌شد. اضطرابی جدید او را فراگرفت. این دو دختر باید همدیگر را می‌دیدند. زری باید دخترش را می‌دید و می‌دانست گرچه دارد بچه‌اش را از دست می‌دهد ولی بچهٔ دیگر زنده و حالش خوب است.

او شمارهٔ کریستینا را گرفت، اما تلفن او زنگ خورد و بعد بر روی پیام‌گیر صوتی رفت.

به او پیامک داد لطفاً با من تماس بگیر. فوری است.

الیزابت در امتداد راهرو قدم زد. نمایش‌گرها روی دیوارهای پشت سر جایگاه پرستاران صدا می‌کردند. بلندگوها گه‌گاه پزشک‌ها را صدا می‌کردند. تلاش کرد تصور کند اگر سی سال پیش دخترش را با خود به جنوب کالیفرنیا برده بود چه اتفاقی می‌افتاد.

در ذهن او تردیدی نبود که مراقبت‌های پزشکی بهتر و پیشرفته‌تر بودند. شاید دختر تا الان یک ریه جدید داشت. شاید روی تخت بخش مراقبت‌های ویژه دراز نکشیده و منتظر نفس‌های آخرش نبود.

«کجایی کریستینا؟ جواب بده..» احتیاج داشت که او کنارشان باشد.

صفحهٔ گوشی نشان می‌داد که چند پیام صوتی دارد. الیزابت دکمهٔ پخش را فشار داد.

اولی از سوی کایل بود.

«کریستینا امروز ماشین گرفته است. الان ساعت پنج است و او هنوز به هتل برنگشته است. سعی کردم با او تماس بگیرم ولی جواب نداد. تو چیزی می‌دانی؟»

پیام بعدی باز هم از کایل بود.

«به شرکت خدمات خودرویی زنگ زدم. راننده هم گوشیش را جواب نمی‌دهد. آنها دارند جی پی اس را بررسی می‌کنند تا موقعیت ماشین را بیابند.»

نگرانی جدیدی به نگرانی‌های الیزابت اضافه شد. زیر لب گفت «کجایی کریستینا؟ به تو احتیاج دارم.»

پیام سوم هم از کایل بود.

«تصادف شده. راننده در بیمارستان است. کریستینا در ماشین نبوده و پلیس درگیر ماجرا شده است. با من تماس بگیر.»

«لعنتی، لعنتی، لعنتی.» الیزابت به سمت انتهای راهرو دوید، از درهای کشویی بخش مراقبت‌های ویژه گذشت و منتظر آسانسور شد و به کایل زنگ زد.

خوشبختانه او بلافاصله جواب داد. «کجایی؟ کجا بودی؟»

«چی شده کایل؟ او کجاست؟ لطفاً به من بگو حالش خوب است.»

مکث طولانی او باعث شد دلش بریزد. درهای آسانسور باز شدند، اما او آن‌قدر قدرت نداشت که وارد شود. به نزدیک‌ترین دیوار تکیه داد.

«با من حرف بزن کایل.»

«پلیس فکر می‌کند او ربوده شده است.»

وزوزی شدید در گوشش به صدا درآمد که حرف‌های کایل را نامفهوم می‌ساخت. درد بر سرش کوبیده شد و مثل سمی داغ و تپنده به سمت پایین بدنش رفت. دلش می‌خواست ناپدید شود، اما نمی‌توانست. خودش را مجبور کرد تمرکزش را بازیابد.

«چه کسی او را دزدیده؟ چرا؟ برای پول؟ ما باید چه کار کنیم؟»

«پلیس هنوز چیزی نمی‌داند. آنها سؤالات زیادی می‌پرسند. می‌خواهند با تو حرف بزنند. تو کجایی؟»

نمی‌توانست بگذارد پلیس‌ها به بیمارستان بیایند. زری نباید می‌فهمید. اما خودش هم نمی‌توانست آنجا را ول کند و به هتل برگردد. دخترش اینجا بود. اما کریستینا چه؟

«الیزابت. گوشَت با من است؟»

«بله. دارم فکر می‌کنم.»

«ممکن است که... خوب هر اتفاقی که برای کریستینا افتاده به تو مربوط باشد.»

«اگر پول می‌خواهند، می‌توانند هر چه دارم را بگیرند. برایم مهم نیست. اگر می‌خواهند کل آن شرکت لعنتی را به آنها بده. باید کریستینا را برگردانیم.»

کایل گفت «ممکن است آنها دنبال چیزی بیشتر از پول باشند.»

«چه چیز دیگری؟ دنبال چه می‌توانند باشند؟»

«اسم تو در یک فهرست مرگ است. خودم در شبکهٔ تاریک دیدم.»

زانوهای الیزابت شل شدند و درحالی‌که کمرش روی دیوار لیز می‌خورد برزمین نشست. نشسته روی زمین، صورتش را در میان دست‌هایش گرفت. فکر می‌کرد از گذشته‌اش مبرا شده است. وقتی دو سال پیش در شکایت کردهای عراقی اسمی از او به میان آورده نشده بود، فکر کرده بود پایش از ماجرا بیرون کشیده شده است. چقدر احمق بود که حتی به آن امید داشت. وقتی جکس و کریستینا از ارتباطات قدیم او با فروش تسلیحات اطلاع پیدا کنند، چرا بقیه نتوانند.

می‌دانست فهرست مرگ چیست. آدمکش‌هایی بودند که از طریق آنها دولت‌های خارجی می‌توانستند از شر دشمنان یا کسانی که علیه سیاست‌های آنها حرف می‌زدند، خلاص شوند. دولت ایالات متحده فهرست مرگ خودش را داشت و به استفاده از پهپادها و راکت‌ها برای از بین بردن کامل روستاها و رسیدن به هدفش معروف بود.

پرسید «از این‌ها چیزی به پلیس گفتی؟»

«نه. هنوز نه. ولی آیا نباید به سفارت‌مان اطلاع دهیم؟»

او به خوبی می‌دانست آنها چگونه پاسخ خواهند داد. الیزابت از نظر آنها آدم مهمی نبود. سفارت موضوع را به پلیس محلی ارجاع می‌داد. آنها هم به محض این‌که محل نگهداری کریستینا را پیدا می‌کردند به آنجا یورش برده و تیراندازی می‌کردند.

«الیزابت؟»

«دارم فکر می‌کنم.» یک پیامک روی گوشیش آمد. «به تو زنگ می‌زنم کایل. همین الان یک چیزی از سوی کریستینا آمد.»

الیزابت تماس را قطع و پیامک را باز کرد. دستش بلافاصله روی دهنش رفت تا جلوی گریه‌اش را بگیرد. تصویری از کریستینا بود که روی یک فرش کثیف نشسته بود. ساق‌هایش بسته و دست‌هایش پشتش بودند. الیزابت تصویر را بزرگ کرد و به صورت او نگریست. ظاهراً خون روی یکی از گونه‌هایش بود.

به پاهایش فشار آورد به سرعت نوشت شما حرامزاده‌ها خواهید مرد.

همهٔ شما را می‌کشم...

الیزابت فکری کرد و پیامک را پاک کرد. باید آرام می‌بود. نباید آنها را عصبانی می‌کرد. عواقبش بر سر کریستینا می‌آمد. هرکس پشت این کار بود، داشت از تلفن کریستینا استفاده می‌کرد. تلفن‌های جدید را می‌شد ردیابی کرد. سه دههٔ پیش او یک نیروی آموزش دیدهٔ سی آی اِی بود. این عوضی‌ها نمی‌دانستند او هنوز به همان باهوشی است.

پیامک جدیدی نوشت چه می‌خواهید؟ قیمت‌تان چقدر است؟

پیامک را فرستاد و منتظر شد. در حالی‌که به صفحه نمایش خیره شده بود می‌دانست یک نفر در آن سوی خط دارد می‌نویسد. اما انگار تا ابد طول کشید تا پیامک بعدی برسد.

باید ملاقات کنیم.

پول نخواستند. به فهرست مرگی که کایل گفت و اسمش در آن بود، اندیشید.

نوشت کجا؟

خیابان ۴۶ در باهچلیولر.

با ناباوری به پیامک نگاه کرد.

یادت می‌آید؟

زیر لب گفت «نه. نه. نه. غیرممکن است.» شقیقهٔ دردناکش را مالید. باهچلیولر محله‌ای در آنکارا بود. جایی که زندگی می‌کرد. و خیابان ۴۶ نزدیک آنجا قرار داشت. او به خوبی به یاد می‌آورد. داشت او را تسخیر می‌کرد تا مطمئن شود الیزابت می‌داند چه کسی پشت ربودن کریستینا است.

فهرست مرگی در کار نبود. باج‌خواهی در کار نبود. دخترش را برای انتقام‌کشی دزدیده بودند.

می‌خواهی به آنکارا بیایم؟

پاسخ بلافاصله رسید.

فراموشش کن. بیا به کاراکوی کوپروسو.

کی؟

همین الان بیا.

بخش دوازدهم

پس آدم در بهشت رویایی خویش
چیزی جز الطاف خداوند ندید، تا آنکه حقیقت تلخ را چشید
که به او آموخت خلقت جهان به حقیقت چگونه است
حال ای ستارهٔ شمال، کسی نمی‌تواند به رحم آورد
قهر پولادین تو را، شمشیر جزای تو را[1]

حافظ

۱- در میان تمام اشعار حافظ نتوانستم شعری با این مضمون بیابم. م

آنگاه

هنگامی‌که الیزابت از خیابان وارد حیاط مجتمع آپارتمانی خود در آنکارا شد، کارگر جدید را برای اولین بار دید و دریافت همهٔ آن صحبت‌هایی که دربارهٔ او شنیده بود، بی‌دلیل نبودند.

ساکنان ساختمان او عمدتاً کارمندان سفارت‌های آمریکا و بریتانیا و خانواده‌های آنها بودند. زنانی که در اینجا زندگی می‌کردند، یکدیگر را می‌شناختند و معمولاً هفته‌ای یک بار برای چای، قهوه و نقل شایعات دور هم جمع می‌شدند. هفتهٔ پیش، اتاق پر بود از حرف و نقل در مورد مرد جوانی که به تازگی استخدام شده بود تا به چمن‌ها رسیدگی کند و اگر کسی به نقاشی یا لوله‌کشی احتیاج داشت، کمکش کند.

الیزابت در کنار صف صندوق‌های پستی ایستاد، جوری که بتواند از نزدیک نگاهی به او بیندازد.

او سخت مشغول کندن بود و موهای بلندش روی صورتش ریخته بودند. درختی جدید با پارچه‌ای که روی آن کشیده بودند، در کنار گودال قرار داشت. وقتی ماهیچه‌های کمرش منقبض می‌شدند، از روی لباس خیس عرقش قابل رؤیت بودند. وقتی که مرد کمرش را خم کرد تا درخت را در خانهٔ جدیدش قرار دهد، او ماهیچه‌های قدرتمند کفلش را تحسین کرد. حیف که مردان در این قسمت از دنیا بدون پیراهن کار نمی‌کردند و یا در مجامع عمومی شلوارک نمی‌پوشیدند.

الیزابت قبل از این‌که به سوی او برود منتظر شد تا او ریختن خاک در اطراف درخت را به پایان برساند.

برای احوال پرسی گفت «السلام علیکم.»

او رشتهٔ مو را از صورتش کنار زد و الیزابت بلافاصله فهمید آن همه حرف و نقل برای چه بوده است. مرد جوان بود. حدس زد بیست و چند ساله باشد. و از چشمان فندقی گرفته تا فک قدرتمند و خطوط تند گونه‌هایش، می‌بایست زیباترین مردی باشد که او در آنکارا دیده بود.

مرد به انگلیسی جواب داد «بعد از ظهر به خیر خانم.»

دستش را به سوی او دراز کرد. «الیزابت هال.» مرد کثیف بود ولی برای الیزابت اهمیتی نداشت.

اما به جای قبول دست دادن، کف دستش را روی سینه گذاشت و مؤدبانه خم شد.

«یحیی رحمان.»

«به باهچلیولر خوش آمدید.»

«ممنونم.»

«اهل کجا هستید؟»

او برای پاسخ دادن مردد بود و به وسایل پایین پایش چشم دوخت. الیزابت به خوبی می‌دانست مشکل باید از کجا باشد. بسیاری از کسانی که برای کمک استخدام می‌شدند یا کارهای بدنی و سطح پایین را انجام می‌دادند، به طور غیرقانونی در کشور بودند. بنابراین سعی کرد خیالش را راحت کند.

«اینجا همه اهل کشورهای دیگر هستند و کسی از کسی مدارک نمی‌خواهد.»

«اگر شما این طور می‌گویید حتماً همین است خانم.» به ساختمان اشاره کرد. «باید من را ببخشید، کار بعدی من منتظرم است.»

الیزابت نمی‌خواست بگذارد او برود. «شما همین اطراف زندگی می‌کنید، درست است؟»

«بله خانم. به لطف مدیر ساختمان.»

«می‌توانی من را خانم هال یا الیزابت صدا بزنی.»

«ممنونم خانم.»

با خودش فکر کرد، این یکی از آن سرسخت‌ها است. «در آنکارا خانواده داری یحیی؟»

«در آنکارا خیر. ولی امیدوارم شرایط به زودی تغییر کند.»

«داری ازدواج می‌کنی؟»

«من متأهل هستم. و امیدوارم همسرم به زودی به من بپیوندد.»

لبخندی ریز بر گوشهٔ لب‌هایش او را جذاب‌تر و مقاومت ناپذیرتر می‌کرد.
«اسم زنت چیست؟»
«زری خانم.»
به تندی گفت «می‌شود این‌قدر من را خانم صدا نکنی؟ می‌دانم از سر
احترام این کار را می‌کنی، اما من که صد سالم نیست.»
«معذرت می‌خواهم خانم هال.»
سرش را به نشانهٔ تأیید تکان داد «بهتر شد. همسرت الان کجاست؟»
«قلات دیزه»

درست حدس زده بود. پناه‌جو بود. یک پناه‌جوی غیرقانونی از
کردستان عراق. الیزابت می‌دانست در قلات دیزه و مابقی کردستان چه
اتفاقی داشت می‌افتاد. به ندرت پیش می‌آمد که یک زوج پس از این‌که
یکدیگر جدا افتادند، دوباره به هم برسند.
«من در سفارت آمریکا کار می‌کنم. ساکن آپارتمان ۲ آ هستم.» از روی
تجربه می‌دانست افرادی مثل یحیی وقتی موقعیت شغلی خود را معرفی
کند، به تصور این‌که ارتباط مهمی پیدا کرده‌اند، سر ذوق می‌آیند. «بعد از
این‌که خودت را تمیز کردی، بیا پیشم. می‌توانیم بیشتر صحبت کنیم.»
«کار بعدی من منتظرم است، خانم هال.»
وقتی داشت می‌رفت، شانه‌های پهن و پاهای بلند او را تحسین کرد.
شاید امروز یا فردا یا این هفته نیاید، اما تصمیم داشت خیلی زود او را پیش
خودش بیاورد.

***

الیزابت از مردان جوان‌تر خوشش می‌آمد. آنها ساده، پرانرژی، علاقمند
به یادگیری و مشتاق خوشنود ساختن بودند. انتظارات آنها به ندرت از
مسئلهٔ جنسی فراتر می‌رفت. او استاد به حقیقت درآوردن رویاهای آنها بود.
اما یحیی ثابت کرد که مثل فندقی سخت پوست است. الیزابت اولین
بار در ماه سپتامبر با او ملاقات کرد و وسوسه کردن او به سه ماه بازیگوشی
نیاز داشت. فهمید که از کلوچه خوشش می‌آید، به همین خاطر همیشه از
نانوایی مقداری کلوچه می‌خرید. و برای او هدایایی خرید، یک ژاکت، یک
پولوور و یک جفت دستکش برای زمستان پیش‌رو.
اما برای این‌که او را به آنجایی برساند که می‌خواست، مجبور شد
بارها برای انجام تعمیرات در آپارتمان او را صدا بزند و در هر بار بخشی از

دیوارهای خویشتن‌داری و ادب او را می‌خراشید. وقتی او چراغ‌های سقف را عوض می‌کرد، به جای نردبان پاهای او را می‌گرفت. وقتی داشت راه آب دست‌شویی را باز می‌کرد، در آن دستشویی کوچک روی شانهٔ او خم می‌شد و سینه‌هایش را بر بدن او می‌کشید. او چهل و یک ساله بود، اما بدنی سرحال و آماده شبیه به زنی نصف سن خود داشت. او همیشه چشمان یحیی را با پوشیدن شلوارک و تاپ بندی به خود جلب می‌کرد.

یحیی مرد جوانِ خوش‌بنیه‌ای بود، با همسری که ممکن بود هیچ‌گاه به آنکارا نرسد. تنها کمی زمان لازم بود تا سرانجام تسلیم شود. آنها هجده سال تفاوت سنی داشتند، ولی برای الیزابت چه اهمیتی داشت؟ او به دنبال یک هم‌آغوشی خوب بود، نه یک رابطهٔ معنادار.

در حدود دو ماه بعد از این‌که شروع به هم‌خوابگی کردند، الیزابت متوجه تغییراتی در بدن خود شد، سینه‌های متورم و حساس، حالت تهوع با استشمام بوی قهوه و افزایش میل جنسی.

یحیی همیشه پیش از هم‌خوابگی از وسایل پیشگیری استفاده می‌کرد. اما الیزابت مواردی را به یاد می‌آورد که زمان کافی به او نداده بود. او در دههٔ سوم زندگیش سه بار باردار شده بود، اما هر بار در سه ماههٔ نخست نوزادش سقط شده بود. پزشک متخصص زنان در آنکارا به او گفته بود دلیلش نقص کروموزومی جنین است. بچه از همان ابتدا مشکلی داشت. او به خودش گفت بهتر.

وقتی چهل ساله شد دیگر امید مادرشدن را از دست داد. اما حالا باردار بود. پزشکش نیز تأیید کرد.

فکر مادر مجرد بودن به هیجانش می‌آورد. او پول داشت، یک کار خوب داشت و خانواده‌ای نداشت که به خاطر ازدواج نکردن تحقیرش کنند. دوستان و همکارانش از او حمایت می‌کردند. همه چیز خوب پیش می‌رفت. یک بچه می‌توانست زندگی او را کامل کند.

تنها مشکل الیزابت یحیی بود. از لحظه‌ای که خبر درز پیدا کرد، می‌دانست که بچه متعلق به او است. اما ایرادی نداشت. یحیی مردی حامی و شرافتمند بود. او از جنس مردان برتری جو بود که از این که ابراز کند کار کار او بوده است خوشش می‌آمد. الیزابت تصور کرد که یحیی حتماً راهش را به زندگی او باز خواهد کرد و دردسرساز خواهد شد. او چه به لحاظ شخصی و چه به لحاظ حرفه‌ای نمی‌توانست اجازهٔ چنین کاری را بدهد.

این‌که کاری کند که اخراج شود، جواب نمی‌داد. همه در مجموعه او را ستایش می‌کردند. گزارش دادن به پلیس ترکیه در مورد نداشتن مدارک نیز کافی نبود. آنها معمولاً افراد را به اردوگاه می‌فرستادند و تنها یک ماه یا بیشتر زمان لازم بود تا از آنجا بیرون بیایند.

الیزابت چیزی دائمی‌تر می‌خواست.

ایدهٔ این کار در یک روز ابری در اوایل ماه فوریه به فکرش رسید. او با لباسی ابریشمین در کنار پنجره نشسته بود که یحیی را دید که در امتداد حیاط یخ‌زده به سمت خیابان می‌رود. می‌دانست کجا می‌رود. پنج روز در هفته قبل از کار ورزش می‌کرد. یک باشگاه کوچک در محلهٔ باهچلیولر فعالیت می‌کرد. این باشگاه کوچک محبوب کردها بود.

همان روز الیزابت به وابستهٔ ضدتروریسم در سفارت زنگ زد.

صبح روز بعد، یحیی رحمان وقتی که داشت از باشگاه در خیابان ۴۶ بیرون می‌آمد دستگیر و به درون یک ون بدون پلاک انداخته شد. هیچ‌کس در مجموعه نمی‌دانست کجا رفته یا چه اتفاقی برای او افتاده بود. او امروز در حال کار بود و روز بعد دیگر نیامد. ناپدید شد.

و الیزابت با خوشحالی مشغول برنامه ریزی برای بچه‌اش شد.

الیزابت

اکنون

الیزابت که حالا با تاکسی به لنگرگاه کرجی‌ها رسیده بود، کرایه را داد و پیاده شد. از لنگرگاه، یک پیاده‌روی پهن به سمت کاراکوی کوپروسو، پل گالاتا، یکی از مهم‌ترین شاخص‌های شهری استانبول می‌رفت. بنای دو طبقه بر شاخ طلایی اشراف داشت و الیزابت به آب‌های تاریک و سوسوزنان که پوشیده از نورهای لرزان پل بودند نگاهی انداخت.

از وقتی الیزابت برای آخرین بار اینجا ایستاده بود خیلی می‌گذشت. پل قدیمی سوزانده شده و با پل فعلی جایگزین شده بود. وقتی در امتداد لنگرگاه قدم می‌زد می‌توانست در طبقهٔ پایین پل بارها و رستوران‌ها و چراغانی زیبای آنها را ببیند. طبقهٔ بالا با رفت و آمد ماشین‌ها و تراموا شلوغ بود و ماهی‌گیران محلی در امتداد نرده‌ها، به آب چشم دوخته بودند.

نبض شهر با آن چه به یاد می‌آورد متفاوت بود. درحالی‌که مردم در پیاده‌روهای هر دو طبقه در حال پرسه زدن بودند، صدای موسیقی تکنو و پاپ ترکی با بوق کرجی‌ها و فریاد دست‌فروشان در هم می‌آمیخت.

مکثی کرد و به اطرافش نگاهی انداخت. استانبول شهری بود که نو و کهنه را گرامی می‌داشت و الیزابت متوجه شد که او هم تغییر کرده است. ناگهان بیدار شده بود. در دههٔ هفتم زندگی دنیا را با چشمی تازه و درکی جدید می‌دید.

خدا می‌داند او اشتباه کرده بود، اشتباهات وحشتناک در زندگی شخصی و در کارش. اما بدتر از همه، نابود کردن زندگی دیگران بود. دختربچه‌ای که درکوچهٔ محله کردنشین او را شیطان خطاب کرد، راست می‌گفت. جنایات عمیق و پر دامنه بودند. او به هزینهٔ جان‌های بسیار، سود

برده بود. و حالا به محض این‌که اکسترنوس به فروش می‌رسید، بسیار ثروتمند می‌شد. اما فایدهٔ آن همه پول وقتی قلبش داشت از غصه و بار گناه منفجر می‌شد، چه بود؟ برای سال‌ها توانسته بود پرده‌ای روی این بخش از زندگیش بکشد، اما دیگر نمی‌توانست. دیوارها داشتند روی او فرومی‌ریختند.

کریستینا. تیام. داشت هر دوی آنها را از دست می‌داد و حتی احتمال وقوع آن هم داشت او را خرد می‌کرد. بچه‌ها نباید قبل از والدین‌شان یا به خاطر گناه آنها بمیرند. اشک‌ها آماده سرازیر شدن بودند. او روی بینی‌اش را فشار داد. نمی‌توانست اجازه دهد ضعفش هویدا شود. باید با ذهنی صاف با یحیی روبه‌رو می‌شد. یحیی می‌خواست به او آسیب بزند، اما او باید به یحیی می‌فهماند که چه چیزی در خطر است.

دست فروشی جوان یک بلال کباب شده جلوی صورتش گرفت و افکار او را از هم گسیخت.

(به ترکی) «نه متشکرم.» سرش را تکان داد و دوباره وارد جریان جمعیتی که به سوی پل می‌رفتند شد.

الیزابت به تاریخچهٔ پل گالاتا فکر کرد. ترک‌ها به طور سنتی برای تظاهرات و نشان دادن اختلافات سیاسی خود روی طبقهٔ بالا جمع می‌شدند. اغلب به صورت خشونت‌بار. در طبقهٔ پایین مردم در رستوران‌ها جمع می‌شدند و دربارهٔ همان موضوعات به شیوه‌ای متمدنانه‌تر همراه با یکی دو لیوان راکی[1] بحث می‌کردند.

او به طور دقیق نگفت امشب کجا ملاقات خواهند کرد، ولی حدس می‌زد بالای پل منتظر او باشد.

به محض این‌که روی پل رسید، بوی دریا مشامش را پر کرد. نسیم داشت شدت می‌گرفت. الیزابت محکم و استوار در امتداد پیاده‌رو قدم برمی‌داشت. صدای برخورد فلزات یک تراموای در حال عبور گه‌گاه با صدای ترافیک سنگین کامل می‌شد. همان طور که راه می‌رفت از میان مردان و زنانی که نخ‌های ماهی‌گیری‌شان را از نرده پل پایین انداخته بودند، رد می‌شد.

تا آن لحظه اثری از یحیی نبود، ولی حدس می‌زد که دارد او را نگاه می‌کند. شاید داشت اطمینان حاصل می‌کرد که تنها آمده باشد و هیچ

۱- نوعی نوشیدنی الکلی ترکی.م

مأموری در اطراف آماده حمله و دستگیری او نباشد. نرسیده به نیمهٔ پل ایستاد و از روی نرده کرجی‌هایی که از لنگرگاه می‌آمدند و می‌رفتند را تماشا کرد.

تلفن الیزابت زنگ زد و قلبش ناگهان از جا پرید. پشتش را به رودخانه کرد و به صفحهٔ نمایش نگاهی انداخت. کایل داشت سعی می‌کرد با او تماس بگیرد. اجازه داد روی پیام‌گیر صوتی برود. از سرو صدای یک موتور سیکلت سرش را بالا آورد و موتورسوار کلاه ایمنی بر سری را دید که از لابه‌لای ماشین‌ها رد می‌شود.

یک دختر کوچک چهار یا پنج ساله به سوی او دوید. یکی دیگر که زیاد بزرگ‌تر نبود او را دنبال می‌کرد. آنها ژاکت هایی مشابه بر تن داشتند و ظاهراً خواهر بودند. یک زن ترک از چند متر آن طرف‌تر صدایشان زد و آنها به سوی او برگشتند.

ذهن الیزابت به سی سال پیش و دو دختر دیگر برگشت.

«خواهر.» تیام دوست داشت روی دست یا سر کریستینا بزند

زری او را تصحیح کرد. «نه تیام. او دوست تو است.»

«نه مامان. خواهر.»

الیزابت در عجب بود که تیام حتی آن زمان به طور غریزی می‌دانست که با کریستینا ارتباط خونی دارد.

سه مرد که وسایل ماهی‌گیری داشتند و کردی حرف می‌زدند از کنار او رد شدند.

قبل از این‌که تصمیم بگیرد یحیی را از زندگیش بیرون بیندازد، به او هشدار داده بود که وارد دار و دستهٔ پ.ک.ک. نشود. آنها در آن زمان در آنکارا بسیار فعال بودند و بسته به مزاج واشینگتن، این سازمان مدام در ردیف متحد و دشمن قرار می‌گرفت. شاید به خاطر خودبینی بود که می‌خواست او بداند تا چه حد ارتباطات دارد، اما الیزابت به او گفته بود که به چه آسانی می‌توان کاری کرد که یک نفر برای همیشه ناپدید شود.

یحیی آدرس همان باشگاه در آنکارا که مقابلش دستگیر شد را داد. می‌خواست الیزابت بفهمد که او می‌داند چه کسی مسئول آن کار است. الیزابت برای دولت آمریکا کار می‌کرد و مأموران همان دولت هم او را بازداشت کردند.

آن موقع، مثل همین الان، برای زنان و مردانی که توسط مأموران

آمریکایی دستگیر می‌شدند، محاکمه‌ای در کار نبود. یک تماس تلفنی کافی بود- اشاره‌ای مبهم به ارتباطی اثبات نشده با فعالیت‌های تروریستی- و یک نفر در زندان‌های مخفی سی آی اِی ناپدید می‌شد. الیزابت این کار را با یحیی کرده بود. او دروغ گفته و از نفوذ خود استفاده کرده بود تا یحیی را از زندگی خود محو کند. اما به هر شکل یحیی زنده مانده بود. و کمی بعد از این‌که او از ترکیه رفت، آزادش کرده بودند. بعد از آن وارد کارهایی شده بود که اکنون توان آدم‌ربایی نیز داشت.

تصویر کریستینا، دست و پا بسته، خونی و تنها روی آن کف کثیف، مغز الیزابت را می‌سوزاند و برای این‌که جیغ نکشد مشت‌هایش را به هم می‌فشرد.

کینهٔ یحیی عمیق، خشم‌آلود و مرگ‌بار بود. این موضوع ربطی به یک گروه کرد یا عراقی که نام وی را در یک فهرست مرگ گذاشته باشند نداشت. داستان او شخصی بود. می‌خواست انتقام بگیرد.

بعد از دیدن او در هتل، حالا می‌دانست چه شکلی است. به جمعیت روی پل نگاه کرد. او در میان جمعیتی که از کنارش رد می‌شدند نبود- ماهی‌گیران و گردشگران.

به پیامکی یحیی برایش فرستاد فکر کرد. او با شمارهٔ کریستینا پیامک داد. یک بار دیگر پیام‌ها را خواند و نوشت.

من اینجا هستم.

پاسخ سریع آمد. *می‌دانم.*

البته که می‌دانست. الیزابت چند قدم از نرده فاصله گرفت و در چهره‌های اطرافش به دنبال او گشت. به‌سوی لبهٔ پیاده‌رو رفت تا به پیاده‌رو روی آن سوی ترافیک نگاه کند. یک موتورسیکلت دیگر از لابه‌لای ماشین‌ها رد شد و نزدیک لبهٔ جدول پیاده‌رو آمد و باعث شد او خودش را عقب بکشد.

سریع پیامکی نوشت لطفاً قبل از این‌که مرا بکشی با من حرف بزن.

بعد از یک مکث، یحیی پاسخ داد *همان‌طور که قبل از این‌که مرا در آنکارا دستگیر کنند با من حرف زدی؟*

حق داشت، اما الیزابت باید تلاشش را می‌کرد. *من برای زندگی خودم التماس نمی‌کنم. برای زندگی کریستینا التماس می‌کنم.*

«برای دخترت.»

الیزابت از جا پرید. قلبش به گلویش آمد. آمدن او را ندیده بود، اما حالا آنجا بود و بر او سایه افکنده بود. از زمانی که آخرین بار او را دیده بود از جوانی لاغر به مردی عضلانی و میان‌سال تبدیل شده بود. بازویش را با اعتماد به نفس کامل کنار بدنش رها کرده بود. حدس می‌زد اگر مسلح باشد، اسلحه باید در جیب کت تیره‌اش باشد. اما او شاید به چیزی بیشتر از دست‌هایش برای شکستن گردن او و انداختنش از پل احتیاج نداشت. به صورتش نگاه کرد و به دنبال نشانه‌ای از مهربانی که زمانی ویژگی چهرهٔ او بود گشت. اما آن چه که دید چشمان سرد و خالی مردی بود که حقیقت دنیای سخت و بی‌رحم و مرگ بار را دیده و از آن جان به در برده بود.

«سگ‌هایت را نفرستادی. خودت آمدی.»

به او گفت «و خودم تنها آمدم.»

تلفن کریستینا را مقابل گرفت. «فکر کنم دارند این را ردیابی می‌کنند. نه؟»

تلفن را گرفت و به آن خیره شد. انگار می‌توانست به او بگوید کجا می‌تواند دخترش را پیدا کند. «احتمال دارد که پلیس ترکیه این کار را بکند، اما فکر نمی‌کنم آن‌قدرها سریع عمل کنند. می‌دانند که او ربوده شده است. اما از زمانی که به من پیامک دادی با آنها یا کس دیگری حرف نزده‌ام.»

«باید باور کنم الیزابت؟» به آسمان تیره نگاهی انداخت. «ممکن است هلیکوپترهای بلک هاوک[1] هر لحظه روی پل فرود آیند.»

داشت مسخره‌اش می‌کرد و مشخصاً ترسی نداشت.

پرسید «یحیی آیا او زنده است؟ کریستینا حالش خوب است؟ لطفاً به من بگو آسیبی به او نرسانده‌ای، لطفاً.»

«دست نگه دار. این اداها برای من رنگی ندارند. وانمود نکن کسی به جز خودت برایت اهمیتی دارد. من تو را بهتر از خودت می‌شناسم.»

«من با حسن نیت اینجا آمده‌ام. حاضرم هر کاری که بگویی انجام دهم. هرچه قدر بخواهی به تو پول می‌دهم. من ثروتمندم. قیمتت را به من بگو تا من پرداخت کنم. اما بگذار او برود.»

«من دنبال پول نیستم. هیچ وقت نبودم.»

«می‌دانم. می‌دانم. اما کریستینا بی‌گناه است. او ابداً مثل من نیست. نمی‌توانی به خاطر بدی‌هایی که به تو کردم او را تنبیه کنی.»

1- Black Hawk

«حتماً شنیدی، زندگی در برابر زندگی، چشم در برابر چشم، بینی در برابر بینی، گوش در برابر گوش، دندان در برابر دندان.» با هر کلمه یک ذره به او نزدیک‌تر می‌شد و او را عقب می‌راند تا پشتش به نرده‌های فلزی خورد. دستش درون جیبش رفت. «من به پول احتیاجی ندارم. و کشتن سریع تو مجازات مناسبی برایت نیست. می‌خواهم عذاب بکشی همان‌طور که باعث شدی–»

«لطفاً یحیی.» بدون توجه به این که چه‌قدر وقت داشت. بدون توجه به این که چه شکنجه‌ای برایش در نظر گرفته بود، الیزابت حرفی داشت که باید می‌گفت. «هر کاری باید با من بکنی بکن. اما لطفاً به دختر خودت آسیب نرسان.»

پرسید «دختر خودم؟» چهرهٔ تاریکش بی‌حالت بود.

سی و دوسال پیش هیچ‌کس هویت پدر بچهٔ او را نمی‌دانست. حتی پاتریشیا نیکولز. الیزابت در مخفی نگه داشتن رابطه‌اش با یحیی موفق عمل کرده بود. وقتی او ناپدید شد، کسی تصور نمی‌کرد کار کار او باشد.

«بله دخترت. وقتی تو رفتی من باردار بودم.»

با ترش‌رویی گفت «رفتم؟ آدم‌ها می‌روند تا خانواده‌شان را ببینند، تا کار پیدا کنند. تو دادی مرا دستگیر کنند. به آنها گفتی من را ناپدید کنند.»

«متأسفم یحیی. من بچهٔ تو را در شکم داشتم. بچه‌مان. چیزی که می‌گویی درست است. نمی‌خواستم درگیر تو باشم. فقط به خودم و چیزی که از آینده‌ام می‌خواستم فکر می‌کردم.» انتظار داشت هر لحظه کارش را تمام کند. سکوتش شوم بود. «یک ماه بعد از دستگیری تو، زری با تیام، بچهٔ تو، به آنکارا آمدند. دنبال تو می‌گشت. او جایی برای رفتن نداشت. برای یک مرتبه تصمیم گرفتم کار درست را انجام دهم. من استخدامش کردم و به او جایی برای زندگی دادم.»

به دست او که در جیبش ناپدید شد زل زد. می‌توانست اسلحه‌ای در دست داشته باشد که همان‌جا به زندگیش پایان دهد. مردم روی پل از کنار آنها رد می‌شدند. هیچ‌کس توجهی به آنها نداشت. اگر او تصمیم می‌گرفت از روی پل پرتش کند، تردید داشت که کسی می‌توانست جلویش را بگیرد. اما چیزهای بیشتری بود که باید به او می‌گفت.

«کریستینا–بچهٔ ما– در ماه سپتامبر به دنیا آمد. از همان ابتدا خیلی مریض بود. سیستیک فیبروزیس داشت. به مدت هجده ماه هرچه در توان

داشتم انجام دادم. و بعد پزشکان به من گفتند دارد می‌میرد وکار دیگری نمی‌توان برای او انجام داد.»

داشت تصور یحیی دربارهٔ خودش را بدتر می‌کرد. اما چه چیزی بدتر از شر بود؟

«در آن زمان زندگیم فاجعه بود. به خاطر کارهایی که کرده بودم، باید شغلم را در آنکارا رها می‌کردم. و بچه‌ام داشت می‌مرد. پریشان بودم. من... من بچهٔ زری را دزدیدم. بچهٔ تو. تیام. در ذهن خودم کارم را توجیه کردم. به خودم گفتم دارم یک زندگی بهتر به او می‌دهم. من تیام تو را دزدیدم و نام کریستینا را روی او گذاشتم. از ترکیه رفتم و برای سی سال به ترکیه برنگشتم... تا الان.»

الیزابت گویی یک دوی ماراتن دویده باشد، احساس خستگی می‌کرد. اما هیچ حس موفقیتی از گفتن این حرف‌ها نداشت. چیزی نبود که به آن افتخار کند. فقط پذیرش گناهش بود. فقط شرمساری. او به گناهانش اعتراف کرده بود، اما می‌دانست بخششی در کار نیست. نه از سوی یحیی.

یحیی هم چنان بی حرکت ایستاده بود. یک ماسک سرد و ناخواندنی بر روی صورتش کشیده شده بود.

«کریستینا و تیام. دو دختر با شش ماه اختلاف سنی. هر دو از تو هستند. دختران تو هستند. تو بچه‌ای که در شکم زری بود و به دنیا آورد را گرفته‌ای... بچه‌ای که من دزدیدم.» صدایش می‌لرزید. «امروز زری در هتل سراغم آمد و گفت تیام در بخش مراقبت‌های ویژه است. من نمی‌دانستم دختر واقعیم زنده است. پزشک‌ها می‌گویند دارد می‌میرد. و این بار درست است. دارد می‌میرد.»

دست‌های الیزابت نمی‌توانستند از پس اشک‌هایی که روی گونه‌هایش می‌ریختند برآیند.

«آرزوی او- آرزوی باورنکردنی او- دیدن من بود. مادری که رهایش کرد. می‌خواست من را ببیند.»

چانهٔ الیزابت درسینه‌اش فرو رفت. او مستحق بخشایش تیام نبود. خدا به او کمک کند.

درحالی‌که داشت با غم جان فرسایش می‌جنگید، خودش را مجبور کرد به چهرهٔ یحیی نگاه کند.

«هر کاری می خواهی با من بکن. اما لطفاً... لطفاً به بچهٔ خودت آسیبی نرسان. به تو التماس می‌کنم. بگذار کریستینا برود.»

یحیی رویش را برگرداند و زمان متوقف شد. الیزابت به ماهیچه‌های گرفتهٔ صورت او، به جای زخم بلند و سفید در امتداد فکش، به سیمای محکمش خیره شد. و می‌ترسید که کریستینا قبلاً آسیب دیده باشد. شاید هم مرده باشد.

الیزابت او را بزرگ کرده بود، تا می‌توانست به او عشق ورزیده بود و به تنها روشی که می‌شناخت با او رفتار کرده بود. همان طوری که پدر و مادرش با او رفتار کردند. حرف‌های کریستینا به ذهنش سرازیر شدند.

چرا نمی‌توانی مرا دوست داشته باشی؟

من دخترت هستم. چرا به من اعتماد نداری؟

به من بگو، مادر. لطفاً بگو که دوستم داری.

او حرف‌های کریستینا را بارها رد کرده و نادیده گرفته بود، گویی آنها غرغرهای یک دختر لوس هستند. اما آخرین باری که الیزابت واقعاً و صادقانه با او مهربان بود، چه زمانی بود؟ چه وقت او را پذیرفته بود، از او انتقاد نکرده بود، به او نشان داده بود که به زنی که بدان تبدیل شده بود افتخار می‌کند؟ برای این افکار دیگر خیلی دیر شده بود. خیلی خیلی دیر. داشت هر دوی آنها را از دست می‌داد. الیزابت بازوی یحیی را گرفت «به تو التماس می‌کنم. بگو کریستینا حالش خوب است.»

او دستش را کشید و نگاهش را به سوی او برگرداند. «برو.»

«کجا بروم؟»

«برو بیمارستان. پیش تیام.»

کت او را گرفت. «اما کریستینا چی؟ تا نفهمم در امان است نمی‌توانم جایی بروم.»

نگاه یحیی خشم‌آلود و آشتی‌ناپذیر بود و لحنش تند و سرزنش‌آمیز. «می‌گویی او دختر من است. بله؟»

«بله او دختر زری است... و تو.»

«پس برو. من مراقب دختر خودم هستم.»

کتش را از دست او در آورد و به راه افتاد و الیزابت در سکوتی مبهوت‌کننده به او خیره شد.

یک ساعت قبل

دردِ ناگزیرِ منتظرِ دژخیم نشستن تا بیاید و گلویم را ببرد با نزدیک شدن و نگاه کردن او به صورتم بیشتر می‌شود. زانویش را به پای من فشار می‌دهد. اندازه‌اش بر فضا غلبه کرده و چاقوی توی دستش ترسناک است.

با صدایی زیر و تهدیدکننده می‌پرسد «چه گفتی؟»

«گفتم لطفاً به زری بگو دوستش دارم.»

«از کجا او را می‌شناسی؟»

«او... دوستم است. من به آپارتمانش رفته‌ام. آپارتمان او و تیام.»

«وقتی در ماه‌های آوریل و ژوئن به استانبول آمدی. این را می‌دانم.»

نوبت من است که شگفت‌زده شوم. خطر می‌کنم و نگاهی به صورتش می‌اندازم. شبی که من را برای استقبال از کایل به فرودگاه برد، اولین دیدارمان نبود.

«از کجا این‌قدر راجع به زری و تیام می‌دانی؟»

با خشم می‌گوید «قرار نیست تو از من سؤال بپرسی.»

بی‌معطلی همهٔ خشم و خستگیم را بیرون می‌ریزم. «چرا نه؟» اوضاع چقدر بدتر از این می‌شود؟ وقتی من را از ماشین بیرون کشیدند، فکر کردم به هرحال می‌میرم. «می‌دانی که من به آپارتمان آنها رفته‌ام. و نه فقط رفتم بلکه در ماه ژوئن دو هفته هم ماندم. پس چرا چیزهایی که می‌دانی را از من می‌پرسی؟»

زیپ پلاستیکی که ساق‌هایم را بسته‌اند را می‌گیرد و پاهایم را صاف می‌کند. تیغه زیر نور چراغ برق می‌زند و وقتی به سمتم خم می‌شود، عقب می‌کشم. اما بعد با یک حرکت سریع زیپ را می‌برد و پاهایم را آزاد می‌شوند.

دستور می‌دهد. «حالا حقیقت را بگو، تو که هستی؟»
کمی عقب می‌رود، ولی هنوز در دسترس او هستم.
«و در مورد اینترنت چرند تحویلم نده. از کجا تیام را می‌شناسی؟ دختر الیزابت هال، دوست زری رحمان و دخترش است؟»
به دَرَک. اگر حقیقت را بگویم چه چیزی را از دست می‌دهم؟ این سؤالی است که از موقعی که مرا به اینجا انداخته‌اند از خودم می‌پرسم. می‌دانم این مرد کاری به زری و تیام ندارد. واضح است که نسبت به آنها حالت محافظتی دارد.
«اگر حرف نزنی می‌روم بیرون و اجازه می‌دهم آن حیوانات بیایند تو. آنها می‌توانند وادار به حرف زدنت کنند.»
«آنها از تو خشن‌تر هستند؟» می‌توانم لحن طعنه‌آمیز خودم را بشنوم.
«قرار است آنها وحشتناک‌تر از تو باشند؟»
بلند می‌شود و یک قدم به سمت در برمی‌دارد.
به سرعت می‌گویم «صبر کن. آوریل گذشته در حقیقت تجدید دیدار من و زری و تیام بود. تجدید دیداری که میانش سی سال فاصله افتاده بود.»
به من خیره می‌شود. چهره‌اش با اخمی شکاکانه در هم می‌پیچد.
تردید دارم که بخواهد قصهٔ طولانی این‌که من و تیام چطور همدیگر را پیدا کردیم را بشنود. یا این‌که من در تمام عمرم می‌دانستم که مشکلی دارم. یا این‌که همیشه فکر می‌کردم تکه‌ای از من گم شده است، اما هرگز فکر نمی‌کردم به خاطر این است که در سن کم از مادرم جدا شده‌ام. بنابراین به طور خلاصه داستان دو مادر و دو دختر، دزدیده شدن یک بچه و این‌که چطور من و تیام با هم ارتباط پیدا کردیم را می‌گویم.
«در ماشین به تو دروغ نگفتم. واقعاً اینترنت بود که ما را به هم رساند. به محض این‌که او را پیدا کردم به دیدار زری رفتم. در آوریل و بعد دوباره در ژوئن.»
مثل یک مجسمه ساکت ایستاده و مرا نگاه می‌کند.
ادامه می‌دهم. «به همین دلیل است که فکر نمی‌کنم الیزابت چندان مشتاق تسلیم کردن خودش در ازای من باشد... اگر این چیزی است که فکر می‌کنی قرار است اتفاق بیفتد. من دختر او نیستم.»
تکان دادن سر به سوی بالا و سنجش حالت او دشوار است.

«این که گفتی حقیقت است؟ همه‌اش؟»

پاهایم دارند خواب می‌روند و کمی جریان خون لازم دارند. سعی می‌کنم بایستم ولی با دست‌های بسته کسب تعادل آنی سخت است. بازویم را می‌گیرد و کمک می‌کند بایستم. چاقو در دستش برق می‌زند.

«حقیقت دارد. چرا باید داستانی به این پیچیدگی سر هم کنم؟»

تا ابد به من خیره می‌شود، گویی دارد صورتم را برای یافتن تأییدیهٔ چیزی که به او گفتم جستجو می‌کند. از امروز صبح زندگی من در میان زمین و هوا بوده است، اما چیزی دربارهٔ او حس آشنایی در من برمی‌انگیزد. نمی‌توانم توصیفش کنم، اما انگار رابطه‌مان تغییر کرده است. احساس می‌کنم آرام‌تر هستم و وقتی مرا بر می‌گرداند و زیپ پلاستیکی دور مچ‌هایم را می‌برد، تعجبی نمی‌کنم.

با نفسی که از عمق شش‌هایم می‌کشم، درد و آسودگی برای غلبه با هم رقابت می‌کنند. شانه‌ها و بازوهایم با تکان دادن می‌سوزند.

به سمت در می‌رود و به حرف‌های آن طرف گوش می‌دهد. چیزی غیرمنتظره هنگام ایستادن او نظرم را جلب می‌کند. آن هم زاویه و کجی چانه‌اش است وقتی که تمرکز می‌کند. کایل همیشه سر به سرم می‌گذاشت که من هم همین طور هستم.

فکری دارد شکل می‌گیرد، اما نمی‌توانم آن را باور کنم. «تو چه کسی هستی؟»

چشم‌هایش را به سوی من می‌چرخاند. نگاهش تند است و ابروهایش چین‌دار. لعنتی، این همان حالتی است که وقتی عصبانی یا تحت تنش هستم به خود می‌گیرم.

«ما از اینجا بیرون می‌رویم. اما باید کاری که می‌گویم را بکنی.»

«می‌خواهی چه کار کنم؟»

به من اشاره می‌کند و به سمتش می‌روم.

«اینجا بایست و منتظر باش. اول باید با آنها صحبت کنم و بعد می‌رویم.»

این تغییر اوضاع به نظرم غیرواقعی می‌آید. می‌پرسم «به همین سادگی؟»

دستش را روی شانه من می‌گذارد و در چشم‌هایم نگاه می‌کند. «باید به من اعتماد کنی.»

قلبم ذوب می‌شود. چشم‌های من هم‌رنگ چشم‌های او است. خط چانهٔ مشابهی داریم.

به‌آرامی می‌پرسم «اسمت چیست؟»

«مهم است؟»

«بله»

«یحیی رحمان.»

چندیـن بار پلک می‌زنـم، امـا یـک اشـک فـرار می‌کنـد و روی گونـه‌ام می‌لغـزد. او دلیـل همـۀ آن آزمایشـات ژنتیـک بـود. بـدون انگیـزۀ یافتـن ایـن مـرد، هرگـز تیـام یـا زری را نمی‌دیـدم. هیچ‌گاه بـه خانـه بـاز نمی‌گشـتم. پیـدا کـردن او و جسـتجوی مـرا کامـل می‌کنـد.

«به تو اعتماد دارم.»

در را بـاز می‌کنـد و از میانـش رد می‌شـود و بعـد آن را می‌بنـدد. بلافاصله شروع بـه داد زدن سـر دو مـورد دیگـر می‌کنـد. بـه ترکـی حـرف می‌زننـد. در حقیقت دو نفـر دارنـد حـرف می‌زننـد و یکـی دارد فریـاد می‌کشـد. بـرای تشـخیص صـدای پـدرم از آن دو نفـر دیگـر مشـکلی نـدارم. دارد مثـل افسـران تمریـن نظامـی در فیلم‌هـا سرشـان داد و فریـاد می‌کنـد.

هنـوز نمی‌تـوانم بـاور کنـم. پـدرم. یحیـی قبـل از ایـن کـه مـن بـه دنیـا بیایـم کردسـتان را تـرک کـرد. آن جـوری کـه زری دربـارۀ او حـرف می‌زد باعـث می‌شـد تیـام همیشـه فکـر کنـد او مـرده اسـت. امـا او اینجـا اسـت، حـی و حاضـر در اسـتانبول و در جسـتجوی خانـواده‌اش.

در کـه بـاز می‌شـود بـه عقـب می‌پـرم. یحیـی دسـتش را بـه سویـم دراز می‌کنـد.

«بیـا برویـم. بـه صورت‌هـای آنها نگـاه نکن. بـرای حماقت‌شـان مجـازات نمی‌شـوند. همین‌طـور از طـرف پلیـس.»

«البتـه.»

بازویـم را می‌گیـرد. وقتـی دارد مـن را در اتـاق بیرونـی بـه جلـو هدایـت می‌کنـد، چانـه‌ام را پاییـن می‌آورم و بـه کـف زمیـن نـگاه می‌کنـم. چنـد قـدم جلوتـر کیفـم را در دسـتم می‌چپانـد و مـن آن را بـه سینـه‌ام فشـار می‌دهم. صـدای مـردی بلنـد می‌شـود. (بـه ترکی) «بـه ما بدهـکاری.»

یحیـی پاسـخ می‌دهـد (بـه ترکی) «چـون پولـم برگشـته اسـت اجـازه دادم زنـده بمانیـد.»

وقتی ازاتـاق خارج شـده‌ایم و در راهـروی تاریـک هستیـم می‌پرسم «چی گفت؟»

در خیابـان درسـت روبه رویـم اسـت. هنـوز بـاور نمی‌کنـم دارم زنـده از اینجـا بیـرون می‌روم.

می‌گوید «فکر می‌کنند من چیزی به آنها بدهکارم. فکر می‌کنند خیلی باهوشند، درحالی‌که ابله هستند. تو را دزدیده‌اند تا از الیزابت پول بگیرند.»

«مگر برنامهٔ تو همین نبود؟»

به چشمانم خیره می‌شود. و همین فریادها و پرت کردن اسباب و اثاثیه را در بدو آوردنم توضیح می‌دهد.

باید بدانم «آن دزدی از اتاق الیزابت برای چه بود؟»

«نمی‌خواستم بیاید و برود. آنها کار را همان طور که گفته بودم انجام دادند. من گذرنامه و کارت شناسایی را می‌خواستم. آنها هم پول و جواهرات را برداشتند.»

«الان به آنها چه گفتی؟»

«گفتم خوشبخت هستند که می‌گذارم زنده بمانند.»

اعتماد به نفس و خشونتش کاملاً واضح و مبرهن است. شبیه به تونی سوپرانو[1] است. هنوز نمی‌دانم یک گانگستر است یا یک آدم‌کش و یا یک رانندهٔ تاکسی که کار دومش آدم‌ربایی است. کمی آن طرف‌تر، جایی که کوچه مقداری پهن می‌شود. چند بچه بی‌توجه به کارهایی که در این محله در جریان است، دارند فوتبال بازی می‌کنند. دست کم امیدوارم به آن کارها بی‌توجه باشند.

«از این طرف.»

او را تا انتهای کوچه و تا رسیدن به خیابانی عریض‌تر دنبال می‌کنم. به مرسدس کهنه و فرسوده‌ای که زیر تابلوی سفید و قرمز حمل با چرثقیل ایستاده است، اشاره می‌کند. در عقب را باز می‌کند و هر دو سوار می‌شویم. آدرنالین خونم از زمانی که آن دو مرد من را از ماشین بیرون کشیدند در بالاترین حد خود قرار داشت، اما بالاخره می‌توانم یک نفس راحت بکشم.

با این‌که تقریباً از شنیدن پاسخ می‌ترسم، اما سؤال می‌کنم «چه بر سر رانندهٔ ام آمد؟»

شانه‌هایش را بالا می‌اندازد. «حالش خوب است. مطمئنم ترسیده، اما حالش خوب است. شاید الان امن و امان در خانه‌اش خوابیده و درها را هم قفل کرده است.»

۱- اشاره دارد به شخصیت تونی سوپرانو در سریال مافیایی سوپرانوها که از سال ۲۰۰۷-۱۹۹۹ از شبکه HBO پخش می‌شد. م

خیالم راحت می‌شود. «می‌توانی من را به هتل برگردانی؟ یا پیش زری یا تیام؟»

«نه. هنوز نه. گوشیت را بده به من.»

توی کیفم را نگاه می‌کنم و گوشی را بیرون می‌آورم. چندین تماس و پیامک دارم.

«برای چه می‌خواهی؟»

«می‌خواهم الیزابت را ببینم.»

فکر کردم داستان آدم‌ربایی تمام شده است. «او نخواهد آمد. جانش را به خاطر من به خطر نخواهد انداخت. اصلاً چرا می‌خواهی او را ببینی؟»

«یک کار ناتمام داریم.»

از زمانی که به او در مورد جابه جایی بچه‌ها گفتم، حس بدی دارم. «خواهش می‌کنم. من نمی‌خواهم آسیبی به او برسد. او من را بزرگ کرده است.»

«کاری با او ندارم.» دستش را دراز می‌کند و منتظر است گوشی را به او بدهم. «به من اعتماد کن.»

الیزابت

اکنون

وقتی یحیی در جمعیت ناپدید شد، شهر آرام آرام دوباره خـود را بـه الیزابت نشان داد. رفت و آمـد ماشین‌ها، گفت‌وگـوی ماهی‌گیـران، بـوی رستوران‌های پایین پل، بوق کشتی‌ها، نور کرجی‌ها و روی تپه‌های شهر. الیزابت زنده و آزاد بود. از سر آرامش آهی عمیق کشید و برای مدتی به خط آسمان روشن استانبول قدیم خیره شد.

باید به چیزی که در مورد کریستینا گفت اعتماد می‌کرد. حالا که می‌دانست او دختـرش اسـت، آسیبی بـه او نمی‌رساند.

الیزابت به یاد تیام افتاد. باید با منابعی که در کالیفرنیا داشت، تماس می‌گرفت. پزشکی که با او و زری حرف زد گفت یک یا دو روز نهایت امید آنها است. باید همان موقع کاری می‌کرد. شاید همان برای بردن تیام به آمریکا و یا آوردن کسی کافی بود. دوستش شیلا در باشگاه تنیس در هیئت مشاور دانشکده پزشکی در دانشگاه کالیفرنیا بـود. او با بسیاری از بیمارستان‌های لوس‌آنجلس ارتباط داشت. او می‌دانست به چه کسی زنگ بزند، چه کار بکند و چطور چیزی که لازم است را بسیج کند. به تلفنش نگاه کرد و قلبش فروریخت. هیچ‌یک از مخاطبانش را در این گوشی نداشت.

کایـل می‌توانست شماره‌ها را بـرای او بیابد. در حین این‌که داشت از لبۀ جدولی که پیاده‌رو را از مسیر اتوبوس جدا می‌کرد، بالا می‌رفت، شمارۀ کایل را گرفت. تاکسی‌ها در اطراف حرکت می‌کردنـد و او دستش را بـرای یکی از آنها تکان داد.

کایـل پاسخ داد و لحن تندش حاکی از اضطراب او بـود. «قرار بود به من زنگ بزنی. کریستینا با تو تماس گرفت؟»

الیزابت از گوشهٔ چشمش موتورسیکلتی با دو سرنشینش را دید که بین تاکسی‌ها و در امتداد لبهٔ پیاده‌رو گاز می‌دادند.

«او حالش خوب است.»

الیزابت با دیدن سرنشین موتورسیکلت که یک هفت‌تیر از کت چرمی‌اش بیرون کشید، خشک شد. بدنهٔ فلزی هفت‌تیر زیر نور چراغ شهری درخشید.

«منظورت چیست حالش خوب است؟ کجاست؟ او را دیدی؟»

الیزابت کوشید عقب‌نشینی کند و در همین حین گوشی از دستش افتاد. وقتی برگشت لغزید. هفت‌تیر غرشی کرد و صدایی سوزاننده در سر الیزابت منفجر شد و او را روی پیاده‌روی بتونی انداخت. الیزابت به پشت چرخید و نور بالای سرش چنان شدید شد که چشم‌هایش را بست. صدای فریاد و جیغ بلند شد و موتورسیکلت گازکشان دور شد. قدم‌هایی به سوی او بر زمین می‌خوردند.

کریستینا

اکنون

تنهـا در مرسـدس نشسـته‌ام و می‌توانـم کرجی‌هایـی کـه در لنگرگاه پهلـو گرفته‌اند را ببینم. آنها بـرای سـفر در عـرض تنگهٔ بوسـفور، بین شهر قدیـم و بخش آسیایی استانبول، به زیبایـی چراغانی شده‌اند. به این فکر می‌کنم که این کرجی‌ها همیشه به جایـی می‌روند. همواره در حرکت هستند و تنها کوتاه زمانـی ساحل را لمـس می‌کنند. در تمام دورهٔ کارشان، بـوق می‌زنند، روی آب خـط می‌اندازنـد، آمـدن، رفتـن و سفرشـان را اعـلام می‌کننـد، اما در انتها همیشه به خانه بـاز می‌گردند.

بلند فکر می‌کنم. «مثل همهٔ ما.»

یحیی از من خواست درها را قفل نگه دارم و تا زمانی که برگردد در ماشین بنشینم. تلفنـم هنوز دستش است و دیدم به سمت پل گالاتا رفت. برخی از پیامک‌هایـی که با الیزابت رد و بدل کرده بود را به من نشان داد. قرار است روی پل با هـم ملاقات کنند، اما من تردید دارم که الیزابت خـودش بیاید.

سناریوهای مختلفی به ذهنم می‌آیند. مادرم می‌تواند کایل را به جای خودش بفرستد تا یحیی صحبت کند و ببیند در ازای من از چه می‌خواهد. یا شاید پلیس را بفرستد تا یحیی را دستگیر کنند. یا حتی بدتر، ممکن است کنسولگری را درگیر کند و آنها هم کار را به نیروهای امنیتی بسپارند. در دو مورد از ایـن سناریوها یحیی دستگیر یا کشته می‌شود و این مرا به وحشت می‌اندازد.

امید چندانی ندارم که او خودش بیاید، دست کم نه برای نجات من. و نمی‌دانـم یحیی چگونه می‌خواهد به قول خودش کار ناتمام‌شان را به اتمـام برساند. آیا دنبـال پول است؟ به مـن گفت آسیبی به او نخواهد

رساند. به او اعتماد دارم، اما نگرانم نداند وقتی پای الیزابت و روابطش در میان است، با چه چیزی قرار است مواجه شود.

او پدرم است. شوهر زری. شوهر زری. به مادر واقعیم فکر می‌کنم و این‌که تیام گفت هرگز مرد دیگری در زندگی او نبوده است. او فکر می‌کند زری هنوز عاشق یحیی است. عکس عروسی‌شان، تنها عکس آن دو با هم، مثل یک زیارتگاه در اتاق خواب زری است. قبلاً دوبار، زمانی که در آپارتمان آنها اقامت داشتم، به چهرهٔ مرد جوان خندانی که کنار عروس زیبا ایستاده بود، نگاه کردم. و حالا که یحیی را دیدم، شکی ندارم او همان مرد داخل عکس است.

نمی‌دانم آیا زری می‌داند او زنده است یا نه. اگر می‌داند، پس چرا در همهٔ این سال‌ها یحیی بخشی از زندگی آنها نیست. چقدر سؤال دارم.

وقتی با مادرم تجدید دیدار کردم، او، من و تیام را در آغوش گرفت و ما در آپارتمان آنها برای مدت زمانی که به نظر می‌رسید ساعت‌ها به نظر می‌رسید، ایستادیم و هق‌هق کردیم. امروز وقتی اسم یحیی را فهمیدم، تمام رویاهای من از لحظهٔ دیدار او بر باد رفت. اما شناختن او برای هر دوی ما و دانستن این‌که چه نسبتی با هم داریم، کافی است. من سرانجام پدرم را دیدم و نمی‌خواهم او را از دست بدهم.

زمان به‌کندی می‌گذرد. یحیی مدتی است که رفته. کلیدهای ماشین را هم با خود برد و من هیچ راهی ندارم که بفهمم چه‌قدر وقت گذشته است. نیم ساعت؟ یک ساعت؟ دارم بی‌قرار می‌شوم و نگرانی من با گذشت هر دقیقه بیشتر می‌شود.

برای این‌که حواسم را پرت کنم، توجهم را به لنگرگاه می‌چرخانم. یک کرجی که قوسی عریض روی آب‌های شاخ طلایی انداخته بود، الان دارد نرم و آهسته به اسکله نزدیک می‌شود. مردم روی عرشه در اطراف دو دهانه‌ای که تخته‌های پل قرار می‌گیرند ازدحام کرده‌اند.

یک پلیس موتورسوار ازکنار ماشین رد می‌شود و نگاهی به من می‌اندازد. یحیی مرسدس قدیمی را زیر تابلوی حمل با جرثقیل پارک کرده است، اما پلیس نگاه دومی به من نمی‌کند. همان طور که دارد می‌رود، برمی‌گردم و به پل نگاه می‌کنم. باید اتفاقی افتاده باشد. اضطراب دارد مثل یک موش مرا می‌جود. و بعد او را می‌بینم.

دارد راه خود را از میان جمعیت روی لنگرگاه باز می‌کند. کمی آن طرف تر

یک کرجی بوقش را به صدا درمی‌آورد. یحیی یک سر و گردن از افراد دور و برش بالاتر است و تا آنجایی که من می‌توانم ببینم، آسیبی به او نرسیده است.

آرامش درونم جاری می‌شود و درحالی‌که دارد نزدیک می‌شود، از ماشین پیاده می‌شوم. «چی شد؟»

«آمد.»

«تنها؟»

یحیی سرش را تکان می‌دهد و نگاهی به پل می‌اندازد.

زیرلب می‌گویم «باورم نمی‌شود.»

«نگران تو است.»

امروز به طور حتم روز افشای حقایق است. الیزابت سی سال نقش مادر را برای من بازی کرد. حدس می‌زنم به تنها روشی که می‌شناخت این نقش را ایفا کرد. علی‌رغم هرگونه شکایتی که ممکن است داشته باشم، امشب به خاطر من خودش را نشان داد. به خاطر من.

نمی‌دانم آیا باید بروم و پیدایش کنم یا نه.

«به او گفتی من در امان هستم؟»

«می‌داند.»

قبـل از این‌که سؤال دیگری بپرسم، به سمت صندلی راننده می‌رود.

«من باید به بیمارستان بروم. تو هم باید بیایی.»

دلم می‌ریزد «چرا؟ چه کسی در بیمارستان است؟»

«تیام. حالش اصلاً خوب نیست.»

قبل از این‌که بتوانم چیز دیگری بگویم، صدایی بلند روی آب منعکس می‌شود. از نظر من شبیه به یک ترقه بود، اما یحیی با عصبانیت چیزی بر زبان می‌آورد و به سمت پل می‌دود. داخل ماشین می‌شوم، کیفم را برمی‌دارم و به دنبال او می‌دوم.

جمعیت روی لنگرگاه از حرکت ایستاده است. روی پل آشوبی برپا است و صدای فریادها از صدای موتور کرجی‌ها بالاتر می‌رود. روی طبقهٔ بالای پل مردم دارند می‌دوند و نمی‌توانم خودم را به یحیی برسانم. رفت و آمد ماشین‌ها متوقف شده است، ولی از دور صدای آژیر می‌شنوم.

فقط می‌توانم به الیزابت فکر کنم. کایل گفته بود نامش در یک فهرست مرگ است. این فهرست بی‌شک برچسب قیمتی هم دارد. ربایندگان

من پول می‌خواستند. آیا ممکن است سراغ مادرم رفته باشند؟ امیدوارم افکاری که دارند در مغزم می‌سوزند چیزی جز اضطراب و گمانه‌زنی نباشد.

تنها چند دقیقه طول می‌کشد تا به حلقهٔ جمعیت روی پیاده روی پل برسم و تقلا می‌کنم نزدیک تر بشوم.

«بگذارید رد شوم.» فریاد می‌زنم و خودم را به دیوار بدن‌ها فشار می‌دهم. «لطفاً.»

ناگهان یحیی ظاهر می‌شود و از میان تماشاگران خودش را به من می‌رساند. دستم را می‌گیرد و می‌کشد داخل.

در گوشم می‌گوید «الیزابت را با تیر زدند، اما هنوز زنده است.»

واژه‌ها را می‌شنوم، اما مغزم در درک آنها کند عمل می‌کند. هیچ‌کس نمی‌خواهد کنار برود یا فضایی برای رد شدن ما باز کند، اما یحیی راه را به زور باز می‌کند و من مسیر او را دنبال می‌کنم تا بالاخره به مرکز دایره می‌رسیم.

با دیدن خون روی پیاده‌رو حالت تهوع به من دست می‌دهد. یک پلیس یونیفرم‌پوش در کنار راه می‌رود. کفش‌ها، شلوار گشاد و کیف کنار حوض خونِ تیره متعلق به الیزابت است. به طور مبهم آمبولانسی را می‌بینم که جایی در نزدیکی ترمز می‌کند. چراغ‌ها دارند خاموش و روشن می‌شوند.

سرانجام حقیقت جلوی چشمم باز می‌شود. سعی می‌کنم به سمت او بروم ولی افسر پلیس مانعم می‌شود. یحیی بلند در صورت او داد می‌زند. (به ترکی) «خانواده، دختر.»

افسر دستش را می‌اندازد و می‌گذارد بروم. گوش هایم صوت می‌کشند و اشک دیدم را تار می‌کند. وقتی در کنار الیزابت زانو می‌زنم، گلویم از فشار بند می‌آید. سرش در حوض خون قرار گرفته است. چشم هایش باز است، اما فکر نمی‌کنم مرا ببیند. دستش را می‌گیرم.

دو نیروی فوریت‌های پزشکی از راه می‌رسند و وقتی شروع به کار روی او می‌کنند، مرا به کناری هل می‌دهند.

یکی می‌پرسد (به ترکی) «تو که هستی؟» نمی‌دانم چه می‌گویند. دستی می‌کوشد من را بکشد.

فریاد می‌زنم «نه. بگذارید بمانم. من دخترش هستم. او مادرم است.» چشمان الیزابت روی صورتم متمرکز می‌شود و دست هایش تکان می‌خورند. دوباره انگشتان خونینش را در دست می‌گیرم.

زیر لب می‌گوید «تو در امانی.»

جمعیت دو شقه می‌شود و یک برانکارد به کنار او آورده می‌شود.

یک پلیس با انگلیسی دست و پا شکسته به من می‌گوید «بیمارستان. با او برو.» درحالی‌که دارند مادرم را روی برانکارد می‌گذارند، به من اشاره می‌کند که کجا بایستم.

صورت‌های درون جمعیت را می‌گردم و یحیی را پیدا می‌کنم. چشم‌هایش به چشمان من می‌افتد. چیزی به‌سمتم می‌گیرد و من با عجله می‌روم تا آن را از او بگیرم. تلفنم است.

دستم را برای یک ثانیه می‌گیرد و با چشم‌هایش به الیزابت اشاره می‌کند. «کار من نبود.»

«می‌دانم.»

دارند الیزابت را درون آمبولانس می‌گذارند و من می‌دوم تا سوار شوم. یک پزشک‌یار بانداژ پشت سر او را فشار می‌دهد. پتوی خاکستری که روی او کشیده‌اند از خونش تیره شده است. همه ترکی حرف می‌زنند و اضطرابی که در لحن‌شان است به من می‌فهماند چه‌قدر اوضاعش خراب است. تماسی گرفته می‌شود و من حدس می‌زنم دارند به بیمارستان اعلام می‌کنند که آماده باشد. به نظر می‌رسد الیزابت به هوش می‌آید و از هوش می‌رود.

به او می‌گویم «حالت خوب می‌شود. تو از پسش برمیایی.»

چشم‌هایش روی چشم‌های من متمرکز می‌شوند و لب‌هایش تکان می‌خورند. گوشم را نزدیک می‌برم.

«کار درست را انجام بده.»

منظورش را نمی‌فهمم. کار درست الیزابت همیشه با چیزی که در ذهن من بوده، فرق داشته است.

«برای خواهرت»

به صورتش نگاه می‌کنم و اشکی که از چشمش می‌چکد را لمس می‌کنم. «خواهرم؟»

«تیام...تو... خواهر.»

اولین چیزی که به ذهنم می‌رسد این است که امروز بعد از این‌که من ناپدید شدم، الیزابت بالاخره با تیام دیدار کرده است. اما یحیی به من گفت تیام در بیمارستان است.

«او را دیدی؟ تیام؟ دخترت را؟»

«گوش کن.»

«من اینجا هستم، مادر.»

«خواهر... خواهر تو... تیام.»

الیزابت نمی‌داند که من شش ماه است حقیقت را می‌دانم. «من تیام را می‌شناسم. او برای من مثل خواهر است. زری را هم دیده‌ام. به من گفت در آنکارا چه اتفاقی افتاده است.»

چشم‌هایش را می‌بندد و دستم را فشار می‌دهد. وقتی نگاهش را به من برمی‌گرداند، اشک‌های بیشتری از آنها سرازیر می‌شوند. کلماتـش نامشخص هستند. «تو... تیام... یـک پدر.»

درحالی‌که مغزم دارد با چیزی که گفت دست و پنجه نرم می‌کند، به او خیره می‌شوم. حرف‌های یحیی دربارهٔ کار ناتمام به یادم می‌آیند.

«کار درست را برای تیام بکن.» الیزابت این را می‌گوید و چشم‌هایش را می‌بندد.

راستی کن ای تو فخر راستان
ای تو صدر و من درت را آستان
آستانه و صدر در معنی کجاست
ما و من کو آن طرف کان یار ماست

مولانا

٤٤
زری

دستی که روی شانهٔ زری قرار گرفت تسکین‌دهنده و آشنا بود. زمان در بیمارستان به کندی می‌گذشت، اما امینه هر ساعت به بخش مراقبت‌های ویژه می‌رفت تا به تیام و زری سر بزند. هیچ کاری به جز صبر و دعا نمی‌شد برای دختر او انجام داد. و او دعا کرد. زری به خدا و معجزاتش ایمان داشت. در همان حال می‌ترسید درخواست‌هایش به سوی آسمان را بیهوده مصرف کرده باشد. اما هنوز تسلیم نشده بود.

دوستش به آرامی گفت «یک نفر بیرون است و می‌خواهد با تو صحبت کند.»

الیزابت ساعتی پیش بیمارستان را ترک کرده بود و زری فکر می‌کرد که او برگشته است. «به او بگو می‌تواند بیاید داخل.»

«فکر کنم خودت باید با او حرف بزنی.»

پزشک‌ها هر دو به او محبت داشتند که اتفاقات را در هر لحظه به او اطلاع می‌دادند. حالا مدتی بود که تیام به هوش می‌آمد و بیهوش می‌شد، بنابراین زری با تردید دست او را رها کرد و به دنبال دوستش بیرون رفت.

در راهرو امینه با دست به یکی از اتاق‌های مشاوره اشاره کرد. در طول سال‌ها، زری فهمیده بود که پزشک‌ها ترجیح می‌دهند اخبار ناگوار را در خلوت اتاق‌ها اطلاع بدهند. اما چه چیز می‌توانست ناگوارتر از آن چه از قبل می‌دانست باشد؟ زری به خودش روحیه داد ولی قدم‌هایش هنگام ورود به اتاق روی زمین می‌کشیدند.

چراغ پرنوری در اتاق روشن بود. او به دیوار آن سوی اتاق تکیه داده بود.

«یحیی؟» دست‌هایش برای این‌که نیفتد پشتی یک صندلی را فشردند. در تمام سال‌هایی که می‌دانست او دور و برشان است، این اولین باری بود

که به این نزدیکی و در یک اتاق ایستاده بودند. به صورت خوش‌سیما و چشم‌های نگرانش نگاه کرد. او همیشه وقتی تیام بستری می‌شد، با خبر بود. زری حضور او را از حساب‌های تسویه شده و گل‌های ارسالی حس می‌کرد. حدس زد امینه با حضور آن شب او در آنجا ارتباط دارد.

«باید می‌آمدم.»

«البته.»

دستش را پشت گردنش کشید گویی دردی در آن نقطه احساس می‌کند. زری آرزو می‌کرد کاش جسارت این را داشت که حقیقت را در مورد دخترها خیلی پیش‌تر از آن لحظه به او می‌گفت. می‌توانست رنج و عذاب را در ابروهای درهم کشیده و مشت‌های گره کرده‌اش ببیند.

«دوست دارم از تو اجازه بگیرم و دخترم را ببینم... قبل از این‌که از دنیا برود.»

البته که می‌توانی او را ببینی، اما...»باید خودش را آزاد می‌کرد. زری سخاوت او را مدت‌ها قبل پذیرفته بود، اما نمی‌خواست غم او نابه‌جا باشد. «اما باید چیزی به تو بگویم. او بچهٔ تو نیست یحیی. تیام-»

«دختر الیزابت هال است. می‌دانم.»

زری خشکش زد و کوشید حرفی بزند. امینه سال‌ها با یحیی در تماس بود، ولی این راز را در مورد تیام نمی‌دانست. نمی‌فهمید او چگونه این راز را کشف کرده است.

«امشب با الیزابت حرف زدم. تیام هم دختر من است.»

با بیرون آمدن این حرف‌ها از دهان یحیی، پاهای زری شل شدند و او خود را روی نزدیک ترین صندلی انداخت. با چشمانی که نمی‌دیدند، به دیوارهای سفید خیره شد و کوشید آن کلمات گفته شده را درک کند. گذشته‌شان داشت تکه تکه در اطراف او فرومی‌ریخت.

او قولی که پیش از رفتن یحیی از قلات دیزه به هم دادند را باور کرده بود. نامه‌هایی که رد و بدل می‌کردند همگی پر از امید بود. عشق آنها قوی تر از ویرانی‌های جنگ بود. وقتی داشت خانه‌اش را در میان صوت بمب‌ها و راکت‌ها ترک می‌کرد، فکر رسیدن به شوهرش بود که به هر قدم او توان می‌داد. هنگامی‌که داشت دخترشان را در خانهٔ غریبه‌ها به دنیا می‌آورد، فکر دوباره با او بودن تنها چیزی بود که به او قدرت می‌بخشید.

اما وفاداری او به اندازهٔ خودش نبود. عشقش به او دوام نداشت. به عهدی که بسته بودند خیانت کرده بود.

«آن موقع جوانی احمق و ساده‌لوح بودم. تنها و گمشده بودم و لیاقت عشق تو را نداشتم.»

زری به حرف‌های او گوش می‌داد، اما نمی‌توانست به او نگاه کند. عصبانی بود، زخمی بود و داشت از او خون می‌رفت. در طول آن سی سال بارها تصور کرده بود که او با زنی دیگر ازدواج کرده و خانواده‌ای دارد. اما درک این موضوع برایش سخت بود. بی‌شک آن زمان هنوز او را دوست داشت.

«می‌توانم بهانه بیاورم و بگویم الیزابت مرا اغوا کرد، اما در آن صورت ترسویی بیش نیستم.» ادامه داد. «من باید مسئولیت سهم خودم را برعهده بگیرم. همیشه این انتخاب را داشتم که بروم. او نمی‌توانست مرا مجبور کند. من یک قول رسمی به تو دادم. ما سوگند خوردیم. ولی تمام آن چه می‌توانم بگویم این است که به عواقبش فکر نکردم.»

«همیشه عواقبی هست.»

وقتی زری به آنکارا رفت، الیزابت باردار بود. او بسیار سخاوتمند بود که به زری—یک غریبه— بدون داشتن توصیه‌نامه کار داد. در آن زمان فکر می‌کرد این معجزه بوده است، اما حالا همه چیز با عقل جور در می‌آمد.

«من فکر کردم تو انحراف ناپذیری و باور کردم که الیزابت سخاوتمند است. چه قدر احمق بودم.»

یحیی گفت «من برای بی‌وفاییم بهای سنگینی پرداختم.»

زری اندیشید، که حقت بود. بیش از سی سال گذشته بود و او هم چنان دردش می‌گرفت. چطور توانسته بود با او چنین کاری کند؟

«وقتی الیزابت کارش با من تمام شد، داد مرا دستگیر کنند. تا امشب نمی‌دانستم، اما به خاطر این بود که باردار شده بود. می‌خواست من را از زندگیش بیرون بیندازد.»

زری بر چهرهٔ او متمرکز شد. جلوی او مردی قوی و خطرناک ایستاده بود، اما نمی‌توانست به روی زری نگاه کند. کار ساده و درستی بود که او را مقصر همهٔ اتفاقات بداند، اما خودش هم قربانی شرارت الیزابت شده بود.

«با تو چه کار کردند؟ کجا بردندت؟»

«آمریکایی‌ها پیش از این‌که من را تحویل ترک‌ها بدهند، چندین بار جابه جایم کردند. من را به زندان نظامی در جزیره ایمرالی بردند و بیش از

یک سال آنجا بودم. وقتی سرانجام فهمیدند من کاره‌ای نبودم و چیـزی با ارزشی نمی‌دانم، به زندان اولوکنالار در آنکارا فرستاده شدم.»

زری هـر دو محـل را می‌شناخت. کردهـا در مـورد کابـوس تراکـم بالای زندان، اعتصابات غذا، شکنجه و کتک که در زندان‌های ترکیه رایج بود، شنیده بودنـد، اما آن دو محـل از همـه بدتـر بـود.

پرسید «شکنجه‌ات کردند؟»

چشـم‌های یحیی بـه چشمان زری افتاد و چهره‌اش در هـم رفت. «نمی‌خواهـم به اتفاقاتی کـه بـرای مـن افتاده فکر کنی. مـن مستحق هـم دردی تـو نیستم.»

«درد مـن مـال خـودم اسـت. نمی‌توانـی بـه مـن بگویـی چگونـه احساس کنم.»

یحیی مکثی کـرد و بعـد سرش را تکان داد «زری مـن احمـق و ضعیـف بـودم. چیزی که شایسته‌اش بودم نصیبـم شـد. درس بزرگی از آن گرفتـم.»

خشمی داغ و وحشی در وجودش فوران کرد و به صورتش کشید. الیزابت این کار را با او کـرده بـود. او سنگ‌دلانه این کار را کرده بـود -درسـت مثـل وقتی که دخترش را دزدید- بدون این‌که فکر کند دارد چه آسیبی به چند زندگی وارد می‌آورد. او به هرچه دست می‌زد نابودش می‌کرد. چند ساعت پیش زری در بیمارستان به او گفته بـود کـه او را بخشیده اسـت. اما حـالا از خـدا می‌خواست به خاطـر تمام خشمی کـه به وجـود او بازگشتـه و آتـش در رگ هایش می فرستد، کمکش کند.

یحیی گفت «مدت‌ها پیش یحیی رحمانی که با او ازدواج کردی ناپدید شد. اما من هم دیگر آن جوانک نادانی که راهش را در آنکارا گم کرد نیستم.»

«بدون شک نیستی.»

«از هرچه با تو کردم پشیمانم، از سرخوردگی که برای تو ایجاد کردم، از تمام دردهایی که با شکستن پیمانم در تو به وجود آوردم.»

چیزی که بین آنها بود، مدت‌ها پیش از بین رفته بود. او اولین بار که امینه به او گفت یحیی در استانبول است، به این نتیجه رسید. اما زری می‌دانست ترمیم آن باور خدشه دار شده دشوار است.

«امشب برای یک هدف به اینجا آمده‌ام.»

زری به آرامی بلند شد. فهمید. «آمده‌ای دخترت را ببینی و با او خداحافظی کنی. با من بیا.»

٤٥
کریستینا

بیـش از شـش سـاعت اسـت کـه دارم در اتـاق انتظار بیمارستان قـدم می‌زنـم. از ایـن محیـط خسته‌ام. یکـی از مسئولیـن گه‌گاه سـری بـه مـن می‌زنـد، امـا تـا الان تنهـا چیـزی کـه بـه مـن گفته‌انـد ایـن اسـت کـه مـادرم هم‌چنـان تحـت عمـل جراحـی قـرار دارد.

در فاصله‌ای دور، یک آسانسور به طبقه می‌رسد و در آن با صدای دینگی باز می‌شود. لحظه‌ای بعد کایل دارد به این سوی راهرو می‌آید. تنها چند لحظه از پیش من رفته بود، وقتی به او می‌گویم هنوز خبر جدیدی نیست، یک فنجان قهوه در دستم می‌گذارد و مـن را بـه سمت صندلی‌هایی کـه در امتداد دیوار چیده‌اند هدایت می‌کند.

«ملاقات با خریداران به زمـان نامعلومـی موکـول شده است. بـه وکیل الیزابت هـم زنـگ و بـا او صحبـت کـردم.»

کایـل زمـان کوتاهـی پـس از این‌کـه الیزابـت را بـه اتـاق عمـل بردنـد، بـه بیمارستان آمریکایی در محلّهٔ تکسیم آمد و تا الان چیزی ورای یک حامی خـوب بـوده اسـت.

چـه کابوسی! الیزابت وقتی در آمبولانس بودیـم، هوشیاریش را از دسـت داد و مشخص بـود پزشک یاران دارنـد هر چـه می‌توانند انجـام می‌دهند تا او را در مسیر بیمارستان زنده نگه دارند. از زمانی که او را برای عمل جراحی برده‌اند، انتظار شکنجه‌آور بـوده اسـت.

دو ساعت پیش، همه چیز را در مورد خانواده‌ام به کایل گفتم. حالا او همـه چیـز را دربارهٔ مـن و تیـام، زری و یحیـی می‌داند. او پیشاپیش در مورد کارهایـی کـه الیزابت بـرای دولـت آمریکا انجـام داده بـود، خبر داشت، اما حـالا بـه طـور کامـل از اعمـال او در آنکارا هـم مطلع اسـت. از همه بالاتر این‌که می‌دانـد از آنجایـی کـه او مـادر خونـی مـن نیست احسـاس می‌کنم صلاحیت

تصمیم‌گیری یک جانبه بـرای وضعیت سلامتی او و زندگی او را نـدارم.

کایل می‌گوید «وکیل الیزابت گفت وصیت‌نامهٔ او را وقتی جکس دو ماه پیش فوت کرد بازبینی کرده‌اند. ظاهراً وصیت‌نامه‌ای هـم دارد که نحوهٔ تصمیم‌گیری در مورد وضعیت درمانی و سلامتیش را مشخص کرده است. وقتی داشتیم با هـم حرف می‌زدیم، آن را برایم ایمیل کرد.»

«اینجا اعتبار دارد؟»

«دارد بررسی می‌کنـد، اما تقریباً مطمئن است که ترکیه اعتبار آن را به رسمیت می‌شناسد. در این زمینه تو کسی هستی که می‌توانی خواست او را در مـورد پایان دادن به زندگیش به اطلاع پزشکان برسانی.»

«پایان زندگی.» سرم را لجوجانه تکان می‌دهم. «نه او زنده می‌ماند.»

کمـرم را می‌مالد و مـرا در آغـوش می‌گیرد و من از این‌که می‌دانم تنها نیستم آرامش بی‌حدی می‌گیرم. به روزهای پس از مرگ خزان فکر می‌کنم و این‌که چطور کایل را پس زدم، از خودم راندمش و کاری کردم که احساس اضافی بـودن کند. یک جورهایی در تـه قلبـم او را مقصر می‌دانستم چون آمادهٔ بچه‌دار شدن نبود. واقعیت این است که من به اعتماد او خیانت و از او سوء‌استفاده کردم و او تمام تلاش خودش را کرد تا با این موضوع کنار بیاید. پیشانیم را می‌بوسد. «کار آسانی نیست، ولی باید آمـاده باشی. تیام چطور است؟ دوباره با مادرت حرف زدی؟»

به تلفنم نگاه می‌کنم ولی هیچ تماس یا پیامک جدیدی ندارم.

«به محض این‌که الیزابت از اتـاق عمل بیرون بیاید، می‌روم آنجـا.» صدایم بریده بریده است. «البتـه اگر خواهـرم تـا آن موقع زنده باشد.»

صورتـم را در دست‌هایش می‌گیرد و به چشمانم نـگاه می‌کند. «شاید باید همین الان بـروی. اینجا چه کار می‌توانی بکنی؟»

«بین اینجا و آنجا گیر کرده‌ام. بین کسی که الان هستم و کسی کـه وقت تولد بـودم. فهمیـدن این کـه کـدام یک الان بیشتر به من احتیاج دارند، دشوار است. مادری که من را بزرگ کرد یا مادری که من را به دنیا آورد. قلبـم تکه‌تکه شده و حس می‌کنم در هر دو جا بیگانه‌ام. نمی‌توانـم تصمیـم بگیرم به راستی به کجا تعلق دارم.»

سرم را به سینه‌اش فشار می‌دهد اشک‌هایی که نگه داشته بودم رها می‌شوند. گم شده‌ام. حقیقتاً گم شده‌ام.

اما تنها نیستم. گفتن حقیقت به او ما را به هم نزدیک‌تر کرده است.

و می‌دانم کنارم خواهد بود و تا هر زمان که لازم باشد به من کمک خواهد کرد تا از پس مسائل پیش رو برآییم.

یک مسئول ظاهر می‌شود و من اشک‌هایم را پاک می‌کنم.

«لطفاً دنبال من بیایید. پزشک الان می‌تواند با شما صحبت کند.»

کایل دستم را می‌گیرد. در اتاق کوچکی کنار جایگاه پرستاران، مردی با روپوش و زنی جوان‌تر که اتیکتی دارد منتظر ما هستند.

پس از بسته شدن در، پزشک شروع به صحبت می‌کند، اما بعد از گفتن اولین کلمه دیگر چیزی نمی‌شنوم.

بخش چهاردهم

نفس باد صبا مشک فشان خواهد شد
عالم پیر دگرباره جوان خواهد شد
ارغوان جام عقیقی به سمن خواهد داد
چشم نرگس به شقایق نگران خواهد شد
ای دل ار عشرت امروز به فردا فکنی
مایه نقد بقا را که ضمان خواهد شد
گل عزیز است غنیمت شمریدش صحبت
که به باغ آمد از این راه و از آن خواهد شد
مطربا مجلس انس است غزل خوان و سرود
چند گویی که چنین رفت و چنان خواهد شد
حافظ از بهر تو آمد سوی اقلیم وجود
قدمی نه به وداعش که روان خواهد شد

حافظ

کریستینا
دو ماه بعد

از روی نظرگاه برج گالاتا، نمای شهر پس از بارش برف زودهنگام شب پیش، نفس‌گیر است. به راستی جادویی است. تقریباً نزدیک ظهر است و استانبول زیر نور خورشید ماه نوامبر مانند گنجی جواهرنشان می‌درخشد.

نگاهم از دهانهٔ بوسفور به سمت جنوب می‌رود تا به مسجد آبی، ایاصوفیه و مسجد سلیمانیه برسد که با افتخار بر روی تپه‌های غرب شاخ طلایی نشسته است.

دو ماه پیش، احساس گم‌گشتگی می‌کردم، اما دیگر نه. اشکی را پاک می‌کنم، هوای سرد و تمیز را تنفس می‌کنم و با احساساتی که هنوز می‌کوشند غرقم کنند، می‌جنگم.

به آن لحظات دشوار در بیمارستان و سردرگمی تمام آن هفته پس از تیرخوردن الیزابت می‌اندیشم. اما در پس آن لحظه‌های سخت و پرآشوب، حقیقتی غیرقابل تغییر سربرآورد که زندگی همهٔ ما را تغییر داد.

کار درست را برای تیام انجام بده.

این‌ها کلماتی بودند که در سخت‌ترین لحظات همراهم بودند. تصمیماتی باید گرفته می‌شدند. وقتی الیزابت را به اتاق عمل بردند، قلبش هنوز می‌تپید، اما هیچ‌گاه به هوش نیامد. گلوله‌ای که وارد سرش شده بود، آسیب زیادی به مغزش زده بود. تقریباً بلافاصله اعلام شد که مرگ مغزی شده است، اما پزشک‌ها او را به دستگاه‌هایی وصل کردند و تا چند ساعت بعد بی‌حاصل کوشیدند جانش را نجات دهند.

چیز زیادی از آن جلسه که با جراح داشتم به یاد نمی‌آورم. ارزش حضور کایل در کنارم ورای تصور بود. درحالی‌که من داشتم به آینده‌ای بسیار

نزدیک فکر می‌کردم، در کنارم ماند، با من حرف زد و جنبه‌های قانونی کاری که باید انجام می‌شد را بررسی کرد.

کار درست را...

الیزابت چند سال پیش داوطلب اهدای عضو شده بود، ولی این فقط برای من مهم بود نه برای پزشک‌ها. بدون در نظر گرفتن دروغ‌هایی که گذشتهٔ خانواده ما را رنگ کرده بود، در عمل من قیم او بودم، تصمیم‌گیرنده. به محض این‌که گروه پزشکی او را با گروه پزشکی تیام مرتبط ساختم، ارزیابی‌ها شروع شدند. الیزابت و خواهرم گروه خونی و بافت مشابهی داشتند و همین شانس پس زدن پیوند را غیرمحتمل می‌ساخت.

معجزه‌آمیزترین چیز برای من در آن دو روزی که منتظر بودیم تا همهٔ آزمایشات انجام شوند این بود که تیام برای زنده ماندن جنگید. انگار او به نوعی احساس کرده بود مادری که سی سال پیش رهایش کرده بود، بازگشته و به او امکان زنده ماندن می‌دهد.

پلیس هرگز کسانی که به الیزابت شلیک کردند را نیافت. هیچ‌کس حتی به یحیی مشکوک هم نشد.

او می‌خواهد بخشی از زندگی ما باشد، هرچند زری باید در مورد ارتباط با او تصمیم بگیرد. تیام می‌گوید آنها گه‌گاه یکدیگر را می‌بینند. و چند باری که زیر نظرشان داشته بیشتر شبیه به یک زوج در دیدار اول هستند تا کسانی که سی سال سابقهٔ آشنایی دارند.

بعد از این‌که الیزابت مرد، با پاتریشیا نیکولز حرف زدم. زن بسیار تنهایی است، حالش چندان خوب نیست. احساس کردم که وقتی در آنکارا با الیزابت دوست بوده، به نوعی تحت سلطهٔ او قرار داشته است. پاتریشیا مدعی بود که می‌خواسته به بچه و تسویهٔ حساب‌های بیمارستان کمک کند، اما زری ناپدید شد و او دیگر هیچ‌گاه زری را ندید.

چشم‌هایم به سوی دو تراموایی که در آن دوردست‌ها دارند روی پل گالاتا از کنار هم رد می‌شوند کشیده می‌شود. مردم دارند در نسیم سردی که از روی آب بلند می‌شود، با سرعت از روی پل رد می‌شوند. یک فروشنده دوره‌گرد، تقریباً درست در نقطه‌ای که الیزابت تیر خورد با گاریش ایستاده است. از اینجا به نظر می‌رسد که دارد گل می‌فروشد. زندگی ادامه دارد.

همیشه به خزان فکر می‌کنم. او مرا تغییر داد و تا ابد بخشی از من خواهد بود. هر بار مادر و دختری را می‌بینم که دارند در کوچه راه می‌روند،

به حفرهٔ خالی درون قلبم فکر می‌کنم. هر خنده و گریهٔ یک نوزاد، هر تبادل محبت بین یک بچه با والدینش، خاطرات آن چند روز زیبا را برایم تداعی می‌کند.

درحالی که دارم نم روی صورتم را پاک می‌کنم، به اطراف نگاه می‌کنم و زن محجبهٔ زیبایی را می‌بینم که دارد در امتداد نرده‌های فلزی برج به سوی من می‌آید. تیام. به سمت او برمی‌گردم و او را در آغوش می‌کشم. بغل کردن او و دانستن این‌که با هم خواهریم، موهبتی است که هیچ‌گاه در زندگی انتظارش را نداشتم. استروئیدهایی که مصرف می‌کند تا این اطمینان حاصل گردد که ریه‌های الیزابت را پس نمی‌زند، کمک کرده‌اند که کمی وزن بگیرد. سالم و با طراوت به نظر می‌رسد و گونه‌هایش در اثر سرما قرمز شده‌اند.

«ملاقات با پزشک چطور پیش رفت؟»

«همه چیز خوب است.» بازویش را در بازوی من حلقه می‌کند و می‌ایستیم درحالی‌که شهر زیر پایمان است. «ماه دیگر می‌توانم برگردم سر کار.»

«برگردی سر کار؟»

پول باعث بحث و جدل ما است. اکسترنوس به فروش رسید و دارایی الیزابت خیلی زیاد شد. اما هیچ‌کدام از ما ثروت او را نمی‌خواهیم. ایده‌ای که دو تایی دنبال می‌کنیم این است که در استانبول یک مرکز آموزشی برای پناه جویان دایر کنیم. با سابقهٔ کسب و کاری و رایانه‌ای من و دانش تیام در مورد فرهنگ اینجا و منابع محلی او، به این نتیجه رسیده‌ایم که استفاده مناسبی برای این ارث پیدا کرده‌ایم.

می پرسد «این یکشنبه برایت مناسب است که به خانقاه درویشان برویم و سماع درویشان را ببینیم؟» متوجه می‌شوم که صورتش کمی گل انداخته است.

تیام و داروساز خوشتیپ، کمال عثمان، همدیگر را از طریق ارتباطات دانشگاهی می‌شناختند و خیلی خوشحالم که هفتهٔ پیش آنها را سر میز قهوه و کلوچه با هم آشنا کردم.

به او می‌گویم «بله ولی من نمی‌خواهم به پای شما دو تا باشم. به علاوه کایل روز جمعه می‌رسد.»

در چشم‌های آبی تیام وقتی به چشم‌های من می‌افتند برق شیطنت دیده می‌شود. «این بار چقدر می‌ماند؟»

«فقط آخر هفته.»

«چرا او را هم نمی‌آوری؟»

«از او می‌پرسم.»

فعلاً رابطه‌ام با کایل پیچیده است. او پیشنهاد کاری در ژاپن را پذیرفته است، اما کارش فروش و بازاریابی است و می‌گوید لازم نیست تمام وقت آنجا باشد. از زمان مرگ الیزابت بین استانبول و لوس‌آنجلس در حرکتم و به امور دارایی‌های او رسیدگی می‌کنم. و هر بار که اینجا آمده‌ام او هم سر و کله‌اش پیدا شده است. می‌گوید برای دیدار است، یا شاید پاییدن من.

متأسفانه انگار باید الیزابت می‌مرد تا من نگاهی دقیق به کسی که قبلاً بودم بیندازم و مسئولیت اعمالم را بپذیرم. کاری که با کایل کردم اشتباه بود، اما او هنوز علاقمند است تا رابطه‌مان را یک بار دیگر امتحان کنیم. من احتمالش را رد نمی‌کنم. حفظ یک رابطهٔ راه دور دشوار است، اما ما با چشم باز بدان پا گذاشته‌ایم. ما هر دو از اشتباهات گذشته درس گرفته‌ایم.

تمام عمرم آن کسی که فکر می‌کردم نبودم. من در حقیقت انعکاسی شکسته از آینه‌ای بودم که مدت‌ها پیش در آپارتمانی در آنکارا خرد شده بود. اما این روزها، دارم خودم را پیدا می‌کنم، تکه به تکه و قطعات را سر جایشان می‌چسبانم. و همان طور که به صورت خندان خواهری که می‌گفت من توام و تو منی نگاه می‌کنم، می‌دانم به کجا تعلق دارم. از تصویری که از میان تَرَک‌ها منعکس می‌شود، خوشم می‌آید.

زن روسری به سر دیگری روی نظرگاه می‌آید. زری وقتی ما را می‌بیند، چشمانش از شادی برق می‌زند. او با برازندگی زنی راه می‌رود که بچهٔ نازاده‌اش را از میان باران راکت‌ها و کوه‌های ناهموار با خود حمل کرد. زنی است که زندگی خود را وقف بزرگ کردن بچه‌ای مریض کرد که به او سپرده شده بود. او یک زندگی را برپایه عشق بنا کرد. آغوشش را باز می‌کند و به ما می‌رسد.

«دختران من. زندگی من.»

و درحالی‌که یکدیگر را در آغوش می‌کشیم، می‌دانم در خانهٔ خود هستم.

اردیبهشت ۱٤۰۰

اصفهان

When
the
Mirror Cracks

Jan Coffey

Amir Homayouni